edition atelier

HANS FLESCH-
BRUNNINGEN

PERLEN UND SCHWARZE TRÄNEN

ROMAN

Herausgegeben und mit einem
Vorwort von Evelyne Polt-Heinzl

EDITION ATELIER WIEN

VORWORT

»... und das seltsame Verhalten der Zeit wunderte ihn nicht«.
Hans Flesch-Brunningens großer Exilroman
Perlen und schwarze Tränen

Hans Flesch-Brunningen hat sich so weit in die Literaturgeschichte eingeschrieben, dass ihm eine Nennung in Aufzählungen und Fußnoten gewiss ist. Allerdings haben weder Verlage noch Wissenschaft bisher für eine systematische Werkpflege gesorgt, obwohl seine expressionistischen Anfänge wie seine Exilromane in Forschungsbereiche fallen, die in den letzten Jahrzehnten verstärkt in den Blickpunkt gerückt sind. Man kann diesen Autor »wohl den bekanntesten unter den unbekannten oder gar den unbekanntesten unter den bekannten deutschen, vielmehr österreichischen Schriftstellern nennen«, er hat »5 Novellenbände, 21 Romane, 5 Theaterstücke [...] geschrieben; dazu noch ein Dutzend Bücher aus dem Englischen übersetzt«. So formulierte Flesch-Brunningen in einem ironischen *Nachruf zu Lebzeiten*, erschienen 1968 in der Tageszeitung *Die Presse* – dreizehn Jahre bevor er am 1. August 1981 sechsundachtzigjährig in Bad Ischl verstarb. Zu den von ihm übersetzten Autoren gehört übrigens auch W. Somerset Maugham, ein Roman dieses Autors ist aktuell der einzige Titel, mit dem »Hans Flesch« im Buchhandel aufscheint.

Dabei ist sein monumentaler Roman *Perlen und schwarze Tränen* aus dem Jahr 1948 ohne Zweifel eines der drei großen, auch formal herausragenden Bücher der österreichischen Exilliteratur – zusammen mit Friederike Manners im selben Jahr erschienenem Romanbericht *Die dunklen Jahre*, der 2019 in der Edition Atelier wieder aufgelegt wurde, und Martina Wieds 1951 erschienenem Buch *Das Krähennest*, dessen Neuausgabe hier in Vorbereitung ist.

Johannes Flesch Edler von Brunningen wurde am 5. Februar 1895 in Brünn als Sohn einer wohlhabenden Familie mit jüdischen Wurzeln geboren. Kindheit und Jugend verlebte er in Abbazia/Opatija und Wien. Bereits im Juli 1914 brachte Franz Pfemferts Avantgardezeitschrift *Die Aktion* ein Heft mit Texten des Neunzehnjährigen, samt einer Porträtzeichnung von Egon Schiele am Titelblatt. 1917 erschien der Novellenband *Das zerstörte Idyll* in Kurt Wolffs Reihe *Der jüngste Tag*, 1919 folgte der fantastische Roman *Baltasar Tipho*, eine gnadenlose Satire auf die moralische Dekadenz der Kriegsschieber und Spekulanten.

Ab 1925 lebte der ausgebildete Jurist in Italien, Frankreich und vor allem in Berlin. Von dort emigrierte Flesch-Brunningen bereits 1934 nach England. Damit war er Teil der ersten Flüchtlingswelle, und er kam nicht ganz ohne Referenzen, immerhin lag sein 1930 erschienener Roman über die Französische Revolution *Die Amazone* bereits im Folgejahr in englischer Übersetzung vor. Sein letztes in Deutschland geschriebenes Buch war übrigens eine Sammlung von Biografien historischer Exilanten mit dem Titel *Vertriebene. Von Ovid bis Gorguloff.*

In London hält sich Flesch-Brunningen zunächst mit Gelegenheitsjobs über Wasser, engagiert sich, gemeinsam mit Berthold Viertel, im links gerichteten *Freien deutschen Kulturbund*, und beginnt bereits um 1938 seine Texte für britische Zeitungen in Englisch zu schreiben. 1939 erhält er eine Stelle als Sprecher und Übersetzer beim *German Service* der BBC, die er durch die Internierung als *Enemy Alien* im Juni 1940 wieder verliert. Als er im Oktober 1940 nach London zurückkehren kann, ist seine Situation neuerlich prekär, etwas Geld verdient er unter anderem als Tellerwäscher im *Lyon's Corner House*, einem billigen, bei Emigranten beliebten Lokal einer Tea-Shop-Kette. Verzweifelt versucht er, weiter in die USA zu emigrieren, doch dann erhält er seine Stelle bei der BBC zurück – um den Preis, seine Mitgliedschaft beim *Kulturbund* aufzugeben. Er tut es und engagiert sich fortan im politisch weniger exponierten *Club 43*. Von 1953 bis 1958 ist er dann Vorsitzender der deutschen Sektion des *PEN-Clubs* in London. Bis zu seiner Pensionierung 1958 bleibt er als Sprecher, Übersetzer, Scriptwriter und Redakteur bei der BBC, dann kehrt er nach vierundzwanzig im englischen Exil verbrachten Jahren nach Österreich zurück. Als Autor ergeht es ihm hier wie vielen späten Remigranten, deren Karrieren meist einen unheilbaren Knick zurückbehielten, denn die neue Generation von LeserInnen kannte schon ihre Namen oft nicht mehr.

Perlen und schwarze Tränen entstand 1945/46 noch im englischen Exil und ist eine sprachlich wie kompositorisch ambitionierte Paraphrase auf den *Ulysses* von James Joyce, den Flesch-Brunningen in Paris kennengelernt hatte. Das Buch folgt 24 Stunden hindurch den Wegen, Gedanken, Erinnerungen und traumhaften Visionen des fiktiven Exilautors John Truck. Vieles ist dabei autobiografisch grundiert, etwa die Erfahrungen als Gelegenheitsarbeiter, die Tätigkeit beim Rundfunk oder das Engagement in Emigrantenorganisationen.

Auf der realen Ebene der Außenwelt bewegt sich Truck durch das devastierte London, wo Ausgebombte in U-Bahnschächten campieren und in den Ruinen Prostituierte ihre Dienste den Soldaten anbieten. Es ist das London im Würgegriff der deutschen Bombardements, auch hier ist die »ganze Zivil-Bourgeoisie verschwunden«, die Uniform herrscht, »der Götze des Jahrhunderts«. Über allem liegt der dichte Nebel, der in der Eingangspassage über den Wassern aufsteigt und, sich mit Gerüchen und Dünsten anreichernd, allmählich »städtisch« wird. Aus seinen undurchdringlichen Schwaden lässt der Autor mit leichter Hand geisterhafte Bilder und Begegnungen emporwachsen. So trifft Truck während seines nächtlichen Gangs durch die Stadt in der Nähe von Marble Arch auf eine Gespensterkutsche, der historische Größen der englischen Literatur entsteigen. Was wie eine Maskerade wirkt, verhandelt zugleich Fragen der gesellschaftlichen Verantwortung des Künstlers wie der kulturellen Identität des Exilanten. In dieser Szene findet sich auch eine konkrete Anspielung auf Joyce in Gestalt von Trucks geheimnisvollem Begleiter, der wechselnde Identitäten anzunehmen vermag und sich einmal auch als »Kelte« beschreibt, der »die Einbildungskraft und den Flug der Phantasie« liebe.

Das Kapitel heißt *Literaturbeilage*, so wie viele Abschnitte nach Ressorts der medialen Berichterstattung benannt sind. Schließlich spielt fast die Hälfte des Romans in den Bürolandschaften der monströsen BBC-»Wortfabrik«, ein Porträt des 1932 fertiggestellten Broadcasting House am Portland Place. Rastlos ist das Getriebe in den labyrinthischen Gängen dieses Gebäudes, verloren und verängstigt sind die hier Arbeitenden, denn zahlreich sind die Flüchtlingsschicksale im German Service, wo jeder auf seine Art mit Verlusterlebnissen, Zukunftsängsten und Vereinsamung zu kämpfen hat. Deshalb kippen hier während Trucks Nachtdienst alle Szenen verlässlich ins Surreale. In seiner Autobiografie *Die verführte Zeit* bezeichnet Flesch-Brunningen die Häufung fantastisch-skurriler Szenarien als Technik der »Verschlüsselung«, zugleich weisen diese erzähltechnischen Verfremdungseffekte auch auf seine expressionistischen und fantastischen Anfänge zurück.

Zu Beginn wartet Truck gut dreißig Seiten lang im »Café Canada« auf seine notorisch verspätete Geliebte und Exilkollegin Jane, mit der er zu einem Theaterbesuch verabredet ist. Im Anschluss wird er mit ihr speisen und sie dann nach Hause begleiten. Dort, mitten im verbalen Vorgeplänkel, führt Jane ein durchaus intimes Telefongespräch mit einem Konkurrenten. Truck nimmt das als Symbol für Janes Charakter wie für seine Beziehung zu ihr und bricht rasch auf zu seiner Stadtdurchquerung Richtung BBC-Gebäude. Ob er sie am Ende tatsächlich ermordet, lässt sich freilich aufgrund des schwankenden Realitätsbezugs im gesamten Romangefüge nicht mit Gewissheit feststellen. Sicher bleibt, Jane ist eine unnahbare und selbstbestimmte Person, und sie weist einige Züge von Flesch-Brunningens späterer Ehefrau Hilde Spiel auf, die damals noch mit seinem Freund Peter de Mendelssohn verheiratet war.

In komplizierte Dreiecksgeschichten verstrickte sich Flesch-Brunningen, laut Selbstaussage ein »unausrottbarer Polygamist«, sein ganzes Leben lang mit großer Regelmäßigkeit. Über sein problematisches Verhältnis zu Frauen(figuren) lässt sich einiges nachlesen in seinem autobiografischen Roman *Die Teile und das Ganze* von 1969 und in den posthum erschienenen Lebenserinnerungen *Die verführte Zeit*. Beide Bücher liefern ein schonungsloses Selbstporträt, das männlichen »Vergrößerungswahn«, selbstgerechte Posenhaftigkeit und martialische Männerbündelei zu einer Analyse des Geschlechterverhältnisses verdichtet, wie man das so aus Männerhand selten zu lesen bekommt.

In der Eröffnungsszene von *Perlen und schwarze Tränen* kreisen Trucks Gedankenketten und Kopfbilder um das

Phänomen des Wartens. Das hat mit der konkreten Situation im Kaffeehaus zu tun, steht aber zugleich für die zentrale Erfahrung der Emigration, die das Leben der Betroffenen radikal in ein Davor und ein Danach zerschneidet, mit der ökonomischen, bürokratischen und politischen Unsicherheit des Lebens im Gastland dazwischen. Diese »entzweigeschlagene« Zeit spiegelt sich im Roman auch in den vielen unzuverlässigen Uhren wider, die für den Exilanten gleichsam *anders* ticken. Wartend blättert Truck in Zeitungen und wie von selbst beginnen die Buchstaben »ihren Tanz in den Unsinn«, bis sich die scheinbar absurden Visionen als Schlagzeilen auf seinen frisch geputzten Schuhen *materialisieren.* »Es ist die Wahrheit. Es steht in der Zeitung. Wir sind von Zeitungen eingewickelt«, sagt der Schuhputzer in der Toilette des Cafés. Was haltlose Fantasterei schien, kippt damit gleichsam zurück in die gedruckte *Faktizität* der Presseberichte.

Diese Durchlässigkeit von Innen- und Außenwelt, von Wirklichkeit und subjektiven Assoziationsprozessen, legt über die gesamte Handlung einen zweiten Nebelschleier, der die geschilderten Erlebnisse immer wieder ins Schlingern bringt. Im nächtlichen Straßengeräusch sind die Panzer der Front ebenso präsent wie sich die Bibliothek der BBC in das Klassenzimmer von einst verwandeln kann, schließlich gehören Erinnerungen an und Sehnsucht nach der verlorenen Heimat zum Exilalltag wie Trauer und Angst um zurückgebliebene oder verlorene Verwandte und Freunde. Im Kapitel *Betrieb* durchlebt Truck noch einmal seine Zeit als Küchengehilfe, als Arbeiter in den Lager- und Produktionshallen eines Konservenkonzerns oder einer Werkzeugmaschinenfabrik. Diese Abschnitte sind von besonderer atmosphärischer Dichte und zeigen Flesch-Brunningens Meisterschaft, schräge und schrille Verschiebungen der Perspektive in einen klärenden Blick auf die zugrundeliegende ›Realität‹ zu verwandeln. Für Durchlässigkeit in Moralfragen wiederum sorgt Trucks Fantasiefigur des »Ungewissens«, das seine verborgenen Gedanken und Motivationen unverblümt ausspricht.

»Ich hatte die Hände voll mit Blättern eines Buches, das noch nicht geschrieben war. Meine Freunde und Bekannten, meine Verwandten und meine Eltern, meine Frauen und meine Mädchen strichen in endlosem Zug an mir vorbei, und ich bot ihnen von den Blättern an«, heißt es gegen Ende, als wollte der Autor damit die Entstehung des Romans aus der Verquickung von Erinnerungsarbeit und existenzieller Entwurzelung beschreiben.

Sicher ist in Trucks Assoziationsprotokoll jedenfalls nichts, *sichtbar* wird jedoch vieles, von der lebenspraktischen Verstörung des Emigranten bis zur Relativität medialer Berichterstattung in Kriegszeiten. Während Truck auf der »Jagd« nach den verlegten »Schlagworten« für die nächste Nachrichtensendung durch die Gänge des BBC-Gebäudes irrt, gerät er immer wieder in groteske Szenen, die stets auch Realität einfangen. Wenn er in einer Abstellkammer auf einen Emigrantenzirkel stößt, in dem heftig über den *richtigen* politischen Weg debattiert wird, ist das eine konkrete Auseinandersetzung mit seiner Tätigkeit im *Kulturbund*, deren Sinnhaftigkeit ihm fraglich geworden ist. Exilerfahrung und die Frage eines möglichen – hier noch deutlich eingeforderten – politischen Engagements des Künstlers sind übrigens auch Thema jener beiden Romane, die Flesch-Brunningen im Exil veröffentlichte und die bis heute nicht auf Deutsch vorliegen: *The Blond Spider* (1939) und *Untimely Ulysses* (1940, gewidmet Berthold Viertel). Beide Bücher erhielten freundliche Besprechungen, blieben aber letztlich ohne größeres Echo. Sich in die Literaturen der Gastländer nachhaltig einzuschreiben, gelang emigrierten AutorInnen in den seltensten Fällen.

Perlen und schwarze Tränen wiederum ist nie auf Englisch erschienen, obwohl der ursprüngliche Titel *Spirits of Night* lautete. Flesch-Brunningen übersetzte den Roman selbst ins Deutsche, die Erstausgabe erschien 1948 im Hamburger Wolfgang Krüger Verlag und wurde damals in Österreich kaum wahrgenommen. Eine der wenigen Besprechungen stammt von Hilde Spiel, die Flesch-Brunningen 1938 in London kennenlernte und ihn nach langen Jahren einer schwierigen Beziehung dreiunddreißig Jahre später in Wien heiratete. Sie konnte den Roman, in dem Jane und Truck gemeinsam von der Zeit »vor der Sintflut« träumen, vor dem Hintergrund ihrer eigenen Exilerfahrungen lesen, und sie erkannte die radikale Modernität des Buches, das mit Bezug auf Joyce die Korrosion der Romanform fortführt. Der Autor, so Spiel, gehöre »zur ›kontinentalen‹ Avantgarde, obwohl er in London lebt«. Den Mord an Jane aber interpretierte sie als Lösung eines existenziellen Dilemmas. »Der Emigrant ist der Prototyp des modernen Menschen. Eine Befreiung von der Last der Doppelexistenz, der geteilten Loyalität und gespaltenen Persönlichkeit, wie John Truck sie durch seine entschlossene Tat wirkt, ist unser aller Wunsch und Hoffnung.«

Die bislang einzige Neuausgabe des Romans erschien 1980 und fand etwas mehr Resonanz. Das verdankte sich vor allem dem Achtungserfolg von Flesch-Brunningens 1979 erschienenem Roman *Die Frumm*, ein Sittenbild aus Wien vor, während und nach der NS-Zeit. Rund um die Titelfigur Angela Frumm, die aus ärmlichen Verhältnissen stammend in den Strudel der politischen Ereignisse hineingerissen wird, als BDM-Mädchen aufsteigt und als Klofrau endet, arrangiert der Autor eine Fülle von Lebensgeschichten, die ein Pandämonium des österreichischen Nationalcharakters, seiner Abgründe und seiner Opfer ergeben.

Perlen und schwarze Tränen aber ist nicht nur ein einmaliges Zeitdokument, sondern mit seiner komplexen Handlungsführung und der Kunst, mit grotesken Verzeichnungen den Blick für gesellschaftspolitische Zusammenhänge zu schärfen, ein bemerkenswert moderner Roman. Es ist zu hoffen, dass er sich mit dieser Neupräsentation endgültig in den Kanon der Exilliteratur einschreibt.

Evelyne Polt-Heinzl

NACHRICHTEN IN SCHLAGZEILEN

Nebel

Der Nebel lag als dicke Schicht über der Menschheit. Er bedeckte viele hundert Quadratkilometer. Er kam aus den Tiefen und von den Höhen, er war geboren aus Schwaden und Dünsten und er verschlang die Länder.

Er lag weich auf den Wellen von Seen und Meer und Flüssen. Es hatte sich der Wind gelegt, und der schleierleichte Traum wurde fester und nächtiger. Die Nacht stieg die schrägen Hügel hinan und fiel in Lichtung und Tal. In diesem Nebel der freien Felder war Frische; Gesundheit aus der Fülle der schönen, offenen Räume um die Gewässer. Dies war des Nebels Mutter.

Sein Vater wälzte sich die bergigen Ufer hinab. Je leichter er schäumte, desto schwerer konnte er sich halten. Eine Brise kam, und kam zu spät, ihm zu dienen, zu früh, ihn zu zerstören; so preßte sie die Schwaden in festere Form. Da trat dieser Nebel in Städte und Dörfer und nahm Fühlung mit den üblen Dämpfen aus den Rauchfängen, von den Kanallöchern, von den Abwässern. Er wurde städtisch. Und gleich darauf stieß er auf die wildflutenden Massen vom Meer. Eine einzige ungeheure Decke war entstanden; unbeweglich, erbarmungslos, still, schamlos in ihrer Größe vor dem schnellen Tod.

Der Nebel erdrosselte, erfror und fesselte das Land mit den Häusern, Bäumen und Menschen. Er selbst blieb regungslos; in ihm regte es sich leicht. Der Atem aus der Brust flog sichtbar im Nebel. Im Nebel brachen die Dämpfe aus den geöffneten Türen der Wirtsstuben; die Dünste aus den Kanälen hoben sich im Nebel wie Fahnen.

Die Schiffe auf der Themse verwandelten sich zu Burgen. Die Männer auf Deck hatten mit dem Nebel zu kämpfen, wie sie mit dem Wasser, dem Sturm, den vergangenen Gefahren gekämpft hatten, mit den Geschützen und mit der Fliegenden Bombe. Der Rauch ihres Feuers, vom Nebel erfaßt, wurde fast fest. Die Seeleute waren mißtrauisch im Dunkel: sie fühlten sich zurückversetzt durch die Jahrhunderte, in die Zeit der Armada.

Die Brücken führten ins Nichts. Geister und Gespenster über dem Wasser tauchten unters Wasser zurück, verwässerte Bilder der Tiere in Dichtung und Traum. Pfeiler, Stützen und Balken waren fürs Auge eine solide Zumutung, wie sie sich schwangen und absurd verstiegen.

Auf den Landstraßen waren die Lastwagen im Fahrgeleit steckengeblieben und warteten auf »Fahrt frei!«. Die Fahrer zündeten sich die Pfeifen an, fluchten und scherzten; sie lebten ja noch und hatten nichts eingebüßt von ihren unterschiedlichen Charakteren und Temperamenten. Die Scheinwerfer brannten, seit Jahren war es das erste Mal auch in der Stadt: der Krieg schleppte sich hin; die Verdunkelung war teilweise aufgehoben. Was war der Mensch im Nebel? Die Maske des Hohns; und spröde. Die Lastwagen fuhren los, vereinigten sich mit einem zweiten Strom von Privatautos. In den Vorstädten sickerten die Taxis ein, mit den Fahrern vorn am Lenkrad, die an nichts anderes dachten, als den Fahrgast übers Ohr zu hauen. Viele Autobusse kamen dazu, machten Station an den Straßenecken. Die Fahrer schickten den Schaffner vor, der mit seiner Taschenlampe heranlief, laut rufend, auch blökend vor Lachen, wenn er einen Freund traf. Die langen Straßen sahen aus wie die Boulevards der Hölle. Einsamkeit, Verrat, Leere, Verlassenheit gähnten. Waren diese Häuschen im Sommer wirklich freundliche Gehäuse für Familien gewesen? Waren sie erschüttert worden nur durch Bomben und Flugbomben? Der Nebel hatte sie gründlicher gemordet. Der Nebel hatte das Dach gezackt, die Mauern zerschmissen. Zerstörung wurde zerstört. Eine Schule wurde zum römischen Kastell. Ein Kino war von Napoleon in Stücke geschossen. Farblos und leblos blühte Vernichtung. Der zweite Stock streckte eine vierzinkige Hand ins Unsichtbare.

Der Nebel marschierte die Hauptstraße hinunter, spreizte sich auf den Hauptplätzen, besetzte Piccadilly. Die Tausende amerikanischer Soldaten waren noch immer da, seltsam entfremdet. Hier war ein Arm zum Gruß erhoben, ein Mund offen zum Schrei. Viele ergriffen die Gelegenheit. Es war die Jagd nach dem Mädchen in der Dunkelheit. Romantik war ersprossen. Geheimnis waltete. Verbrecher schlichen sich in unbehütete Gebäude zu Mord und Schändung, Einbruch oder Notdurft. Geflüster wurde hörbar; die Entfernung erhöhte die Wahrscheinlichkeiten. Der Mann mit den Abendausgaben verkaufte seine Zeitungen ungesehenen Händen, verfinsterten Gesichtern. Die letzte Auflage war noch immer zu haben.

Der Nebel floß abwärts, glitt seitwärts, brach in die Häuser. Kein Pochen gabs, kein Klopfen mit den Knöcheln. Die Plötzlichkeit war lautlos. Es war das stille Erdbeben. Schlafzimmer, Speisezimmer, Vorzimmer, Landhäuser blähten sich mit Innennebel. Die kleinen Sekretärinnen in den Gängen der großen Bürohäuser kicherten. Sie taten, als hätten sie den Weg verloren. Das Publikum im Vorstadtkino verlangte sein Geld zurück, da die Leinwand nicht zu sehen war. In der Küche mußten Mann und Frau weiterstreiten wie in den Sommertagen ihrer Jugend. Schwarze Schatten erschwerten das Problem. Kartoffeln wurden zu Goldbarren, das Küchenmesser lag zum Greifen da; für die Tragödie. Der Werber trat in das Haus der Hure und verkürzte das Feilschen mit männlichem Griff: Sei mein! Doch sie entschwand auf der Treppe, entrückt durch eine freundliche Hülle um Elend und Schmach.

Die Eßwaren schmutzten in der Feuchtigkeit. Der Wein war abgestanden. Das Bier war warm. Wer die Türe zu dem Restaurant öffnete, brachte Schleierschwaden für die Gäste mit.

Die Tischgespräche kamen ins Stocken, es litt der Flirt. Die Dame dachte an die Wärme der Decken und wünschte, allein zu sein mit der letzten der Wärmflaschen. Ein paar schärften ihren Witz und hatten Erfolg in Verführung: Ein Paar, das ist einer und eine, das ist gut zur Erwärmung, wo jeder nur das möchte; oder überhaupt nichts.

Ein paar Rebellen träumten von Italien, vom blauen Mittelmeer, von der blauen Donau. Der Geist des Widerstandes versuchte Wiederkehr. Die Jazzkapelle auf dem Podium wagte eine Melodie aus Sturm und Leidenschaft. Die Finger wurden klamm, der Atem des Oboisten stieg qualvoll durch die Luftröhre auf.

Die Vorhalle des Café Canada war während der flauen Zeit am Morgen gereinigt worden. Jetzt sah es dort glatt und fein aus, trotz der nebeligen Stücke Luft, die von den Flügeln der Drehtüre hereingeblasen wurden. Die Leuchter an den Wänden waren mit zarten Lampenschirmen verziert. Zur Rechten standen Stühle und zur Linken standen Stühle, mit Menschen darauf, die die Zeitung lasen und warteten. Der Portier kam und ging, inspizierte die Vorkehrungen für Verdunkelung; seine Brust war tapeziert mit den Tapferkeitsmedaillen eines früheren Krieges. Die Stühle waren mit Seide bespannt, um nichts geringer, weil sie alt waren, unberührt von Nebel und Krieg, völlig unverdorben von der Zeit. Auch der Teppich war unbeschädigt, ein klein bißchen abgetreten. Überall war ein mächtiges »N« zu sehen, in Gold oder Messing, ein großsprecherisches Zeichen, als gehöre das Unternehmen Napoleon, Kaiser der Vergnügungsstätten.

Das Haus, von First zu Keller, rieb sich die Augen, dem Erwachen nahe. Im Oberstock wurden die Tischtücher geglättet, um die besseren Gäste zu empfangen. In der Bar begannen die Kellner Whisky mit Nebel zu mischen. Die ersten Überröcke marschierten in die Garderobe. Die Telephonzellen füllten sich mit Männern, die sich um ihre Freundinnen ängstigten, sie könnten vielleicht im Nebel verlorengegangen sein. Ein schwarzer Diener putzte in der Herrentoilette die ersten Schuhe dieser Nacht im Krieg.

Alle Stühle waren besetzt. Heute abend wartete jeder länger als sonst. Die Autobusse waren aufgehalten, die U-Bahn war vollgestopft, die Taxis waren zu Hause geblieben, Züge hatten Verspätung: Sorgen genug und genug.

Ich beobachtete meine Kameraden im Wartedienst. Ich las meine Zeitung. Ich wartete auf meine Dame.

Warten

Die vergoldete Biedermeieruhr an der Wand wies mit schwarzen Zeigern halb sechs. Wir sollten uns um halb sechs treffen. Ich wußte, Jane würde nicht vor dreiviertel sechs kommen, bei diesem Nebel! Ich machte es mir bequem. Es würde ja nicht auf lange sein, da wir für heute abend Theaterkarten hatten, und Jane kam gewöhnlich nie mehr als eine Viertelstunde zu spät, wenn es ins Theater ging. Ich habe auf sie schon sehr oft und sehr lange gewartet. Neben mir ein Offizier der Handelsmarine. Neben ihm ein junger Mann mit Schnurrbart, ein recht unangenehmer Mensch, hübsch und eingebildet. Neben ihm eine Dame in mittleren Jahren, einen Turban um den Kopf, die aussah wie eine Ausländerin.

Sonderbar, sich vorzustellen, daß Männer in Uniform heutzutage Vorteile hatten vor unsereinem. Wie anders doch in meiner Jugend! Ich konnte diesen Offizier der Handelsmarine gut leiden. Ich hätte es mir nicht einfallen lassen, seinen vergangenen Wartestunden prüfend nachzugehen. Ich war so gut wie sicher, daß er auf ehrenhafte Weise beigetragen hatte zur Endsumme der verwarteten Zeit auf Erden.

Er hieß höchstwahrscheinlich Charley, jeder zweite Mensch in London hieß Charley. So hatte auch der Mann geheißen, dessen Blumen zu Weihnachten im vergangenen Jahr vor meinen Blumen gekommen waren. Mach dir nichts draus. Dieser Charley hier hatte auf seinen Geleitzug gewartet. Die Schiffe sammelten sich, sein Schiff war als letztes eingetroffen. Trotzdem mußten sie noch drei Tage länger kreuzen, bevor die Zerstörer kamen. Das Wetter war schuld. Er hatte fast vierundzwanzig Stunden lang Deck und Logis inspiziert; und dann begann er zu saufen, mit dem ersten Maat und dann mit dem zweiten Maat. Sie soffen, und die Leute unter Deck sangen ihre Seemannsliedchen. Der Nebel hatte das ganze Geschwader in der Tasche, der Nebel war schuld. Mein Freund dachte an sein Haus in den Midlands, in der Seitengasse einer Kleinstadt, und an seine Schwestern, die er liebte mit mehr als brüderlicher Liebe. Schließlich kamen natürlich die Zerstörer; kein einziger Schuß wurde gefeuert, keine Wasserbombe geworfen. Und da war er auch schon, sein Freund, auch ein Offizier, von der Panzerwaffe, ein Draufgänger; größer und stärker als mein Kamerad aus der Handelsmarine. Sie gingen die Treppe hinauf, zur Bar.

Ich wartete noch immer. Auch der hübsche junge Mann wartete noch. Er sah mehrmals auf seine Taschenuhr und verglich die Zeit seiner Taschenuhr mit der Zeit der Biedermeieruhr an der Wand. Die Zeit ist ein relatives Ding, sagt Professor Einstein. Und Dunne. Und J. B. Priestley schreibt dann gute kleine Theaterstücke darüber. Das Unglück ist: ich weiß. Ich weiß fast alles. Falsch – ich weiß nichts von Physik und Biologie und Chemie. Ich bin ein wenig hinter der Zeit zurück. Jane aber auch.

Der hübsche junge Mann stand auf und ging auf und ab. So hatte er auf die Prüfungskommission gewartet; in seiner Heimat auf dem Kontinent, dort hatte man noch mündliche Prüfungen. Die Herren hatten ihn nach der Prüfung allein gelassen; draußen, in einem kleinen, halbleeren Zimmer sprachen sie dann über das Wetter und ließen die Kandidaten warten. In Zivilrecht war er ganz gut gewesen; was half das aber, wenn er in Strafrecht schwach war? Was half das alles, wenn man doch nicht wußte, ob die Faschisten dich überhaupt haben wollten, trotz guter Resultate und aller möglichen Verdienste? Dieser junge Mann war damals sogar hübscher gewesen, als er jetzt nach sechs Jahren Verbannung ist. Und er war damals kein solcher Zyniker, obzwar er noch hübscher war. Fräulein Eitelberg, Vorname Else, Fräulein Else Eitelberg, hatte damals zu ihm gesagt: Zuerst mach deine Prüfungen – dann werden wir sehen. Jetzt kam das Corpus Professorum zurück, und der jüngste von ihnen lächelte. Der junge Mann war durchgekommen, und Fräulein Eitelberg zuckte die Achseln und sagte: Zuerst such dir Arbeit – dann werden wir sehen. Er konnte keine Arbeit kriegen, und plötzlich machte er sich auf eine lange Reise. Er setzte sich, eine Sekunde lang, und stand wieder auf und ging in die Telephonzelle. Wahrscheinlich wünschte er sich zu vergewissern, ob sie schon von zu Hause fortgegangen war. Ich wartete noch immer. Sollte ich versuchen, sie anzurufen? Sie mußte schon gegangen sein. Sinnlos. Ich fragte mich, ob ich das Wechselgeld fürs Telephon bei mir hatte. Ich werde meine Zeitung weiterlesen. Es war ja Krieg. Rundstedt hatte einen Durchbruch gemacht, die Nachrichten waren scheußlich. Die Dame mittleren Alters starrte in die leere Luft. Wien? Prag? Was für ein Krieg das nur war! Wir alle waren Abenteurer gegen unsern Willen, ohne jegliche Begabung für Abenteuer. Drake und Raleigh waren nicht Frauen von Geschäftsleuten mittleren Alters. Sie hatte endlose Tage auf ihr Visum gewartet, sie hatte wochenlang auf dem Konsulat herumgesessen, ihr Kind war schon in England, und in ein paar Tagen würde man die Grenzen sperren, ein Krieg würde ausbrechen – wer spricht wieder von Krieg? Sie bekam schließlich ihr Visum, und sie kam auch nicht zu spät, es gab sogar noch einen Zug, nachdem ihr Zug abgegangen war. Doch welche Angst! Wie ihr Herz klopfte, als der Beamte an der Grenze mit dem Paß in ein anderes Zimmer verschwunden war! Sie starrte in die leere Luft.

Ich wartete noch immer. Ich vermochte nicht zu lesen, die Buchstaben tanzten mir vor den Augen. Sie ist eine gute Tänzerin. Ich sollte mit ihr öfter tanzen gehn. Ich aber denke nur immer an den großen Tanz, der da heißt: »Der Tanz der Liebe und des Todes«, im Bett und unter der Erde.

Ich hatte gewartet: Nummer 2 am Geschütz, Weltkrieg Nummer 1. Der diensttuende Offizier ließ uns »Habt-Acht!« stehen, es war ein heißer Tag. Da standen wir; Nummer 2 durfte sich nicht niedersetzen, niemals. In der alten Armee herrschte Disziplin.

Ich hatte gewartet; ich hockte in dem seichten Graben und wartete auf Ablösung. Die Russen hielten gewöhnlich um diese Zeit gerade unsern Teil des Waldes unter

Schrapnellfeuer. Ich ging auf und ab und wartete, daß das Schrapnellfeuer beginne. Die Dämmerung kam herab, auf die Schneisen und Wälder und Bäche und Wiesen von Wolhynien. Ich wartete auf die Ablösung; vielleicht war der Mann auf dem Weg zu mir verwundet oder getötet worden und ich müßte noch eine weitere Nacht in dieser Hölle warten.

Ich hatte an der Bar gewartet. Ich trank einen Schnaps nach dem andern. Ich war völlig betrunken. Ich wußte nicht, ob sie überhaupt kommen würde. Ihr Mann war eifersüchtig, ihr Mann war mein bester Freund. Ich hatte nur wenige Freunde in dieser fremden Stadt. Wenn sie nicht kam, dann hieß das, daß sie mich aufgegeben hatte. Ich trank noch einen Schnaps, der Kellner grinste. »Da kommt sie«, sagte der Kellner. Sie hatte an diesem Nachmittag einen großen runden Hut getragen. Sie wird ihre Scheidung schon durchsetzen, und dann werden wir zusammenleben in alle Ewigkeit, amen, und ich werde nie mehr warten müssen.

Ich hatte auf die Rückkehr meiner Manuskripte gewartet. Das waren die Tauben des Friedens, die Boten des Wohlwollens; das waren die Raketen, die ich in den Himmel gefeuert hatte: meine Werbung und mein Werk. Die Manuskripte lagen wochenlang auf den Schreibtischen der Lektoren in den Verlagen, und dann nahmen die Lektoren sie zu sich nach Hause und lehnten sie ab. Ich wartete jeden Morgen auf die Klingel, und im Nebenzimmer jammerte und klagte Maria, weil sie nicht rechtzeitig ihr Frühstück bekam. Dreimal öffnete ich die Türe und sah ins Treppenhaus hinaus; und beim viertenmal lag das Paket mit dem Manuskript quer über der Türmatte wie ein Hinrichtungsbefehl.

Ich hatte gewartet, als ich ein Kind war, daß etwas komme und meine Einsamkeit breche. Ich hatte keine

Schwestern, ich hatte keine Brüder, ich hatte keinen Vater. Meine Mutter war mit ihren Freunden ausgegangen. Ich wartete auf die Klingel, sonst nichts. Irgendwas Aufregendes, irgendwas Menschliches würde läuten und unsre vier Zimmer mit Farbe und Duft füllen. Und endlich ging die Klingel. Der Milchmann hatte die Milchflaschen ein wenig abseits hingestellt; als ich die Türe öffnete, konnte ich sie nicht gleich sehn. Sie wurden früh genug sichtbar.

So hatte ich auf alle möglichen Dinge und Menschen und Entscheidungen gewartet – daß das Leben beginne und der Tod ende. Ich hatte auf diese junge Dame gewartet, auf Miß Jane Smith, Fräulein Johanna Schmidt. Im Dunkel und im Freien, im Sonnenschein und im Regen; und es tat mir gut, hier zu sitzen, in Helligkeit und Wärme. Ich hatte vor Swan & Edgar gestanden; und als sie kam – es war das erstemal – hatte ich fast vergessen, wie sie aussah. Sie trug einen schwarzen Turban und sie blickte mir ins Gesicht, als ob auch sie nicht wüßte, wer ich war. Ich war stolz auf sie, stolz, die andern weiterwarten zu lassen, auf andre, die nicht so hübsch, so anziehend, so berückend, so verführerisch waren. Ich hatte auf sie vor dem »Empire« gewartet. Ich wurde nervös, weil die Verdunkelung kam und ich im Zweifel war, ob ich sie mitten in dieser Nacht auch finden würde. Sie ließ mich damals dreiviertel Stunden warten. Als sie dann kam, war sie in großer Eile. Sie trug ihr grünes Kleid, und ihr Pelzmantel war nicht ganz zugeknöpft. Ich stürzte zur Kasse und nahm die Karten, der Film hatte bereits begonnen. Wir setzten uns, und sie sagte leise: »Sie sind ja sehr vorsichtig.« Ich erinnere mich an jedes Wort, das sie mir sagt, wenn die Worte aus ihrem Unbewußten aufsteigen, oder was immer sie dort haben mag, wo andre Menschen ihre Seelen und Herzen tragen. Sie kam nicht zu unsrer Mittagsverabredung im »Strand«, aber zwei andre Mädchen, die ich kannte, gingen vorbei und lachten mir ins Gesicht. Schließlich sah ich sie von weitem; ich sah ihr Gesicht, wie es im Strom der gleichgültigen Gesichter auf und ab tanzte, und ich wußte auf einmal, wie ich sie liebte, und wie ein Leben ohne sie, ohne dieses Warten auf sie einfach unmöglich sein würde. Und ich dachte zum erstenmal: »Eines Tages werde ich sie umbringen –« Ich wartete in verschiedenen Kneipen auf eine Antwort von ihr am Telephon; den ganzen Nachmittag hatte ich sie angerufen, es war sehr heiß auf der Straße, und das Bier in diesen Kneipen mochte ich nicht. Ich trank also Schnaps und dann versuchte ich, sie wieder anzurufen. Sie hatte schon vorher gesagt, sie würde wahrscheinlich gar nicht zu Hause sein; aber versuchen muß man, ob man eine Chance hat. Keine Antwort am Telephon, diesen ganzen Nachmittag. Ich war von einem kurzen Urlaub zurückgekommen, den ich mit meinen Freunden, den Cooks, an der Küste verbracht hatte, und ich rief sie von Waterloo an und ich wollte sie sofort sehen, aber sie sagte: »Aber nein, nein – nicht vor sieben oder sagen wir halb acht.« Ich ging also in den »Green Man«, und die Kneipe war voll von billigen Soldaten und billigen Huren, und ich trank eine ganze Menge und das machte mich glücklicher aussehen, und ich war ganz rot und sonnverbrannt und heiß im Gesicht, als ich zu ihr in die Wohnung kam. Ich erzählte ihr eine Geschichte, ich sei eine Klippe hinuntergefallen; es war nicht ganz wahr, doch wahr genug, nur etwas weniger romantisch. Vielleicht hatte ich wirklich eine Gehirnerschütterung, wie ich es erzählte, mein Kopf drehte sich auf ganz seltsame Weise.

Ich wartete drinnen und draußen vor »Strickland House«, das ist das Büro, wo sie arbeitet. Ich wartete auf dem Korridor und in der Telephonzelle im Korridor, so daß ich sie sehen konnte, wenn sie aus dem Restaurant oder aus der Bar zurückkam. Ich sah nur ihren Rücken und ihr berühmtes Hinterteil, und wieder bemerkte ich, rein durch Zufall, was für schöne Beine sie hat; ich sah auf ihre Beine, als gehörten sie zu einem andern Mädchen. Ich dachte, ich sei jetzt nahezu fünfzig, und daß sie überhaupt für mich viel zu hübsch sei.

Aber diesmal wollte ich nicht länger warten. Ich wollte gar nicht daran denken. Es war unsinnig, sie zu Hause anzurufen; die alte Dame, die mit ihr wohnte, würde sicherlich nicht wissen, wo sie war. Außerdem waren beide Telephonzellen besetzt. Amerikanische Unteroffiziere sprachen mit ihren Mädchen, um festzustellen, ob sie sich bei diesem Nebel hinauswagten. Ich begann die Zeitung zu lesen. Ich hielt das Blatt vors Gesicht und drehte mich um, um besser zu sehen.

Wasser

Und ich wartete. Ich wartete weiter.

Ich konnte an der Bewegung des Vorhangs vor der Drehtür sehen, wenn jemand hereinkommen würde. Der rote Stoff wurde hin und her bewegt, hereingeblasen und fiel dann wieder traurig zurück, nachdem die Person in die Vorhalle getreten war. Wenn die Türe einen starken Stoß erhalten hatte, drehte sie sich noch weiter, doch es waren nur Nebel und Geister, die hereinschwebten und vorüberwehten – niemand trat hervor. Ich spielte raten, wie der nächste aussehen würde, der hereinkam; ob ein Zivilist oder ein Soldat, und von welcher Armee, ob ein Engländer oder ein Amerikaner. Einige waren vom Licht geblendet, und alle hatten Kleider und Gesichter und Hände voll mit Nebel. Doch vorwärts, mein kleiner Verstand, lies Zeitung!

Die Buchstaben begannen ihren Tanz in den Unsinn. Die Zeilen explodierten und zeigten die jenseitige Bedeutung, das Innere von Zeit und Raum. Ich versuchte, mit den Augen etwas festzuhalten, doch mein Bewußtsein lief davon. Die Zeiger der Uhr liefen davon. Ich wartete noch immer.

Plötzlich platzten sieben oder acht Soldaten in den Raum. Es waren Amerikaner, mit auffallenden Rangabzeichen auf den Schultern, ihre Backen rot von Suff und Nässe. Sie stellten sich mitten in der Halle in einer Reihe auf und hielten sich an den Händen, als wollten sie ein Ballett beginnen. Ihre Füße schrieben Kreise auf den Teppich und ihre Münder standen offen wie die Mäuler von Fischen. Aber sie waren nicht stumm, diese Fische.

Sie tanzten, ohne ihre Leiber zu bewegen. Sie sprachen, der eine übernahm das Stichwort vom andern, wiederholte es und schwellte so den fürchterlichen Chor. Alle waren sie von tödlicher Munterkeit: aus ihren Rüsseln kam das Geräusch von Maschinen. Während sie sich rührten, verloren sie ihre Hosen: es tauchten Röckchen auf, als wären sie alle Mitglieder der griechischen Gebirgstruppe.

»Die Deutschen fanden die schwache Stelle. Nationale Überlegungen wurden über Bord geworfen. Man läßt den Feind nach seiner Flöte tanzen. Das Schlachtfeld war unordentlich. Es war eine der interessantesten Schlachten. Verletzbare Stellen. Bieg ihn ab, schreib ihn ab. Ich könnt ihn schön verdreschen. Je länger der Krieg dauert, desto ärger ist es für die Deutschen. Der Feind hat uns erwischt. Am Neujahrstag. Am Weihnachtstag.«

Ich war aufgesprungen. »Was schwätzt ihr denn da für Zeug zusammen?« schrie ich, so laut ich konnte. Ich scherte mich einen Dreck um die feine Umgebung. Scherten sich denn die? »Aber Junge, Junge!« brüllte ein Feldwebel. »Reg dich doch nicht auf. Da ist die Deinige, auf die du so lang gewartet hast.«

Die Soldaten entließen aus ihrer Mitte eine alte Frau, mit schäbigen Kleidern und rührendem Gehaben. Ich schaute wieder in die Zeitung hinein. Die Nebelschleier hatten sich zwischen das Blatt und meine Augen geschoben.

Die Frau hatte ein ganzes Leben lang auf Arbeit gewartet. Am vorigen Donnerstag schickte man ihr einen Zettel, auf dem stand, sie solle hinüberkommen und sich für eine herrliche Abwechslung bereit machen. Sie nahm ein Bad und ging die Straße hinunter, wo an der Ecke ein Lastwagen auf sie wartete. Ungefähr um zehn Uhr traf sie in der Kantine an der See ein. Man drängte sie in eine halbverfallene Bude und sagte ihr, sie würde eine der Empfangsdamen für die heimkehrenden Soldaten sein. Sie mußte ein paar Teller abwischen und Papierblumen auf die langen Holztische stellen. Die Sirenen gaben Fliegeralarm, doch statt der Bomber kamen Schiffe mit Truppen auf Urlaub.

Die Urlauber waren außerordentlich schmutzig und schlecht gelaunt. Sie sagten, sie seien fast erfroren. Einige Mädchen in Uniform trafen ein und warteten den Soldaten mit heißem Tee und mürbem Gebäck auf. Die Stimmung wurde gemütlicher. Die Frau bemächtigte sich eines jungen Mannes mit Korporalsstreifen, der sie irgendwie an ihren Sohn erinnerte. Man taute allgemein auf, ein paar summten und einer sang ein Seemannslied; er kam aus dem schottischen Hochland. Die Frau servierte ungefähr siebenhundert Tassen Tee, dann wurde sie ohnmächtig, ein glückseliges Lächeln auf dem Gesicht. Die Soldaten sangen immer lauter und lauter, eine neue Lokomotive wurde ihnen auf warmer Schüssel zur Verfügung gestellt. Der ganze Haufen bestieg den Zug, die Bäuche leicht geschwellt, der Tee floß ihnen aus den Nasenlöchern. Die Frau ging zu Fuß nach Hause.

Sie fand ihren Mann in der Küche, da saß er und die Tränen strömten ihm übers Gesicht. »Du mußt nicht erschrecken, es ist alles nur Freude, reine Freude! Was für ein Glück, Glück des Glasers!« »Aber du bist doch gar kein

Glaser«, sagte die Frau. »Ich war's. Von morgen an werden wir aber beide für den Bischof arbeiten!« »Was für ein Bischof?« fragte die Frau. »Für den Bischof, der aus Indien kam. Den Bischof von St. Albans«, sagte ihr Gatte.

Einen Tag später waren sie im bischöflichen Palais untergebracht. Sie fanden ihre Livree, die war von Motten zerfressen; und sie paßte ihnen auch nicht in der Länge. Die Küche war voll Küchenschaben, die um den Herd wimmelten. Die Zimmer waren eiskalt. Das Palais war so groß, daß sich die Frau am ersten Morgen verirrte und zu der Feierlichkeit im Dom um zehn Minuten zu spät kam. Doch sie bewahrten Haltung, wenn sie jemanden am Haustor zu empfangen hatten. Gäste trafen in Rudeln ein; darunter waren auch Inder, die den kalten Bischof gekannt hatten, als er noch jung und warm war. Die Frau versuchte Feuer zu machen; da mußte noch für die Gasterei eine ganze Sau gehäutet und gebraten werden.

Ich mußte noch immer warten. Immer warten.

Doch als die Festlichkeiten vorüber waren und sich des Bischofs die weibliche Feuerwehr des Ortes annahm, hatte sich die Frau um eine andre Beschäftigung umzusehen. Sie wurde mit ihrem Mann in einem Sonderautobus der anglikanischen Kirche heimgebracht, und da der Autobus leer war und sie bis in die Knochen fror, kuschelten sich Frau und Mann aneinander und begannen, das alte Spiel wieder zu spielen.

»Es ist unser Hochzeitstag«, sagte der Mann. »Feiern wir ihn zu Hause.« »Für die Feier gibts kein Feuer, und der elektrische Strom ist abgestellt.« »Dann gehen wir eben ins Bett. Ich trage dich«, sagte der liebende Gatte. Er schulterte die Gattin und trug sie über die Schwelle, eine alte und ehrwürdige Sitte.

Ach, sie hatten leider den treuen Liebhaber vergessen, aus Burma eben heimgekommen. Er hatte auf die Frau im dunkeln Vorzimmer gewartet, und als er das schreckliche Schauspiel sah, wie eine Frau von ihrem gesetzmäßigen Mann getragen wurde, sozusagen in den Armen des Gesetzes, da gedachte er der Gesänge der Ahnen und griff zum Revolver und schoß der Frau eine Kugel ins Hirn.

Die Kugel blieb drin stecken. Die Frau war schwer verletzt. Sie verlor das Bewußtsein nicht. In einem Brief voll Liebe und Verzeihen schrieb sie an den Soldaten, der eben heim aus Burma gekommen war: »Ich hoffe und bete einzig und allein, daß Du mich so liebst, wie ich Dich liebe, denn wenn Du das tust, dann können wir von neuem beginnen, Liebling, von nun an sollen es nur Du und ich und mein Mann sein.«

Als die Frau aus der Spitalbehandlung entlassen wurde, erwarteten sie draußen beide Männer. Der Gatte sagte: »Kopf hoch – eine gute Nachricht!« Die Gattin erwiderte, und sie war noch immer böse auf ihn: »Wieder ein Bischof, nehme ich an?« »O nein«, sagte der Mann. »Falsch geraten. Ich habe geerbt, von der guten alten Gripsy. Sie ist gestorben, während du weg warst. Einen blauen Lappen pro Woche, wenn ich die Sorge für ihre Schoßtierchen übernehme.« »Und was sind ihre Schoßtierchen, wenn ich bitten darf?« »Zwei Kanarienvögel, sieben Goldfische, drei Katzen«, sagte der Mann, und da war auch schon die Hälfte der Freude dahin, die er vorher empfunden hatte.

»Gehn wir uns unterhalten«, sagte der Liebhaber-Soldat und nahm den Arm der Frau. »Wir wollen uns alle vertragen. Ich habe Karten, die kosten mich nichts. Ich hab sie mir hintenherum verschafft.«

So gingen sie sich unterhalten. Sie gingen zu einem Fußballmatch auf dem Spielplatz des Fußballklubs Aldershot, wo zwei taubstumme Mannschaften gegeneinander spielten. Da keiner der Spieler die Pfeife des Schiedsrichters hören konnte, bediente man sich roter und grüner Fahnen: rot für »off-side« und grün für »out«. Am Schluß hätte die siegreiche Mannschaft gerne vor Freude geschrien, aber so standen sie nur herum mit offenem Munde.

»Wo sind meine Soldaten hin? Und warum ist meine Dame noch nicht gekommen?« donnerte es von der Wanduhr. Ich wartete noch immer.

Die Frau wurde wieder verletzt, als sich alles um die Ausgänge drängte und plötzlich einer von den Taubstummen schrie: »Da kommts!« Es war jedenfalls keine Flugbombe, sondern der Auspuff eines Autos, das vom Benzin besoffen war. Der Taubstumme war erschüttert über das Wunder, das ihn mehr überrascht hatte als die andern.

Die Frau wurde in ein andres Krankenhaus gebracht. Das Essen war dort besser als im ersten Krankenhaus, und sie befreundete sich mit mehreren Frauen in den Nachbarbetten.

»Und wissen Sie auch ...«, fragte die Dame im Nachbarbett – sie trug einen seidenen Schlafanzug, »wissen Sie – Ihr Mann liegt auch in diesem Krankenhaus!?« »Welcher Mann?« fragte die Frau. »Sie können aber doch nicht zwei Männer haben!« sagte die Seidige.

Man brachte also die Frau vors Bezirksgericht und beschuldigte sie der Bigamie. Sie schluchzte und lächelte unter Tränen und sagte: »Mein Gatte pflegte mich Venus zu nennen, doch das ist lange her –« Und ihr Lächeln erwärmte das Herz tief unten im Busen des alten Richters, und der ganze Gerichtshof lächelte mit ihr, und durch die Tore traten weißgliedrige Götter in den Gerichtssaal und verdrängten die Richter und setzten sich selbst auf die Richterbank und verurteilten die Frau zu ewiger Frische und glatter Abwicklung. Lächelnd verließ sie den Saal. Die Götter lüfteten ihre Glieder in Mächtigkeit.

Ich erhob mich. Ich hatte genug. Ich bahnte mir einen Weg zur Telephonzelle. Wir hatten den Anfang des

Theaters schon versäumt. Es war ein Stück von Somerset Maugham, »Der Kreis«; geschrieben vor der Sintflut und dem Paradies. Kein Zweifel – die Frau hatte das Paradies auf die Erde gebracht.

Stalin und Hitler hatten es beide aufgegeben. Sie hielten eine große Teegesellschaft, bei der sie sich gegenseitig wie Menschen behandelten. Alle waren glücklich, und sogar die Soldaten an der Front hatten Essen und Frauen. Vom ersten Januar an wurden überall die Paragraphen des Zivilgesetzbuches, die Artikel der Verfassung, die Strafgesetze und alle zehn Gebote Gottes streng eingehalten. Die Kerker leerten sich, die Gerichte hatten nichts zu tun. Gatte und Gattin lebten zufrieden zusammen: es gab keinen Streit mehr, weder am Frühstückstisch noch vor dem Schlafengehen. Die Kinder ließen ihre Unarten sein; kein Halbwüchsiges machte sich in die Hosen, kein Baby schrie. Konflikte wurden nach Verhandlungen beigelegt, der Weltsicherheitsrat arbeitete emsig. Scheidungsprozesse waren unbekannt. Mißverständnisse und Streitigkeiten zwischen Liebenden endeten, bevor sie begonnen hatten, dort, wo sie anfingen: im Bett. Keine wahre Tragödie entging ihrem guten Ausgang. Die Filme mußten alle umgeschrieben werden, da das Publikum Abwechslung liebte, und alle Stücke in Tränen, Selbstmord und plötzlichem Tod enden mußten, die im wirklichen Leben aus der Mode gekommen waren.

Die Menschheit besann sich darauf, gegen Krankheiten Heilmittel zu finden; und so gab es bald keinen Krebs und keine Schwindsucht mehr. Keine Profite wurden gemacht, keine Kriege geführt. »Das Mädchen mit dem leichten Schweißgeruch« hatte schon zeitig in ihrer Mädchenzeit die Seife »Wunderduft« entdeckt und sah sich nie wieder schwierigen Situationen gegenüber, da ihr Liebhaber sie plötzlich im Stich lassen würde, weil er den

Gestank einfach nicht mehr aushielt. Menschen, die aus dem Mund rochen, wurden nicht mehr zugelassen, jedermann erhielt zu seinem sechsten Geburtstag eine Tube der ausgezeichneten Zahnpasta. Das Nährmittel Horlick war Herr geworden aller Nachteile nächtlichen Hungerns. Alle Gesichter strahlten, denn Mann und Weib waren frei von Verstopfung. Patentarzneien hielten die Welt in Bann.

Kein Zahnweh und keine Eifersucht. Kein Jucken nach dem Rasieren und kein Sodbrennen nach schweren Mahlzeiten. Keine gebrochenen Hälse und keine gebrochenen Herzen.

»Aufhören –«, rief ich. »Halt ein im Flug. Ich will mein Herz brechen, laß es brechen.« Ich wartete noch immer. Ich faltete die Zeitung zusammen und stand auf. Meine Füße waren ganz gefühllos, weil ich sie so lange unbeweglich gehalten hatte.

Ich begann mit der Belagerung der Telephonzellen. Auch hier waren gutgelaunte und harmlose Geschöpfe bis zum Hals versunken in gegenseitiges Verständnis und freundliches Gespräch. In der einen Kammer sprach ein Marineoffizier zu einem Mitglied der eleganten Welt; in der andern flirteten zwei Sergeanten mit Mädchen aus den niederen Klassen. Die Mädchen am andern Ende des Drahtes versuchten, die Herren Unteroffiziere zu necken, doch der eine Sergeant war beharrlich und redete ihnen andauernd zu irgend etwas zu, wahrscheinlich, sofort hierher zu kommen. Es war ein endloses Telephongespräch. Zwei Mädchen von der WAF stellten sich neben mich und ich machte ein paar Bemerkungen, wie lange die zwei schon das Telephon besetzt hielten. Es waren nicht eben gescheite Bemerkungen, aber die Mädchen lachten. Ich bekam dadurch etwas von meiner Selbstachtung zurück und fühlte mich durch ihr Lachen geschmeichelt.

Telephongebühr war drei Pennies statt der üblichen zwei, aber das war ja ein besonderes Lokal, mit seinen großen N's überall, Napoleons Haus. Ich kenne die Nummer im Schlaf und ich drehte die Scheibe, ohne hinzusehen.

Es antwortete die Stimme der alten Dame mit dem sonderbaren Beruf, die jede Woche zweimal nach London kommt und dann bei Jane wohnt. Jane hatte nichts dagegen, sie liebte das, sie lebte anscheinend lieber mit einer Frau als mit einem Mann, wenn es auch nur zwei Tage in der Woche war. Mit mir will sie jedenfalls nicht leben. Oder doch?

Die Dame: »Nein. Miß Smith ist nicht zu Hause.«

Ich: »Wissen Sie zufällig, wann sie weggegangen ist?«

Die Dame: »Warten Sie einen Augenblick – es war vielleicht sechs Uhr.«

Ich: »Sechs Uhr? Aber –« Ich dachte daran, daß sie mich doch um halb sechs treffen wollte.

Die Dame: »Möglicherweise war's dreiviertel sechs.«

»Danke sehr«, sagte ich.

»Soll ich ihr etwas bestellen? Ich könnte ihr etwas auf einen Zettel schreiben. Ich fahr dann weg ...«

Sie fuhr weg. Ich schnitt ihr den Redestrom ab.

»Nein. Danke. Nichts zu bestellen.« Ich legte den Hörer wieder auf. Andre warteten draußen, lustige Burschen, traun. Aber ich hatte ja meine Zeitung noch nicht fertig gelesen.

Feuer

Meine Phantasie gewann wieder einmal die Oberhand. Ich sah Jane, im Nebel verirrt; von unfreundlichen Negersoldaten belästigt, einen dicken Mantel hurtig über den Kopf geschlagen und fort mit ihr – geraubt. Ich sah ihren zermalmten Körper unter den Rädern eines Autobusses oder fortgespült in den Wassern der Themse, wo er zu einem elenden Ende unter den scharfen Schneiden einer schwarzen Schiffsschraube kam.

Der Arbeiter stellte sich vor mich und sagte mit hohler Stimme:

»Sie haben noch nicht zu hassen gelernt.« »Nein«, sagte ich. »Warum sollte ich auch?« Worauf der Mann seine eigenen Erlebnisse zu erzählen begann.

Er war augenscheinlich vor kurzer Zeit ganz zufällig in eine Versammlung geraten. Dort wurde er sofort von einer Menge junger Frauen umringt, die alle eifrig der Rede einer offenbar erwachsenen Frauensperson auf der Rednerbühne lauschten.

Diese Frau, sagte der Arbeiter, sei gut angezogen gewesen und alles in allem recht angenehm anzuschauen. Sie erzählte ihre Lebensgeschichte; wie sie das erstemal geheiratet hatte, einen Fliegeroffizier, der im Jahr 1943 von den Deutschen über Frankreich abgeschossen wurde; baldigst heiratete sie dann einen Major, der für eine Kandidatur als Abgeordneter der Arbeiterpartei in Aussicht genommen war und bei Arnheim von den Boches getötet wurde. Die Frau sprach eindringlich, doch ohne besondere Erregung, und sie bestand darauf, daß ohne Haß der Krieg unmöglich zu einem entscheidenden siegreichen Ende gebracht werden könne; auch würde es ganz und gar unmöglich sein, die neue Welt, für die man kämpfte, aufzubauen – ohne Haß. Sie sagte, sie sei bereit, »Schulen des Hasses« für junge Damen zu eröffnen. Ob sie sich mit dem Gedanken trug, auch ihren nächsten Gatten aus den Wehrkräften Großbritanniens zu wählen, ward nicht erschlossen.

Der Arbeiter, der genau so verwirrt dreinsah wie die jungen Frauen, verließ den Versammlungssaal. Er fühlte sich außen durstig und innen traurig, denn er hatte soeben entdeckt, daß er die einzige königliche Krawattennadel verloren hatte, die er je sein eigen genannt. Sie war ihm von dem verstorbenen Herzog von Kent verliehen worden für tapferes Verhalten vor Wilddieben, die in königlichen Besitz einzudringen versucht hatten. Der Mann hatte also jetzt sein einziges Unterpfand königlicher Huld und Dankbarkeit verloren, zwischen Buckingham Palace und Victoria. Und der Name des Mannes war Sweeney, ein klassischer Name.

Da Sweeney seine Krawattennadel zurückhaben wollte, begab er sich auf eine Polizeistation. Er fand dort eine Menge Konstabler um einen Ofen geschart; ein Polizeioffizier mit einem schönen Bart verbreitete sich über den Krieg. Der Offizier erklärte, persönliche menschliche Tragödien seien unvermeidlich im Krieg, während doch der Arbeiter bisher immer geglaubt hatte, der Krieg selbst sei eine menschliche Tragödie. Ein anderer Polizist, der gemütlich beim Feuer saß, behauptete, der Krieg werde geführt, um uns die Chance zu geben, eine bessere Welt aufzubauen. »Schon gut«, sagte Sweeney, »doch wie steht's mit meiner königlichen Krawattennadel?« Alle kehrten sich ihm zu; einige runzelten die Stirne, andere zuckten die Achseln. Niemand schien besonders interessiert zu sein an dieser oder irgendeiner anderen Krawattennadel. Der schöne Bart warf so nebenbei hin, Krieg mache uns müde und habe uns unmanierlich gemacht. Der Arbeiter schrie seine Zustimmung heraus; alle grinsten wie Schafe, doch der Fall der königlichen Krawattennadel wurde nicht aufgenommen.

Auf dem Heimweg dachte Sweeney über den Vorschlag, zu hassen, nach und legte sich die Frage vor, warum er nicht die ganze Welt hassen sollte. Seine Frau hatte ihn bestimmt enttäuscht durch ihr Nichterscheinen bei dem Rendezvous, und seine Kinder hatten sich wahrscheinlich im Nebel verirrt. Der Arbeiter fühlte sich ganz krank und bat in das nächste Krankenhaus gebracht zu werden. Eine Frau mit Pelzmantel sagte mit rauher Stimme: »Aber Sie sind ja nicht verwundet: Wie können Sie es nur wagen?!« Der Arbeiter Sweeney öffnete einfach Mantel und Brust und zeigte ihr sein Herz, das entzweigerissen war.

Er wurde in eine Abteilung des Hospitals geschafft, die voll war mit deutschen Kriegsgefangenen. Es waren junge Burschen, die unter Netzen gehalten wurden; sie sahen alle ungeheuer läppisch und ungeheuer elend aus. In seinem Bericht verglich sie der Arbeiter mit Insekten, mit Larven zum Beispiel oder mit Fliegen und Motten. Der Arbeiter schob ihnen ein paar von seinen Zigaretten hinein, und ein Bursche dankte ihm auf englisch. Ein anderer Bursche war an einem mächtigen, ganz einfachen Apparat aufgehängt, der wie ein Kreuz aussah. Der Bursche hing dort still und regungslos. Sweeney schüttelte zwei anderen Burschen die Hände, drehte sich einem der Ärzte zu und sagte voll Stolz: »Ich hoffe, meine Handlung läßt in Deutschland ein Licht aufgehen.«

Doch der Arzt, der ein Jude war, bemerkte voll Trauer: »Und damit die Juden zu brennen.«

Der Arbeiter wurde seiner Krankheit entsprechend behandelt; man gab ihm eine Medizin, die er mit größtem Widerwillen schluckte. Der Krankenwärter, der ihn zum Haupteingang zurückbrachte, war ein Musterexemplar britischen Mannestums, breitschultrig und fast unschuldig. Er bot dem Arbeiter einen Waggon Konserven an, und Sweeney fragte, wie er, der Krankenwärter, in ihren Besitz gekommen sei. »Wir waren in Neapel«, sagte das breitschultrige Baby und lachte herzlich. »Wir haben mit der Ortsbevölkerung gute Geschäfte gemacht. Sie überfielen die Lastwagen. Wir nahmen uns, was darauf war. Wir haben in sechs Wochen zweiundzwanzig Italiener umgebracht.«

Da erglühte der Arbeiter vor Seligkeit, weil er so weit fort war von den Mißlichkeiten der Front. In der Ferne erblickte er im Dunkel Piccadillys das Abbild eines reizenden Mädchens in Pelz, mit einem rostroten Armband am Handgelenk ihrer Rechten. Der Arbeiter sagte sich, es wäre schon der Mühe wert, jemanden umzubringen, um dieses Mädchens willen. Als er dann bei Glasshouse Street um die Ecke bog, wurde er überfallen. Drei andre Mädchen entstiegen dem Nebel. Eine hielt ihn mit dem üblichen Angebot auf, die zwei andern packten ihn an den Armen. Ein Mädchen schlug ihm ins Gesicht und erwischte seine Brieftasche. Die Mädchen waren gut gekleidet und dufteten nach Parfum. Das Erlebnis machte ihm nichts aus, aber die Medizin, die man ihm im Krankenhaus gegeben hatte, begann jetzt Folgen zu haben.

»Warum auch nicht?« fragte sich Sweeney, der Tägliche Arbeiter, während er weiterwandelte, aber ohne Brieftasche. »Warum nicht einen Mord begehen? Das tut doch jeder.«

Der Schlüssel fiel ihm ein, den ihm die Dame in der Nachbarstraße gegeben hatte. Er hatte sie bei einer Gesellschaft am Silvesterabend getroffen, da schon alle stockbesoffen waren, und er erinnerte sich jetzt, daß ihm die Dame gesagt habe, sie führe ein Doppelleben, in Bayswater und in Mayfair. Das paßte ihm ausgezeichnet; und er suchte mit der Taschenlampe die Namenstafeln an den Haustoren ab.

Er öffnete beide Türen und betrat die luxuriöse Wohnung. Die Dame vom Silvesterabend lag auf einem Diwan, völlig bekleidet, im Halbschlaf. Er stürzte sich auf sie, doch sie wachte nicht auf. Arbeiter Sweeney dachte, er müsse sie an ihrer Doppelpersönlichkeit packen; er umarmte sie also mit größter Leidenschaft. Plötzlich entdeckte er, daß er sie bereits getötet hatte – erstickt in seinen Umarmungen. Er leuchtete ihr mit der Taschenlampe ins Gesicht und bewunderte ihren makellosen Teint. An ihrem Hals waren keine Würgspuren zu sehen, doch leichte Abschürfungen hinten an ihren wohlgestalteten Beinen.

Der Arbeitsmann der Ewigkeit saß auf der Anklagebank, bevor er noch ein Vaterunser beten konnte. Er erklärte, nicht schuldig zu sein, und stellte einen abträglichen Vergleich her zwischen seinem eignen Schicksal und dem eines Hundes. »Während Menschen«, sagte er zu den Geschworenen mit weinerlicher Stimme, »die einen Hund im Haus haben, ihm eine Menge zu essen geben und ein hübsches Lager, um drauf zu schlafen, und ihm ein Bad geben – hätte ich eigentlich ›Pechvogel‹ heißen sollen und nicht Smith –«

Aber wo war die Dame Smith, auf die ich wartete, Miß Jane Smith? War auch sie erdrosselt? Auch sie hatte einen tadellosen Teint und führte ein Doppelleben!

Sweeney sagte: »Ich weiß nur, daß einige Hunde um einiges besser leben, als einige Menschen heute leben –«

Die Geschworenen begannen zu zittern und zu weinen, und der Vorsitzende unterdrückte einen Seufzer. Ein andrer Mordfall wurde aufgerufen, und der schien viel interessanter zu sein als der Fall der ermordeten Dame mit tadellosem Teint. Vor vierundzwanzig Jahren war eine Frau zu lebenslänglichem Zuchthaus verurteilt worden wegen Mordes an einem wohlhabenden Bergwerksbeamten, dessen Leiche in einer versiegelten Gruft unter einer Kirche gefunden worden war. Die Freundin dieser Frau glaubte an ihre Unschuld; diese Frauenfreundin kämpfte jahrelang um die Freiheit der Frau – frei wollte sie sie haben. Nach achtzehn Jahren wurde Mrs. Judson, die angebliche Mörderin, unter Polizeiaufsicht entlassen. Doch jetzt hatte man die entkleidete Leiche der Freundin im Garten von Mrs. Judson ausgegraben, und Mrs. Judson war des Mordes an der Freundin angeklagt.

»Sehr interessant«, sagte der Mörder-Arbeiter und verließ den Gerichtssaal. Er war froh, nicht gehängt zu werden, war aber verwundert und fühlte sich ein wenig vernachlässigt. Es war ein herrlicher Sonnenaufgang über Fleet Street und der Mann wollte ein Frühstück. Er betrat eine Milchtrinkhalle, aufrecht und stolz, denn er hatte ja das Geld bei sich, das er in der Wohnung der Dame mit dem Doppelleben gefunden hatte. Neben ihm saß auf einem der hohen Barstühle eine junge Mutter, die ihr Knäblein mit Kaffee und mürbem Gebäck fütterte. »Ein Kind ist besser zu Hause zu nähren«, sagte Sweeney. »Haben Sie noch nicht gehört, wie herrlich es in der Natur eingerichtet ist, die jede Mutter mit ausreichenden Nährmitteln versorgt?« Und er zwickte die Mutter in die Brust. »Was unterstehn Sie sich?!« schrie die Mutter, und das Kind brüllte. Es war ein abstoßend häßliches Kind und hielt ein abstoßend häßliches Spielzeug auf dem Schoß. Der Arbeiter wollte die Mutter wieder versöhnen und begann das Kinderspielzeug zu bewundern. Das war ein Reiter, hoch zu Roß, aus Holz mit ein paar farbigen Flecken Stoff um Haupt und Brust, um ihn kriegerischer aussehen zu machen. »Was für ein prachtvoller Soldat!« sagte Sweeney und riß dem Kind den Holzreiter weg. Das Kind brach in wildes Geheul aus, und der Arbeiter rannte davon, ohne Frühstück gegessen zu haben. Er dachte, das Kind sollte ihm lieber dankbar sein. Übrigens könnte er ja den Spielzeugraub von Dreijährigen planmäßig betreiben und das Spielzeug an bedürftige Spielzeughändler weiterverkaufen; danach war große Nachfrage, heutzutage, im sechsten Kriegsjahr.

Ein uralter Mann tippte ihn auf die Schulter, als er gerade den Strand kreuzte. Der alte Kerl sagte mit seiner leisesten Stimme: »Marschall für Hof gesucht. Gutes Quartier, gute Bezahlung und Urlaub.«

»Fein!« sagte der Arbeiter und lächelte. »Ich komm mit Ihnen.«

Der Marschall wurde auf einen großen, leeren Hof geführt. Dort wurde er allein gelassen und ihm die Erlaubnis erteilt, unbehindert alle Gebäude und Räume zu durchstreifen. Er sammelte ein Heer im Stall und marschierte mit ihm ins Schlafzimmer des Schloßherrn. Im Schlafzimmer standen keine Betten; es gab also keine Möglichkeit, strategische Stützpunkte zu besetzen. Die Armee rückte in das Badezimmer ab und der Arbeiter befahl seinen Traumsoldaten, ihre Stiefel und Uniformen abzulegen und ins Wasser zu springen. »Sachschaden: Null. Verluste: Null«, sagte der Arbeiter. »Ein schöner Krieg. Besser ein Marschall an einem Hof als bei einem Heer.«

Dann öffnete er die Türe zur Tenne, wo er mehrere hochgestellte Zivilisten vorfand. In den vier Ecken des Raumes saßen junge Burschen an Schreibmaschinen. Die gesetzteren Mitglieder der Gesellschaft flüsterten ihm zu: »Psst – wir sind gerade dabei, die Entscheidung zu treffen.« »Entscheidung – worüber?« fragte Sweeney, der Arbeitsmann, und richtete sich auf den Hinterpfoten auf. »Marschall bin hier *ich* – Entscheidung, wer daran Schuld trägt.«

»Ich – ich kann Ihnen das sagen!« schrie ich. »Ich – Johnny Truck auch Hans Flesch genannt. Ich kann Ihnen sagen, wer daran schuld ist und mich hier so lange warten läßt.« Meine Wangen waren purpurrot, meine Stirne glühte, und ich schwenkte die Zeitung vor Sweeneys Gesicht. Ich war sehr aufgeregt. »Schau auf die Uhr! Fast eine Stunde zu spät! Nachrichten in Schlagzeilen! Daß ich nicht lach'! Sie sind verantwortlich!«

»Wer sind sie?« fragte der Mann, und an seiner Seite stand die Frau. *Sie* wenigstens war nicht zu spät gekommen.

»Sie sind wir. Wir selbst. Wir sind verantwortlich.«

»Nicht ganz«, sagte der Portier des Lokals. »Wollen der Herr vielleicht mit mir kommen, bitte?! Der Mann in der Herrentoilette hat Ihnen etwas zu bestellen.«

»Oh«, sagte ich. »Ich habe ganz vergessen.«

Ich ging in die Herrentoilette. Ich hatte die Vorstellung, daß Jane nicht komme, weil meine Schuhe so schmutzig waren.

Hinrichtung

Ich habe vorher gesagt, daß der Diener in der Herrentoilette ein Neger war, doch seine Haut war nicht ausgesprochen schwarz. Die Farbe war eher gelblich, an den Wangen dunkler und um Augen und Mund lichter. Er beugte sich mit großer Würde nieder und begann, meine Schuhe zu bearbeiten. Er war nicht gesprächig, und ich fühlte mich vereinsamt. Ich sagte etwas über den schrecklichen Nebel, doch der Mann bürstete drauflos, in unbeirrbarer Berufsmäßigkeit. Plötzlich bemerkte ich, daß auf dem Oberleder meiner Schuhe weiße Flecken und Punkte erschienen. Buchstaben formten sich, und bald konnte ich zwischen Schuhspitzen und Absätzen in winzigstem Druck Schlagworte wahrnehmen. Ich las: »GATTE LIEGT OST, GATTIN LIEGT WEST«; und: »EIN ALTER KLASSIKER«; und: »MR. BROWN, FAKTOTUM DES LEDIGEN BISCHOFS«; und: »HOAMG'FUNDA!« – eine Inschrift, die mir besonders widerlich erschien, ich mußte mich vor Scham und Schmerz nahezu erbrechen. Wir waren völlig allein in der Herrentoilette, ich fragte also den Mann sofort, was das zu bedeuten habe; ob er sich nicht darauf verstehe, richtig Schuhe zu putzen oder ob das ein Reklametrick sein sollte für dies oder jenes. Er gab keine Antwort und arbeitete weiter.

Ich zwang mich, nicht hinunterzusehen, und blickte mich um. Ich lauschte auf die langsam fließenden Bäche, die die Marmorplatten hinabströmten, eine Zeitlang in regelmäßiger Spärlichkeit, dann auf einmal in stärkerem Strom, wie ein Wasserfall brausend und zischend, als müsse das Wasser in einem einzigen Schwung den aufgespeicherten Schmutz der Jahrhunderte wegspülen. Ein zweiter Kunde trat ein; und hinter einem Vorhang trat ein zweiter Schuhputzer in Erscheinung, ein Mann von weißer Hautfarbe, der teuflisch grinste und sich an das zweite Paar Schuhe machte.

Ich warf einen verstohlenen Blick hinüber und bemerkte dort dieselbe Erscheinung. Dort konnte ich lesen: »FRONT VORSPRUNG WIRD ABGESCHRIEBEN« und: »FRAU DES DOPPELMORDES ANGEKLAGT« und: »ICH SAH JUNGE BURSCHEN IN EINEM NETZ« und: »TAUBSTUMME FUSSBALLMANNSCHAFTEN«. Ich fühlte mich erblassen, mit einem Schwarzen konnte ich es in der Hautfarbe bestimmt nicht aufnehmen. Ich mußte weiß sein wie Elfenbein, fast so weiß wie die Marmorfliesen des Pissoirs. Der Schwarze war mit der Arbeit fertig. Ich deutete auf meine Schuhe, die ihre Schlagworte deutlicher zeigten denn je. »Was soll das heißen?« fragte ich recht verärgert. »Schluß mit diesen Dummheiten! Für Eure billige Reklame zahle ich nichts.«

Der Neger kümmerte sich nicht um meine Worte. Er bürstete jetzt meinen Überrock ab, mit graziösen Gebärden, fast zärtlich. Er fuhr mit der Bürste über meine Ärmel und dann über meine Brust. Ich las: »WEIBLICHE GANGSTER IN PICCADILLY« und: »DU MUSST LERNEN ZU HASSEN« – das war über meinem Herzen eingeschrieben und auf meinem rechten Ärmel: »KÖNIGLICHE KRAWATTENNADEL VERLOREN« und auf meinem linken: »SPIELZEUGRAUB AN KLEINKIND«.

Ich wandte mich dem andern Kunden zu, der mit dem zweiten Diener ein lebhaftes Gespräch angeknüpft hatte; sie sprachen über Pferderennen. An seine Brust war geschrieben: »SCHULARBEITEN VERLESEN IN BEWEISVERFAHREN«; sein Rücken wies die Inschrift: »PROBLEM DER WOCHE!« mit einem großen Ausrufungszeichen dahinter. Weiß Gott, welche Mahnworte in meinem Rücken eingegraben waren.

»Aber das ist doch einfach Blödsinn«, rief ich und zeigte auf meine Schuhe. »Können Sie denn nicht lesen? Bezahlt man Sie *da*für?« Der Schwarze zuckte mit den Achseln. Er sagte: »Es ist die Wahrheit. Es steht in der Zeitung. Wir sind von Zeitungen eingewickelt.« Mein Negerdiener streckte die Hand hin, ganz wie ein alter Bettler, der alte Ansprüche hat. Ich mußte ihm was geben. Ich fischte aus der Tasche einen Schilling, doch der alte Neger schüttelte den Kopf. »Geben Sie mehr und ich zeige Ihnen auch mehr«, sagte er. Ich war wütend, mußte aber seine Würde bewundern. Als ich ihm dann eine halbe Krone gab, schien er endlich zufrieden zu sein. »Sehen Sie mal zu, was jetzt passiert!« sagte der andre Kunde. »Ich habe meinem Mann nur zwei Schillinge gegeben. Der ist dabei wenigstens ein Christenmensch.« Ich war schwindlig, als sei ich auf einem Ringelspiel gefahren. Die Marmorplatten traten in den Hintergrund zurück. Das Wasser fiel in einem gewaltigen Sturz nieder und hörte dann plötzlich auf zu fließen. Meine Augen öffneten sich, und mein Mund schrie: »Ich weiß! Oh, ich weiß! Es ist ihre Schuld! Die Journalisten!«

Vor der wässerigen Fläche, in verschiedenen Stellungen und Gestalten, erschienen die Journalisten. Sie waren aneinandergekettet und schoben Arme und Beine in ruckartigen Bewegungen hin und her. Sie brüllten und schrien mit hohen Stimmen, und mit ihren Händen schienen sie unsichtbare Worte in die Luft zu schreiben. Dort stand ein alter Mann mit einem langen, grauen Bart, der ihm die halbe Brust bedeckte. Dieser da sah bleich drein; ein andrer war frech und fesch; jener wieder hatte einen kecken Schnurrbart. Auch eine junge Frau stand mitten unter ihnen, ein kleines Reptil mit einer schlanken Figur und abgebissenen Fingernägeln. Überhaupt hatten alle was an ihren Fingernägeln in Unordnung. Es waren unnatürliche Nägel, im ganzen zu kurz, schmutzig und mit Tintenflecken bis zum zweiten Fingerglied hinauf. Sie wanden sich alle, als fühlten sie Schmerz, doch aus ihrem Geschrei konnte ich einen Ton höllischen, triumphierenden Gelächters heraushören.

Als ich auf sie zu schießen begann, brachte auch mein Kollege eine Maschinenpistole zum Vorschein und untermalte die Salven meines Maschinengewehrs mit den härteren Tönen der kleineren Waffe. Ich lief ihre Reihe ab, von rechts nach links; und dann kehrte ich mich um und nahm sie von links nach rechts unter Feuer. Zuerst schienen sie unverwundbar zu sein; sie setzten einfach ihre frühere Tätigkeit fort, wobei sie bloß ein wenig lauter schrien und noch herausfordernder lachten. Mein Zorn wuchs, und ich versuchte, sie zu überschreien. Mein Kollege grinste und tat seine scheußliche Arbeit.

Denn scheußlich wurde sie. Als ich ihre Reihe zum drittenmal abgelaufen hatte, schien ich endlich Blut zu ziehen. Als erster fiel der junge Mann mit dem bleichen Gesicht – er konnte wegen seiner Ketten den Boden nicht berühren, so hing er also da, schwebend zwischen den Gestänken in der jauchigen Luft. Und als dann der Greis mit dem grauen Bart zum fünftenmal getroffen wurde, da mußte auch er aufgeben; er platzte mit einem Lachen heraus und ließ den Kopf in den Tod fallen.

Damit hatte es noch nicht sein Bewenden. Zwischen den Beinen der Sterbenden kamen andere zum Leben. Sie sahen aus wie Zwerge, doch nicht verkrüppelt oder unnatürlich; eher wie Liliputaner. Meistens waren es Frauen, alte und grauhaarige Frauen, aber auch junge und frische, mit Kindern dazwischen, die noch winziger und lächerlicher aussahen. Alle begannen ein ungeheuerliches Weinen und Heulen; und ich konnte sie ganz gut verstehen, wenn sie schrien: »Erbarmen! Gnade! Wir sind unschuldig! Wir haben nichts verbrochen! Schont uns! Wir sind die Witwen und Waisen! Gnade! Erbarmen!«

Ich schonte sie nicht. Ich hielt nicht inne, die Bösen zu töten, die verantwortlich waren für die Schlagworte auf meinen Schuhen, und für die Schlagzeilen, und für die Bilder zu dem Text, und für die Wirklichkeit zu den Bildern und für das Elend in der Geschichte dieser Welt. Ich erkannte die Lebenden unter den Sterbenden und erledigte sie. Auf jeden schoß ich mehrere Male, meine Munition war unerschöpflich. Ich schoß sie in den Kopf und ins Gesicht, in die Brust und in den Bauch. Ich sah ihr Hirn heraussickern aus der zerschmetterten Schädeldecke und ich sah, wie sich ihre guten Anzüge unter meinen Kugeln zu elenden Fetzen verwandelten. Ich lächelte über die sonderbaren Verdrehungen ihrer zerbrochenen Gliedmaßen, und mein Kollege sagte zu mir: »Das ist recht! Lächle und die Welt lächelt mit dir –«

Draußen in der Vorhalle war ein Lautsprecher angebracht, und dieser Lautsprecher fiel dröhnend ein mit dem bekannten Schlager. Die Musik war laut, doch das Gebrüll und Geschrei der Frauen und Kinder und das Todesröcheln der hingerichteten Journalisten war noch lauter.

Der Gestank des Blutes überstank den Geruch des Desinfektionsmittels und der Exkremente. Die ganze Zeit hatte ich mich gefragt, wann wohl die berühmten Blutlachen auftauchen würden, doch dann sah ich an meinem Überrock hinab und sah meine Schuhe an, wo jetzt die

Inschriften verschwunden waren, und ich trocknete mir das Gesicht mit einem Taschentuch, denn ich litt unter der Hitze und dem Staub, und da entdeckte ich, daß zwar kein Blut floß, aber etwas viel Böseres: eine blaue, klebrige Flüssigkeit, die ich nicht kannte. Die Luft wurde damit gesättigt, und verwandelte sich rasch in eine dunkle und klebrige Masse. Ich konnte kaum aus den Augen sehen, doch ich schoß weiter drauf los, und mein Nachbar tat das gleiche. Die beiden Schuhputzer hatten uns schon lang verlassen. Ich schoß, und die anderen lachten und schrien und weinten, und so ging es weiter.

»Seid Ihr unsterblich?« schrie ich und ließ mein MG fallen und sprang vor, um den Rest mit nackten Händen zu erwürgen, Frauen und Kinder und alle.

Doch ich berührte sie nicht. Als ich meine Hände dicht vor ihren Hälsen hielt, verstummte die Musik in der Halle, und eine klare Stimme sagte: »Ihre junge Dame ist soeben eingetroffen. Beeilen Sie sich, sonst verfehlen Sie sie. Sie ist bereits auf der Treppe zur Bar.«

Sie kommt!

Der große Augenblick war gekommen. Wir hatten ihn erwartet – ja, wir hatten sogar Anspruch darauf. Vielleicht war er die dunkle Erinnerung an die entscheidende Sekunde, als wir zuerst auf diese Erdenbühne getreten waren; so plötzlich, kurz und glühend heiß, so tief vergraben im Unbewußten, daß wir davon nur die Erinnerung einer Erinnerung bewahrten, den Schein eines Scheines im Spiegel; es war ein jähes Eins-Sein, das wie ein scharfes Messer in unser innerstes Leben schnitt.

Die Kinder waren überwältigt, als die Türe zum Nebenzimmer aufsprang, und halb gesehen, halb geahnt, die

Pracht des Lichterbaums in ihre erwartungsbange Finsternis brach: Weihnachten. Wir hatten das Buch auf den Knien gehalten, und wir streichelten den Einband und hielten den Atem an, da wir die erste Seite aufschlugen. Was würde auf diesen Seiten alles stehen! Die Anfangsbuchstaben waren in Gold gedruckt, und Goldschnitt umgab den Band, und das Buch glühte in Gold wie ein geheimes Feuer all der Dinge, der ungelesenen, ungesehenen, unerhörten.

Wir standen oben im Zimmer, wir hatten unsere erste Liebesbegegnung. Die Frühsommernacht war in dämmrigen Schatten über den Garten gebreitet. Im Zimmer war es schwarz wie im Mutterschoß, und als meine Liebste die Türe auftat, da schlug mich der Lichtstrahl fast zu Boden. Dort stand sie im Silberkleid, gleißend und bezaubernd; weiß wie die Rosen in den Rosenbüschen ihr gewaltiger Busen; ihr Hals wie eine Säule; und das Mondlicht auf ihrem Antlitz schwamm zitternd wie Gefahr.

Beethovens tolle Trompeten und heisere Hörner hatten den Himmel gestürmt: wir mußten ihm folgen. Die Menge strömte aus dem Konzertsaal und verlief sich auf den Straßen. Wir wurden mit ihr fortgeschwemmt, wir waren ausgebrochen und tobten am Fluß, wir rannten unter den Bäumen, mit der erhabenen Erinnerung an das Unabwendbare um unsre Herzen wie die Stücke eines zerbrochnen Sterns. Wir vermochten keinen Laut von uns zu geben; nicht sprechen, nicht lieben.

Die Sonne ging auf hinter dem Vesuv. Die Frau schmiegte sich an mich in der Kälte des frühen Morgens. Das Meer war schwarz, die Wolken violett, fast blau. Dann traf der erste Strahl unser Bewußtsein. Der Bodennebel zerriß und die Erde fand langsam errötend in die Wirklichkeit zurück. Kein Wort wurde laut, doch ich ergriff ihre Hand und vergab ihr die sinnlose Grausamkeit eines ganzen Lebens. Die Erde uns zu Füßen wies uns den

Weg in die ungewisse Zukunft. Der Augenblick kam nie wieder.

Ich hatte große Weiberleiber im Mondlicht gesehn, und ich hatte den Montblanc gesehn in ewiger Eisespracht; und wenn ich die einen sah, gedachte ich des andern; und wenn ich den anderen anstaunte, erinnerte ich mich der einen. Ich hatte auf den Weiden des Fleisches von Menschen gegrast und hatte bucklige Höhen der Berge auf Erden erstiegen. Ich liebte den jugendlich-hurtigen Schwung leichter Glieder und ich stellte Vergleiche an zwischen dem farblosen Glanz verhüllter Brüste und Schultern und der sommersprossigen, verbrannten Bräune eines Gesichts, das der Sonne ausgesetzt war. lch beobachtete die Schlacht vom Hügel und ich sah die Schrapnellwolken wie Wattebausche am Himmel, die Pferde hatten im Tal, im Galopp, die Geschütze im Feuerschlag, mit roten Flämmchen vor den Rohren. Ich duckte mich hinter die Traverse, als das Trommelfeuer mir mit Donner und Blitz Ohren und Herz, Leib und Seele erschütterte. Ich sah –

lch sah Miß Jane Smith mir entgegenkommen. Was ist all die Vergangenheit, wenn immer und immer wieder die Stunde der Entscheidung schlägt, da wir antreffen, worauf wir gewartet haben – wenn die lange Pause der toten Stunden, Tage, Jahre zur Schaubühne wird für die Gegenwart mit ihren Unternehmungen, mit Leiden, Freuden, Genüssen, Ritualen, mit Leben und Lust? Was ist sie dann, diese Vergangenheit, als ein leeres Nichts, leichter als eine Feder, da doch nur der Augenblick gilt, wie er anhebt und anfängt und ankommt und nicht müde wird zu kommen, zu kommen und wieder zu verschwinden – dieser Traum, dieser liebliche Traum eines Daseins, zu sehen, zu greifen, zu halten, zu liebkosen, zu verlieren, süße Jane –

Jane trug ein schwarzes Kleid und einen schwarzen Pelz, der vorne offen war, einen schwarzen Hut mit einem zierlich breiten Rand. Sie lächelte. Sie lächelt immer, wenn sie zu spät kommt. Ihre Lippen waren fast blau geschminkt. Über ihren Lidern lag bläuliche Farbe; ihre langen, blendenden Wimpern waren schwarz und schön. Sie bewegte sich leicht, frei, kräftig. Ihr Mund ist reizend; man sagt zwar, es sei ein scharfer Mund, und einige verleumden auch ihre Nase und behaupten, es sei eine lange, gebogene Adlernase. Ich behaupte, ihre Lippen tun nach Belieben – dieser Mund ist oft bitter, doch dann blüht er plötzlich auf, die Unterlippe wird zu einer Blume der Sinnlichkeit und zwischen Unterlippe und Oberlippe blitzen die Zähne.

Doch wie veränderlich sind ihre Augen! Sie sind grün, meergrün, blaugrün; sie sind blau, himmelblau, azur; sie richten sich nach den Stunden des Tages und der Nacht, nach ihrer Stimmung und Laune, sie glitzern und glühen, sind spitze Pfeile und irre Kerzen; sind müde Blüten und sanfte Sorgen.

Ihre Haare sind honigfarben, reich und gewellt. Sie trägt Ohrringe. Sie trägt eine Perlenschnur um den Hals. Sie trägt ein Armband, nicht teuer, nicht zu billig: weinfarbene Steine, goldgefaßt. Sie trägt auch einen Ring.

Ihre Hände sind versehrt, eine Hand zum mindesten, ich weiß nie, welche es ist. Ich glaube, es ist die linke Hand. Es sieht so aus, als habe sie dort irgendwer oder irgend etwas verwundet: diese Hand trägt Narben.

Sie hat einen schönen, langen, makellosen Hals. Wie gut die Perlen zu ihrem Hals und ihrem schwarzen Kleid passen! Ihr Brustkorb ist seltsam anmutig geformt; der Busen ist tief angesetzt, ein harter Mädchenbusen mit einem welligen sanften Tal dazwischen.

Sie ist keineswegs breitschultrig. Sie ist weder groß noch klein. Ihre Schenkel sind lang, ihre Beine vollkommen. Sie hat ein paar Haare auf den Beinen, weil sie das so mag, und irgendwer andrer hat das so gern und da habe ich es eben auch nicht ungern. Im Sommer hat sie Sommersprossen. Sie hat eine hohe Stirn. Sie sieht klug und anziehend aus; bestrickend und böse; launenhaft, mädchenhaft. Das Ganze ist in ständiger Bewegung. Das Ganze besteht aus kleingeschwungenen Kurven. Das Ganze ist schlank, doch nicht männlich oder eckig. Es ist ein edler Körper wie gehärteter Stahl: eine junge Dame, vergleichbar einem Schmetterling auf dem Kriegspfad. Man könnte vor ihr Angst haben, man könnte versuchen, den Gönner zu spielen, man könnte von ihrem Anblick getroffen werden wie vom Blitz.

Sie ist sachlich. Die Sache wills, mein Herz.

Sie sagte: »Na –?«

Ich sagte nichts. Dann sagte ich: »Wir haben wahrscheinlich schon den ersten Akt versäumt.«

Sie sagte: »Also los. Worauf warten wir noch?«

THEATER UND KUNST

Komödie

Die Verkehrsampel zeigte das falsche Licht. Jane wollte rasch hinüber, sie war stets ungeduldig an den Straßenkreuzungen und kümmerte sich nicht um die Signale. Ich sagte: »Ich habe heute mit Browne gesprochen. Ich glaube nicht, daß er Sie sehr gern hat. Sie sollten sich bei ihm ein wenig beliebt machen.« Wir stürzten Haymarket hinunter. Sie wandte sich einen Augenblick lang nach mir um, und ich bemerkte, wie ihre hellen Augen vor Wut aufflammten. »Du bist böse«, dachte ich, »weil du zu spät gekommen bist und ein schlechtes Gewissen hast.« Jane sagte: »Ich pfeif drauf, ob er mich gern hat oder nicht. Ich hab keine Zeit, mich auch noch darum zu kümmern.«

Es war für mich immer ein Problem, wenn wir auf der Straße waren, genau zu hören, was sie sagte. Manchmal ging es, manchmal ging es nicht. Es hing stets davon ab, auf welcher Straßenseite wir uns befanden. Ich bin ein wenig schwerhörig und ich mußte sie immer auf der inneren Seite halten, auf englische Art. Dabei durfte ich mir nichts anmerken lassen.

Sie dachte: »Er trägt wieder diese schreckliche Krawatte. Weiß Gott, wer die ihm geschenkt hat. Wahrscheinlich diese Frau –«

Wir brauchten nur ein paar Minuten. Ich sah noch zwei Autos vor dem Theater, es konnte also nicht allzu spät sein. Ich sagte: »Browne behauptet, er habe jetzt den endgültigen Beweis, daß Sie mit Bob Martin ins Bett gegangen sind. Er haßt Martin. Er hat mir erzählt, er sei zufällig vor vierzehn Tagen in demselben Hotel in Westend abgestiegen, wo Sie mit Martin die Nacht verbrachten. Er ist nicht eifersüchtig, aber er haßt Martin, und Sie wissen das auch. Sie kamen gerade aus dem Badezimmer und Sie hatten den Schlafrock an, den ich so liebe. Ich habe ihn nach seiner Beschreibung erkannt. Er hat Sie also gesehen, unbestreitbar.«

Wir betraten das Theater. Ein paar Leute standen noch herum. Ich wandte mich nach links und fand auch sofort unsere Karten in der Westentasche. Welches Glück! Vielleicht hatte ich sie im vorhinein vorbereitet. Ich liebe es, das Schicksal zu betrügen. Sie sah mich von der Seite an. Sie sagte: »Wenn doch Ihre Geschichten ein bißchen amüsanter wären! Ich habe nichts dagegen, daß Sie mir Lügen erzählen. Wenn sie nur ein wenig amüsanter wären. Und auch ein wenig wahrscheinlicher.«

Wir hatten Sitze in der vierten Reihe Parkett. Ich hätte es niemals gewagt, ihr andere Sitze anzubieten. Die Sitze lagen zufällig in der Mitte der Reihe, und Jane wollte die anderen Leute nicht behelligen; wir setzten uns also irgendwo am Ende der Reihe nieder, wo gerade zwei bis drei Plätze leer waren. Jane ist voll Rücksicht Leuten gegenüber, die sie nicht kennt.

Die Bühne war hell und angenehm, die Personen des Spiels waren alle wohlhabend. Dort oben mußte es Sommer sein. Eine sehr hübsche junge Dame sagte: »Es scheint mir rührend, zu bedenken, daß ihr euch nicht erkennen würdet, wenn ihr euch zufällig auf der Straße begegnet.«

Jane streifte ihren Pelz über die linke Schulter zurück. Ich versuchte, ihr zu helfen und ihn ihr umzuhängen. Ich liebe diese Art, Mäntel zu tragen; ich liebe auch ihre Schultern, diese schmalen Schultern, rührend schmal, doch sehr gerade.

Der junge Mann sagte: »Es ist meine Schuld. Sie war immer in Italien. Ich bin niemals nach Italien gereist.«

Evas Mutter hatte uns einen Brief aus Tirol geschickt, wo sie lebte. Als wir eines Tages vom Strand ins Hotel zurückkamen, fanden wir in der Hotelhalle einen Zettel mit ein paar Zeilen, da hieß es: »Trag eine Rose am Kleid, damit ich dich erkennen kann, und eile in die Arme deiner dich liebenden Mutter!«

Ich sagte damals: »Was für eine Situation!« Und Eva sagte: »Es ist nicht ihre Schuld. Aber auch nicht meine. Und mein Vater ist tot.« Ich sagte: »Ich möchte wissen, wie sie aussieht. Schau dazu und eile in ihre Arme.« Eva lachte. Ihre Mutter hatte eine ungeheure schwarze Frisur; sie trug andauernd schwarze Kleider unter den weißgekleideten Sommergästen von Hiddensee. Sie sah bestimmt ganz anders aus als die Schauspielerin, die jetzt die Bühne betrat, auch sie mit fliegenden Fahnen, doch mit einer roten Perücke. Lady Porteous sagte: »Der reine Papa! Ich hätte ihn überall erkannt«, und eilte dem falschen jungen Mann in die Arme. Das war gar nicht ihr Sohn.

Der Vorhang fiel. Wir schienen doch eine Menge vom ersten Akt versäumt zu haben. »Wollen Sie was trinken?«

»Wenn *Sie* was trinken wollen, dann fragen Sie doch nicht *mich*.« Wir standen auf. Sie war noch immer sehr schlecht gelaunt.

Ich erkämpfte mir zwei Doppel-Whiskys. Das Büfett war voll. Ich sagte: »Stellen Sie sich vor – Sie würden Ihre Mutter nicht erkennen, nachdem Sie sie, na, sagen wir, sechs Monate lang nicht gesehen haben. Ich nehme an, es sind sechs Monate, seit Sie das letztemal in Highgate waren.«

Sie sagte: »Versuchen Sie doch nicht, witzig zu sein.« Sie glühte förmlich vor Wut. Ich fühlte mich elend. Eine Gesellschaft von drei bis vier Personen brach gerade von dem Büfett auf und bahnte sich einen Weg durch die Menge. Alle waren um eine blasse junge Dame in auffallendem Abendkleid geschart. Jane flüsterte: »...« Ich verstand sie nicht, aber ich wollte sie nicht fragen, um nicht meine Unbildung zu beweisen, daß ich eine offenbar berühmte Schönheit nicht kannte. Die Dame sah übrigens gar nicht so gut aus, und ich fand Jane viel hübscher und viel würdiger des allgemeinen Interesses. Jane sagte: »Ich erkenne sie nie, wenn sie nicht auf der Bühne steht. Sie sieht viel älter aus, sie war angeblich drei Monate in ...«

Inzwischen war auch ich schon draufgekommen, wer es war; ganz sicher war ich aber nicht. Wir begaben uns an unsere Plätze zurück.

Auf der Bühne wurde Bridge gespielt. Der Offizier, der neben Jane saß, dachte: »Ich hätte vier Herz rufen sollen, auf jeden Fall. Der Oberst war halb blind, und der Major war sicherlich beschwipst. Ich hätte den ganzen Rubber gemacht und am Schluß vielleicht genug gewonnen, um Kitty ein paar Rosen mehr zu schicken. Rosen sind heutzutage so teuer.«

Ich fragte mich, ob der Mann ein Hauptmann oder nur ein Leutnant war. Ich konnte in der Dunkelheit seine Epauletten nicht sehen. Ich erinnerte mich an Janes Stimme, als sie in jenem tschechischen Restaurant nach einem Zabaione gefragt hatte –»Zabaione, wie ihn Captain Cruickshank immer bestellt.« Sie hat übrigens damals den Zabaione nicht bekommen. Und Captain Cruickshank?

Der Offizier neben uns hatte bei Arnheim gekämpft und war jetzt auf Krankenurlaub. Er litt unter einem sonderbaren, malariaähnlichen Fieber. Es war nicht wiedergekommen, seit er in England war, doch er fühlte sich hier nicht glücklich. Kitty machte sich auch nicht ein bißchen mehr aus ihm, weil er ein Held war. Jedenfalls erwartete er, in der nächsten Woche mit dem DSO. dekoriert zu werden. Und das Stück gefiel ihm. Kitty – wir Männer ziehen alle an demselben Strang.

Der kluge, skeptische Champion-Cheney, der einen Bart hatte wie Professor Joad, sagte: »Seit damals habe ich mir den Luxus gestattet, einer Reihe reizender kleiner Wesen aus einer etwas bescheidenen Umgebung, im Alter zwischen zwanzig und fünfundzwanzig Jahren finanziell unter die Arme zu greifen.« Lady Porteous sagte: »Ich kann die Begeisterung der Männer für junge Mädchen nicht verstehen. Ich halte sie für unendlich langweilig.«

Ich kann es wohl. Wie alt bin ich denn? Jane ist oft sehr jung. Ihre besten Eigenschaften sind allerdings nur etwas für den Kenner.

Der alte Herr dort oben in der Loge, der seine Nichte aus Nottingham ins Theater mitgenommen hatte, leckte sich heimlich die Lippen. Er dachte an die guten Austern, die er sich nach der Vorstellung bei Scott's vergönnen würde. Selbst Emily konnte nichts dagegen haben, daß er etwas teuere Lokale aufsuchte, wenn man Besuch aus der Provinz hatte. Wenn dieses Mädel nur ein wenig intelligenter gewesen wäre! Sie schien nichts im Kopf zu haben als die Evakuierten daheim, die ihr solche Sorgen machten.

Dann kam die zweite Pause, doch Jane wollte nicht aufstehen. Ich fragte sie: »Gehen Sie gerne ins Theater? Erinnern Sie sich noch, wie wir das erstemal aus dem ›Mädchen aus New York‹ fortrannten, oder weiß der Himmel, wie das Zeug geheißen hat –«

»Seien Sie nicht unartig. Natürlich geh ich gern ins Theater.«

Das erste Stück, das sie gesehen hatte, hieß »Peterchens Mondfahrt«, ein herrliches Ausstattungsstück, mit allen Schikanen der Neuzeit, mit einem richtigen Flugzeug und großem Chor. Echt New York, Amerika. Oder war's Berlin? Und ich erinnerte mich des unbeschreiblichen Glanzes von dem Gold im Felsen. Man gab »Der Verschwender« von Raimund; und das ist ein Österreicher; ein Schatz war im Felsspalt verborgen; und später trat die Jugend auf, um dem alternden Mann Lebewohl zu sagen. »Brüderlein fein –«, sang sie. Ich war jetzt gerade in dem Alter, da die Jugend unter Singen Abschied nimmt. Und der Schatz glühte und glitzerte noch immer im Versteck.

Der Mann mit der Violine packte zusammen. Er war ja nur die zweite Violine und für die Königshymne am Schluß brauchte man ihn nicht. Sie wechselten immer ab. Er war froh, daß er heute abend früher dran war. Er war froh, heimgehen zu können. Er hoffte nur, daß es Nellie besser gehen würde. Es war die Grippe, bestimmt nichts Ernstliches. Und hatte der Arzt nicht irgendeine moderne Medizin erwähnt, auf die man sich immer verlassen konnte, auch wenn eine Wendung zum Schlechteren eintrat? Nellie war so ein kleines, zartes Ding, Gott segne sie.

Jane rutschte von einer Seite auf die andere. Ich wußte, sie konnte es nicht leiden, lange still zu sitzen.

Die beiden Liebenden auf der Bühne schienen zu streiten. Raffinierte Menschen wie ich wußten ganz gut, daß dies nur das Vorspiel zu einem der sporadischen Leidenschaftsausbrüche unter Engländern darstellte. Hatte Jane leidenschaftliche Menschen gern? »Ich liebe Liebe im Blitztempo«, hatte sie einmal gesagt; es war einmal.

Der junge Mann sagte: »Ich bin nicht ein Mann, mit dem man leicht auskommt ...«

Ich dachte an Katie, und daß sie mit mir wirklich unmögliche Schwierigkeiten hatte. Doch sie liebte mich. Der junge Mann sagte: »Ich biete dir nicht Ruhe und Frieden ...«

Plötzlich entdeckte ich, daß auf meinem Schoß wieder die »Quietsch-Fifi« saß, so nenne ich sie; eigentlich heißt sie »Ungewissen«. Heute abend trug das Ungewissen seine dumme Kappe in einem flotten Winkel, seine Arme waren wie üblich aus Sülze, und die Stahlnadeln in seiner Brust ragten ellenweit hervor und stachen mich höchst unangenehm. Ich sah Jane einen Augenblick lang flüchtig an, um festzustellen, ob sie das Kind auch bemerkt hatte, doch Jane blickte ruhig und geradeaus.

Lord Porteous wischte sich eben die Augen. Lady Kitty sagte: »Ich will das Blatt an ihr Nadelkissen heften.« War aber Kitty nicht die kranke Tochter des zweiten Violinisten? Meine Gedanken wanderten, und das Stück wanderte mit ihnen. Der Butler nahm ein Stück reinen Goldes aus dem Safe in der Wand und gab es den Liebenden als eine Art Nadelgeld. Das Ungewissen rührte sich auf meinem Schoß und fiel fast herunter.

Ein junger Mann sagte mit hohler Stimme: »Mein Schicksal? Stets der Dreizehnte bei Tisch zu sein ...« »Blödsinn und Dummheit«, sagte sein Freund, ein Arzt in reiferen Jahren. Mutter hatte mir die Karte für dieses Ibsen-Stück geschenkt. Eigentlich hätte der Vorhang bereits fallen müssen; doch von der Terrasse traten zehn Soldaten in ungewöhnlichen Uniformen auf, und ein junger Fliegeroffizier rief in seiner schönsten Kommandostimme: »Laßt vier Hauptleute Hamlet wie einen Krieger auf die Bühne tragen: denn er hätte, wär er hinaufgelangt, unfehlbar sich höchst königlich bewährt!«

Vier Hauptleute! Um des Himmels willen!

Der Vorhang fiel.

»Was sagten Sie, Truck?« »Daß es nett von Ihnen gewesen ist, den violetten Lippenstift zu nehmen, als wir damals zu Hamlet gingen ...«

»Sind Sie wahnsinnig?« fragte sie.

»Nein«, sagte ich. »Hamlet.«

Sie spielten die Königshymne. Ohne zweite Violine. Ich half Jane in den Pelz.

Restaurant

Als wir in dieses französische Lokal kamen, war es, wenigstens nach den Begriffen der Kriegszeit, schon recht spät. Ich ging sofort auf den Oberkellner zu, der mit zwei seiner Kollegen pompös an einem kleinen Tisch beim Eingang stand. Ich versuchte, die Scheu zu überwinden, die ich gewöhnlich vor Oberkellnern empfinde, und sagte ihm, ich hätte für heute abend einen Tisch bestellt. Ich hatte einen falschen Namen angegeben; das mache ich recht oft, teils aus Spaß, teils um nicht identifiziert zu werden. Auf den Oberkellner machte der Name »Bridge« weiter keinen Eindruck, doch wir bekamen unsern Tisch.

Jane war in ihrer lässigen Art bereits vorausgegangen und sah sich um, forschend, doch distanziert. Ich mußte nochmals zurück, um Hut und Mantel in der Garderobe abzugeben.

Das dortige Personal bestand aus einem traurigen Gesellen, der elend genug aussah. Er dachte: »Der Herr sollte lieber zu Hause sein. Ich selbst wäre lieber zu Hause als hier.«

Unser Tisch war ein ausgesprochen guter Tisch. Der Raum war niedrig. Ich fühlte eine Art Schleier vor den Augen; ich war verwirrt von der Weltgeschichte, vom Theater und dem Theaterspielen mit Jane. Was ich sah, war wie nebliges Gold, das durch die Leere dahintrieb – schon möglich, daß der Nebel von draußen selbst in die bunten Räume dieses recht kostspieligen Lokals eingedrungen war. Das Summen der Gäste, das Klappern von Löffeln und Tellern, das schiebende Schleichen der Plattfüße der Kellner vermischten sich zu einer geisterhaft-warmen Atmosphäre.

»Und wir werden uns unterhalten!« sagte ich zu mir, als ein zweiter Kellner mir das Menü vorlegte, Jane war verschwunden; wahrscheinlich schminkte sie sich nach. Sie hörte mich nicht seufzen, was nur gut war.

Der Menüpreis betrug vorschriftsmäßig nur fünf Schillinge. Man konnte sich jedoch gefaßt machen, nur das Allerschlechteste zu bekommen, wenn man nicht mindestens eine Flasche Wein dazu bestellte. Es war jetzt fast zwei Jahre, seit sie im Dunkel dicht bei mir gestanden hatte, unweit der Telephonzelle an der Ecke, wo ihre Straße von der Straße abzweigt, die in meinen Bezirk führt. Wir warteten auf den Autobus und sie sagte: »Aber, bitte, Unterhaltung – nichts weiter – nichts Ernstes –« Ich sagte: »Natürlich, nur Unterhaltung. Nur Spaß.« Manchmal fing ich einen Abend damit an, daß ich ihr komische Geschichten erzählte, eine nach der andern, alte Scherze oder sogar neue, oder auch Episoden aus meinem Leben, das schon lange genug gedauert hatte. Alles hing davon ab, wie man einen Abend begann. Dieser Abend hatte verhältnismäßig schlecht begonnen, mit Nebel und mit diesen Visionen an der Marmorwand in der Herrentoilette des Café Canada. Und das Theaterstück?

Zwei Tische von uns entfernt saßen sechs bis sieben Mitglieder der französischen Kolonie in London. Alles in allem gab es hier überhaupt eine ganze Menge Franzosen, und sie alle waren äußerst gut gelaunt; das Lokal war sehr beliebt bei den Londoner Franzosen, die noch etwas Geld hatten. Sie lachten und bewegten ihre Hände lustig hin und her, wie es die Franzosen tun; sie waren wahrscheinlich glücklich, daß Frankreich befreit war und daß sie nicht dabei sein mußten, wenn es hungerte. Die Franzosen brachten Trinksprüche auf einen gewissen Herrn Meyer aus, der soeben von einer Mission im Dienste de Gaulles aus Frankreich zurückgekehrt war. Herr Meyer war ein Elsässer und sehr patriotisch, wie es Leute aus Grenzgebieten gewöhnlich sind; man hatte ihm allerdings nicht gestattet, seine Heimatstadt zu besuchen. Er mußte zuerst in Paris bleiben und wurde dann nach Luxemburg vorgeschoben, von wo er in aller Eile wieder fort mußte, weil Rundstedt mit seiner Gegenoffensive die Rückzugswege bedrohte. Meyer war ganz froh, wieder in London zu sein.

Jane kam zurück und setzte sich. Sie sagte: »Komisch. Ihr tut so etwas nie.« Sie lachte verächtlich. Ich fühlte es kalt über den Rücken laufen.

»Was meinen Sie denn?« fragte ich.

»Aufzustehen, wenn eine Dame an den Tisch kommt –«

»Aber ich – ich habe Sie einfach nicht gesehn, bevor Sie kamen.« »Ist ja nicht so wichtig. So seid Ihr alle.« »Jane, verzeihen Sie«, sagte ich zerknirscht. »Verzeihen Sie! Ich habe doch nicht wirklich schlechte Manieren?!« »Ach nein, keine Spur.« Sie lachte.

Sie hatte Rouge aufgelegt und sah herrlich aus. Ihre Lippen waren voll, sie schien in der Wärme aufzublühen.

Der Kellner stand hinter meinem Stuhl, und ich bestellte etwas und fragte dann sie, und sie änderte die Bestellung und sagte ein paar Worte zu dem Kellner, was wohl ein Scherz sein sollte, aber recht streng klang. Der Kellner verbeugte sich. Ich konnte sie nicht verstehen. Ich bestellte Wein; es gab aber keinen Wein in Karaffen. Die Sachen wurden teurer und schlechter, jedesmal.

Sie hatte sich auch ein wenig frisiert. Ihr Haar war jetzt zurückgekämmt und fiel in honigfarbener Flut auf den Nacken hinab. Ich war verloren, wie immer, wenn sie irgendeine Veränderung mit sich vornahm. Sie wurde dann für mich eine ganz andere Frau, und war doch dieselbe, nur erwachsen in überraschend-prächtiger Weise; prachtvoll, und ihr Körper mädchenhaft und von einer anmutigen, fast erschreckenden Unschuld.

Ihre Augen waren kalt. Sie sah mich an und sagte: »Ich weiß nicht, warum Sie immer so gehemmt sind, wenn wir zusammen ausgehen?!«

Wir verzehrten unsre Suppe, und ich gab keine Antwort. Nachher hatten wir Zunge mit einer sehr guten Sauce, doch das Gemüse war wässrig und bleich und weich. Ich kostete vom Wein, um seine Temperatur festzustellen, und dann tranken wir den Wein. Sie versuchte ein Lächeln und hob ihr Glas. Ich sagte meinen Trinkspruch, den ich mir angewöhnt hatte: »Auf Mozart und die Rote Armee!« Sie verstand nicht, was ich meinte, lächelte aber konventionell. Sie sagte: »Diese Franzosen sind sehr munter.«

Ich sagte etwas barsch: »Ich spreche französisch nicht sehr gut.«

»Oh«, sagte sie, »und ich habe mir immer eingebildet, Sie sprächen fließend französisch.« »Leider muß ich Sie wieder enttäuschen«, sagte ich. »Jedenfalls habe ich eine Menge vergessen.« Ich beschloß sofort, sobald als möglich die »Chartreuse de Parme« zu lesen, die ich zu Hause in einer reizenden Ausgabe im Bücherschrank stehen hatte.

»Sie sind sehr leicht beleidigt«, sagte sie und trank ihr Glas zu Ende.

Der Kellner hinter mir dachte: »Das müssen Ausländer sein. Wie die nur essen! Bestimmt sind es keine Franzosen. Gott, wie ich sie alle hasse. Ich möchte wissen, ob das nicht Deutsche sind. In London läuft noch immer eine ganze Menge von Deutschen frei herum. Spione sind das, nichts weiter.« Der Mann war aus Birmingham.

Ich dachte an die Zeit, als ich bei Lyons Teller waschen mußte. Das Schlimmste war, die großen schwarzen Schüsseln rein zu kriegen, mit den Überbleibseln der alten Sardinen drauf. In diesem französischen Lokal war die Kücheneinrichtung natürlich viel besser, doch nicht ganz auf dem übrigen Niveau des Restaurants. Der junge englische Koch, der die Arbeit nur angenommen hatte, um seiner Familie zu beweisen, was er konnte, litt fürchterlich unter den schlechten Lüftungsverhältnissen. Der französische Chef behandelte ihn wie Dreck, ihn, dessen Bruder vor Arnheim das Victoria Cross erhalten hatte! Das war auch schließlich und endlich der einzige Grund, warum er überhaupt hier war; damit er seinen Leuten zeigen konnte, er sei, auf seine Art, nicht weniger als alle berühmten Brüder zusammengenommen.

Und ich dachte an den Abend in Capri, da wir in der Pergola auf der Terrasse saßen; wir aßen Melanzani und später gebackenen Fisch. Das Mädchen, mit dem ich damals lebte, sagte mir an jenem Abend, auf der Terrasse, sie habe lange aufgehört, in mich verliebt zu sein.

»Das Essen wird jedesmal schlechter«, sagte Jane. Sie sah ein bißchen mitgenommen und ausgesprochen gelangweilt aus.

Ich wurde wütend. Ich sagte leise, mit einem giftigen Ton in der Stimme: »Warum gehen Sie überhaupt mit mir aus, wenn Sie mich so hassen?«

Eigentlich war es aber ich, der sie haßte. Ihre Bemerkung über mein Gehemmtsein wollte mir nicht aus dem Kopf. Es war nämlich die Wahrheit. Gewöhnlich bereitete ich mir zu Hause die Worte vor, mit denen ich sie ansprechen würde. Ich bedachte jede kleinste meiner Bewegungen im vorhinein. Ich zitterte davor, einen falschen Schritt zu tun. Ich wußte genau, daß sie mich nicht liebte, und trotzdem wollte ich tun, was in meiner Macht stand, damit sie es sich vielleicht doch noch überlegte –.

Sie wandte den Kopf. Ich sah ihr in die Augen, und ich glaubte, darin den leisen Widerschein von etwas Menschlichem zu entdecken. Ich dachte: »Schließlich und endlich – sie hat, allein und entwurzelt, die besten Jahre ihres jungen Lebens im Exil verbracht. Sie ist hart, nur weil sie nicht zu weich erscheinen möchte. Vielleicht hätte sie mich schon längst heiraten wollen; sie hätte vielleicht gern Kinder gehabt, wie irgendeine andre Frau. Aber nein, nein, sie ist ganz anders. Nein, nein, sie hätte es nicht gewollt. Sie liebt mich nicht, sie weiß nicht, was Liebe ist.«

Sie dachte: »Warum quäle ich diesen Narren die ganze Zeit? Er ist ein ganz gescheiter Narr, aber er hat keine Ahnung. Wenn er wüßte, daß ich mit Rupert so gut wie verheiratet bin, würde er toben, würde aber niemals verstehen, warum ich nicht tatsächlich heirate. Rupert ist ein Feigling. Ja, das sind sie alle: Narren oder feig. Wenn dieser nette Narr wüßte –«

Und sie lächelte. Ich griff nach diesem Lächeln, wie ein ertrinkender nach dem Rettungsseil greift, im Dunkel, über den dunklen Wassern. Ich trank ein neues Glas Wein und lächelte zurück. Jane lenkte meine Aufmerksamkeit auf den Herrn am Nebentisch. Das war ein bemerkenswerter Mann, sehr alt und sehr vornehm und sehr wählerisch mit dem Essen. Er war offenbar eine Art Ehrengast; er hatte mehr und besseres Essen auf dem Teller als wir. Er trank dazu eine Flasche Rheinwein, wir konnten die Marke sehen.

Ich sagte: »Erzählen Sie mir doch noch was von ihrer Seereise nach Südafrika, an Bord der ›Berengaria‹«. Es ist so spannend. Wir haben schon Jahre nicht darüber gesprochen.«

Sie lachte auf. »Eine Idee! Warum erwähnen Sie gerade das? Zufällig habe auch ich gerade daran denken müssen.«

Ich dachte: »Wer zweifelt noch, daß ich die Welt beherrsche? *Sie* wenigstens beherrsche ich. Sie muß tun, was ich will. Sie kann mir nicht davonrennen. Und ich nicht ihr.«

Und so begann sie, mir wieder von dem wilden Mann an Bord zu erzählen und wie sie einmal in einer Tropennacht auf Deck mit einem verheirateten Mann ertappt worden war, und dem Mann wurde von der Deckreinigungsmannschaft der ganze Smoking verdorben, weil sie ohne zu ahnen in den Wasserstrahl der Deckspritze hineingelaufen waren. Und wie sie in ihre Kabine zurückschlüpfen mußte. Und dann erzählte sie mir von dem andern wilden Mann; und wie sie ihn getroffen hatte, und wie sie dann diese schreckliche Zeit auf dem Landgut des reichen zahmen Mannes verbracht hatte – eines dritten Mannes –; und wie sie die ganze Zeit mit der Familie Bridge gespielt und über die Gutsnachbarn geklatscht hatten.

Was für einen lustigen Abend wir nur hatten! Die Süßspeise war ausgezeichnet, eine Art wirklich gelungener Mousse au Chocolat. Sie aß in bester Laune; und ich beobachtete sie und war erfüllt bis zum Rand von Liebe und Nachsicht. Ich sah ihre linke Hand mit den paar Narben und ich liebte sie wegen der Narben, über die sie niemals Scham empfand, die sie nie verstecken wollte. Ich sagte: »Die Tochter des Herodias mit den Händen Christi.« Und ich pfiff vor mich hin. »Was war das?« fragte sie sehr rasch, als sei sie wirklich interessiert und wissensdurstig.

Als ich mit Klari per Schiff von Genua nach Syrakus fuhr, hatten wir an Bord der »Ausonia« eine geradezu herrliche Süßspeise. Es sah aus wie gesponnene Sonnenstrahlen, und dazu hatten wir sehr guten Wein, und Klari trug das Abendkleid mit den Spitzen und war sehr ausgeschnitten. Unser Schiff fuhr an Capri vorbei, und Wolken zogen um den Monte Tiberio, und ich seufzte, denn ich dachte an ein andres Mädchen, und Klari ließ sich von mir umarmen, auf dem Bett in der Kabine, im Abendkleid mit Spitzen, denn sogar sie wußte, daß es Stunden im menschlichen Leben gab, da Abendkleider weniger wichtig waren als das absolute Gewicht des Augenblicks, gewogen in unsrer Hand.

»Erinnern Sie sich noch?« fragte ich Jane, »als wir das erstemal zusammen ausgingen, gingen wir in ein kleines Lokal hinter Piccadilly, das war auch ein französisches Lokal, und Sie sagten etwas über Zusammen-Ausgehen, daß Sie mit mir nicht ausgehen würden, wenn Sie sich nichts daraus machten. Und zum Schluß hatten wir Kognak –«

»Da fällt mir ein – wie wäre es ...?«

Ich bestellte Kognak, und der dritte Kellner erschien mit einem großen Servierbrett voll Kognak- und Likörflaschen; und Jane war wieder sehr wählerisch und sagte, sie kenne die Firmennamen an den Flaschen gar nicht, und ob wir nicht doch einen Hennessy bekommen könnten, den bekamen wir dann auch.

Sie ließ ihr Stück Zucker zuerst etwas Kaffee aufsaugen, und dann etwas Kognak, und sie sah zufrieden aus und begann in der andren Sprache zu sprechen, und dann klingt sie immer wie ein Mädchen von fünfzehn – bevor der große Schock kam, diese völlige Umstellung in einem wohlbehüteten, jungen Leben.

Der Herr neben uns war fertig mit dem Essen; er zahlte aber nicht, sondern sagte dem Kellner ein paar Worte und warf uns einen halb belustigten, halb vorwurfsvollen Blick zu. »Die sind jung«, dachte der Herr, »und haben keine Ahnung. Arme Kinder. Sie sind verheiratet und sprechen eine fremde Sprache, denn Englisch ist nicht gut genug für sie. Ich hasse die Franzosen. Wer würde mir aber sonst Kredit geben außer den Firmen, für die ich arbeite?«

Der Mann war nämlich ein Weinhändler und leider auch gar kein richtiger Herr. Jetzt ging er nach Hause in seine Wohnung in Mayfair, denn er ahmte ja die Lebensweise der richtigen Herren nach. Und wenn er schon kein Herr war, so war er wenigstens ein Sonderling – nach

Hause gekommen, würde er vor der Photographie seiner verstorbenen Frau eine Kerze anzünden und würde dann niederknien und für sie beten und sie um Verzeihung bitten; sie hatte vor neunzehn Jahren Selbstmord begangen, auf den Monat waren es jetzt neunzehn Jahre, und alles wegen einer dummen Chansonette.

Ich versuchte, mit meinem Stück Zucker genau so zu verfahren wie Jane, ich nahm aber zu viel Kaffee, und der Zucker war schon fast völlig zergangen, als ich den Kognak darauf goß, und außerdem verschüttete ich ein wenig Kognak auf dem Tischtuch. Jane runzelte die Stirn, aber ganz freundlich, und ich lachte laut, ziemlich blödeidiotisch; ich lachte recht lang und ausführlich.

»Sie sind so komisch«, sagte ich, »so komisch. Wenn ich mit Ihnen zusammen bin, bin ich immer gut gelaunt. Erzählen Sie mir von Ihrer Kindheit.«

»Sie sind ein wenig betrunken«, sagte sie. »Macht nichts.«

«O Jane, süße Jane – warum –«

Man machte Schluß in dem Lokal. Die französische Gesellschaft stand vor dem Aufbruch; sie schrien laut durcheinander, und die Kellner lächelten nachsichtig über ihre Landsleute. Die französischen Offiziere wischten sich die Stirnen und setzten die Käppis auf; ein Kellner strich um die Tische und fragte Lady Stixen, ob sie ein Taxi wünsche. Die junge Kellnerin bürstete die Tischtücher, und der alte Mann mit den Weinen mußte in wenig rasten: er lehnte sich an das Geländer der Treppe, die zur Küche führte. Der zweite Koch war auf sich stolz; dann machte aber der französische Chef ein paar absprechende Bemerkungen über sein Benehmen heute abend, er tat es aus reiner Gehässigkeit, denn er konnte englische Köche und überhaupt die Engländer nicht leiden. Die Engländer hatten die »Strasbourg« auf der Reede von Oran versenkt, und sein Sohn war mit ihr untergegangen. Da sich die Türe jetzt so häufig öffnete, um Gäste zu entlassen, bekam der Nebel in dem Lokal die Oberhand. Das gelbe Gold an den Wänden wurde ganz und gar verwischt, und die Tische wackelten auf ihren Beinen, und Messer, Gabeln und Löffeln wurden fortgeschwemmt wie von einer schweren Strömung.

Ich sagte: »Süße Jane – wenn wir doch Abende wie heute jeden Abend haben könnten. Und Mittagessen und Frühstücke.«

»Es wäre nicht halb so nett«, sagte sie. »Eine Stunde kann mehr in sich bergen als ein ganzes Leben.«

»Das ist eine oberflächliche Bemerkung, ein Gemeinplatz«, dachte ich. Und ich fragte mich, warum es so weise und großartig klang, wenn sie es sagte. »Ich muß verliebt sein«, sagte ich. »Kein Zweifel. Doch wie lange bin ich schon verliebt?«

Die Kellner wollten gerne, daß wir aufstünden, doch Jane ist dickköpfig; sie tat, als bemerke sie es gar nicht. Sie bat sogar um eine zweite Tasse Kaffee. Ein unwilliger Kellner brachte ihr ihn unter Seufzen.

Ich sagte: »Unser Zustand ist zeitlos. Man tötet die Zeit. Genau so hätte es vor zwei Jahren sein können und vor einem Jahr und in einem Jahr. Außen Krieg und innen Krieg und Nebel in unseren Herzen und ein kurzes Leben hinter uns, und alles sieht aus, als sei man auf der anderen Seite einer gläsernen Wand. Zeit totgeschlagen und alles totgeschlagen.«

»Der Soldat schlägt den Feind tot und das Mädchen schlägt dir die Zeit tot. Und der Feind tötet den Soldaten und du tötest das Mädchen«, sagte der Bursche in der Garderobe und reichte mir Mantel und Hut.

Doch die Stadt war ja ganz verändert! Der Nebel war zwischen den dunklen Häusern hinausgesickert, und seltsame Gestalten mit verkrampften Gebärden waren von irgendwo draußen hereingeströmt. Neue Barbaren hatten die wichtigsten Bollwerke im Westend besetzt: sie heulten nach Taxis in heiseren Tönen, sie lehnten an Mauern und Toren, sie schlichen oder schlenderten, gespreizt wie fahrende Ritter, breit und gemein und aufgeblasen zu wolkigen Gespenstern.

Sekretäre, Staatsbeamte, Ingenieure, freie Berufe aller Art, anerkannte Verabreder für Verabredungen: die ganze Zivil-Bourgeoisie war verschwunden – heimgekehrt zu den Kaminen, unweit der Speisekammern: abgetreten ins Bett. Die Uniform herrschte, der Götze des Jahrhunderts.

Der Sergeant hielt sich an die Unkontrollierten, der Gemeine an die Kontrollhuren, der Offizier suchte nach Klassengefährtinnen in dem Hexenkessel. In der Finsternis und im verblasenen Dunst, in der halben Verdunkelung und der regnerischen Dämmerung klebte Klasse an Klasse, Volk an Volk. Der schlecht besoldete britische Unteroffizier trank zwei Glas Bier und fragte den Mann an der Theke nach einer bestimmten Adresse. Der britische Rittmeister trank einen Whisky und dann einen zweiten, konnte sich aber mit niemand anfreunden. Er zog sich in sein Gehäuse zurück, noch unseliger nach den unbefriedigenden Genüssen; in Gedanken bereitete er einen sentimentalen Brief an seine Braut vor, die in Coventry lebte, trauriges Überbleibsel des 18. Jahrhunderts. Doch die Amerikaner! Welch ein Gegenbesuch!

Sie lagen in Baracken in Mayfair und sie lebten in Häusern in Belgravia. Hunderte von ihnen waren aus den Vorstädten gekommen, wo sie ganze Häuserblocks einnahmen, ohne Leitung und Aufsicht. Die Offiziere durften in Hotels leben, wo sie wollten, die Bezüge waren reichlich. Die Mehrzahl war nur kurz beurlaubt aus anderen Städten Englands oder jenen Städten Europas, die jetzt durch Hunger, Prostitution und große Not zu internationalen Treffpunkten geworden waren, in Frankreich, Belgien, Holland und Deutschland. Sie genossen ihr Leben wie noch nie. Viele machten sich nicht einmal Sorgen wegen eines Dachs über dem Kopf, das war Sache des Mädchens. Das Mädchen war die billige Gottheit der Stunde.

Die Mädchen hatten die Aufgabe, Sünde, Vergnügen und Verderbtheit zu bieten: das Bacchanal. Sie taten, was sie konnten. Sie ließen sich vor einer der Westend-Karawansereien von einer Rotte küssen – sieben bis zehn Mann –; sie wurden der Reihe nach in dunklere Ecken gedrängt, wo der angenehme, doch stereotype Vorgang vollzogen wurde, teils im Stehen, teils aufgepflanzt gegen Wand oder Tor. Sie waren meistens betrunken, abgerissen gekleidet und äußerst laut. Sie hatten bisher vom Leben noch nichts verkostet in ihren Besserungsanstalten, Elendsquartieren und Instituten, so dürsteten sie nach Abwechslung. Sie hielten das für Leben, und sie verzweifelten immer erst nach zwei Wochen, wenn auch die Dümmsten unter ihnen die ersten Anzeichen der Geschlechtskrankheit entdeckten.

Die Mädchen kamen aus Liverpool und Leeds, aus den nördlichen und westlichen Grafschaften. Sie waren auf Grund des Frauen-Rekrutierungsgesetzes zum Industriedienst eingezogen worden und taten auch manchmal ihre Pflicht, zwischen zehn Uhr früh und vier Uhr nachmittags, in einem Betrieb, wo sie sich zwischen den geölten Maschinen herumtrieben, wo ihre äußere Form verfiel und wo sie schließlich in der Damentoilette ihre Zeit verschliefen. Andre wieder trugen selbst Uniform und glaubten an die Ehre der britischen Wehrkräfte. Sie gingen mit ihren Männern in billige oder teurere Zimmer, je nach Rang des geschlechtsdiensttuenden Amerikaners. Sie liebten das Geld und die flüchtige Zeit. Sie waren, weiß Gott, liebende Liebhaberinnen. Viele von ihnen waren bereits aus Gefängnissen ausgebrochen, wenn man diese Institute wirklich Gefängnisse nennen kann, wo sie der Kriegsstaat untergebracht hatte, solange Vater mit der Achten Armee im italienischen Dreck steckte und Mutter mit ihrem WAF-Verband in Nordirland stationiert blieb.

Genug Unschuld gab es in der Gosse in Coventry Street, Jugend am Steuer des Unheilbootes auf dunkelnden Wassern; genug Unerfahrenheit und Vertrauen zu der Namenlosigkeit des Symbols, des fremden Rangabzeichens auf der Schulter des fremden Soldaten. Und der Mann, der dir aller Wahrscheinlichkeit nach ein Gläschen spendieren wird, und dann noch eins und dann noch eins, und dich bitten wird, mit ihm das zu tun, was du schon die Eltern tun sahst, als du vier oder fünf Jahre alt warst, jenes Allerweltsunternehmen, von der Kanzel als Sünde verleumdet und als Sensation beflüstert in den ersten Schuljahren, Bewegung und Druck und das berühmte Gefühl des Niesens – der Mann, ders mit dir tat und es manchmal Tag für Tag weiter tat, anonym noch immer, wenn auch mit einem Namen, doch ohne Eltern und Heim; der Mann, der dich vielleicht sogar heiraten wird, wenn er sich in dich verliebt, wie es der Freundin in Huddersfield passiert ist: Dieser Mann wandelte im leuchtenden Schatten einer wunderbaren Wolke, glorreicher und glanzvoller als Tod im Bergwerk und sogar Tod durchs Raketengeschoß. Es war der Tod auf dem Schlachtfeld, der sein Banner wehen ließ über allem Elend der Straßenhurerei; der seinen Jahrhunderte alten Idealen abgebrühte Jünger warb.

Es war die große Wanderung der Weiblichkeit: sie vollzog sich abschnittsweise; geographische und soziologische Rangordnungen wurden scharf eingehalten. Junge Mädchen waren dem Ruf der Maschine gefolgt, von Halifax nach Birmingham und von Wigan nach Manchester. Landpomeranzen von den Walliser Bergen liefen in Swansea und Cardiff ein. In den Städten ereigneten sich häufig Fälle kleinerer Diebereien in den Warenhäusern, Geschäftslokalen, sogar auf der Straße. Ein Mädchen wurde in die Besserungsanstalt zurückgeschickt, einem anderen gelang es, in die Vorstädte Londons zu entkommen. Die nächste Phase hieß Islington oder Ealing oder Camden Town. Man hielt noch an eine Art von Beruf fest, doch wenn die Verdunkelung kam, dann schwärmten die Mädchen über den Broadway in die Kinos und dann in die Schenken und dann in die Tanzlokale. Nach der Vorstellung beherrschten sie die Straße in ihrer ganzen Breite und Länge; sie forderten Angebote heraus und lehnten sie ab; mit kreischendem Lachen pöbelten sie Uniformierte an; sie ergossen sich in Klumpen in die Stationen der Untergrundbahn, wo eine lange Reise begann, von deren Ende sie sich noch keine Vorstellung machten.

Und so wurden sie befördert: zum Westend, zum offenen Geschlechtsverkehr, zur Hoffnung auf einen Traum aus Satin. Das Londoner Westend war der Nabel der Welt. Es war in konzentrischen Kreisen angelegt: in der Mitte die Wohnungen mit den Offizieren drin, wie sie ausgestreckt auf ihren Betten lagen, mit den halbangezogenen weiblichen Hilfskräften aus der WAF quer daraufgelegt; im nächsten Ring die Unteroffiziere in den Wirtsstuben, die Herzen erweicht durch das Bier; und schließlich, im äußersten Kreis, die Soldaten der britischen und amerikanischen Armee an den Straßenecken, die in schnellem Rhythmus die Vorstadtdamen in die Mysterien der Venus einführten.

Doch nicht nur horizontal verbreitete sich der Plan. Vertikal ging es abwärts in die Souterrainlokale, wo man nach der Sperrstunde im »Klub des Großen Nepps« noch schlecht und recht was zu trinken bekam; abwärts in die U-Bahn, wieder ins Licht, ins künstliche, offizielle Licht der offiziellen U-Bahn-Verbindung, wenn kein Geld mehr für ein Taxi da war oder man für den Kampf um dieses Verkehrsmittel nicht mehr nüchtern genug war. Die U-Bahn wurde auch noch von Leuten benutzt, die andere Interessen und Sorgen hatten als Liebe und Suff; so wurde der unterirdische, lange Schlauch zur Szene des Konflikts, blutiger Streitereien und Zusammenbrüche und erzwungener Gefaßtheit. Oben, bei den Kassen, gab es ein letztes Widerstandsnest. Mit den Fahrkartenautomaten wurden Scherze getauscht. Verschlungene Statuen hingen auf den Rolltreppen. Mumien in Uniform griffen ineinander und hielten sich fest an dem Freund. Zusammengewachsene, umschlungene, todmüde Leiber wirbelten abwärts und fielen strömend auf den Bahnsteig.

Sie schrieen, sangen, zappelten, umarmten und liebten sich und schrumpften im Schlaf zusammen. Sie lachten laut und brüllten aus ganzem Herzen. Ein einsamer Zivilist wagte es, auch betrunken zu sein: seine alte Matrosenkappe in forschem Winkel überm rechten Auge, stimmte er ein Seemannslied der guten alten Zeit an. Ein indischer Matrose stieß ihn weiter. Sechs Neger benahmen sich artig und wurden von einem Haufen anderer amerikanischer Soldaten angegriffen. Mitten auf dem Bahnsteig lag ein großer Soldat auf seiner rechten Seite, völlig bewußtlos; blond war er und schön und lang gewachsen. Sein Kinn lag im Erbrochenen, er rührte sich nicht. Eine Menge sammelte sich um ihn und erwartete die weitere Entwicklung. Drei Riesen, mit den weißen Gamaschen und den weißen Helmen der amerikanischen Militärpolizei, näherten sich drohend. Die Menge verlief sich. Andere Sensationen zogen die Aufmerksamkeit an. Ein Neger war herausgefordert worden und hatte angenommen. Ein Boxkampf begann, der Neger siegte. Die Menge nahm ganz und gar für den Schwarzen Partei, der den Sieg in demselben Geiste akzeptierte wie zuvor die Herausforderung. Der Weiße hatte sich vom schmutzigen Boden wieder erhoben und fand Trost am ausladenden Leib seiner Freundin. Sie hatte einen glorreichen Sieg erwartet, war es jedoch zufrieden, das besiegte Haupt an ihrem verfallenen Busen zu bergen. Der Mann vergoß Tränen. Er dachte an seine Heimatstadt, wo alles glatt an der Oberfläche war und sonnig und still, mit den Sykomoren am Flusse.

Der singende Korporal der Seesoldaten war der nächste, der die Neugierde der Menge fesselte. Ein Zahnarzt in Uniform hielt eine Rede über den Krieg. Ein zweiter Held in Zivil versuchte sich in Unterbrechungen. »Wir drehen ihnen den Kragen um –«, und die Mädchen kreischten, quietschten, kicherten, brüllten, schrieen und bellten, öffneten und schlossen ihre Reihen. Die Züge donnerten in die Stationen und hielten an: der Wirbel teilte sich in Unterwirbel. Der Stationsvorstand pfiff, die weiblichen Schaffner riefen, der Zug fuhr wieder an, seine Lichter wie Fackeln strahlend; weiter, immer weiter durch die Tunnels; verborgen unter Grund wie ein explosives Mysterium.

Alle diese Männer und Weiber und Mädchen, die Huren und die Zuhälter und die Nutznießer eines Abends, hätten vielleicht längs des Schienenstranges in das schwarze Loch hineinwandern können, weiter und weiter und weiter hinziehen, stets unterirdisch, unter der wahren Welt, ein Licht in der Finsternis; sie hätten Meilen und Meilen gehen können, besoffen und von Fleischeslüsten besessen, sich gegenseitig abgreifen und drücken und pressen können, bis sie Atem und Samen und Bewußtsein verloren, eine ungefüge Masse, ein fühlloser Haufe, bis sie schließlich die große Bewegung Untergrund erreicht hätten, das große Ideal, die unterirdischen Kämpfer: das hilflose, hoffnungslose, hungernde, sterbende Europa, jenseits des Kanals – unter Grund, doch wie anders! Die dort das Schweigen des Todes statt hier der Lärm des Lebens; das Werk der Opfer statt das Leiden der Übeltäter.

»Es ist das Übel, das wir bekämpfen in diesem Krieg ...« Der alte Mann war am Krebs gestorben und der jüngere Mann rauchte seine Zigarre, und der Mann mit dem stupiden Schnurrbart versteckte sich in einer anderen Untergrundfestung; sie alle, sie alle einander so nahe, so nahe der Herrlichkeit und der Macht; so nahe dem Mittelpunkt einer unheiligen Erde.

Uns paßte der Wirbel auf der Straße nicht. Wir versuchten, ein Taxi zu kriegen, doch der Nachtportier hörte nicht auf diesem Ohr. Ich schepperte ohne Erfolg mit den Halbkronen in der Tasche. Wir mußten uns an den Kämpfen in Piccadilly beteiligen. Taxis fuhren vor, hielten, wechselten ihre Passagiere und fuhren mit der neuen Kundschaft im Nu wieder davon. Andere fuhren mit größter Schnelligkeit vorbei; andere fuhren langsam, doch die wollten wieder keine Fuhre, die so weit war wie Janes Wohnung. Vier, fünf Offiziere waren in einen alten Wagen hineingestopft und brüllten ihren Trotz heraus gegen die harrende Menge. Die Straße vereinte sich in dem Ruf: »Taxi! Taxi!«; der Ruf klang flehend, elend, hochmütig, drohend. Schrille Pfiffe unterbrachen die menschlichen Stimmen. Andere Männer standen in kleinen Gruppen in der Mitte der Fahrbahn und winkten mit müden Händen durch die Halbdunkelheit. Wenn ein Auto stehenblieb, stürzten sich Schwärme von Militärpersonen darauf, in enger, taumelnder Formation.

»Gehen wir doch zu einem der Hotels«, sagte Jane. Wir gingen zum Berkeley. Draußen hatten sich ein paar Gäste angesammelt, und Neuankömmlinge wie wir mischten sich heimlich und unauffällig darunter. Ein großer Portier und ein hurtiger, winziger Laufbursche waren am Werk. Sie fächerten gegen die Hauptstraße aus und drangen in Richtung des Claridges vor. Der Portier nahm meine halbe Krone, blieb jedoch bei seiner traditionellen Gerechtigkeit – und die hieß: Wer zuerst kommt, mahlt zuerst. Ein Taxi fuhr vor und nahm ein parfümiertes Paar auf. In der Hoteltür hatten zwei Damen in Hermelin und ein Stabsoffizier ihren Spaß mit einem Herrn, der soeben erst ihre Bekanntschaft gemacht zu haben schien. In Kriegszeiten finden sich die sonderbarsten Gesprächsgenossen. Ein polnischer Offizier stieß dazu. Sie lachten herzlich, doch innerhalb der Grenzen des Erlaubten. Jane trat heran und lauschte aufmerksam. Ihre Züge leuchteten auf, und ich bemerkte um ihre Augen eine sonst unbekannte Lustigkeit, als hörte sie bekannte Stimmen, die sie schon lange entbehrt hatte. Der polnische Offizier warf ihr einen schnellen Blick zu. Ich dachte mir, die stärksten Bande seien die Bande der Klasse, Kaste und Erziehung. Ich beneidete diese Menschen zwar nicht, doch ich fühlte mich ausgeschlossen. Als die Gesellschaft dann den nächsten Wagen nahm, beschlossen wir, es aufzugeben. Der Nebel wurde wieder dichter; wir gingen zu Fuß durch Mayfair zur U-Bahnstation Bond Street.

Ich sagte: »Der polnische Offizier hat sehr lasterhaft ausgesehen.«

Sie sagte mit abweisender Stimme: »Sie haben ja keine Idee, wie lasterhafte Leute wirklich aussehen. Das Pech ist, ich kenne sie alle.«

»Alle Laster?«

»Alle.«

Ich antwortete nichts. Wir gingen an einem der großen Mayfair-Hotels vorbei. Aus der Küche im Souterrain kamen Licht und Gestank. Ich war eifersüchtig und machte eine dumme, grobe Bemerkung. Sie nahm daran Anstoß und sagte es auch.

Die U-Bahn war höllisch. Wir kämpften uns auf den Bahnsteig durch, der voll war von betrunkenen Soldaten, Offizieren, von Huren, Theaterbesuchern und Kindern. In ihren Schlafstellen schliefen die Unschuldigen des Londoner Bombardements friedlich dahin, oder sie saßen da und beobachteten aus forschenden Augen den Glanz der Nachtschwärmer und -schwärmerei. Einige Kinder teilten die Bettstatt mit ihren besoffenen Müttern. Andere träumten allein, die Hände auf der schmutzigen Decke, goldene Locken um ein pausbäckiges Gesicht. Viele von den ständigen Gästen hatten ihren Spaß mit den Soldaten, die mit den Sitten des Londoner Nachtlebens noch nicht vertraut waren.

Als dann die Züge einliefen, brachen Scharen anderer Halbwüchsiger aus den Waggons vor und vereinigten sich mit ihren Familien. Sie hatten gerade ihre letzte Fahrt auf den U-Bahnstrecken beendet: sie hatten Kameraden getroffen aus Bezirken, die so weit entfernt lagen wie Wimbledon, Chiswick und Wembley; sie hatten neue Ideen von Spiel, Trunksucht und Laster in fremden Distrikten aufgeschnappt.

Wir rauften um den Eingang. Menschen waren in den Waggon hineingestopft. Die rauhe Stimme der weiblichen Stationshilfskraft beschleunigte unsere Schritte. Ein Fliegeroffizier aus Australien berührte Janes Arm und erhielt einen Verweis. Irgendjemand spielte auf einem Instrument, seine Stimme ging im Lärm unter. Der Zug raste dahin, die Betrunkenen rollten herum, die Mädels kicherten, die Soldaten stießen gegeneinander, Hirn und Seele waren uns durchbohrt mit dem Spektakel der Ungezügelten: wir mußten uns bemühen, verhältnismäßig die Form zu wahren. Nicht einen Augenblick lang sah mir Jane ins Gesicht.

Sie war vielleicht böse, weil ich kein Taxi hatte auftreiben können. Sie haßte diese Umgebung vielleicht so sehr, daß sie das Antlitz dessen, der dafür verantwortlich zu machen war, nicht einmal zu sehen wünschte. Wenigstens waren wir aber nicht getrennt. Nicht eines Haares Breite lag zwischen ihrem Rücken und meiner Brust, zwischen ihrem Nacken und meinem Mund, zwischen meinen Händen und ihren Hüften. Wir standen nicht: wir hingen. Ein anderer Soldat ging ihre Vorderseite an, und sie wandte sich bei der nächsten Station um, müde und angeekelt. Die Luft war zum Schneiden, der Lärm nahm zu. Einer wollte aussteigen und stieß uns mächtig. Ich fand plötzlich meine Hand auf Janes Schulter und meinen Arm um ihre Taille. Ich war erregt, und mein Ungewissen, das mir auf der rechten Achsel saß, flüsterte mir ins Ohr: »Gesteh es ein – du hast das gern. Du hast das schon *sehr* gern. Was für eine Gelegenheit! Du bist nicht ihr Geliebter und du versuchst von dieser Nähe und Enge genau so Vorteil zu ziehen wie sonst einer. Was für ein süßes Mädel du nur hast! Schade, daß sie nicht dein ist.«

»Halt den Mund!« flüsterte ich zurück. Jane hörte mich nicht. Sie machte eine Bemerkung über das Amt, in dem sie arbeitet, sie sprach recht laut, als wolle sie ihre eigne Bedeutung ausspielen gegen die protzigen Rangabzeichen, gegen den Ruhm der Soldateska. Das Lachen im Kreise verstummte, die Stimmen schwiegen einen Augenblick, und ehrfürchtiger Schrecken überfiel die Lauschenden. Schließlich und endlich war es ein berühmtes Regierungsamt, wo sie arbeitete.

Wir stiegen aus und gingen die kurze Strecke zu ihrer Wohnung. Ich sah einen klaren Himmel zu Häupten, nebellos, ein paar Fixsterne schwammen in dunklen Höhen, unberührbar und heilig. Ich war nicht müde, fühlte mich aber alt und abgespielt. Ich nahm ihren Arm, und sie entzog ihn mir nicht. Sie war recht munter und begann, mir eine scherzhafte Anekdote aus ihrem Büro zu erzählen.

lch wollte sie nicht fragen, ob ich mit ihr in die Wohnung hinaufkommen könne, sie ging jedoch einfach an die Haustür und dann hinein, das Tor ließ sie hinter sich offen für mich. Mit einem einzigen Sprung nahm ich die beiden Stufen, meine Enttäuschung war wie weggeblasen. Ich stieg hinter ihr die Treppen hinauf, und ich erinnerte mich an den Tag, als ich mit ihr zum erstenmal in ihre Wohnung gekommen war. Ich erinnerte mich an ihren geschwungenen Rücken und was ich damals gefühlt hatte, vor zwei Jahren: die starke, trockene Erregung des unsentimentalen Mannes, der sein Jagdtier zur Strecke bringt. Ich sah ihr Profil in dem Licht, das aus der Wohnung des Steuereinnehmers fiel, und die honigfarbene Strähne Haares unter ihrem schwarzen Hut. Ich sah sogar die Perlen um ihren Hals.

Sie öffnete die Wohnungstür; die alte Dame war wohl schon abgereist. Jane knipste das elektrische Licht in dem kleinen Vorraum an und ging in das Wohnzimmer, um den Gasofen anzuzünden.

»Schon gut«, sagte sie. »Kommen Sie nur herein –« Sie nahm aber nicht den Kleiderbügel aus dem Schrank für mich, wie sie es früher getan hatte. Ich fühlte mich vernachlässigt. Ich wußte nicht, ob Krieg oder Frieden auf mich wartete.

Tragödie

Mit einer ihrer schwungvollen, geradezu grandiosen Gebärden deutete sie auf den Zigarettenkasten auf dem

Kamin und bot mir eine Zigarette an. Die Wand dahinter war gelb und leer. Sie beugte sich zu dem Kamin, wo in der Kälte das Gas hell dahinloderte, und zündete mir einen Fidibus an. Ihr Körper bog sich in schneller Kurve, so diensteifrig, daß es höchstem Hochmut glich. Ich zündete meine Zigarette an; sie hatte es abgelehnt zu rauchen.

Wir sprachen beide nicht. Ich war eine ganze Zeitlang nicht bei ihr gewesen und genoß die Umgebung schweigend. Dort stand sie, nicht mein, doch mir nahe; gerade aufgerichtet, vor den Flammen des bläulichen Gases, ein wenig größer als gewöhnlich, da sie sich auf den Rand der Kamineinfassung gestellt hatte. Die Stille biß und rieb an meinen Nerven. Das Schaustück der Menge war verschwunden: Wir sahen uns der unmöglichen Aufgabe gegenüber, das Leben allein zu beginnen, von Gespenstern umgeben; verlockend und verlockt, doch ohne Gemeinschaft.

»Darf ich annehmen, daß Sie etwas trinken möchten?«

»Natürlich möchte ich«, sagte ich. Sie ging.

Wie schon so häufig, wenn ich bei ihr gewesen, kam mir plötzlich wieder die Idee, wir trieben an Bord eines Schiffes durch den leeren Raum oder pendelten in der Gondel eines altmodischen Ballons, an Wolken und Sternen vorbei, weit, weit fort von allem Menschlichen. Draußen war es stille – kein Auto fuhr; und die Nachbarn im Hause hielten Frieden. Ich lauschte und hörte Janes Schritte drüben in der Küche; ihre hohen Absätze klapperten in regelmäßigen Abständen auf den Fliesen, scharf und erregend.

Jedes einzelne Möbelstück in dem Zimmer war gut und teilweise antik und teuer; doch in ihrer Gesamtheit paßten sie nicht recht zusammen, und der Raum machte den Eindruck einer zusammengewürfelten Volksmenge. Alles war recht geschmackvoll arrangiert: trotz Diwan und Sofa und Kissen herrschten eine gewisse Kargheit und Keuschheit vor. Auf dem Kamin standen zwei Photos, die Verwandten der Dame, einer davon der verstorbene Vater. Von dem umfangreichen Sofa grinste ein schwarzer Stoffhund aus glasigen Augen herüber. Sie nannte dieses leblose Vieh aus Wolle und Samt »Tipsy«, und ich war auf ihn eifersüchtig. Die Schwester des Hundes, die ich allerdings nie gekannt hatte, war eine biegsame, schön gebaute Puppe gewesen, schmiegsam wie eine Tänzerin – sie war schon lang verschwunden. Tisch und kleiner Schreibtisch standen auch da, und noch ein kleiner Tisch, mit Büchern darauf, und Bücher auch auf einer Kommode, Hemmingway und die Gedichte Hofmannsthals auf deutsch; und auf dem kleinen Tisch »Richard III.«, aufgeschlagen irgendwo im ersten Akt.

Im oberen Stock sang eine Frauenstimme. Vor ein paar Wochen war dort eine neue Partei eingezogen; Jane sagte, es seien Leute, eben Leute. Das Singen brach plötzlich ab, und ein Grammophon begann zu spielen. Ich öffnete die Tür zum Nebenzimmer und lugte vorsichtig hinein, dort pflegte die alte Dame zu wohnen, wenn sie in London war. Jane war schon mehr als fünf Minuten fort, ich begann ärgerlich zu werden. Ich drehte das Radio an; das war ein guter, etwas altmodischer Apparat, MADE IN GERMANY. Ich hörte den Heimatdienst der BBC.

Hinter dem Zimmer der alten Dame kamen irgendwo die Küche und das Badezimmer: die Küche zu klein, wie sie in London alle sind, voll mit leeren und halbleeren Flaschen; das Badezimmer immer strahlend in Ordnung und Glanz – Jane liebte es, stundenlang im Bad zu sitzen, wann immer sie dafür Zeit hatte, das arme Mädchen.

Jane kam mit einem Tablett, und auf dem Tablett stand eine Flasche Wein, die ich ihr vor ein paar Wochen gebracht hatte und die noch unberührt war. Sie stellte das Tablett neben das Radio und setzte sich in den Sessel. Ich öffnete die Flasche, goß ein und setzte mich zu ihren Füßen hin. Sie hatte sich umgekleidet. Sie trug jetzt den dunkelblauen Hausrock, den »Himmlischen«, und schwarze Seidenstrümpfe dazu und schwarze Schuhe. Sie kreuzte die Beine und zeigte sie bis zum Knie.

Ich sagte: »Ihre Augen sind dunkelblau wie Ihr Kleid. Ich kann darin ein Funkeln sehen, und ich kann auch den kleinen Fleck an Ihrem Augenlid sehen, und ich liebe Sie.«

»Ich mag Rotwein«, sagte sie. »Ein wenig Musik?« Ich drehte an dem Weiser herum und fand schließlich eine gute Station, und wir hörten Tanzmusik vom »Sender West«. Ich sagte: »Ihre Augen ändern die Farbe mit Ihren Kleidern.« Und sie sagte: »Ich weiß. Jeder sagt das; darum muß es wahr sein.«

»Jeder!« Ich war wieder verstummt. Ich wollte ihr keine Komplimente machen, und ich wollte nicht über Politik sprechen, und ich haßte leere Phrasen. Ich trank also schweigend und war trüber Gedanken voll.

Ich konnte nicht immer wiederholen: »Ich möchte mit Ihnen ins Bett gehen – ich möchte mit Ihnen ins Bett gehen –« Es war doch sinnlos. Es hätte sie nur schlecht gelaunt gemacht. Trotzdem hatte ich nicht viel anderes im Sinn, es war für mich der einzige Gegenstand des Interesses: die große fixe Idee, die nie genannt werden darf – der Heilige Gral und das Mysterium der Zehn Sekunden.

Ich starrte ins Leere. Ich kannte mich nicht recht aus. Diesen Zustand nannte sie mit Recht »gehemmt sein«. Es war ein übertriebenes Bewußtsein meiner selbst und gleichzeitig eine gewaltige Vergeßlichkeit. Was bedeutete es denn, wenn ich sagte: »Ich liebe dich!?« Man liebte seinen Vater und seine Mutter und seine Kinder bis ins dritte Geschlecht, und man liebte seine Frau und seine Braut und seine Freundin und seinen Hund und seine Katze. Man liebte nicht sein Lust- und -Weh, sein Schicksal. Man liebte nicht Jane.

»Wovon träumen Sie?« fragte sie. Ich starrte weiter vor mich hin. Ich legte die Hand auf ihr Knie und sie entzog sich mir nicht. Dann läutete das Telephon.

Es läutete zweimal, dreimal, viermal. Ich nahm meine Hand fort. Ich sah ihr ins Gesicht. Ihre Augen waren ausdruckslos, und ihre Hände waren wie erfroren. Sie ließ das Telephon sechs- oder achtmal läuten, als wolle sie Beharrlichkeit und Treue des Anrufenden auf die Probe stellen. Dann stand sie auf. Es waren nicht mehr als drei Schritte zum Telephon; dort stand es, dicht bei Hofmannsthal und den anderen Büchern, dieses verhaßte, schwarze Instrument äußerster Weltlichkeit und Gesellschaftlichkeit.

Das Glied war geschmiedet, die Verbindung war hergestellt. Sie sagte mit ihrer heiser-sinnlichen Stimme: »Halloh – oh, halloh, Liebling!«

In den kleinen, voneinander abgeschlossenen Häusern Londons war ein Privatleben nicht mehr zugelassen als in den Mietskasernen New Yorks oder Berlins. Jede Einheit stand allein und war den anderen Einheiten verbunden durch Tag und Nacht und Elend und Seligkeit. Dieses Haus da, mit der halbblinden Frau im Souterrain, und mit dem alten Mann und seinem Sohn im Erdgeschoß, und dem Steuereinnehmer, seiner Frau und zwei Kindern im ersten Stock, und Jane und der alten Dame im zweiten, und mit den Neuankömmlingen im dritten; mit dem Kohlenkeller und den Drähten und Wasserleitungen und Röhren und Dachtraufen außen und innen – es war wehrlos ausgesetzt den Angriffen aus der Luft und durch die Luft, den Bomben und den Worten, dem Wind und den Ansprachen und der Musik des Radios und den Stimmen des Telephons. Es war aufgerissen, als hätten die deutschen Flugbomben bereits ihre Arbeit verrichtet, und die Sprengbomben zuvor, und die Raketen später. Diese

Stimme eines anderen Liebhabers war tödlicher als sonst der Tod aus den Himmeln.

Ich sah den Mann auf dem Sofa liegen und von Jane träumen. Ich sah seinen kleinen Schnurrbart, und seine Uniformbluse über einem Stuhl neben dem Bett und ich sah sein Herz, und ich hörte Janes werbendes Gurren. Aber vielleicht war es eine Frau; ich hörte die Stimme nicht. Jane hatte »Liebling« gesagt – warum sollte nicht auch eine Frau ein Liebling sein? Der Irrtum war schon früher vorgekommen; erst vorgestern war mir dasselbe mit Jane passiert und dann hatte sie gesagt, natürlich sei es eine Frau gewesen, und Jane log niemals, sie log mich niemals an; sie mochte schweigsam sein, über das normale Maß zurückhaltend, doch sie log nicht.

Vielleicht war es also wieder eine Frau.

Jane sagte: »Ach, mein Liebling – wie schade – oh, du bist ein Held, mein Liebling ...«

Es war ein Mann. »Held« ist eine männliche Erfindung der Weltgeschichte, ein Held ist immer ein Mann; fast in allen Sprachen wird da ein Unterschied gemacht; sonst ist es nämlich eine Heldin. Ein Held, das ist einer, der bei Arnheim oder in Tunesien oder in Italien gekämpft hat und der jetzt an der Roer kämpft. Ich wollte, der Mann kämpfte jetzt an der Roer. Ein Held, das war einer, der zum Zahnarzt ging und sich zwei Zähne ziehen ließ, ohne mit der Wimper zu zucken; oder einer, der vor seinen reichen Vater hintrat und sagte: »Paß einmal auf – ich möchte dieses Mädel heiraten; sie hat kein Geld, und ich habe kein Geld, aber wir lieben uns ...« Mich hatte sie niemals »Liebling« genannt. Scherze dieser Art machte sie nicht mit mir; und sie sagte es mir auch nicht im Ernst. Ich blickte auf die gelbe Mauer überm Kamin, und ich sah sie in meinen Armen, es war Weihnachten vorigen Jahres, und sie hatte seine Blumen für meine gehalten, und als sie ihren Irrtum entdeckte, legte sie mir den Arm um den Hals und es war das einzige Mal, daß sie das getan hatte, und da lagen wir auch schon auf dem Teppich, und sie trug dieses komische Jungmädchenkleid, und ich war im siebenten Himmel, wie im Himmelbett.

Sie gurrte und girrte und warb. Ich sah wieder den Mann, ich sah das Glas Whisky auf seinem Nachttisch, ich sah, wie er davon nippte, der Nipper; und ich versuchte, meine Phantasie stärker anzuspannen und stellte die schärfste Brennweite ein, aber ich konnte nicht verstehen, was er sagte. Ich sah ihn, und ich sah, wie sich seine Lippen bewegten, doch es vollzog sich alles jenseits meiner Möglichkeiten, jenseits des unendlichen Raums, über all den Wolken und Häusern und Straßen, die das feine Hotel, wo er lebte, von diesem Zimmer trennten, wo ich erst vor ein paar Sekunden meine Hand auf ihr Knie gelegt hatte.

Ich erhob mich. Ich konnte Schluß machen mit dem Gespräch, wenn ich wollte, und ich konnte auch mit ihr Schluß machen. Ich konnte sie erwürgen, während sie sprach, oder ich konnte einfach an ihrer Stelle den Apparat einhängen. War ich denn ein Mörder oder ein Tyrann oder gar ihr Gatte; lebten wir denn im neunzehnten oder im einundzwanzigsten Jahrhundert, im England der Königin Viktoria oder in Sibirien unter dem puritanischen Kommunismus? Ich tat nichts dergleichen.

Ich verließ das Zimmer und ging in den Vorraum. Da stand ich also in dem engen Durchgang zwischen ihren Schränken und ihren Koffern, zu meiner Rechten ihr lieblicher Fuchspelz und alle diese Hotelmarken auf ihren Koffern, von Südafrika und Ceylon und Capri. Dort stand ich, und mein Herz war bleich und trocken.

Ich hörte, wie sie das Telephongespräch abbrach und den Hörer auf die Bücher legte, und ich sah, wie sie auf mich zukam, und ich bemerkte einen sonderbaren Ausdruck in ihrem Gesicht, als sie sagte: »Sie gehen doch nicht weg?« Es war weder die Bitte zu bleiben, noch auch die leiseste Andeutung, ich solle gehen. Ich sagte: »Wenn Sie andere Gesellschaft wollen –«, und ich zuckte die Achseln. Ich tat es recht elendiglich, und sie sagte: »Seien Sie nicht dumm! Jetzt bin ich mit Ihnen.« Und sie ging ans Telephon zurück.

Ich ging selbst zurück und trank mein Glas aus. Ich weiß nicht mehr, wie lange sie noch weitersprach und wie oft sie das Wort »Liebling« wiederholte. Ich weiß auch nicht, wie es geschah, daß ich den Mann aus dem Blickfeld verlor.

Und dann sagte sie auf einmal: »Gute Nacht!«, als sei sie die Spitzenansagerin des »Senders Paradies«, und dies die Nacht vor dem Jüngsten Gericht. Sie drehte sich um, und nochmals um, und fiel in den Sessel, fast völlig erschöpft.

Ihre Stimme erklang in zweifachem Triumph. »Den halt ich auch zum Narren.«

Sofort ging ich in Abwehrstellung über: »Mich halten Sie nicht zum Narren. Ich kenne Sie.«

»Natürlich nicht. Warum auch?«

»Was meinen Sie also? Und warum benehmen Sie sich so vor mir?«

»Haben Sie nicht immer gesagt, Sie wollten Aufrichtigkeit – keine Geheimnisse –, daß Sie alles ertragen können, nur nicht Lügen? Schön – Sie lüge ich nicht an.«

»Das ist wahr«, dachte ich. Sie sah winzig aus, in dem gewaltigen Sessel, und ich stand über ihr wie ein drohender Schatten. Ich sah, wie sich etwas in ihren Augen regte, und ich verließ meine mächtige Pose und fiel in meine frühere Stellung auf der Erde zurück, und ich reichte ihr mein Glas. Ich fragte sie: »Warum haben Sie mich denn nicht aus dem Zimmer geschickt?«

»Feigling!« sagte sie und lächelte.

»Zu mir haben Sie nie ›Liebling‹ gesagt!«

»Ach, Liebling«, sagte sie und streichelte mir zweimal die Wange. »Weißt du denn nicht, daß das die einzige Art ist, wie ich es tun kann?!«

»Tun? Was tun?«

»Oh – so gewiß freundlich tun. Am Telephon; nur dann! Geben Sie mir ein wenig Wein, bitte, Rotwein habe ich gern, und ich sitze gern hier –«

Ich rückte näher, denn ich wollte sie besser beobachten. Sie rührte sich nicht und rückte nicht weg, sondern antwortete mir mit den Augen. Vielleicht sah sie ihre Familie, wie sie alle auf dem grünen Rasen saßen, und die Nachbarn von drüben waren gekommen, und die großen Sonnenschirme sahen aus wie ungeheure Pilze, nur heiterer, und Mama hatte ein graues Kleid an, und man hatte ein paar Herren von der englischen Botschaft eingeladen. Das war vor der Sintflut. Und ich dachte an meinen Vater, wie er mich immer gequält hatte mit seinen idiotischen Reden von »der Gesellschaft« und wie man »ein nützliches Mitglied der menschlichen Gesellschaft« sein mußte; und wie er dann gesagt hatte: »Mach deine Aufwartung bei Tante Betty«, immer hatte er »Aufwartung« gesagt, als sei ich ein Hund! Da saßen wir nun, vertrieben und ausgestoßen aus jeder nur vorstellbaren Art von Gesellschaft, treibend in den Abwässern einer fremden Stadt, Abfall des Krieges, voll Sehnsucht zurück in die Vergangenheit, und gerade deshalb noch gieriger nach einer Zukunft, die all das ändern würde, und Himmel und Erde dazu. Ja, wir gehörten zueinander, wir kamen aus derselben Kaste, wir waren beide leicht verletzbar und wollten es nicht zeigen. Ich hatte meine Übertreibungen, und sie hatte ihre Zurückhaltung; sie leugnete, sie sei »meine Schwester«, doch jetzt, nach der Tragödie des großen Verrats, sah ich mein Gesicht als das Gesicht eines Bruders, und sie fiel zurück in ihrem Sessel, ohne Maske und beinah ohne Leben.

Ein Auto fuhr draußen vorbei, und aus großer Ferne kam die zweifache Explosion eines deutschen Raketengeschosses. Sie bat um mehr Wein, und auch ich trank wieder ein Glas, und unter uns begann das Baby des Steuereinnehmers zu schreien.

Jane war müde und begann in der anderen Sprache zu sprechen, wie immer, wenn sie müde war. Ihr Gesicht wurde langsam kleiner. Ich saß auf der Lehne ihres Sessels.

»Sie lieben dramatische Situationen, nicht wahr?« fragte sie. »Nun –«, sagte ich.

»Ich möchte nur wissen, warum ihr Männer um fünfzig alle solche Angst vor dem Tod habt.«

Ein Vorhang, gleich dem Nebel vor der Türe, war auf ihre Augen gefallen. Ich bemerkte einen feuchten Glanz, eine tauige Nässe, einen wässerigen Quell, der wie lebendige Natur unter den blauen Bögen aufschien, unter den eifrig nachgezogenen Bögen zwischen Brauen und Lid.

Große Oper

»Aber Sie weinen ja!« sagte ich; und sie sagte: »Fällt mir gar nicht ein!« doch aus den feuchten Tiefen ihrer Augen quoll eine Träne, kämpfte gegen die Maskerade und fügte sich schließlich dem mächtigen Gesetz der Schwere: eine schwarze Träne. Ich freute mich an dieser Träne, und an dem Schweigen, das uns wieder umfing, und das kein bedrückendes Schweigen war, sondern etwas Leichtes und Silbernes, eine große Rührung. Ich konnte eine herzzerreißende Melodie hören, als sängen Engel beim Zahnarzt, halbwegs zwischen Lust und Schmerz, einen Ton, so beladen mit noch geheimeren schwarzen Tränen und verschwiegenen Enttäuschungen, nicht weit entfernt von körperlicher Übelkeit und höchster Freude. Dies war ein böses Gefühl: Ich wußte, ich hatte mich dem billigen Triumph des Peinigers ergeben, der Genugtuung, daß ich auf das Opfer ein wenig Eindruck gemacht hatte. Sie weinte um meinetwillen, meine Gefühle waren ihr also nicht fremd: sie war wirklich die Schwester, die ich all die Zeiten gekannt hatte; und sie beklagte ein Schicksal, das sie von mir trennte. Oder weinte sie nur über sich selbst?

»Sie weinen, weil Sie sich selbst bemitleiden.«

»Das tut man immer.«

Ich rückte näher. Sie sagte: »Wenn ich weine, weine ich aus Spaß.«

Ich erinnerte mich, wie sie in »Lottie Dundas« geweint hatte, diesem Theaterstück über eine ehrgeizige junge Schauspielerin; und wie sie einmal geweint hatte, als ich ihr etwas erzählte von der hingebungsvollen Liebe einer anderen Frau für einen unwürdigen Mann. Damals hatte sie für alle Frauen der Erde ihre Tränen vergossen, sie war großzügig. Und sie dachte: »Ich sollte wirklich etwas mehr schlafen, und ein wenig regelmäßiger.«

Sie sagte: »Die Starken sind schwach, und die Schwachen sind stark.«

Meine Zufriedenheit war verschwunden. Eine fast unerträgliche Zärtlichkeit durchströmte mein Herz. Ihre Tränen hatten gesiegt: Sie rannen in schwarzen Bächen ihre Wangen hinab, mit dem schweren Tropfen am Ende; und sie zogen Linien in ihre rosa Schminke. Ich war ganz und gar verloren.

Dann sprach eine Stimme. Es war die tiefe, rauhe Stimme eines alten Weibes, die Stimme von »Quietsch-Fifi«. Mein Ungewissen war jetzt vollständig verändert – verschwunden das kindliche Aussehen und der kecke Winkel seiner Kappe, verschwunden, bei Gott, die ganze menschliche Erscheinungsform. Über Janes Schreibtisch hatte sich in der Luft eine Art von schwarzem Loch gebildet, ein dunkles rauchfangähnliches Horn, einem Lautsprecher vergleichbar, verbunden mit unsern Seelen und auch mit der Außenwelt. Und das Loch sprach; es höhnte und lachte und machte sich über meine Gefühle lustig. Die anderen antworteten.

»Laß dich nicht wieder zum Narren haben«, dröhnte der schwarze Sprecher. »Sei nicht dumm, mach dich nicht lächerlich. Glaubst du wirklich an ihre Tränen? Du Narr! Bist du taub, stumm und blind?«

»Blind ist er, das stimmt!« bellte der kleine Stoffhund vom Diwan. »Warum störst du ihn in seiner Blindheit?! Er ist glücklich, so wie er ist.« Und der Hund bellte lauter.

Doch der kleine hübsche Junge in der Photographie auf dem Kamin zog abstoßende Grimassen, und die Tränen strömten seine Backen herab. »Meine Schwester ist ein schlimmes Mädchen, schlimm. Sie konnte schon immer weinen auf Wunsch.«

»Sicher, bestimmt«, sagte Jane. »Ich bin sehr nahe am Wasser gebaut. Macht euch nichts draus.« Ihre Tränen flossen reichlich. Tränen überall, alles weinte. Das heulte und klagte und schrie und weinte und schluchzte in diesem Zimmer. Das Radio spielte eine sentimentale Weise. Dann drehte jemand an einem Knopf, und der Ansager des Heimatdienstes der BBC sagte feierlich, auf seine übliche Art, nasal und nebenbei: »Um Bastogne wird äußerst heftig gekämpft. Die beiderseitigen Verluste sind beträchtlich.«

»Behalt dein Gleichgewicht«, sagte mein Ungewissen. »Stets hat es auf Erden Kämpfe, Verluste und Tränen gegeben.« Mein Vater drehte sich im Bett um, da meine Mutter und ich im Begriff waren, ihn im Stich zu lassen; wir machten uns auf eine Reise in die Schweiz, und mein Vater bildete sich ein, er habe ein Nierenleiden, vielleicht hatte er eins, vielleicht war es wahr, er war jetzt seit langem tot; er drehte sich um, und ich konnte seinen großen, starken Leib sehen, wie er sich schüttelte, unter einem lächerlichen Nachthemd, und wie er weinte, ein kräftiger, mächtiger Mann. Meine Mutter war unters Licht getreten, um mir ihr Gesicht besser zu zeigen: meine Geliebte, die beste Freundin und Kusine meiner Mutter, hatte ihr ins Gesicht geschlagen, und die klassischen Züge meiner Mutter waren zu einem schrecklichen Schrei verzerrt, so war sie Niobe, ganz Tränen, ganz erlittenes Unrecht, zu Fleisch geworden, alles Unrecht, das ich in meinem Leben getan hatte, in Vergangenheit und Zukunft. Und neben ihr stand der Junge, den ich gründlich verhauen hatte, und der dann davonlief; er krümmte den Rücken jammervoll, und ich bejammerte ihn. Im Dunkel des Krankenhauses, im halben Licht der Gaskamine, weinte eine ganze Reihe von alten Weibern, sie weinten mit abgewandten Gesichtern als hätten sie irgend etwas Böses getan, es war aber wegen des jungen Burschen aus der Normandie, des »Lieblings der Gasse«, der dort drüben in seinem Bett schmerzvoll und langsam starb. Männer weinten nicht, wenn sie verwundet wurden, wenn die Kugeln sie in den Bauch oder in den Kopf trafen, sie fielen einfach hin, aber der alte Mann hatte in seinen Bart hinein geweint, als der Brief kam, und Mutter wandte sich um, als er ihr den Brief zeigte, und ihr Hals verdrehte sich ein wenig, und sie ließ den Teller aus der Hand fallen, und der Teller zerbrach. Man suchte noch immer unter den Trümmern, jemand wurde noch vermißt; die Leute, die man ausgegraben hatte, das konnten doch nicht alle Bewohner des Hauses sein, und der Luftschutzwart ging zum sechstenmal die Liste durch, als plötzlich das kleine Mädchen in Tränen ausbrach, und in weiter Ferne, tief in den Eingeweiden der Erde, begann der Hund zu heulen, als habe des Feindes Pfeil, der gegen die Güte gezielt war, ein Tier zu Tode getroffen. Und so gab es Tränen und Elend, im Morgengrauen des Lebens wie im Abendschein, die Angst und der Schrecken und das Laufen um Deckung. Ein paar ältere Leute schluchzten in einer Ecke des Luftschutzraumes schweigend, obschon sie diesmal in Sicherheit waren, doch vielleicht das nächste Mal verlorengingen in diesem ständigen Luftbombardement der Stadt, die hilflos dalag unter dem Dreschflegel des Übeltäters. Und dort drüben am Ende der weinenden Prozession rannte der blödsinnige Bauernjunge, er kam aus dem Bauernhaus, es war Sonntagmorgen, irgendwo in der Entfernung spielte die Orgel, gewaltig, erhebend, und der blödsinnige Junge stand da im Sonnenschein, und es war wirklich ein lustiger Junge, fett und rund und munter und mit hellen Augen, doch sein Geist war tot, er war des göttlichen Funkens beraubt, und plötzlich schrie und brüllte er laut und weinte jämmerlich, als fühle er, was mit ihm los sei, und ich fühlte mit ihm und ich weinte mit ihm über die unmenschliche Menschheit und die unwürdige Welt.

Ich sagte zu Jane: »Leg dich lieber nieder!« Sie erhob sich aus dem Sessel und fiel auf dem großen Schlafdiwan nieder, der ihr als Bett diente, aber noch nicht aufgedeckt war, und ihr Hauskleid war ihr über eine ihrer kindlichen Schultern gerutscht. Sie sagte klagend: »Truck, ich kanns nicht schaffen. Ich habe geglaubt, ich kanns, aber ich kanns nicht. Es ist zu viel für mich.«

Ich spürte eine Trockenheit in der Kehle und sagte: »Was du brauchst, ist mehr zu trinken. Ich geh einmal in die Küche und schau mich um.« Ich ließ sie auf dem Diwan liegen und ging in die Küche.

Der Küchentisch war voll mit Flaschen, leeren Flaschen meistens; mit leeren Bierflaschen und zwei leeren Weinflaschen.

Ich sah auch die Whisky-Flaschen, die gewöhnlichen Marken, und ich griff nach einer halbleeren, kurzhalsigen Flasche Haig und nach einer viertelleeren, schlichten Black & White. Ich nahm auch eine langhalsige, fesch aussehende Flasche Weißwein; ihre Mutter hatte ihr zu Weihnachten vorigen Jahres diese Flasche Weißwein gebracht und hatte gesagt:

»Hier – hier – mein Kind – und wie gehts dir und wie lebst du die ganze Zeit – damit du dich nicht immer beklagst über meinen Geiz – hier – das ist die letzte aus unserm Keller – oh, du mußt dich erinnern, erinnerst du dich auch?«

In einem Topf auf dem kalten Gasherd ein wenig rohes Fleisch und im Ausguß lagen Salatblätter. Ich suchte nach Gläsern, doch die Gläser lachten mich aus und blieben in ihrem Versteck, und ich nahm ein Tablett, das vor Reinlichkeit funkelte und kicherte wie ein schüchternes kleines Mädchen. Die Whisky-Flaschen hatte ich nicht sehr gern, denn für eine von ihnen war Captain Cruickshank verantwortlich, und der Captain hatte gesagt: »Nur noch ein einziges Glas –«, und er hatte den Arm um ihre Taille gelegt, und sie hatte gesagt: »Aber Captain Cruickshank – Sie benehmen sich!« Und sie tranken noch dieses eine Glas und dann noch eins und dann noch eins, und dann sagte sie: »Einen Augenblick, bitte –« und sie ging ins Nebenzimmer, wo sie sich auszog, und sie kam in ihrem rosa Nachthemd zurück, den Pelz um die Schultern, worauf der Captain bald kein Captain mehr war, sondern ein L i e b h a b e r in Sperrdruck, und wie wenig sie sich nur sperrte. Er seufzte wie ein Schuljunge, als er von ihr aufstand, und Jane flüsterte: »Sie dürfen Ihren Reitstock nicht vergessen«, doch am Ende vergaß er ihn doch, und ich hatte den Reitstock am nächsten Abend gefunden und ich hatte die ganze Unterhaltung geahnt. Verrat im Wein und Verrat im Schnaps! Meine Mutter war mit meinem besten Freund zum »Heurigen« gegangen, das war in meiner Heimatstadt, und sie war ein wenig beschwipst, als sie nach Hause kam, während ich in den Sümpfen Wolhyniens auf nassem Stroh gelegen war und nichts tat, als beten, es solle doch weiterregnen, auf daß die russische Artillerie weiter zum Schweigen verdammt sei. Meine Freunde hatten mir noch ein Glas Wein eingeschenkt, und ich wurde unruhig am untern Ende der Tafel, und ich begann meine Geliebte zu verfluchen, und sie versuchte mich anzulächeln, während ihr rechter Fuß auf dem Schuh des Leutnants lag und sie mit ihrem linken das Schienbein des Verwaltungsrates von Loeb & Co. liebkoste. Ich erhob meine Stimme und sagte laut: »Dreckige Hure!« und mein Freund zu meiner Rechten grinste, so hatte er seine Rache, er war in die Dame dort drüben genau so vernarrt wie ich. Die Cocktail-Gesellschaft nahm ihren Lauf, und die Kastanien draußen auf dem Platz verwandelten sogar das Zimmer drinnen zu einem sommerlichen Ort, und meine Beine und Füße begannen mir weh zu tun, und jemand fragte mich: »Wie gehts Ihrer Frau?« und ich antwortete: »Danke, gut. Meine Frau ist seit drei Jahren tot.« »Oh, das tut mir aber leid«, sagte der Jemand, und ich rückte an das Büfett vor und erwischte noch ein belegtes Brötchen und noch ein Glas Gin und Wermut. In Rom war ich mit Caroline ausgegangen, und sie trank nicht, aber sie tanzte mit diesen italienischen Gigolos, und ich trank Wermut und dann Grappa, und ich tanzte nicht, und Caroline kam an meinen Tisch zurück, und sie war sehr erhitzt. Es war Juni, und die kleinen elektrischen Birnen leuchteten friedlich in der Laube, wo wir saßen, und dann sagte sie: »Ich möchte ein wenig Limonade, mir ist so heiß, Moio –« Und Moio, das war ich, Moio sagte: »Warum bittest du nicht einen deiner Kavaliere?« Caroline drehte mir ihren schönen

Rücken zu und sie sprach auf dem Heimweg kein einziges Wort mit mir, und sie sperrte die Türe zu ihrem Zimmer ab, und ich erbrach das Schloß und erzwang mir den Eingang und schlug ihr ins Gesicht, und sie sprach die ganze Woche kein einziges Wort mit mir, und schweigend gingen wir aus, und schweigend kamen wir heim, und ich trank und trank.

Jane lag noch auf dem Diwan, und ich schenkte ihr einen Whisky ein, und sie trank ein kleines Glas Whisky, und ich trank ein großes Glas Whisky. Wieder begann sie in der andern Sprache zu sprechen, sie sprach sehr rasch mit ihrer kindlichen Stimme, und ich saß dicht bei ihr.

»Natürlich mache ich Gelegenheitsbekanntschaften, das leugne ich gar nicht, warum auch? An den Straßenübergängen muß ich genau so warten wie jeder andre, wenn die Verkehrsampeln gegen mich sind, und es ist bestimmt nicht meine Schuld, wenn ein großer Tourenwagen ein paar Zoll vor mir stehen bleibt, und der Offizier drin fragt mich, ob ich etwas vorhabe, und ich steige ein und wir fahren so herum; und wir sind aus der Stadt herausgefahren, in eins von diesen Lokalen in der Umgebung, und ich habe ihm den ganzen Abend meinen Namen nicht gesagt. Wie lang ich das schon so treibe? Nun – ich glaube, es ist die Schuld meiner Mutter, du hast ja keine Vorstellung, wie wir erzogen worden sind. Wir hatten zwei Telephonapparate im Haus, und eines Tages sprach ich mit ihm am Telephon, und zufällig war auch die Verbindung mit dem Zimmer meiner Mutter hergestellt, und sie hörte jedes Wort, das er sagte, und nachher kam es zu einem fürchterlichen Krach, und ich habe meiner Mutter damals gesagt: ›Was bildest du dir denn ein?! Ich bin nicht mehr dreizehn Jahre alt!‹ So ist sie draufgekommen, und seither hält sie mich für eine Verlorene. Glaub mir, ich kann schon selbst auf mich aufpassen: Als man mich damals in diesen Kurort schickte, damit ich dort Kochen lernte, gab es dort zwei Offiziere der ›Schwarzen Garde‹. Faschisten reinsten Wassers hatten offenbar beschlossen, mich besoffen zu machen, und ich ging mit ihnen aus; sie wußten nicht, dass ich nicht ›dazugehörte‹, sie wollten mich also besoffen machen und dann mit mir ins Bett gehen, aber ich hab sie unter den Tisch getrunken. Ich schwör dir, glaub mir, Truck, ich war niemals verliebt, ich habe noch nie jemanden geliebt außer Dr. Blunt. Ich war damals zwölf, er war unser Hausarzt, er war sehr vornehm, aber Frau Dr. Blunt war noch vornehmer, sie war die vornehmste Frau in der ganzen Stadt, sie war ein bißchen taub, sie hatte so eine reizende Art, wenn sie einen nicht hören wollte, ich beschloß daher auch, mich halb taub zu stellen, und den Kopf genau so zu neigen, wie sie. Und dann sagte ich, ich sei krank, wenn wir gerade eine Gesellschaft hatten, ich war zu den Gesellschaften der Erwachsenen noch nicht zugelassen, ich hab dir ja gesagt, wie wir erzogen wurden; ich war noch in einer Art von Kinderzimmer untergebracht, und ich wollte ja nur den Doktor Blunt bei mir haben, und schließlich kam er auch, und ich sagte, ich habe Bauchweh, und er sagte, ich solle mich ausziehen, aber ich wollte das nicht! Also zog er mich selbst aus und gerade das hatte ich gewollt. In unserm Kinderzimmer standen drei Betten – am nettesten aber war, wenn wir Großmama besuchen durften. Sie lebte direkt gegenüber von uns, und an jedem dritten Sonntag lud sie alle ihre Enkelkinder zu sich ein, und nach dem Essen hatte sie ihr Mittagsschläfchen, und wir durften im selben Zimmer bleiben, doch niemand durfte sich rühren; wir verhielten uns stumm, wie verzaubert, und sie schlief eine halbe Stunde. Da saßen wir alle ruhig und brav, oft waren es sechs oder sogar zehn Kinder, wir wagten nicht einmal zu lesen, weil wir Angst hatten, umzublättern. Ich hatte viele Freunde, und auch als wir nach London kamen und schon unser ganzes Geld verloren hatten, kannte ich eine Menge Leute. Ich hatte einmal einen richtigen Proletarier zum Geliebten; der sagte immer: ›Du bist arm, doch im Grunde deines Herzens bist und bleibst du ein Kapitalist!‹ und das denkst auch du. Wir hatten damals nicht einmal genug Geld für den Gasautomaten, Vater war gerade gestorben, und wir hatten keine Ahnung, wo er sein ganzes Geld hatte, in der Schweiz vielleicht oder in Argentinien. Er hatte einen Schlaganfall, und nachher konnte er weder sprechen noch schreiben. Ich ging damals eines Abends aus und traf zufällig einen Offizier, den ich von einer Gesellschaft her kannte, und er bat mich, den Abend mit ihm zu verbringen, und wir verbrachten den Abend zusammen; Restaurant und später ein Nachtlokal, und die ganze Zeit war er schrecklich verliebt in mich, das kann man genau feststellen; doch er hatte keinen Erfolg. Und dann traf er einen Freund, und der Freund hatte eine Kokotte mit, eine reizende Frau, eine schöne Frau, und wir tranken eine ganze Menge, und der Freund und seine Begleiterin taten irgendwo etwas, ich konnte sie nicht sehen, aber ich hörte sie, und ich mußte nur lachen. Mein Begleiter hatte sich eingebildet, das würde auf mich Eindruck machen, ich würde aufgeregt werden durch das Beispiel, aber ich lachte nur. Ich habe keine Ahnung, vielleicht hat auch er mit der Frau geschlafen; ich weiß nur, daß er nicht mit mir geschlafen hat. Es war Sommer; und als wir gingen, war es bereits hell, und wir gingen durch Mayfair, und vor seinem Haus bat er mich nochmals, mit ihm zu kommen, und ich sagte wieder: ›Nein‹, aber ob er mir etwas Geld geben könne? Ich hätte schließlich den ganzen Abend mit ihm verbracht. Er sagte, er habe kein Geld mehr bei sich, doch ich lächelte sehr boshaft, und so leerte er seine Taschen aus, und er hatte eine ganze Menge Halbkronen bei sich und er sagte: ›Ich will Ihnen die geben –‹ Und ich sagte: ›Tun Sie es, bitte –‹ Er füllte meine rechte Hand mit den Silbermünzen, und ich hielt sie fest und dann ließ ich sie alle auf das Trottoir fallen, eine nach der andern, und das gab einen hübschen klingenden Ton. Großer Gott, Truck, wollen Sie mich, bitte, loslassen?! Rücken Sie doch nicht jeden Augenblick näher und näher! Er zog ein Gesicht, als er sein ganzes Silber auf der Erde sah, aber ich lachte laut, sehr laut, glaub mir, sehr laut –«

»Sie sind böse –«, sagte ich. Sie sprang auf und stellte sich vor den Kamin. Sie sah wirklich aus wie ein böses, verzogenes Kind.

»Sie sind böse. Ich liebe Sie, wenn Sie so böse sind.«

»Sie haben mich noch nicht richtig böse gesehen. Ich bin zu Ihnen noch nie wirklich böse gewesen – noch nicht.«

Film

Ich stand vor ihr in dem kleinen Winkel des Zimmers, und wir standen sehr dicht nebeneinander und ich sagte: »Sie könnten mir eigentlich den Gefallen tun –« Ich sprach leise, und sie lächelte und suchte mir zu entschlüpfen.

Sie sagte: »Küssen mag ich nicht. Als ich zwölf Jahre war, habe ich es schon lächerlich gefunden, wenn die Soldaten und die Dienstmädchen draußen in der Kälte standen und ihre Münder und Leiber aneinander preßten. Was kommt dabei schon heraus?«

»O Jane«, sagte ich, »an Ihnen ist Hopfen und Malz verloren. Bedenken Sie doch – da Ihnen ohnehin nichts daran liegt, könnten Sie doch so gut sein und mich glücklich machen. lhr Mund verrät Sie ohnehin. Ihr Mund ist ganz erwachsen und erblüht. Er ist feucht und entfaltet sich. Ihre Lippen sind süß und, weiß Gott, recht sinnlich.«

Sie stampfte mit dem Fuß auf. »Ich fühle mich absolut nicht süß. Ich fühle mich müde und enttäuscht. Versuchen Sie doch nicht, mich zu beschwatzen. Was wollen Sie denn?«

Ich gab keine Antwort. Ich lag auf dem Boden und sie lag halb neben mir, halb war sie noch aufgestützt. Sie sagte: »Ach Gott, Truck, wenn Sie absolut wollen –«

Die Armbänder klirrten und die Braut betrat das Gemach. Musik erklang, Jane summte die Melodie mit, verträumt, verführerisch-verführt. Nicht Befriedigung war das Ziel, sondern stärkerer und stärkerer Reiz und größere Verlockung und ein Wirbeln und Stürzen und Brausen dem Unbekannten entgegen. Die feurige Wolke breitete sich über Raum und Zeit. Selbst mein Ungewissen mußte stillhalten. Die Nacht hatte den Gipfel überschritten, Orion war aufgestiegen und versunken, die Leute in der Untergrundbahn lagen schlafend in den verkrampften Stellungen ihrer Armut und Qual, der Wind rüttelte an den zerstörten Mauern und der Nebel flog über das Antlitz der dunklen Erde. Was die Liebenden, was die Hassenden taten, rührte nicht an die Ewigkeit, doch selbst die Ewigkeit war gefangen im Netz und tanzte auf und nieder im Schattentanz unserer Glieder und Seelen.

Sie hatte ihre Haltung verloren. Es ging ans Verlieren. Küsse wurden gegeben, doch nicht empfangen, und die Liebkosungen strichen über ihre äußerste Haut, ohne zu streicheln. Ihre Augen blieben ausgerichtet, ihr Blick haftete unverwandt an der rechten Ecke des Kamins, von wo, der Himmel sei Zeuge, wohl ein Dutzend Geister grüßen und winken mochte, Bewohner dieses Raums. Ich sah ihre langen Schenkel, die die Schenkel einer Jägerin sind, ich sah die Narbe, aber ich hörte nichts; keine Musik, keine Stimme. Ich rang mit ihren Augen, doch die Augen brachen nicht.

Ich dachte an die anderen, ich dachte an viele und wie ihre Namen sind und wie ich diese vergessen hatte, während ich mich jener noch erinnerte. Es handelte sich um gewisse Augenblicke, doch die Erinnerung ist weniger ein Gedenken der Gefühle als die Vorstellung bestimmter örtlicher Merkmale, eines dichten Vorhangs, eines Sonnenstrahls auf einem Rücken, eines Tuchs über einem Tisch.

Dabei litt ich stets unter den Zweifeln der Gleichzeitigkeit. Wie gelang es, in einer alle zu genießen und dies eine wieder in all ihren Gestalten? Ich wollte Jane am liebsten in all ihren Kleidern in die Arme schließen, doch ich wollte sie auch nackend – nackt wie Wahrheit und Glauben, Liebe und Unschuld. Jane besaß eine Unmenge Kleider, sie hatte kurze Mädchenkleider, das grüne und das hellblaue, und Sommerkleider und schwarze Abendkleider; und sie hatte ein reizendes weinfarbenes Kleid und einen passenden Hut; und manchmal kam sie in knabenhafter Tracht daher, den Kragen des Pullovers bis zum Hals und die Haare in einer knabenhaften Frisur; und dann erschien sie wieder schwelgerisch gekleidet, üppig, leicht angestochen, so trug sie sich, wenn sie mit den Herren aus der Armee ausging: klimpernden Schmuck und blitzende Ringe und Pelzmantel und großer runder Hut: Perlen und das Schwarze –

So war sie. Und so war ich. Und als ich schließlich in einem ungeheueren Seufzer zusammenbrach, in einem gefrorenen, überhitzten Ton, der aus den tiefsten Tiefen meines Wesens stieg – rückte sie bloß weg und lächelte und legte einen Zwischenraum zwischen sich und mich. Ich kann mich nicht erinnern, ob sie mich streichelte, aber ich glaube, sie streichelte mich. Ich war ohne Leben. Ich hätte ihr jetzt nichts zuleide tun können; weder ihr noch auch der berühmten Fliege – ich nicht. Ich konnte nichts tun als stilliegen; und auch sie hielt still, und dann machte sie eine Bewegung nach ihrem Hauskleid, und ich sagte: »Weiß der

Himmel, was wir für Romantiker sind.« Sie sagte nichts. Ich war tot, doch ich erwachte und ich sah auf die Uhr und bemerkte, daß es ein Uhr durch war. Ich sagte: »Ich möchte wissen, was aus uns beiden noch wird?«

Sie sagte – und schnippte dabei mit den Fingern: »Nichts. Gar nichts.«

Sie wollte, ich solle sie verlassen, das Zimmer, das Haus, ihr Leben verlassen. Beinahe schlug sie mich, sie war todmüde, gelangweilt, verärgert und hätte jedem was zuleide tun können, hätte sie nur die Kraft dafür gehabt; selbst der berühmten Fliege.

Ich sagte: »Du bist böse, sehr böse, und das ist eine böse Art zu lieben, aber so ist es eben, und es ist besser, vor Tatsachen nicht die Augen zu verschließen. Ich kann ohne das nicht leben, ich kann ohne dich nicht leben; es ist wie ein Narkotikum, es ist wie die Weltgeschichte, wie der Nachrichtendienst des Londoner Rundfunks oder Religion und Politik; es ist böse und ungesund und voll verräterischer Lügen, aber es ist so süß. Und irgend etwas muß sich daraus ergeben, das weiß ich bestimmt; ich glaube an das Vierte Reich und an den Erlöser und an die klassenlose Gesellschaft. Es ist voll barbarischer Gewalttätigkeit, doch der Kommunismus ist genau so gewalttätig, sonst wird er geschlagen. Vielleicht hat mich meine Mutter zu sehr verwöhnt, zu sehr mit Sentimentalitäten gepäppelt und mit Süßigkeiten und Kaviar für das Volk. Ich kann die einfachen Dinge nicht sehen, und ich kann für dich nicht die einfache Liebe empfinden, die Katie für mich empfindet und du vielleicht für die Herren des Heeres. Doch eines Tags, eines Tags –« Und hier stand ich auf und versuchte mich zu nähern, und ich öffnete der Zukunft die Arme, aber die Zukunft lief mir davon, als sei ich ein todwundes Raubtier, dem die blutigen Eingeweide aus tödlicher Wunde quollen; so war ich bereit, mich selbst zu schlachten.

Ich sagte: »Eines Tages, da wird die Sonne scheinen wie in allen Märchen und aller Erinnerung. Da wird es keine Bomben mehr geben und nicht mehr Ehebruch und Verrat; und keine Flugzeuge und keine Kartätschen gegen Kinder und kein Rattengift gegen die Liebe. Obwohl ich doch nicht verheiratet bin mit Katie und obwohl es sehr schwer ist, eine Frau zu verlassen, mit der man nicht verheiratet ist, werde ich sie vielleicht doch deinetwegen verlassen, wenn der Krieg einmal vorüber ist. Andererseits kann sie ja auch mit uns kommen, und auch meine erste Frau kann mit uns kommen, und du kannst alle deine Kapitäne und Hauptleute und Majore mitnehmen. Denn wir gehen alle an einen Ort, wo dem Glück keine Grenzen gesetzt sind. Jeder wird glücklich sein, wie wir es uns gar nicht vorstellen können. Wir werden in Positano leben; oder wenn du nicht das ganze Jahr an der See leben willst, werden wir eben den Winter in der Toskana verbringen, in einer der Städte auf den Hügeln; und wenn du Italien nicht magst, weil es dort noch zu viel Elend geben wird und weil wir selbstverständlich dem altmodischen Laster der Verwöhnung verfallen und vor den großen Problemen des Tages davonrennen werden, davonrennen vor Pflicht und Ethik wie vor dem höllischen Feuer – gut, dann gehen wir eben nicht nach Italien, sondern vielleicht nach Südamerika oder nach den Kanarischen Inseln oder Madeira, und das Essen wird dort genau so gut und gesund sein wie in Positano. Aber für den Fall, daß wir doch nach Positano gehen, dann weiß ich heute schon das Haus, in dem wir alle leben werden; es ist groß genug für uns alle, und es liegt nicht weit vom Strand, wenn wir auch etwa ein Dutzend Stufen hinaufzusteigen haben, um heimzukommen. Positano, mußt du nämlich wissen, Positano ist am Steilabhang eines Berges erbaut, es sieht aus wie ein Wasserfall aus Kalkstein und Marmor und Diamanten, aber

Marmor gibts dort nicht, keine Angst, es ist ein armer Ort, arm, aber schön, ein Wasserfall von einem Ort. Katie wird die Küche unter sich haben, und ich werde fischen gehen; und wenn Eva mitkommt, dann wird ihr Freund mit mir fischen gehen, ihr Freund versteht sich darauf, das weiß ich zufällig. Du wirst viel segeln, mit deinen Freunden aus dem Heer, und eines Tages wirst du zu spät kommen zum Mittagessen, und Fred und Katie, die sich übrigens um die ganze Wirtschaft im Haus kümmern, werden beide sehr ungeduldig sein, aber ich werde wissen, das ist nur deine übliche Unpünktlichkeit, und schließlich und endlich wirst du auftauchen und eine ganze Gesellschaft wohlhabender italienischer Adeliger mitbringen, Damen und Herren; und Katie wird nicht mit dir schimpfen, denn sie würde ja doch niemals wagen, mit dir zu schimpfen! Es wird eine feine Minestrone geben, und danach Krebse und einen großen Fisch, den Evas Freund gefangen hat und Haufen von Maccaroni al Sugo, und ich werde in die Küche hinausgehen und lieb sein mit Katie, und sie wird am Schluß einen Zabaione machen, gerade genug für dich und mich und vielleicht für den Ältesten unter den italienischen Adeligen, einen kleinen, schwächlichen, runzligen Mann, der noch Garibaldi gekannt hat. Immer wird es genug Wein geben, roten Wein, und Mondschein und schönes Wetter und ...«

»Und woher werden wir das Geld nehmen, bitte schön?«

Ich verstummte sofort, und ich blickte auf und sah ihr ins Gesicht, und auf ihrem Gesicht lag vollkommene Leere. Und die Zeiger der Uhr waren weitergerückt, und in das plötzliche Schweigen hinein klang aus großer Entfernung der dumpfe Ton einer deutschen Rakete. Ich ging hinaus; ich ging ins Badezimmer und wischte aus meinem Gesicht Trunkenheit und Träume und Betäubung. Ich kam ins Zimmer zurück, sie stand in derselben Stellung vor dem Kamin wie am Anfang, die eine Hand hing herunter, doch diesmal hielt diese Hand eine Zigarette, das war der einzige Unterschied; die andere Hand war längs des Kaminrandes ausgestreckt, und ihre leuchtenden Augen durchbohrten das Halbdunkel, unergründlich und unbewegt, wie am Anfang. Ich sagte: »An der Stelle sind wir hereingekommen«; und ich sah von ihr eigentlich nichts als ihre gekreuzten Beine, und die blitzten wunderbar in den schwarzen Strümpfen und schienen überhaupt nicht zu ihr zu gehören; sie gehörten sozusagen zu einem anderen Wesen höheren Ranges, doch kleineren Wuchses als sie. Wieder erfüllte mich Begierde, sie aber gähnte, und ich fühlte Menschlichkeit, und ich dachte an den langen Weg durch die Nacht und sagte so etwas Ähnliches, und sie sagte: »Beneiden tue ich Sie ja nicht.«

Ich nahm meinen Mantel vom Haken im Vorzimmer und setzte den Hut auf, und wir standen noch in dem engen Gang zwischen ihren Schrankkoffern, mit all den weitgereisten Hotelzetteln, aber ich wagte nicht, sie zu berühren.

Sie sagte: »Adieu. Ich hoffe, Sie bekommen auch richtig Ihren Autobus. Ich werde die Türe schließen. Und seien Sie vorsichtig.«

Ich sah ihren Schatten. In dem kleinen Zimmer war kein Licht, nur das aus dem Nebenzimmer. Sie machte ein paar Tanzschritte und sagte: »Ich kann tanzen –« und sie wiederholte die Schritte.

Ich fühlte etwas in meinem Hals aufsteigen, und meine Augen füllten sich mit den Tränen der Müdigkeit und Sinnlosigkeit und sinnlosen Liebe.

»Gute Nacht –«, sagte ich und ging.

Die Tür fiel ins Schloß. Allein. Ich erinnerte mich plötzlich an den Abend, da Jane in dem alten Wirtshaus »Zum Herzog von Marlborough« ihre Handtasche verloren hatte, und nachher war ich mit ihr zur Polizei gegangen, und ich fühlte mich richtig mit ihr verheiratet, wie wir vor dem Kommissar saßen und unseren Rapport machten, und das ganze erfüllte mich mit riesiger Freude; und später mußte sie das Schloß zu ihrer Wohnung ändern, da sich die Handtasche natürlich nie wiederfand. Die Schlüssel waren dringewesen und ein Anhängsel, das ich ihr geschenkt hatte, ein kleiner neuseeländischer Gott. Ich war immer der Meinung, daß es deshalb passiert war, weil sie an dem Abend zu einem schrecklich aussehenden Mann so liebenswürdig gewesen war, der sich über meine Glatze lustig machte. Schön, die Handtasche war weg, das Schloß wurde geändert, doch ein paar Tage später brach eine Panik aus, denn Jane konnte ihre beiden Pelze nicht finden, und sie stellte die ganze Wohnung auf den Kopf und erzählte mir eine Geschichte von sonderbaren Geräuschen, die sie in der Nacht zuvor gehört hatte, und das mußte unbedingt der Dieb gewesen sein. Schließlich wars aber gar kein Dieb, denn die Pelze fanden sich wieder; die alte Dame hatte sie aus Angst vor Einbrechern weggelegt, hinter Schloß und Riegel –. Schön, also allein. Im Dunkel, allein im Treppenhaus; und niemand, mit dem man darüber sprechen konnte, allein.

Mehr Träume gibt es auf Erden als entscheidende Tat; und länger sind die Stunden sorgfältiger Überlegung als die kurzen Augenblicke der schlagenden Hand und des ausgreifenden Schrittes.

Ich tastete mit den Fingern nach dem Treppengeländer. Ich hatte keine Taschenlampe und wagte nicht, ein Zündholz anzustreichen. Ich hörte ein Geräusch von oben, wo die niederen Klassen lebten, und ich blieb stehen. Ich folgte dem Geländer und ließ meinen Körper abwärtsgleiten. Ich wandte mich im richtigen Augenblick nach links, doch als ich an die Türe des Steuereinnehmers kam, verlor ich das Gleichgewicht und stieß gegen irgend etwas. Ich blieb also nochmals stehen und lauschte wieder. Der Steuereinnehmer schlief, und er träumte von Gott und den Steuern, und seine Frau träumte von dem Baby und das Baby träumte vom Teufel. In der Finsternis schliefen die scheußlichen Möbel, abgesessen, alt und unglücklich. Ich sprang ein paar Stufen hinunter und landete vor der Haustür, die ich vorsichtig öffnete und offen ließ.

Jemand hatte den Nebel aus den Schluchten der Straßen und von den Ecken der Gebäude und von den kahlen Baumspitzen weggezupft, so wie eine Hand Watte und Leinen von einer Wunde zupft. Ein starkes Licht strömte vom sternenhellen Himmel. Die Laternen waren nur halb erleuchtet, ich mußte also vorsichtig sein beim Gehen. Plötzlich bemerkte ich, daß alles mit einer weißen Masse bedeckt war, die aussah wie Schnee, aber nur Reif war, fester, starrer Reif. Er hing an den Bäumen und säumte ihre Äste. Er war wie ein Tuch vor das Haus gebreitet, aus dem ich kam. Ich blickte mich noch einmal um und sah meine Fußstapfen, die vom Haustor auf den Gehsteig führten. In Janes Wohnung sah ich kein Licht, doch im obersten Stockwerk bewegte sich ein Schein vom Fenster rückwärts. Ich hörte hinter mir Schritte und begann munter auszuschreiten, fort von dem Haus.

Wenn ich jetzt etwas wirklich Böses getan hätte, irgend etwas verbrochen, sagen wir: einen Mord begangen, oder Ehebruch; wenn ich zum Beispiel mit Katie verheiratet wäre oder auch ein Spion der Nazis; – diese Fußstapfen im Schnee, im Reif – die wären mein Verhängnis gewesen. In Wirklichkeit hatte ich aber nichts begangen, nichts getan, als verzweiflungsvoll eine stolze, junge Dame vergeblich umworben; und der Schnee war nicht einmal richtiger Schnee, sondern der Reif der Erde. Andererseits war ich allein, und dieser Mann folgte mir, das war sicher. Es wäre nicht zu leicht gewesen, sich ein Alibi zu verschaffen, aber auch nicht zu schwer, weil doch eine andre sehr gute Freundin in der allernächsten Nachbarschaft lebte, und die würde schon mein Alibi sein. Am nächsten Morgen würde die Polizei kommen, und ein Polizeiinspektor in Zivil würde bei mir in der Wohnung eine Haussuchung halten, und Katie würde sehr mutig sein, doch die Polizei würde sie niemals anlügen, sie würde niemals behaupten, ich sei zu Hause gewesen. Der Inspektor würde seinen Haftbefehl vorweisen und würde mich mit der landesüblichen Formel auf die Tragweite meiner Aussagen aufmerksam machen, und ich würde dann sagen: »Ich weiß von nichts.« Nachher brachten sie mich in dieses Haus zurück, und dort auf der Treppe würden der Steuereinnehmer und seine Frau stehen, die ich vorher nie zu Gesicht bekommen hatte; und sie flüsterten zusammen, und eine Stimme sagte deutlich und klar: »Das ist er!« Oben in ihrer Wohnung lag Jane noch immer auf dem Diwan, doch jemand hatte eine Decke über sie gebreitet, und der Polizeiinspektor zog die Decke fort, und ich sah Janes Gesicht, das auf sonderbare Art milde lächelte. An ihrem Halse konnte man blaue Würgspuren sehen, und sie war tot.

Ich dachte daran, wie mir meine Kollegen im Club vor ein paar Jahren über Janes Beziehungen zu einem sehr hohen Regierungsfunktionär erzählt hatten. Wie wäre es, wenn dieser Funktionär tatsächlich einer der geschicktesten Spionenfänger Englands wäre, ein Mann, der Deutschland wie seine Tasche kannte, der sich jahrelang in Deutschland in Parteikreisen bewegt hatte? Möglicherweise hatte er jahrelang alle und jeden an der Nase herumgeführt; und schließlich begann er, Jane als eine Art Köder zu benutzen, und sie hatte seinen Lockungen nachgegeben, aber niemand wußte, ob sie auch wirklich angebissen hatte. Wie dem auch sei – sie ließ sich in einer zweiten Wohnung einen Geheimsender einbauen, und als ich einmal draufkam, mußte sie mir alles gestehen. Ich hatte nur die Wahl, mit ihr Schluß zu machen oder mich diesem gefährlichen Spiel anzuschließen, und sie überredete mich leicht. Alle die Abende, die wir zuvor der Liebe geweiht hatten, verbrachten wir jetzt damit, irgendwelche gefälschten Botschaften in jenes Land hinüberzusenden. Es war eine sichere Sache, aber nicht sehr gut bezahlt, und wir konnten uns nicht losmachen, auch wenn wir gewollt hätten; und so hielt uns dies aneinander geschmiedet. Was aber war mit dem Mann los, der mir nachging? Er ging mir nicht mehr nach. Ich war allein auf der Straße, und ich kam auf die Hauptstraße, und Orion stand bereits schief am Himmel, nahe dem Horizont.

Ich blieb stehen und sah mich um. Das Gefühl hoher Abenteuer schwellte meine Brust. Wie großartig war es doch, zu leben, Weltgeschichte zu leben, in einer solchen Zeit zu leben! Diesen Bezirk hatte es tüchtig erwischt.

Die drei Phasen der Luftangriffe waren deutlich zu sehen. Da gab es das Haus, das erst kürzlich von einem Raketengeschoß getroffen worden war. Mit den Abräumungsarbeiten hatte man noch kaum begonnen. Öde und Unordnung herrschten ringsum. Wie es gefallen war, so lag es da. Die Pappdeckelqualität hatte zur sofortigen Vernichtung geführt; da war alles gestürzt, zerplatzt, zerschlagen, zerbrochen, zerbröselt und in die vier Winde zerblasen. Fenster, Decken, Fußböden und Stiegen waren in einem einzigen Haufen von Schutt und Schmutz zusammengemischt. Die Spalten zwischen den größeren Trümmern waren von Staub verklebt. Dieses Haus war nichts als

Ecken und Haufen; in der Mitte der größte Haufen, obenauf ein zerbrochener Stuhl. Von einer Mauer flatterte ein Vorhang. An einem benachbarten Baum war ein Pyjama wie Banner und Flagge gehißt. Der Bürgersteig war aufgerissen, doch der Reif suchte jetzt die ärgsten Narben zu bedecken. Röhren verliefen mitten in der Luft. Bald würde Hilfe erscheinen und alles wegfegen; man würde es dem Nachbarhaus ähnlicher machen, das schon eine ältere Ruine war, ein Denkstein für die Fliegende Bombe.

Dieses Haus war wieder die menschliche Ordnung, nur auf einer andren Ebene. In drei Stockwerken markierten Löcher in der Wand die Stellen der schwarzen Kamine, dieser Honigwaben für die emsigen Menschen-Bienen. Die Decke im Erdgeschoß trug hier und dort verschiedene Farben: es gab eine blaue Küche und ein rosarotes Schlafzimmer. Die Arbeiter hatten eine Mauer stehen lassen; sie war in romantischem Winkel von rechts nach links quer durchgeschnitten. Dann hob sich die Mauer zu zwei Bögen, die man nicht angerührt hatte. Man hatte diesen Teil des Hauses einer mittelalterlichen Kirche ähnlich gemacht. Eine andre Mauer zeigte an Stelle einer Treppe flüchtige Eindrücke, wo vorher Füße getrippelt, wo am Morgen hurtige Schritte auf die Straße geeilt waren. In der Luft schliefen sie jetzt alle, in der Luft regten sie sich in Kreisen, Luft verzehrend von luftigen Tellern, der Liebe in Luft verbunden. Der Grundriß war geblieben: der gutgebaute Luftschutzkeller, den man sich allerdings nicht näher ansehen durfte. Die Leute oben im Haus waren ohne Blutvergießen in die Luft geflogen; hier unten aber waren sie erstickt und verblutet unter der Last des Hauses. Bleib stehen – und du siehst die Flecke am Fußboden des Souterrains; lausche – und du kannst die heiseren Schreie hören, da es plötzlich dunkel wurde, und das Wasser platzt vom Hauptrohr herein, und sechs Personen sind ertrunken; und dann strecken die Flammen aus den Gasröhren die heißen Zungen vor und fressen die übrigen auf. Vom Nachbarhaus hatten die Brandbomben das Dach weggenagt; und zwei Häuser weiter fort hatte der große Blitz nichts anderes übriggelassen als Wasser.

Das war eins der EWS-Reservoirs, eine ziemlich große Wasserfläche zwischen Stahlwänden, und die Sterne spiegelten sich darin, und auf den Rändern lag, fein ausgebreitet, der Reif.

Ich blieb stehen und konnte sehen, wie sich das Wasser in einer Brise gefällig regte, und ich dachte, ich könne bis auf den Grund schauen, wo Steine und Ziegel und alte Töpfe und Stücke von Brennholz begraben lagen. Längs des Randes war jetzt Stacheldraht gezogen, denn im Sommer vor zwei Jahren pflegten die Kinder in diesen Reservoirs zu spielen und zu baden, und viele versuchten auch zu schwimmen und ein paar ertranken. Ich sah Papierboote in dem Luftzug dahintreiben und ich hörte, wie die Passanten die Kinder anschrien, diese schmutzigen, ungekämmten, elendiglichen Bälger, mit ihren schmutzigen Händen und mit Schnitten und Schürfungen am ganzen Körper. Die Kinder brüllten vor Angst, als sie auf einmal ihre Schwester untergehen sahen; sie brüllten laut, ich hörte sie in der Winternacht. Ich hörte Jane weinen und ich sah, wie sich das Reservoir mit ihren Tränen bis zum Rande füllte, und ihre Tränen rannen die Mauern herab, und es weinte von jeder Mauer und es weinte über den Ruinen von London W 14.

Ich sah Katie über das Wasser des EWS-Reservoirs wandeln wie Jesus über die Wasser des Sees Genezareth. Sie war nicht allein. Sie hielt jemand an der Hand, und die beiden wandelten sehr langsam und fast zierlich über die Wasserfläche. Und ich erkannte auch die andere Person: Das war ich, den sie an der Hand hielt.

Sie konnte sogar sprechen, denn ich hörte sie ganz deutlich sagen: »Ich weiß genau, was du empfindest. Du mußt dich nicht umsehen, du bist hier an meiner Seite, und jener andere ist nur deine schlechtere Hälfte. Ich bin du und du bist ich und mit mir und in mir.«

Um besser sehen zu können, kletterte ich jetzt auf den Rand des Reservoirs und ging über das Wasser, um Katie zu treffen und mein besseres Ich. Aber auch ich war nicht allein. Meine Hand hielt Janes schöne Hand, jene Hand Christi am Leib der Tochter der Herodias, mit den sieben Narben darauf. Und Jane war lieblicher denn je, ganz weiß und dünn und durchsichtig. Aber sie sprach nichts. Sie tanzte und tänzelte und wand sich und pirouettierte und drehte ihren Hals. Sie sprach nichts. Katie sprach die ganze Zeit.

Sie sagte: »Mach dir keine Sorgen. Was du auch tust und was du auch für sie fühlst, das fühl' ich für dich. Du denkst, du verschwendest deine Zeit mit ihr – das tue auch ich, wenn ich an dich denke. Du hast Angst, daß sie dich nicht liebt – das tue auch ich, wenn ich an deine Liebe für mich denke. Du hoffst auf Liebe und ich hoffe auf Liebe; es ist gegen alle Hoffnung, und eine solche Hoffnung wird nichts schaffen als ihren eignen Untergang. Sie spielt mit dir, und du freust dich der Qualen, und ich freu mich der Qualen, die du mir zufügst. Mach dir keine Sorgen – du bist nicht allein. Ich bin bei dir.«

»Aber ich *bin* doch allein!« rief ich. Und ich zeigte auf Janes durchscheinenden Körper. »Das ist nicht meine Kumpanin. Es ist das Kind meiner Phantasie. Es ist mein Traum. Wir träumen mehr, als wir leben. Wahrlich, wenn ich näher zusehe – wer ist es denn sonst als meine alte Freundin Ungewissen, bloß in leicht veränderter Gestalt?! Fifi! Wach auf! Wach auf!«

Katie stand jetzt ganz nahe bei mir, und ich konnte ihr ins Gesicht sehen. Sie hatte zu weinen aufgehört, ihr

Gesicht war trocken, und ich dachte an Janes Worte, die Schwachen seien stark und die Starken schwach. Vielleicht hatte Katie gar nicht geweint, niemals geweint. Vielleicht litt Jane mehr als wir zwei zusammengenommen? Hatte ihr nicht der Arzt gesagt, sie nehme ab, wegen ihrer Nerven? Und als ich sie dann zweifelnd fragte: »Was für Nerven?«, hatte sie mit den Achseln gezuckt und verächtlich geantwortet: »Je mehr du verbirgst, desto mehr quälen sie dich.«

Katie sagte: »Du leidest nicht für sie, und ich leide nicht für dich. Du kannst mich nicht betrügen und du kannst mir nicht entfliehen. Bleib ruhig eine Nacht lang weg und auch zwei Nächte und ein ganzes Leben lang – ich bin bei dir.«

Aber da schrie ich laut und sprang vom Rand des Reservoirs wieder herunter.

Ich ging langsam weiter und da geschah es zum erstenmal, daß die beiden Brüder meinen Weg kreuzten: kleine, schwächliche Figuren; bloße Skelette; und jeder von ihnen trug über dem Skelett einen langen, bestickten Mantel, und auf seinem nackten Schädel trug jeder eine kapuzenähnliche Kopfbedeckung mit einer Hahnenfeder daran. Ich tat so, als sähe ich sie nicht. Ich wollte keine solchen Begleiter, und sie scherten sich nicht, daß ich mich nicht um sie scherte. Sie hielten Schritt mit mir in der Nacht, und dann verschwanden sie wieder, und tauchten immer auf, wenn ich sie am wenigsten sehen wollte. Sie kamen und sie gingen, und während sie mit mir auf derselben Straßenseite dahingingen, machten ihre winzigen skelettierten Füße auf dem Trottoir ein Geräusch wie Würfel auf dem Spieltisch.

Ich hatte mir eingebildet, ich würde den Autobus richtig erwischen. Es stellte sich aber heraus, daß ich mich mit dem Fahrplan verrechnet hatte; es war nicht ein paar Minuten *nach* der Stunde, sondern ein paar Minuten *vor* der Stunde, daß der Autobus diese bestimmte Straßenecke passierte. Als ich jetzt aus der Entfernung seine roten Lichter um die Ecke biegen sah, glaubte ich, ich könnte ihn noch errennen, und ich begann zu laufen, und ich lief und lief und lief, und während ich so dahinflog, war ich voll wilden Jubels und Ehrgeiz und Leben; denn durch mein Rennen und Laufen hatte ich die beiden Brüder und Katie und mein zweites Ich aus dem Gesicht verloren. Ich lief bloß und lief, und ich fühlte mich jung und schön und als Herrn der Menschen, der Männer und der Frauen, jawohl, auch der Herr und Meister von Jane. Während ich so rannte, konnte ich nur mit einem winzigen Teil meiner Gedanken an sie denken: wie sie jetzt ihr Bett gemacht und ihr Bad hinter sich hatte, und wie sie ins Bett ging, und wie sie dann im Bett war, zwischen den Decken, mit der Eiderdaundecke auf ihr, und ihre süßen, zerbrechlichen Glieder mit dem Federbett sanft zugedeckt; müde, doch am Leben. Und wie sie dann ein paar Zeilen in dem Buch las, und wie sie schon vorher das Gas abgedreht hatte und jetzt, da ihr die Finger vor Kälte steif wurden, auch das elektrische Licht abdrehte und die Augen schloß; und wie sie einschlief, davongetrieben wurde, ein Wasservogel auf einem See, unter den Weiden, in die Dunkelheit des Quells hinein, so weit, so weit.

LITERATURBEILAGE

Märchen

Ich war stark und rasch und lebendig. Trotzdem erfüllte mich die Vorstellung, kein Verkehrsmittel zu finden und stundenlang in der Nacht herumwandern zu müssen, bis ich zu meinem Arbeitsplatz kam, wo ich heute Nachtdienst hatte – all dies erfüllte mich mit leichtem Schrecken. Ich lugte also in die nächste U-Bahnstation hinein, an der ich vorüberkam. Die eisernen Gitter waren geschlossen; ich hörte aber Stimmen aus dem düstern Hintergrund und rief: »Halloh – keine Züge mehr?«

Ein Mann in Uniform kam an die Sperre und antwortete: »Großer Gott – nein! Der letzte Zug ist vor zwei Stunden gegangen und jetzt haben Sie auch noch den Bus verfehlt.« Ich mußte lachen, weil ich an die historischen Worte unseres früheren Premierministers dachte. »Ich habs bemerkt«, sagte ich und pfiff vor mich hin.

Doch jetzt erhob sich eine andere Stimme in der Finsternis. Als ich genauer hinsah, konnte ich unter all den Schatten einen riesigen Schatten ausnehmen, etwas, das dort in einer Ecke hockte und mich drohend anheulte. Das war noch nicht die eigentliche Halle vor den Kassen: Die Stimme kam aus dem zugigen Gang zwischen Sicherheit und Straße, Deckung und Außenwelt. Es war die Stimme eines alten Weibes, und sie überschüttete mich mit mehr Mitleid, als ich je erbettelt hatte. »Armer Mensch!« rief die klagende Stimme. »Armer Mensch! Was hält Sie so spät auf den Beinen? Was für eine Aufgabe? Sind es Geschäfte, so ist es nicht der Mühe wert; ist es ein Abenteuer, dann werden Sie es bereuen. Frieren wirst du und deine Beine werden sich müde laufen und du wirst Halsschmerzen kriegen in der Kälte. Ich kann dich nicht einmal auffordern, hereinzukommen, denn die Gitter sind gesperrt, und niemand darf in den Luftschutzraum, nicht einmal während eines Alarms. Armer, enttäuschter Mensch! Der Wind wird deine Begeisterung wegfegen, und du wirst werden gleich uns: ohne Hoffnung, ohne Lachen, ein trauriges Gespenst der Angst.«

Ich ärgerte mich über ihr klagendes Mitleid, und ich blies mich auf und sagte: »Kümmern Sie sich doch nicht um mich! Ich mach mir nichts draus, Halsschmerzen zu kriegen. Ich bin geimpft. Ich geh gerne bei Nacht spazieren. Ich weiß meinen Weg, es ist nicht das erstemal, daß ich diesen Weg gehe. Ich erinnere mich, diesen Weg gegangen zu sein in der Nacht, da wir in der Normandie landeten. Ich ging damals zu Fuß bis Highgate; und als ich über die Heide ging, sah ich weiße Sterne im grünen Sommerhimmel stehen und hörte aus weiter Entfernung leisen Kanonendonner. Und dann sprach mich ein Soldat an und wollte gerne bei mir Unterkunft haben, ich hatte aber Angst vor Katie und wies ihm den Weg zu einem Hospiz. Der Soldat war eben auf kurzen Urlaub nach England gekommen, er hatte sich krank gemeldet; und er machte eine leise Anspielung, als braue sich drüben etwas zusammen, und ich sagte: ›Ich weiß schon, was Sie meinen.‹ Ich hatte keine Angst. Und dann gab's da eine andere Nacht, das Jahr zuvor; es war gegen Morgen zu, und der Himmel im Osten hatte sich bereits rosig gefärbt, und ich spürte allen Jubel der Jugend in meinen Knochen. Ich wanderte und sang und pfiff, genau so, wie ich es jetzt tue. Ich brauche Ihr Mitleid nicht. Im Gegenteil – ich habe Mitleid mit Ihnen. Ist das nicht der Luftschutzraum, wo man auf dem schmalsten Bahnsteig von allen schmalen Bahnsteigen der Londoner U-Bahn schlafen muß? Ein alter Freund erzählte mir, da sei eines Morgens ein junges Mädchen von einem jungen Mann vor den ersten Frühzug gestoßen worden, der in die Station rollte; und niemand hat jemals herausbekommen, ob es ein Scherz war oder einfach Eifersucht. Mein Gott – wie konnte der so eifersüchtig sein? Liebe Frau, ich fürchte mich nicht vor einem Spaziergang bei Nacht. Ich fürchte nur, daß Sie sich den Tod holen werden, wenn Sie nicht hinuntergehen, aber vielleicht haben Sie Angst, zu ersticken oder sonstwie zu Schaden zu kommen. Ist das nicht die berüchtigte Station der U-Bahn, wo man einmal während des Alarms alle Leute ausgesperrt hat, und dann sind die Bomben heruntergesaust, und die Leute draußen heulten und japsten, und die Druckwelle hob die hohle Hand und fegte ein paar durch die Gitter hinunter. Sie waren wenigstens dort, wo sie hin wollten. Und ich bin's auch.«

Der Boden war glitschig und schmutzig. Die Verkehrsampeln sprangen – grün-gelb-rot-gelb-grün. Ich sah aber keine Wagen, und die ganze Springerei wirkte irrsinnig. Auf der rechten Straßenseite watschelten zwei besoffene Soldaten nach Hause. Auf der linken sah ich an der Ecke einen wunderschönen Baum. Ein großer Privatwagen fuhr vorbei in blitzender Rüstung. Es war gar nicht richtig, was ich vorher gesagt hatte: es gab viel mehr Taten auf Erden als Träume. Ich spürte Tatendrang in meinem Blut, ich sang ein Lied. Ich sah die endlose Reihe der Verkehrsampeln entlang, Bayswater Road und danach kam Oxford Street, und später New Oxford Street und High

Holborn. Zu meiner Rechten streckten die Kensington Gardens ihre dunstigen Flächen, mit weißen Schleiern um Hecken und Büsche.

Ich hörte einen ganzen Schwarm von Wagen herankommen. Ich rief: »Taxi!«, und ein Wagen fuhr vorbei. Ein zweiter großer Wagen folgte. Sie blieben vor den Verkehrsampeln stehen. Ich rannte vor, der erste Wagen war ein Privatwagen; der Fahrer grinste und deutete hinein. Ich sah eine Frau in den Armen eines Mannes. Der Mann hatte keinen Hut, und von der Frau sah ich nichts.

Ich hatte niemals an soviel Bewegung geglaubt. Ich glaubte nur, wenn ich etwas mit eigenen Augen sah. Jetzt glaubte ich an all die Bewegung um mich. Was für Heerscharen von Wagen und Fuhrwerken und Lastwagen und Taxis! Sie holperten auf und ab, sie polterten weiter, sie rasten wie der Blitz. Nicht einer blieb stehen. Da gab es Taxis mit fünf, ja mit sechs Soldaten drin. Ihre Trunkenheit war bereits über die Sprechphase hinaus, sie waren aneinander gekuschelt, ihre Arme und Beine waren kühn verflochten: sie brauchten nicht einmal mehr Frauen. Sie kamen aus den äußeren Vorstädten, wo man bis spät in die Nacht hinein getanzt hatte, und sie fuhren dorthin, wo es dem Fahrer paßte, sie abzusetzen. »Taxi!« »Können Sie nicht sehen, daß ich besetzt bin?!« Und die ungeheuren Lastwagen donnerten vorbei, ihre großen Leiber schwarz und fürchterlich enttäuschend; manchmal waren es geschlossene Polizeiwagen, leblos wie Leichen fuhren, ein einsamer Fahrer im Halbschlaf am Lenkrad. Andere wieder brachten die hohen Milchkannen, und die klapperten und schwapperten, wie sie so dahinfuhren. Und da gab's auch fahrende Öltanks, lange, zylindrische Dinger, mit einer dünnen Schicht Reif obenauf; sie kamen aus dem Norden, es war Regierungsbenzin aus Lancashire. Hier und da traf ich auch Taxis, die leer waren; mit keinen Liebenden und keinen Besoffenen drin, sondern mit Schleichhandelsware: geschlachtete Hühner in Kisten oder Konserven, die aus einem amerikanischen Lager gestohlen waren, und manchmal auch Zigaretten. Ihre Fahrer blickten nicht auf. Sie hatten ein schlechtes Gewissen, und mein Ungewissen lächelte dem schlechten Gewissen der Fahrer zu, und es lächelte über die Angst der Liebenden in dem großen Privatwagen.

»Taxi!« Ich fühlte mich plötzlich todmüde, und ich hatte keinen lebenden Menschen, mit dem ich hätte sprechen können. Alle Wagen kehrten mir den Rücken zu. Das waren alles Feinde. Oder war ich vielleicht der Feind?

Ich war der Träumer. Und sie waren die Tat. Sie wurden von schnellerer Bewegung getrieben als ich; und ihr Ziel war höher gesteckt und war allgemeiner als das simple, fast lächerliche Ziel einer kindischen Liebelei, mitten in einem Krieg, in den zweihundert Millionen Menschen verwickelt sind. Wer hieß diese Welt noch müde und trübe und träg? Wenn das nicht Leben war, mitten in Angst und jenseits des Todesröchelns; wenn das nicht Lebenskraft war, die über die Schwerkraft triumphierte – dann wußte ich wirklich nicht, was. Der Fahrer da hatte ein krankes Kind daheim, irgendwo in einem Dorf in Norfolk, und seine Frau war auch nicht recht beisammen – aber scherte er sich darum? Er sauste dahin durch die Nacht – vor seinen Augen wie ein flammendes Plakat in leuchtenden Buchstaben das große Versprechen von zwei Fünf-Pfund-Noten, in bar! Und jener Mann dort, der Hutlose im Privatwagen, war sechstausend Meilen um die Welt gefahren. Er hatte in Birma gedient, war dann nach Italien versetzt worden, war desertiert und war an Bord eines spanischen Frachters mit gefälschten Ausweisen nach England zurückgekommen, weil ihm jemand gesagt hatte, sein Mädchen habe ihn im Stich gelassen. Und er hatte sein Mädchen aufgestöbert, sie war in einem herrlichen Haus untergebracht, mit einem amerikanischen Oberst. Der Oberst hatte sie zu seiner ausgehaltenen Dirne gemacht, doch unser Mann machte sich nichts daraus. Da der Oberst gerade in Europa war, hatte sich der Mann den Wagen des Obersten und das Geld des Obersten und das Mädchen des Obersten genommen, das schließlich sein Mädchen war, und sie hatten sich ins Bett des Obersten gelegt, und jetzt kamen sie nach London, und wenn sie kein Geld mehr haben würden, dann würden sie eben den Obersten erpressen und am Ende würden sie vielleicht einen Mord begehen oder Selbstmord oder weiß Gott was. Leben! Leben in der Nacht! All diese Fuhrwerke und Fuhren und Fahrer auf ihren großen Fahrten durch Europa! Es war die Vergangenheit, die wiederkam wie noch nie. Der Geist der Nomaden hatte vom Explosionsmotor Besitz ergriffen: in den wilden Wolken des Auspuffs jagten die Wagen quer über Europa. Sie brachten Frischgemüse aus der Schweiz an die Riviera in einer Nacht, und sie schafften Treibstoff von Hamburg nach Berlin in einer halben Nacht und sie fuhren das Schlachtvieh von Le Havre in die Schlachthäuser von Paris in wenigen Stunden. Nichts stand still. Nicht Räder noch Bremsen noch das Benzin noch das Gas; oder die kurzen und langen und hohen und niederen Chassis. Die Fähnchen flatterten und die Räder drehten und drehten und drehten sich. Wenn ich lief, kam ich zu spät; und wenn ich zu spät kam, war's nicht ihre Schuld. Ich setzte einen Fuß vor den andern. Nicht ein einziger Wagen hielt. Ich war ein fahrender Ritter aus dem Mittelalter. Ich war ein Mitglied der älteren Generation. Ich konnte bloß wandern und pfeifen und meine Hände im Dunkel bewegen, belastet mit Philosophie, und allein.

Ich war trotzdem nicht traurig und nicht einmal sehr müde. Ich versuchte, meine Zugehörigkeit diesen Nomaden zu beweisen, und ich rief sie an und sang zu ihnen empor und winkte ihnen mit der Hand und wiederholte aufs neue:

»Taxi! Hallo! Hallo! Taxi!« Und dann trat wieder Schweigen ein: ein Schwarm von Wagen war vorüber, und sie fuhren an den Verkehrsampeln vorbei, wenn das Licht grün war, und sie fuhren in Rudeln. Wenn sie vorüber waren, konnte man den Schnee oder Reif oder was es auch immer war, zu Boden fallen hören, und irgendwo aus der Ferne erklang ihr Hupen. Die beiden Brüder zeigten in einem Tor ihre Gesichter bis zum Hals, und ich sah anderswohin, und so verzogen sie sich wieder unter Grinsen. Ich sang ein Lied der Einsamkeit.

Ich sang: »Wenn die Bande zerrissen, ich kann dich nicht missen: Ich möchte zu dir. Ist der Weg auch weit, mein Herzensblut schreit: Gehörst du nicht mir? Verstößt du im Haß mich, ich nimmermehr laß dich, ich lieb dich zu viel. Was du niemals gespürt, hast du aufgerührt in meinem Gefühl.«

Und ich sang: »Es ruht Mondlicht auf der Straße, auf dem Antlitz der Soldaten, auf den Brauen, auf den Wangen wie ein eingefrorner Spiegel. Es rollt Donner auf der Straße: Donnerwagen, vorwärts fegend, streifen knapp die schäbigen Mädchen, die verfaulen im Umarmen. Es ist Einsamkeit gebreitet, giftige Köder für den Träumer, und die Schlingen vieler Jäger harren dessen, der noch säumet. Doch ich seh nichts und ich hör nichts und Gefahr macht mir nicht bange, der in grenzenloser Sehnsucht ist verfallen und verloren. Denn mein Blickfeld ist umgürtet von dem Wellenglanz der Haare, die dein fahles Antlitz krönen, rostbraun knisternd, zauberisch. Meine Ohren trinken dürstend Schritte schreitend neben meinen: Deine sind es, und sie brennen in mein trocknes Herz wie Hölle. Hoch die Hacken, kühn dein Schreiten, überschreitest du im Schritte Raum und Zeit in stolzen Maßen deines süßgestreckten Beins! Klinkend, klimpernd, klingend ist dein Körper hingetragen; im Hafen meiner Himmel kann ich von nichts Schönrem träumen, als zur Seite ihr zu gehen, atmend, sehend, lauschend, liebend, ihr, die mehr ist als mein Dasein, leichter als der Sonnentanz.«

Hat jemand gelacht? Schweigen ringsum. Horch – ist nicht etwas zu vernehmen, das klingt wie das Raspeln und Knirschen trockener Knochen? Ist das Stahl? Sind's Weiden im Wind? Ich kann die Baumstämme in Kensington Gardens sehen. Peter Pan hat dort ein Denkmal. Der große Zieraffe ist dort verewigt. Er war niemals erwachsen. Wer ist das schon?

Hör zu, Truck. Ich hör etwas, das ist lauter als friedliche Lastwagen. Ich kann etwas sehen, was den Dunst um Notting Hill durchbricht.

Tanks. Britische Panzer. Sie rollen auf den Raupenschleppern vorwärts, und die Raupengewinde umschließen mächtige Räder. Sie rollen ans Meer. Übers Meer in die Schlacht! Der Rohrmund ist durch eine Lederkappe gesichert. Man kann die Räder sehen, was für Räder! Zum Schießen und zum Bombardieren das Geschütz; und die Räder zum Drehen und Treten und Trampeln. Sie werden über die Ströme und Flüsse rollen; sie werden die Felder und Wiesen und Brücken überqueren und sie werden die Wälle Deutschlands brechen. Entsatz für Bastogne! Kommt ihr zu spät? Ihr seid schnell genug. Hier im Nu und im Nu wieder weiter. Alle Fenster klappern und klirren, von den Ruinen fällt der Verputz, die Spur im Reif ist tief und breit. Vorbei.

Könnte ich doch mit ihnen kommen, in einem dieser Riesen fahren, aufrecht im Kommandoturm, die Hand am Fernglas, den Mund am Befehlssprecher, ein Mann der Befehle, der Entbehrung leidet und den Kampf eines Mannes kämpft. Was ist schon dabei? Was tut Rittmeister Cruickshank denn anderes?? Kommandiert er ein Schlachtschiff, Churchilltank, eine Tankbrigade? Wie fährt er dahin – in einem Flugzeug, in einem mit Düsenantrieb, einem Raketenflugzeug, einem Tank? Gebt mir einen Tank, aber rasch! Um des Himmels willen, ich will mich wandeln, und sie wird mich lieben, den Verwandelten! Ich möchte mich ausziehen, ich möchte mich umziehen, ich möchte eine Uniform anziehen an Stelle dieses blauen Anzugs. Ich möchte nicht mehr singen und schreien in Sinnlosigkeit, ich möchte etwas tun, ich möchte dahinsausen, schneller und schneller und schneller. Eine vernichtende Niederlage, ja, das ist es, eine vernichtende Niederlage möchte ich meinen Feinden zufügen.

Plötzlich blieb ich stehen und nickte mit dem Kopf, als hätte ich in der großen Stille die erwartete Antwort erhalten. Aus dem Park kam ein Lachen. Ich konnte es deutlich hören, es war dasselbe Lachen, das ich tausendmal gehört hatte, immer wenn ich barst vor brennender Sehnsucht nach der großen Gemeinschaft der Liebe zwischen Leib und Seele. Der ewige Telephonanruf von den elysäischen Feldern.

Nicht Dunst lag mehr auf dem Gras, doch es blieb feucht und tauig. Die zierlichen Grasaffen stellten ihre Ohren auf und flüsterten mir zu: »Ausgezeichnet! Wunderbar! Bravo! Du bist ein Poet!« Und sie drehten sich dreimal in ihren grünen Mänteln und winkten mit den Grashalmen. Ich ging über die Straße, um sie besser zu hören. Konnte das stimmen?

Ein Poet – ich – ein Poet? Peter Pan machte mir Zeichen von seinem Piedestal. Ich hörte ihn deutlich. »Du darfst dich nicht auf fremdes Gebiet wagen. Warum nicht weiterträumen, bis du erstickst? Sei zufrieden im Gleichmut. Füge dich!« Ich versuchte, ärgerlich zu werden; ich wollte losschreien: »Auf! An die Tanks! Vorwärts!« Doch ich konnte keinen Ton herausbringen. Ich lehnte mich über das Parkgitter und lauschte inniger.

Ich bemerkte große Bewegung in dem dunklen Garten. An den leeren Ästen schwangen Kobolde mit Schmetterlingsflügeln und versuchten verzweifelt, meine Aufmerksamkeit zu erregen. Die Hamadryaden waren, fast unsichtbar, aus den Baumstämmen gekrochen und näherten sich dem Gitter – wie schlank und zart und zierlich sie nur waren! Auf einer gewaltigen Harfe begann die musikalische Einleitung. Und plötzlich tanzten sie: zwischen Queens Gate und Lancaster Gate, in Ruinen und Dunkel, tanzten die Geister des Parks. Sie hüpften und drehten sich und wandten sich hierhin und dorthin und wandelten und glitten und lachten und lachten. Ich lächelte und dachte: »Was für Dummheiten! Bilden sich die wirklich ein, menschlich zu sein – spielen diese Träume wirklich Wirklichkeit, die Wirklichkeit von Brot und Butter und Stahl und Lastwagen, wie sie des Nachts über Land fahren? Was für Narretei! Aber wie süß!«

Und dann fiel mir auf, daß das große, allgemeine Flüstern auf *einen* Ton gestimmt war: den Ton der Erinnerung. Er stieg aus allen und einem; er kam von Kobold und Elf und Gespenst, aus den Träumen mit Klaue und Huf, von den Bildern aus Marmor und Bronze, von den Engelsschleiern und den Teufelskloben – aus der Erde kam der Klang der Vergangenheit, dieser vergangenen Stundenjahre und Minutenleben, aus der Erde, der reifbedeckten, nassen, wallenden, brauenden Erde, die im Orgelton dröhnte und sang. Es war wie ein Anfang. Ich fühlte Bereitschaft, ja Freundschaft, Bescheidenheit.

Und da stand er auch. Vor einem großen Häuserblock, mit einer Garage im Erdgeschoß, mitten auf der Straße, wartete der Mann, der große Mann mit dem langen Bart; und die Geister von heute und gestern waren verschwunden. Alle – wirklich alle? Auch die zwei Brüder und der eine bei ihnen?

Ich sah mich erst gar nicht um. Ich blieb vor dem Mann stehen und rief, als wieder ein Wagen vorbeifuhr: »Taxi!

Halloh! Taxi!«; es war aber nicht viel mehr als eine sinnlose Geste, an die ich selbst nicht mehr glaubte. Der Mann lachte.

Roman

Ich hielt den Mann zuerst für unfreundlich, unliebenswürdig, ja grob, doch er war nichts dergleichen. Im Grunde genommen war es ein sehr netter Mann. Das Unglück war: Er war größer als ich. Nicht nur war er größer – er hatte auch einen Bart. Der war vorgestreckt im Dunkel, mausfarben und von ungewissen Ausmaßen, doch alles in allem eindrucksvoll und real. Ich konnte nur wahrnehmen, daß der Mann keinen Überrock im eigentlichen Sinn trug, sondern nur einen unordentlichen Pullover und keinen Hut, und daß er größer war. Und das gab mir ein Gefühl der Unsicherheit; denn das habe ich niemals gern.

Und ich konnte auch nicht gut durch ihn hindurchsehen; vielleicht weil er so groß war oder weil der Nebel uns wieder einzuhüllen begann.

»Jetzt werden Sie kein Taxi mehr kriegen«, sagte der Mann.

»Auch Sie nicht«, sagte ich. »Ich bin schon ein gutes Stück gegangen, und kein einziges hat gehalten. Wenn man nur beim Militär wäre!« Ich seufzte.

Der Mann lachte leise. »Ich habe hier schon mehr als eine halbe Stunde gewartet, und kein einziges hat gehalten. Kein einziges hat gehalten! Ich habe eben den Autobus verfehlt.«

Ich lachte. »*Sie* haben den Autobus verfehlt?! Das ist gut! *Ich* habe ihn verfehlt. Ich kam gerade von Holland Park herauf ...«

»Wahrscheinlich haben Sie denselben Autobus verfehlt, den ich verfehlt habe«, sagte der Mann. »Den Autobus haben wir eben zusammen verfehlt. Ich verfehle ihn nicht oft. Gewöhnlich erwische ich ihn.«

»Aha«, dachte ich, »regelmäßiger Abonnent! Woher kommt er nur? Arbeitet er für den Schleichhandel? Ist er ein Verbrecher? Was er nur für eine komische Sprache spricht. Vielleicht ist er ein Ausländer.«

»Kennen Sie denn alle Autobusse?« fragte ich.

»Natürlich. Und ich glaube, wir haben keine Möglichkeit, vor einer Stunde wieder einen zu erwischen. Wir können genau so gut zu Fuß gehen. Mir macht das nichts aus.« Der Mann machte kehrt auf den Absätzen.

Er dachte: »Verdammte Geschichte! Die geben mir vier Pfund die Woche, und mehr als einmal haben sie mir schon gar nichts gegeben. Es ist eine blöde Bande, doch was soll ich tun? Wir sind aneinander gefesselt durch eine gemeinsame Weltanschauung und ein gemeinsames Schicksal, und ich bin einmal ein Anarchist, und der Narr da würde nicht einmal wissen, um was es sich dreht. Außerdem bin ich ja noch ganz etwas anderes. Wenn ich nur selbst wüßte, was ich wollte. Auf jeden Fall ist es Irrsinn, diesen Dreck bis zwei Uhr in der Früh zu drucken.«

Ich vermochte seinen Gedanken nicht gut zu folgen, da sie ihm selbst verborgen waren und dunkel und schwarz wie sein Banner, die schwarze Fahne der Anarchie. Auf mich machte bloß seine Art zu sprechen einen Eindruck. Er sprach drauflos, manchmal sogar prahlerisch, doch seine Stimme selbst war demütig und sehr menschlich. Ich sagte: »Wohin führt Sie Ihr Weg? Marble Arch? Dann können wir vielleicht zusammen gehen?!«

»Das können wir vielleicht«, sagte der Mann, und wir gingen zusammen.

Einige Minuten lang sprachen wir nichts. Dann sagte ich: »Ich gehe gern«, und er sagte: »Ich gehe gern bei

Tag.« Dann kam wieder eine Pause. Er sagte: »Ich gehe übrigens auch gern bei Nacht.« Wir erblickten vor uns einen wunderschönen Baum; er war wie ein Weihnachtsbaum, und die Kerzen daran waren die kleinen Zweige, die in vorzeitigem Dasein hervorgelockt waren durch den schneegleichen Reif, der überall lag. Die Sprödigkeit der Äste sprach von dem geheimen Zwischenspiel zwischen Winter und Frühling: die schützenden Ringe, in starrer Weiße, sahen rein und heiter aus.

»Sehen Sie sich das einmal an«, sagte der Mann. »Es ist wundervoll. Ich bewundere Bäume, wo ich sie treffe. Herrliche Bäume sind es, die England zu eigen.«

»Sie stammen also nicht aus England! Vielleicht sind Sie gar ein Ausländer?«

»Sie müssen selbst ein Ausländer sein, um solche Fragen zu stellen. Haben Sie noch nie einen Engländer gesehen, der die Natur bewundert, wo sie am schönsten ist? Wo kommen *Sie* denn her?«

Ich hatte nicht die geringste Absicht, ihm genaue Auskunft zu geben. Ich machte also eine vage Gebärde in den dunklen Raum hinein und sagte: »Von dort drüben. Vom Kontinent.«

»Das habe ich mir gedacht. Lassen Sie es sich gesagt sein: Ich bin weder verrückt, noch komme ich aus dem Ausland. Ich bin viel herumgereist. Ich bin ein Dichter.«

»Ach so«, sagte ich. »Ein Dichter. Ich liebe Shelley. Ich liebe auch Keats, aber nicht so sehr. Ich bin selbst ein Schriftsteller.«

»Veröffentlichen Sie? Ich habe es schon lange aufgegeben, zu veröffentlichen. Ich schreibe, aber ich habe einen anderen Beruf.«

»Das habe ich auch«, sagte ich. »Ich gehe jetzt auf Nachtdienst. Nach Cavendish House, Ludgate Hill. Sie wissen doch, wo man diese ...«

Ich verstummte, denn ich hatte immer Angst, zu viel von dem zu verraten, was man »Geheiminformation« nannte. Ich würde so drauflos reden und reden, und dann erfuhr jemand davon und würde es vielleicht Herrn Bradley sagen, und dann würden sie mich hinausschmeißen, und Katie mit ihrem Husten müßte vielleicht wieder Arbeit annehmen, und ich könnte nie, nie wieder mit Jane abendessen gehen. Fürchterlich.

Ich schwieg also und redete nichts mehr. Wir marschierten recht wacker, und der Boden schien fester geworden zu sein, und meine Schritte klangen in meinen Ohren noch immer als lebhaftes, mutiges Ausschreiten.

Er dachte: »Ich möchte ihm nicht sagen, was ich geschrieben habe.« Und ich dachte: »Selbst wenn ich ihm sagen würde, was ich geschrieben habe, ich werde ihm niemals meinen Namen sagen.«

Dann blieb der Mann plötzlich stehen und sagte langsam: »Ich kenne Deutschland. Mein Name ist Carlas.«

»Oh«, sagte ich. »So – Sie kennen also Deutschland. Sprechen wir doch über Deutschland. Sprechen wir über deutsche Literatur. Machen wir Konversation, Allgemeinheiten. Wissen Sie ...«

Der Mann lächelte: »Ich glaube, daß Deutschland eigentlich niemals eine Literatur von irgendwelcher Bedeutung besessen hat. Dasselbe gilt übrigens auch für England.«

»Aber Sie sind doch auch der Ansicht, daß es herrlich ist, zu schreiben? Einfach zu schreiben und es dann seinen Freunden zu zeigen und dem Mädchen, das man liebt, und sich immer große Dinge von dieser Veröffentlichung zu erwarten – denn das ist es ja – und immer enttäuscht zu sein, weil sie nicht verstanden hat, was du gemeint hast, sondern an den Kuchen in der Küche gedacht hat oder an ihren nächsten Freund. Und das Manuskript fertig zu schreiben und es zusammenzupacken und es dem Verleger zu schicken ...«

»Ich bringe es dem Mann immer persönlich. Ich kenne ihn sehr gut, müssen Sie wissen. Ich treffe ihn auf Gesellschaften und wir essen zusammen zu Mittag. Aber das sind doch nicht Allgemeinheiten.«

Ich hielt den Mann mitten auf einer Straßenkreuzung an und faßte ihn am Rock. Gerade jetzt fuhren wieder vier, fünf Tanks vorüber, ich kümmerte mich nicht darum. Sollte ich wieder enttäuscht werden? Dieser Mann war weder jung noch alt, und er war Eigentümer eines langen, realen Bartes, und er sagte, er sei ein Dichter, und er hatte bestimmt die beiden Brüder fortgescheucht und den einen dahinter – aber sollte ich wieder enttäuscht werden, genau so von ihm wie von meiner Jane? Ich schrie: »Was fällt Ihnen denn ein? Haben Sie nicht gesagt, Sie sind ein Dichter? Wie können Sie dann nicht wissen, daß unsre eignen Persönlichkeiten die einzigen Allgemeinheiten sind – die einzigen wenigstens, die etwas zählen?«

Er sagte nichts und ging plötzlich sehr rasch von mir fort, und ich hinter ihm. Er drehte sich um und sagte: »Wenn wir uns beeilen, können wir beim Marble Arch etwas erwischen.« »Eine Erkältung werden wir erwischen«, sagte ich und hielt mit ihm Schritt. »Das ist alles.« Und dann blieb er stehen. Er sagte: »Wir Engländer, schön, ich kann mich als Engländer bezeichnen, obzwar meine Mutter aus Hannover kommt, doch Hannover war jahrhundertelang englisch, und ich selbst bin in Wales geboren, trotzdem bin ich Engländer – also, wir Engländer sind immer erfolgreich, auch wenn wir's nicht wahrhaben wollen. Wir können nicht umhin: Wir müssen gewinnen, selbst wenn wir zuerst das ganze Spiel und den Krieg und das Leben verlieren – schließlich gewinnen wir doch. Weil Eure Allgemeinheiten unsere Persönlichkeiten sind.

Wir atmen Politik und wir speisen Philosophie und wir scheiden Poesie und Literatur aus. Natürlich haben wir es nicht sehr gern. Wir haben es nicht gern, wenn Leidenschaft und Leiden zu sehr betont werden. Wir kennen uns in allen diesen Dingen seit langem sehr gut aus. Bitte, glauben Sie ja nicht, daß ich eingebildet bin. Ich liebe Ihre Begeisterungsfähigkeit. Sie hätten heute Nacht schon lange sterben können. Sie haben sich geweigert zu sterben, weil Sie innerlich so arm sind und weil Sie solche Begeisterung fühlen über das simple Leben. Sie haben sehr große Angst, aber die Angst macht Ihnen Spaß. Sie dürfen mich nicht zu sehr bewundern.«

»Aber ich bewundere einmal Ihre Allgemeinheiten. Chef, Sie haben recht. Ich lese da ein Buch von einem alten Freund, und darin spricht er auch über den Sinn für Literatur unter den Engländern, und er behauptet, der Engländer, in den Augenblicken seiner größten Rührung, sei eben noch immer ein Bewohner des Reiches Shakespeares. Und mein Freund hat recht! Ihr seid alle mit diesem Geiste durchtränkt. Euer Leben ist durchwachsen mit der Poesie der Realität. Und was noch mehr ist: Hier in diesem Land ist alles so gleichmäßig verbreitet. Es kommt nicht so in Stößen und Flecken wie bei uns. Wir sind höckerig, und Ihr seid eben. Wir leben zwischen den Felshöhen der Trunkenheit, der Träume und des Fiebers und den Abgründen elender, mörderischer Mattigkeit. Ihr spaziert die ganze Zeit in der klassischen Parklandschaft nebeligen, doch leicht erregenden Geschehens. Ihr seid klassisch, wir sind romantisch. Ich beneide Euch.«

Der Mann nahm meinen Arm. Er sprach sehr leise, als er jetzt begann: »Sie neigen dazu, die Dinge überzubetonen. Tun Sie das doch nicht! Danach haben Sie dann nur die halbe Freude und die doppelte Enttäuschung. Ihr vom Kontinent habt alle viel zu viel vom Schauspieler in Euch.

Ihr nehmt Eure Freuden voraus und dann verliert Ihr am Tag der Abrechnung – vielleicht am Tag des Jüngsten Gerichts, vielleicht nur bei Abschluß des Friedensvertrags. Sie werden Ihren Debetsaldo an Sehnsucht noch bezahlen müssen! Seien Sie doch geduldig! Abwarten! Sammeln!«

Er flüsterte geradezu in mein Ohr. Ich dachte an die langen Stunden, die ich heute abend schon verwartet hatte, und all die anderen Stunden – wie lange wars her? Jahre?

Der Mann sagte: »Ich liebe komische Situationen. Ich bin ein Kelte. Ich liebe Einbildungskraft, den Flug der Phantasie. In jeder Minute stößt man auf die Wunder der Komödie und des Spaßes. Hören Sie mal zu – man braucht gar nicht zu schreiben, um Schriftsteller zu sein ...«

»Wie wahr!« rief ich. »Im Hause meiner Mutter wurden wir vollgestopft mit Literatur, und meine Freunde und ich haßten schließlich Bücher. Ich erinnere mich eines Abends im Garten – wir gingen auf und ab, auf und ab, und wir fluchten allen Büchern, der ganzen deutschen und englischen und französischen Literatur. Wir wollten das ›Leben‹. Wir ließen nur pornographische Bücher in den Bezirk des Lebens ein, weil die auf Männer direkt wirkten, sozusagen körperlich. Und auf Frauen übrigens auch. Wir wollten das Leben ...«

»Und wars Euch nicht beschieden? Na also. Sie verstehen mich schon. Man braucht nicht immer den Bleistift zu betätigen. Ich will nicht der Trägheit das Wort reden. Ich bin selbst ein beschäftigter Mann. Ich arbeite bis zwei Uhr früh, wie Sie vielleicht bemerkt haben. *Sie* haben wohl nicht gearbeitet. Oder haben Sie ...?«

»Ich war einem Wunder auf der Spur, dem Leben. Ich war meinem Mädchen auf der Spur. Es ist ein Wunder.«

»Seien Sie bereit und warten Sie. Seien Sie geduldig. Ich weiß von Situationen, die man versuchen, auskosten, auf der Zunge zergehen lassen muß, um sie für wahr zu halten. Es sind Komödien. Ich mag Sie leiden, weil Sie noch so unerfahren sind. Zum Beispiel: ein Mann liebt eine Frau. Er liebt aber auch eine andere Frau. Das Pech ist: Diese beiden Frauen sind eigentlich nur eine einzige Frau, wenn man es richtig bedenkt. Er braucht diese Zwiegestalt; er ist ambivalent, wie man so sagt. Nun gut – die erste Frau muß er anlügen. Sie ist von dem standhaften, liebenden Typ und kann die Wahrheit nicht ertragen. Die zweite Frau hat eine harte Haut; sie ist wankelmütig und versucht so viel Spaß dem Leben herauszupressen, wie sie kann. Der Mann muß also Geschichten erfinden, die er der ersten Frau erzählt, um Rechenschaft zu geben über die Zeit, die er mit der zweiten Frau verbringt. Seine Phantasie, die, wie Sie vielleicht schon erraten haben, stark entwickelt ist, beginnt prächtig zu blühen, und er kann mit einer ganzen Menge rein ausgedachter Personen als Ausrede dienen. Diese Traummenschen entwickeln sich sehr bald zu wirklichen Menschen mit eigenen Schicksalen, Unglücksschlägen, Abreisen und Ankünften. Eines Tages wird der zweiten Frau das Abenteuer und der ganze Mann langweilig. Was passiert nun? Der Mann ist in einem fürchterlichen Dilemma. Die erste Frau stellt weiter Fragen nach diesen Phantasiemenschen; warum er denn jetzt so wenig mit denen zusammenkommt? Er fängt also an, Geschichten zu erzählen über plötzliche Abberufungen, Streitigkeiten und Zusammenstöße und so weiter. Das ist aber noch nicht zu Ende. Er ist …«

»Halt!« rief ich. »Wollen Sie, bitte, ruhig sein! Ich kenne Ihren Plan ganz genau. Ich weiß. Der Mann soll wohl das Symbol unseres berühmten schizophrenen Zeitalters darstellen. Er hat sein Bewußtsein gespalten; wie unsre Zeit. Halt, und erzählen Sie nicht mehr weiter. Ich kenne meine eigene Geschichte.«

Ich war sehr erregt; denn ich begann Zweifel zu haben an der Realität des Mannes. Vielleicht war er nur eine Blase auf der Oberfläche meiner kochenden Seele?

Ich schüttelte ihn an der Schulter. »Sind Sie lebendig?« schrie ich.

Er blieb wieder stehen und sah mich so ernst an, daß es mein Herz durchbohrte.

»O Thomas, Thomas!« sagte er. »Das ist noch einer von Ihren Fehlern. Sie glauben Ihren eignen Sinnen nicht. Was reden Sie denn von Blasen daher?! Und von Seele!« Er beugte sich nieder und berührte die Sohlen seiner Schuhe; dabei machte er auf englisch ein Wortspiel, das man in einer anderen Sprache nicht gut wiedergeben kann. Er fuhr fort: »Lassen Sie sich doch nicht immer mitreißen. Bleiben Sie im Gleichgewicht. Halten Sie nicht den Atem an. Sie sind so atemlos. Was Sie sagen, klingt atemlos, mögen Sie auch Romane von fünfhunderttausend Worten schreiben. Ich kenne Ihre Ausrede: Goethe. Aber Goethe kam aus Amerika. Goethe ist nicht Europa. Goethe ist Leben und Atem und Natur, alles in einem.«

»Irren Sie sich da nicht ein wenig? Aus Amerika?«

Der Mann gab keine Antwort. Wir waren schon nahe von Marble Arch. Ich war warm am ganzen Körper, als hätte ich eine Menge getrunken. Ich war so sehr ungewohnt körperlicher Bewegung, daß mir die gesunden Folgen eines langen Spaziergangs ganz entfallen waren. Wir alle waren Papierblumen. Wie der Mann nur recht hatte, die Seele aus dem Kopf in die Füße zu verlegen! Ich beneidete diesen Mann. Mochte er ein Sonderling, Poet, Nachtschwärmer oder weiß Gott was sein – er hatte festen Grund unter seiner Seelen-Sohle. Er war ein Engländer. Ich bekam es plötzlich mit der Angst, wir könnten zu rasch ans Ende unsrer Reise gelangen. Vielleicht fanden wir wirklich beim Marble Arch einen Nachtautobus, und unsre Wege würden sich trennen, ohne daß ich ihm beweisen konnte, wer ich war und was ich tun konnte. Ich wurde von Furcht überwältigt, ich war von Ehrgeiz geschüttelt. Wir konnten bereits in das sanfte Tal der Oxford Street hinabsehen, mit seinen springenden grünen und roten Lichtern, die ein großes Stück voran sichtbar wurden. Das Ungewissen flatterte im Wind um mein Haupt, und sein Flügelschlagen verwandelte sich bald in etwas, das mir noch bekannter war: in das Geräusch von Händen, die die Seiten unzähliger Bücher umblätterten, von Fingern, die die losen Blätter von Manuskripten abgriffen, Herbstblätter, spät in den Winter hinein, Schöpfung für den Wind. Alle diese Bäume hatten ihr Laub verloren, und die gelben Früchte der Bäume waren zu Früchten der Menschheit geworden. Aus den verschlossenen Fenstern der Häuser fielen Schauer von Büchern und Schriften und wehten uns in sanfter Brise entgegen. Unsre Schritte verlangsamten sich, da die harten Einbände uns hinderten.

Ich sprach sehr laut und entschieden. Ich wollte mir Gehör verschaffen über der verhallenden Musik, die aus den raschelnden Seiten der Weltliteratur stieg. Meine Sätze wurden unterbrochen durch Unterbrechungen, wenn manchmal die Reifen an den Wagen platzten, die noch immer in die Stadt strömten.

Ich begann mit der Erklärung, es sei lächerlich, Goethe einen Amerikaner zu nennen. Ich verbreitete mich über den Mangel an Bildung bei der englischen Oberklasse, die in den teuren Schulen erzogen wird. Ich gab meiner Bereitschaft Ausdruck, gewisse Vorteile anzuerkennen. Ich sagte, die englische Literatur sei gut als eine Art von Panorama, als eine riesige Kopie der wirklichen Welt. Ich zitierte Dickens und Shakespeare und ich betonte erneut meine große Liebe für Shelley. Aber ich sagte, wir auf dem Kontinent, besonders in dem verfluchten, verdammten und verlorenen Land im Herzen Europas – ich sagte, wir wüßten um die Quelle, das Geheimnis und die Einsamkeit mehr als sonstwer auf Erden. Ich sprach die Verse Hölderlins über die Sendung des Dichters; und ich rief, noch immer voll Begeisterung, doch schon zweifelnd, wankend und angefressen von dem undurchdringlichen Ernst meines Begleiters: »Wir tragen es alles in unserem Herzen, und da wir Verschwender sind, behalten wir es nicht für uns. Wir geben es fort, wir speien es aus, wir machen unsre Herzen jedem zum Geschenk. Wir wissen um Stunden unerhörter Siege. Wollen Sie, bitte, zuhören, um Gottes willen zuhören!? Ich schrieb an einem einzigen heißen Nachmittag in meiner Mutter Haus dreißig Gedichte. Ich war fast ohne Kleider, und ich schrieb sie auf die Rückseite eines alten Kalenders. Ich scherte mich um nichts. Und als ich dann meinen ersten langen historischen Roman schrieb, da schrieb ich viele Seiten davon in einer Art Korridor, in einem sehr zugigen Gang eines sehr wackligen Hauses. Ich mußte es tun, ich hatte damals kein Geld, und ich mußte meine Ferien mit Evas Mutter verbringen. In dem Gang war es immer so zugig, denn es gab so viele Türen in dem Haus, daß es unmöglich war, sie alle zur selben Zeit geschlossen zu halten ...«

Und da unterbrach mich der Mann. Er schien selbst ein wenig ungeduldig zu werden, über den langen Weg und vielleicht sogar über mich. Er wollte einen Autobus nehmen, das wußte ich; und ich war beleidigt.

»Prahlen Sie nicht, bitte«, sagte der Mann. »Es hat Ihnen ungeheures Vergnügen bereitet. Sie haben Vergnügen an Schwierigkeiten, Niederlagen und Tod. Können Sie es mit Leben, Erfolg und Leichtsinn aufnehmen?!«

»Psst!« sagte ich. »Psst! Sprechen Sie nicht von Dingen, die ich nicht zu hören wünsche. Sie wissen schon, was ich meine; ich meine nicht: LEBEN. Ich zog aus, das Leben zu finden. Und ich habe es gefunden. Ich fürchte mich auch nicht vor Erfolg. Ich saß an dem Kartentisch mit meinen Freunden, diesen Dummköpfen. Aber waren sie denn wirklich Dummköpfe? Sie spielten sehr gut, und ich spielte sehr schlecht. Aber plötzlich erklang die Türglocke, und die Köchin brachte eine Depesche, und in dieser Depesche bot mir einer unsrer besten Verleger die Veröffentlichung meiner ersten Novellen an. In einer Depesche! Ich sagte kein Wort, sondern spielte weiter. Und von da an gewann ich. Oh, ich bin nicht stolz auf einen Erfolg, aber ich kann damit leben. Meine schönste Stunde war im Eisenbahnzug zwischen Neapel und Rom. Ich begleitete ein junges Mädchen zu ihrem Verlobten, sie sollte am nächsten Morgen heiraten. Sie hatte einen komischen Vornamen, sie war überhaupt eher komisch, mit ihren leblosen Augen und ihrer farblosen Haut und ihrer Kurzsichtigkeit; aber sie hatte eine süße Stimme und sang Mozart. Sie sang mir Mozart vor, auf den Felsen von Capri, ›Voi che sapete‹, sang sie. Nun, dieses Mädchen, zu dem ich gerade über meine Arbeiten gesprochen hatte – sie sagte am Ende, und sie sah dabei geradeswegs in die sinkende Sonne: ›Ich glaube, Truck, Sie sind so, wie ich mir immer einen Dichter vorgestellt habe. Ich meine damit zum Beispiel einen Menschen, der nicht in diesem Augenblick ein Gedicht schreibt, und im nächsten Augenblick hört er damit auf und tut etwas anderes – nein, ein Mensch, der immer – also – der immer ein Dichter ist; wenn er spazieren geht und wenn er spricht ...‹«

»Und Sie sprechen eine ganze Menge«, sagte der Mann und lachte. »Wir beide haben eigentlich eine ganze Menge gesprochen ...«

»Und sind sehr lang schon gegangen?!« sagte ich und lachte.

Wir überquerten gerade Edgware Road. Da sagte der Mann, als sei er zu einem endgültigen Schluß gelangt:

»Erfolg verdirbt Sie. Als Sie den Vertrag in der Tasche hatten, durch den sie monatlich 300 Mark auf zwei Jahre bekamen, war Ihr erster Weg zu dem Telephonautomaten, um die andere Frau anzurufen. Und die erste war bald vergessen, beleidigt und weggeschickt ...«

Ich erinnerte mich dunkel dieser dunklen Stunde meines Lebens, und wie ich diesen fürchterlich breiten Platz überquert hatte, um zu dem Telephon auf der anderen Seite zu gelangen; es war Herbst, und die junge Dame erklärte sich sofort bereit, mich zu treffen, und bald bereit, mit mir ins Bett zu gehen ... Was für reizende Beine sie hatte!

»Aber wie können Sie das nur wissen?« sagte ich sehr sanft.

»Es gibt mehr Dinge im Himmel und auf Erden, Horatio ...«

»Besonders im Himmel«, sagte ich und lachte. Denn in demselben Augenblick war einer der Raketenboten des Todes niedergefallen, zuerst mit einem scharfen, lauten Krach, und dann nachher mit diesem unangenehmen, heulenden Ton, der später kommt in der Zeit, doch früher im Raum, da der Raum so wild gespalten wird durch das Geschoß, die Atmosphäre zu grausam zerrissen durch den Einschlag, daß die Kategorien ausgewechselt werden und der Kosmos, auf den Kopf gestellt, brüllt und bellt wie ein weidwundes Tier.

»Himmel! Jawohl!« sagte ich; und: »Aufgepaßt!« rief er und riß mich rasch von der Straße fort, auf den Bürgersteig neben sich.

Eine gewaltige, ungestalte Kutsche kam mit größter Schnelligkeit um die Ecke gefahren; sie hob und senkte sich wie ein Kriegsschiff in einer schweren Bö, ratterte ein paar Meter weiter und blieb dann stehen, wo gewöhnlich die Nachtautobusse halten. Es sah ganz so aus, als habe das Raketengeschoß ein eigenwilliges Anhängsel zurückgelassen, das seinen barbarischen Lauf auf dieser Erde fortsetzte. Wir rannten hin.

Gedicht

Ich muß nun gestehen, daß mir die Gegenwart des Mannes ein wenig beschwerlich geworden war, seine letzten Bemerkungen sogar unheimlich. Ich lief ihm also voran und versuchte in der Menge unterzutauchen, die ich aus der Kutsche aussteigen sah. Denn eine Kutsche war es; man konnte es fast eine Postkutsche nennen, eine Art von großer Berline, wobei es bemerkenswert schien, daß man nirgends Zugpferde sah. Die Räder waren mannshoch, und in dem wechselnden Licht bemerkte ich Gold und reiche Verzierungen an Türen und Kutschbock. Was mir aber besonders auffiel, war ein eigenartiger eiserner Aufbau aus ungestrichenem, gewöhnlichem Material, sehr ähnlich den fein gearbeiteten Wassertürmen oder Eisenstegen, in denen sich unsre stolzen und kindischen Ahnen gefielen zur Zeit der ersten Stahlgebäude und ersten elektrischen Anlagen.

Bald wurde ich von einer zusammengewürfelten Menge auf dem Bürgersteig umringt. Es war ein schweigendes Hin- und Hergewoge, ein fast geräuschloses Stoßen und Schieben, das nur von der Stimme einer Frau unterbrochen wurde, die in verdrießlichen Tönen ihre Anordnungen traf. »Hallo, hallo, Otway! Bleib an deinem Platz! Nein, nein, das geht nicht. Keats, Marlowe, Lamb, Shelley, de Quincey – wollt ihr gefälligst nicht vergessen, daß ihr nicht zu eurem Vergnügen hergekommen seid! Das ist brav. Und ruhig, bitte! Ruhe, sage ich!«

Sie war ein fettes Weib, mit einem breiten, gutmütigen Gesicht, das bedeckt war vom Schweiß der Aufregung. Sie trug altmodische Tracht; ein langer Schleier aus Krepp flatterte im Wind.

Eigentlich waren sie alle höchst sonderbar angetan. Ich sah da Schwerter und Federn, Fälbeln und Rüschen und Spitzen, eine Perücke und einen unglaublich langen Mantel. Ich dachte zuerst, es sei eine Gesellschaft auf dem Heimweg von einem Maskenball, aber dann bemerkte ich, daß mit ihren Füßen etwas nicht in Ordnung war. Sie hatten keinen Zusammenhang mit der Erde und liefen irgendwie formlos aus, gleichsam verwischt in einem blauen Licht. Und dann bemerkte ich die beiden Brüder, wie sie hart an der Arbeit waren, um die Gesellschaft in eine Art militärischer Ordnung zu bringen, indem sie aus der unbeherrschten und still gestikulierenden Menge eine unzulängliche Rotte zu formen versuchten.

In meiner Neugierde trat ich an den Mann mit der Perücke heran und fragte ihn, woher sie denn kämen und was das alles zu bedeuten habe. Er schenkte mir aber nicht Gehör, sondern machte dem alten Weib verzweifelte Zeichen. Die Alte traf Anstalten, ihrer kleinen Bande die Parade abzunehmen. Der Mann hielt nur immer seine Hand auf den Bauch und schrie in hohlem, durchbohrendem Gewisper: »Hunger! Laßt mich doch fertig essen! Das Ganze aufessen!« Und seine Kameraden fielen ein: »Mama Tod! Wir wollen es fertig machen!« Doch das alte Weib, das mir jetzt gar nicht mehr geduldig oder gutmütig vorkam, kümmerte sich nicht um sie.

Die Alte schüttelte ihr Haupt feierlich, und, während sie die lange Reihe auf und ab marschierte, wurde sie bei jedem Schritt größer und fetter und fetter. Und da begann ich zu ahnen, daß es sich gar nicht um einen Maskenball handelte, sondern daß es der Einfall einer andren Zeit in unsere Zeit war. Doch was wollten sie damit? Wer waren sie denn überhaupt? Konnte uns niemand gegenseitig vorstellen?

Eine Zeitlang schmeichelte ich mir, es seien einfach Ausgeburten meiner lebhaften Phantasie, Persönlichkeiten in Gestalt von Allgemeinheiten, Erscheinungen, durch die ich meinem unangenehmen und hochfahrenden Mann beweisen konnte, daß ich recht hatte. Doch dann mußte ich mich geschlagen geben. Denn der Mann schien zu der lebhaften Gesellschaft viel bessere, ja intime Beziehungen zu haben.

Weiß Gott wie – doch es war ihm gelungen, schneller zu sein als ich: er war sogar schneller als Mama Tod. Er marschierte vor ihrer watschelnden Figur einher – ein großer, bärtiger Apostel der Unruhe unter untauglichen Objekten. Ich konnte sehen, wie er unter der Menge kleine Karten verteilte, nicht größer als Visitenkarten und ähnlich den reißerischen Reklamezetteln schäbiger Firmen, wie sie von schäbigen Burschen in Berwick Street unter dem Publikum verteilt werden. Die Zettel wurden von den Leuten gierig aufgeschnappt und manchmal mit einem Heulen der Unzufriedenheit und Gier begrüßt.

Die beiden Brüder versuchten, ihn aus der Rotte herauszudrängen, und Mama Tod nahte drohend. Sie war mit ihrer phantastischen Kopfbedeckung fast bis zur Höhe der Straßenlampen emporgewachsen.

Sie alle riefen jetzt: »Wir wollen unser Privatleben! Wir wollen unsere Individualität. Wir wollen unsere Aufgabe vollenden. Gib uns das Werkzeug, und wir vollenden das Werk.«

»Wartet! Wartet auf die Meister!« kam Mamas Stimme aus der Höhe. »Und du, Shelley, vielleicht versuchst du gefälligst, dein fürchterliches Kreischen ein wenig zu dämpfen! Jeder weiß, du bist hilfsbereit und denkst nur an die Menschheit im großen. Aber nur nicht übertreiben! Nimm dich zusammen. Und du, zweiter Herr Bruder –«

»Wenn der dort aber Shelley ist«, dachte ich. »Wenn es der ist, den ich so liebe, dann bin ich ja unter Freunden. Vielleicht kann ich ihn selbst fragen.«

»... und du, sag ich«, rief Mama Tod, »laß bitte Otway die zweite Hälfte von seiner Semmel, damit er nicht ewig hungern muß. Das, meine Burschen, nenne ich eine unvollendete Aufgabe! Ihr andern, Ruhe! Ihr seid alle – ich meine – alle unverbesserliche Idealisten. Ihr braucht keine Hilfe.«

Otway war an einer halbverzehrten Semmel erstickt, fiel mir ein. Um so besser konnte ich die große Gier verstehen und schätzen, mit der er jetzt eine riesige Semmel den knochigen Fingern des zweiten Bruders zu entwinden suchte. Ein strahlendes Licht ergoß sich von diesem Stück Lebensmittel über die nebelige Straße.

»Ich möchte Ann finden. Sie wartet in Great Tichfield Street auf mich, darf ich gehen?« fragte ein kleiner alter Mann verschrumpelten Aussehens.

»Ich möchte Mary in die Anstalt bringen«, sagte ein anderer, älterer Mann.

»Und ich muß Fanny sehen! Selbst wenn sie nicht auf mich wartet –« Diesmal wars die leicht gebrochene Stimme eines jungen Mannes, der sich Gehör zu verschaffen suchte: ein kleiner, breitschultriger Bursch mit schönen Augen.

Ich selbst hielt Umschau nach Shelley, und ich fand ihn auch und hielt ihn fest und blickte in seine strahlenden, wunderbar blauen Augen. Ich sagte zu ihm: »O Percy Bysshe Shelley, sei gut zu mir. Ich lieb dich so. Willst du mir sagen, was Ihr alle da sucht?«

Die große, reizende Gestalt bebte wie ein Schilfrohr, als ich sie berührte. Mit gesenktem Kopf, mit Händen, die wie suchend durch die Luft fuhren, sagte Shelley mit schriller, zweifellos höchst unangenehmer Stimme: »Wer Ihr auch sein möget, ich will gefällig sein, denn ich erblicke auf Eurer Stirne Güte und Geneigtheit. Wir sind arme Gespenster, und wir sind berufen, von Zeit zu Zeit diese unheilige Stadt zu durchstreifen. Wir haben alle irgend etwas unerledigt gelassen, das darauf wartet, endlich vollendet zu werden. Ich gestehe, daß ich mich stets am Gestade der Serpentine herumtreibe und mich hinter den Baumstämmen verstecke, wo ich darauf warte, daß Harriet in jedem Augenblick auftaucht und ich sie vor dem einzigen Schritte warnen darf, der niemals wieder rückgängig gemacht werden kann. Und ich sehne mich auch, mein Zimmer in Poland Street wieder zu besuchen: seine Wände waren von herrlichen Tapeten bedeckt, mit Weinspalier drin; und es war das erste Zimmer, das ich mietete, nachdem ich von Oxford ausgestoßen war, zusammen mit Hogg, und das erste, wo ich auf immer bleiben wollte! Aber lassen mich denn die andern gehen? Paßt auf – Euer Freund dort ist ein böser Mensch; ich kann schon erkennen, daß auch er ein Dichter ist, doch er ist böse und hochmütig und er sucht Streit. Ich kann sehen, daß er mit dem Unbotmäßigsten unter uns gemeinsame Sache macht – seht doch –«

Ich wandte meinen Kopf und ich sah den Mann neben dem mit dem Schwert stehen; und wie er ihn nur bearbeitete! Wie er auf ihn einsprach und ihm seine kleinen widerlichen Karten zeigte und ihm in sein unirdisches Ohr flüsterte!

Shelley sagte: »Das ist Marlowe. Er ist verrückt. Ihr wißt, ich hasse die Behörden und die Unterdrücker so sehr wie sonst einer, aber meiner Ansicht nach ist Marlowe im Unrecht. Er will seine Rache und er will Blut –«

Und siehe da – Marlowes Schwert fuhr jetzt aus der Scheide, und wir hörten ihn rufen: »Tod und Shakespeare! Deptford und Rache! Tod für Archer! Zum Eberschädel! Nach Deptford!«

»Du halts Maul und bescheiß dich nicht!« kam Mamas Stimme von den Dächern der Häuser.

Worauf der rebellische Dichter sofort verstummte. Man hörte nur noch das Schleifen der Füße und das Geflüster des Mannes und Shelleys schrille Worte. Und Shelley fuhr fort: »Ich habe die Theorien mit angehört, die Ihr dem Mann soeben auseinandergesetzt habt. Ich stimme nicht ganz mit Euch überein, aber das ist bei mir keine Ausnahme. Ich will Euch das Geheimnis enthüllen; dies ist das Geheimnis der toten Dichter: wir sind weniger reich an Erinnerungen und ärmer an Ideen, als man glaubt. Bedenkt doch – wir alle mit unseren unvollendeten Aufgaben –, wir stehen alle noch in der Schuld der Wirklichkeit. Wir kehren zurück und kehren immer wieder zurück, und wir werden niemals unabhängig sein. Wir haben so lange von der Freiheit geträumt, daß wir jetzt an Hand und Hirn und Seele gefesselt sind. Wir haben Meister über uns, und auf die warten wir für und für. Sie kommen vielleicht später, vielleicht schon heute nacht, vielleicht gleich. Fürchtet Euch nicht vor ihnen, so wie wir uns fürchten. Es sind kluge Kerle. Seht – wir sind fast schon Engel, aber wir sind noch immer schwach. Wir sind das Dämmern am Morgen und das Dunkel am Abend, und wir sind die Nacht – doch niemals sind wir der Tag. Nie. Der Tag – das sind sie. Seht doch jenen armen Jüngling dort drüben. Ich habe für seine Art und seine Manieren nicht viel übrig – doch wie jung – wie jung und von eigner Hand! Vergiftet! Das ist Chatterton; und wann immer wir nach London kommen, versucht er, Walpole zu finden, denn er möchte ihm erklären, wie es geschehen konnte, daß er ihn mit diesen Gedichten hinters Licht geführt hat. Aber Walpole läßt sich vor dem Jungen verleugnen, selbst wenn er zur Zeit seines Besuchs gerade am Leben ist. Denn Walpole ist auch einer von den Meistern. Nein, nein, schüttle nicht dein Haupt, du Mann aus Europa, ich kenne Europa, ich weiß, woran du denkst, auch ich hasse die Aristokraten, doch wenn ich ›Meister‹ sage, so meine ich damit nicht ›Aristokraten‹. Ich meine Meister des Erfolgs. Der Erfolg ist es, der sie zu Meistern macht. Ihr sollt doch wissen, was ein Meister ist. Keinen größeren gibt es als Euren Goethe von Europa; und wenn ich auch meine unwürdige Hand an seiner Walpurgisnacht versuchte – er bleibt doch der große Meister. Aber da sind sie ja –«

Shelley war plötzlich verstummt. Alles lag in Schweigen: der Mann stand ruhig da, und die kleinen Karten entfielen seiner Hand; die Dichter hielten sich an ihre Rangordnung; die beiden Brüder wagten nicht zu atmen, das Ungewissen umschwebte meinen kahlen Kopf; und Mama Tod war auf ihre frühere Größe zusammengeschrumpft. Ich konnte das leise Surren der elektrischen Motoren hören, die die Verkehrsampeln trieben, und ich hörte das Blasen der nebeligen Luft um die alten Kleider unsrer neuen Freunde und das Rattern eines Lastwagens, der fern in Edgware Road hinfuhr.

Wir hatten es erwartet, und so kam es auch:

Von den Baumwipfeln im Hyde-Park kam eine leicht gebaute, phaethonähnliche Glaskutsche herabgeschwebt. Sie war von allen Seiten durchsichtig. Darin saß ein stolzer Mann, gerade und allein – doch nein, nicht ganz allein. Er hatte eine Zwergengestalt auf dem Schoß, einen Buckligen, der die runden und erstaunten Augen seines Puppengesichtes starr auf das melancholische Antlitz des schönen Mannes gerichtet hielt. Und hinter ihnen stand auf dem Platz für den Kutscher ein anderer Mann, ein magerer, dürftiger Mensch, doch um nichts weniger stolz als sein Herr mit der Puppe. Die Kutsche schwebte und schwang sich herab, hinter sich eine starre Spur von Sternenlicht. Sie blieb vor dem großen Eisengestell stehen. Noch rührte sich niemand. Die traurige stolze Gestalt wandte den Kopf. »Fletcher, wir sind angekommen«, sagte Lord Byron. Ich hatte ihn sofort erkannt. Die Bilder hatten nicht getrogen. Der magere Mann stieg ab und öffnete den Verschlag mit leichter Verbeugung. »Ich möchte nur noch einmal darauf hinweisen«, sagte er, »mein Name ist nicht Fletcher, sondern ...«

»Schon gut, Fletcher«, sagte Lord Byron. »Nimm jedenfalls Pope zuerst hinunter und vergiß auch die Leine nicht; und dann wollen wir uns unters Volk mischen.«

Lord Byron kam in raschem, hinkendem Schritt heran; und als er Shelley bemerkte, rief er: »Hallo! Shilo!« und ich hörte unverkennbare Freude in seiner Stimme. »Hallo, meine Schlange, da bist du ja, und da seid ihr ja alle, und ihr wartet alle wohl auf Befehle, nehme ich an ...«

Die Dichter antworteten mit keinem Wort. Sie begrüßten ihn schweigend. Sie verbeugten sich, und Otway fiel sogar auf die Knie, und Marlowe schwenkte seinen großen Hut. Doch das Schweigen wurde plötzlich unterbrochen.

Irgendwas kreischte wie ein Affe, und dann konnte man Rufe hören wie »Pfui!« und »Aufgepaßt!« und »Verflucht!«, und ich bemerkte, wie dieses abstoßende Scheusal, das sich bei Lebzeiten Alexander Pope nannte, seinen Wärter mit sich riß. Er hatte einen der kleineren Dichter ins Bein gebissen. Die Stimme des Mannes war vernehmbar, laut und trotzig. Ich erschauerte, als ich sie hörte, denn mich erfüllte Ehrfurcht in Gegenwart des großen Lords der Romantik. Der Mann aber schrie: »Was steht ihr alle versteinert da wie ein Marmortheater? Was ist denn los mit euch? Seid ihr Menschengeister oder Mäusegeister? Wovor muß man da denn Angst haben? Habt ihr noch nie einen Verschwender und Wollüstling gesehen? Was erfüllt euch denn mit Achtung und Stummheit?

Ich biete ihm Trotz, wenn schon ihr es nicht tut. Wir beide bieten ihm Trotz, mein lebender Freund und ich, denn wir kommen aus dem zwanzigsten Jahrhundert und sind die Zeitgenossen der Flugbombe und des Flügeltanks.

Und wir sind am Leben. Darauf darf man stolzer sein als auf ›Don Juan‹ und ›Childe Harold‹. Gib Antwort, wenn du es wagst. Und ihr, ihr einfältigen und edlen Dichter, laßt euch doch nicht ins Bockshorn jagen. Macht doch weiter! Bietet ihm die Stirn, diesem Schwindler und Krüppel!«

Ich zitterte. Doch gleichzeitig fühlte ich, wie mir natürliche Kraft in die Adern zurückkehrte. Ich sah Lord Byron die Haltung verlieren, wie er wankte und fast fiel; und wie der Mann Fletcher seinen Pope fahren ließ, und wie der zwergenhafte Alexander Shelley an den Hals sprang, als sei er sein Todfeind gewesen seit Beginn der Zeiten. Ein gewaltiger Streit hob an: Rufe stiegen in den Himmel, Schläge hagelten nieder, alle die größeren und kleineren Dichter lagen einander in den Haaren. Die leuchtende Spur hinter dem Phaethon war verschwunden. Die beiden Brüder waren verschwunden; und obwohl die dünne Stimme des kleinen Chatterton deutlich zu hören war, wie sie »Mama! Mama!« rief – verschwunden war auch jede Spur der großen, gutmutigen Hausfrau des Himmels. Zum Schluß sah ich, wie die Arme der Vielen den Lord und seinen Affen und seinen Diener ergriffen hatten, und wie sie sie in die Kutsche hineinzerrten, und wie die große Berline langsam wieder in Bewegung kam; und es war ein Wirbeln von Armen und Beinen in der eisernen Kutsche, und hier und dort waren Schenkel und Waden herausgesteckt, und von drinnen kam Schreien und Heulen und Zähneklappern. So schleppte sich das Ungetüm langsam hinweg, und die Knochen der Gespenster trieben es an wie Flügel einer Windmühle, weiter in Oxford Street, weiter und weiter und rascher und rascher; rascher selbst als nur einer unsrer Tanks sonderbar schlingernd und sich von einer Seite der Straße auf die andere wälzend wie ein Betrunkener, mit großem Lärm und Schall.

Doch über diesem Lärm erhob sich ein andrer Lärm: das Eselslachen des Mannes, der das Feld behauptet hatte. Es tönte von den Mauern der Häuser wieder und brach sich am Marble Arch. Und dann war alles wieder still. Ich war sehr traurig. Ich hatte Jane fast vergessen, vergessen, wie das Leben war, und wie sie zu spielen pflegte, mit Worten und dem Leben. Ich war Zeuge gewesen, wie Ideale stürzten, ich hatte die schäbige Seite gesehen von allem, was ich hoch und hehr gehalten hatte. Ich wußte: Schuld daran war mein Begleiter. So stellte ich die Frage an ihn: »Warum hast du das getan?«

Er nahm meinen Arm und sagte zärtlich: »Damit du dich an die Härte des Lebens gewöhnst. Um dich abzuhärten für deine Aufgabe.«

»Sie haben auch nicht das geringste bewiesen!« sagte ich und folgte ihm. »Die Dichtkunst ist mehr als die Dichter. Die sind schließlich nur Menschen. Was weiter?«

»Nicht alle sind Menschen!« sagte er und kniff mich in den Arm. Ich wandte mich noch einmal um. Der Phaethon war mitten auf der Straße zurückgeblieben. Der Wagen war jetzt leer, doch es war eine seltsame Leere. Der innere Raum war ausgefüllt mit dem Phantom eines kleinen menschlichen Leibes, der ein so warmes, unirdisches Licht ausströmte, daß sich mein Herz erhob in Freude und Herrlichkeit. Ein einfaches Gesicht leuchtete über Himmel und Erde, und von einfacher Stirn löste sich ewige Dankbarkeit an alles in der Runde. Das Phantom hielt die Hände im Schoß gefaltet, als ertrage es geduldig die schweigende Pause. Und die Augen waren ihm mit einem scharlachroten Tuch verbunden.

Der Mann machte mir ein Zeichen. »... ›Die einzige Aufgabe des Schriftstellers ist, ein Meisterwerk zu schreiben‹, sagt ein junger Mann in Bloomsbury. Leichter gesagt als getan. Der Geblendete tat es. Weil er die Augen verbunden hatte und durch die Binde sah.«

Wir gingen weiter. Es war jetzt so spät geworden, daß nach Taxis und Tanks auch die Gespenster vergangen waren. Nur unsre Phantasie regte noch die Flügel.

Kurzgeschichten

Wir redeten und wanderten und redeten und wanderten. »Alles in allem sind sie eine querköpfige Bande«, sagte der Mann und atmete tief aus. Dann blickte er hochmütig um sich und fuhr fort: »Aber so waren sie schon immer. Man sollte ihnen nicht zu große Bedeutung beimessen. Einer aus vielen macht dann wieder alles gut.«

Ich wußte kaum, was ich antworten sollte. Ich wollte seinem frevlerischen Geschwätz Einhalt gebieten, andrerseits wollte ich selbst zeigen, wie intim ich mit den Großen dieser Erde war. Ich sagte also: »Diesmal stimme ich völlig mit Ihnen überein. Es sind Schufte und Schurken. Ich muß mich übergeben, ich werde schwindlig, wenn ich diese Widersprüche sehe; es wirbelt mir der Kopf, als fahre ich auf einem Ringelspiel oder sehe Zwillingsbrüder. Wir, bei uns zu Hause, hatten sogar Verbrecher unter ihnen; da kenne ich zum Beispiel einen Romanschriftsteller, der seine Frau in den Wahnsinn getrieben hat; oder einen berühmten Dramatiker, der die Möbel seines Freundes verkaufte, weil es ihm an Geld für Luxusgegenstände fehlte. Er könne nicht unter solchen Umständen schaffen, sagte der gute Mann ... Und wie sie sich nur benehmen, wenn es um Politik geht! Als der Tyrann bei uns an die Macht kam, warfen sie sich zuerst in die Brust, dann auf die Erde und dann leckten sie den Boden vor ihm. Ihr Talent ist ein Fluch, ihre Begabung ist bedeckt mit dem Blut und dem Schweiß der Massen. Sie sind käuflich und selbstzufrieden und feig ...«

Ich schwieg und wischte mir den Schweiß von der Stirn. Ich fühlte mich unbehaglich, und so versuchte mich der Mann zu trösten, was ich auch wieder übelnahm.

»Sie selbst sind ja einer von ihnen. Und Sie machen sich nur Vorwürfe, daß Sie nicht so rücksichtslos sind wie die Armen. Die sind im Grunde genommen unglückliche Menschen. Sie haben keine andere Wahl: Wahnsinn oder Schande. Bedenken Sie doch – wieviel Wahnsinnige es bei uns gibt unter diesen Siedlern des Parnaß! Sie verfallen in simplen Blödsinn und sterben dann irgendwo auf dem Land als greinende, schwatzende Kinder. Oder sie verbringen ein paar Jahre in einer geschlossenen Anstalt, und wenn sie dann wieder entlassen werden, merkt kein Mensch den Unterschied. Sie haben Schwestern, die Muttermörderinnen sind, und Brüder, die in der Gosse verrecken; und ihre Väter sind Trunkenbolde und ihre Mütter sind Huren. Verschwender sind es, die Millionen zum Fenster hinauswerfen; und andere wieder sind so geizig, daß sie ihre Kinder hungern lassen. Weiß Gott – arme Tiere – wo sie auch immer leben mögen.«

Mich überfiel plötzliche Furcht. Ich glaubte über mir im Nebel seltsame Geräusche zu hören, und ich hatte Angst, die Gespenster könnten wiederkommen und zu einem schrecklichen Schlag ausholen gegen ihre Verleumder. Hatten sie nicht die ganze Schöpfung zur Verfügung? Wer konnte wissen, ob sie nicht in andrer Form in Erscheinung treten würden als in Menschengestalt?

Ich sagte also: »Psst! –« sehr leise; und dann sagte ich laut: »Aber ihre Werke, wie Sie eben so richtig bemerkt haben! Ihre Werke! Gibt es irgend etwas im Dasein, das uns nicht erst durch sie und durch ihre Werke faßbar wird? Sie schaffen alles. Sie machen es unsrer Mühe wert. Sie sehen es zuerst, schnüffeln es aus, sie verschlingen es; und ihre Spuren, ihre Erzeugnisse, sind das einzige, was wir in der Schöpfung begreifen können.« Und dann verfiel ich wieder in Flüstern: »Schimpfen wir doch nicht auf sie. Sie werden sich darüber ärgern.«

»Spuren? Erzeugnisse? Schöne Spuren! Scheiße. Für die Nachwelt haben wir die Journalisten, mehr brauchen wir nicht. Mit den anderen werde ich schon fertig werden, darauf können Sie sich verlassen.«

Wie recht ich doch am Anfang gehabt hatte! Der erste Eindruck ist immer der richtige. Ich haßte den Mann. Wie eingebildet und hochfahrend er nur war. Nichts konnte ich von ihm lernen, einfach nichts.

Ich sagte: »Die Journalisten habe ich gleich am Anfang des Abends umgebracht, bitte sehr. Ich verachte sie. Und ich fürchte die Dichter. Psst – hören Sie nichts?«

Wir blieben stehen. Der Mann zuckte mit den Achseln.

»Wieder eine Rakete, nehme ich an.« Der Lärm war jetzt deutlich zu vernehmen. Es war wie ein Windstoß. Etwas brauste an uns vorbei, etwas Dunkles und Gewaltiges. Etwas Ungeheures klapperte mit seinem falschen Gebiß, und ein riesiger Magen drehte sich um, über uns und um uns.

»Sie kommen durch die Stadt auf ihrem Weg zu den Futterplätzen. Die Welt ist heute voll von ihnen wie nie zuvor. Sie kommen vom Atlantischen Ozean«, sagte der Mann und machte eine vage Geste. »Man kann sich ihnen nicht entziehen, doch sie tun einem nichts. So viele Dichter es auch auf Erden geben mag – es gibt davon mehr unten und oben. Und jeder von ihnen muß seine eigene Geschichte hegen und pflegen.«

Ich öffnete die Augen in der nebligen Nacht und ich sah. »Sind Sie vielleicht der Mann mit dem photographischen Apparat?« fragte ich den Mann; denn man hatte mir schon lange erzählt von den Wundern der Gleichzeitigkeit und Verantwortung; eigentlich hatten die mir Sorgen gemacht seit meinen ersten Kindheitstagen.

»Ich tue es im Nebenberuf«, sagte der Mann. »Aber das ist kein Grund, in der Kälte stehenzubleiben. Es wird mit uns wandern, solange wir wandern.«

Es war einmal in New York eine prächtige Erbin, die am Jahrestag von Pearl Harbour fünfzig Gäste zu sich geladen hatte. Die Gäste fanden reichlich bestellte Tische, doch keine Gastgeberin. Dann entdeckten sie den Gasgeruch und schließlich in der Küche die junge Schönheit, die sterbend mit gebrochener Stimme flüsterte: »Ich habe den Tod zu Gast geladen. Mein Geliebter starb in der ersten Sekunde dieses Kriegs.« Später kam heraus, daß der Chauffeur ihr Geliebter gewesen war, zwei Jahre lang in aller Heimlichkeit.

Das schwedische Schiff wurde mitten auf dem Atlantik torpediert. Der reiche Mann aus Uppsala reiste mit zwei Pflegerinnen, die ihn scharf beaufsichtigten, keinen Schritt durfte er allein tun. Die alte Pflegerin war dem Mann besonders widerwärtig. Als man ihn in das Rettungsboot warf, konnte er endlich seine Rache haben. Er tyrannisierte die Mannschaft und gab der alten Pflegerin unmögliche Aufgaben. Er wurde Herr der jüngeren Männer an Bord, ließ die Pflegerin ins Wasser werfen und rannte in seinem Eifer das Boot in den Strudel des sinkenden Schiffes, wo alle elendiglich zugrunde gingen.

In Lissabon fielen die Scharen dummer, kindischer, schwatzhafter junger Mädchen zwischen zwölf und fünfzehn noch viel lästiger als sonstwo auf Erden ... Sie bestahlen englische Matrosen, schmeichelten sich bei den Amerikanern ein und schäkerten mit den Deutschen. Elzemira war still und schmächtig und hatte ein Knödelgesicht. Sie schlief mit allen, die mit ihr schlafen wollten, doch sie stahl nie. In ihrem halbidiotischen Hirn hatte sie eine gut ausgebildete Partie für fremde Sprachen ... Als der Krieg vorüber war, beherrschte sie Englisch, Deutsch,

Französisch, Russisch, Tschechisch und Türkisch fehlerlos in Wort und Schrift; und sie heiratete in jungen Jahren durch Zeitungsannonce einen Lehrer in Devonshire.

Die sieben Burschen aus Ohio waren unter den ersten Truppen, die 1942 in Marokko gelandet waren; doch es gelang ihnen nicht, von diesem öden Platz an der Küste wegzukommen. Zuerst soffen sie, dann verlegten sie sich auf Haschisch und Opium, dann versuchten sie es mit Schmuggel und schließlich wurden sie fahnenflüchtig und begaben sich ins Landesinnere. Sie verkauften ihre Uniformen, lebten unter den arabischen Stämmen und starben schließlich von eigener Hand, zwischen den Hochgipfeln des Atlas, in einer schrecklichen Rauferei, halb verhungert und halb verrückt, es war ihr erster Streit. Sie stritten über die Spielresultate im Baseball zwischen Harvard und Yale.

Dieser wackere Soldat der ehemals republikanischen Armee Spaniens mußte Frieden mit Franco machen wegen seines leichtsinnigen Weibes und seiner zwei Kinder, von denen eines nicht einmal sein eigenes war, sondern das eines deutschen Fliegers, der im Bürgerkrieg mit der Frau geschlafen hatte. Der Soldat bekam seinen alten Rang zurück und diente Franco in San Sebastian, frühzeitig gealtert. Seine einzige Freude war es, heimlich des Nachts über die französische Grenze zu schlüpfen und sich vom französischen Wachtposten französische Zeitungen zu verschaffen, in jüngster Zeit sogar die neu erstandene ›Humanité‹. Der Soldat hatte sich in seiner Stube hinter einem Vorhang einen kleinen Winkel eingerichtet, und dort klebte er die Zeitungsausschnitte auf, hier und dort sogar eine kleine Landkarte.

Das deutsche Bataillon bei Rohan hatte monatelang unter Weibermangel gelitten. Zur Nacht brachen sie einmal in das französische Dorf ein, das gewöhnlich voll war von

Männern der Maquis, die jedoch gerade heute abwesend waren auf kurze Manöver. Der jüngste Bursche verliebte sich in ein Mädchen des Dorfes und blieb bei ihr. Sie versteckte ihn im Keller; als aber ihre Familie zurückkam, lieferte sie ihn sofort aus.

Er wurde gehängt; und zur selben Zeit wurden sein Vater und seine Mutter von der Gestapo zu Tode geprügelt, weil ihr Sohn ein Deserteur war.

Mann und Frau waren beide über fünfzig. Sie lebten in Loughton, am Rand des Epping Forest, und sie hatten schon mehr als ein Jahr nicht miteinander geschlafen. Die Fliegenden Bomben und die Raketen hatten ihr Nervensystem erschüttert, und sie stritten jeden Tag und jede Nacht. An jenem Sonntag hatten sie sich versöhnt und sie tauschten Zärtlichkeiten und Liebe aus in ihrer Villa, eine halbe Stunde lang, als die Rakete von der fernen holländischen Küste einen Volltreffer erzielte auf ihrem Liebesspiel und das Haus über ihnen zusammenstürzte; und mit dem Haus das Baby im zweiten Stock, das sie haßten, zusammen mit der jungen Frau des Soldaten, gegen die die Gattin stets den Verdacht gehegt hatte, sie habe dem Gatten Avancen gemacht.

In einer der besseren Wohnungen im Hotel Cumberland hatte der tschechische Soldat endlich herausgefunden, daß ihn seine Freundin aus der Heimatstadt mit einem englischen Hauptmann der Tankwaffe betrog. Der Engländer wies dem Burschen aus Europa die Türe des Zimmers, für das schließlich er, der englische Offizier, die Rechnung zu bezahlen hatte. Der tschechische Barbar feuerte zwei Schüsse ab: einen gegen seine Freundin und einen gegen sein eignes Herz. Die Freundin blieb am Leben. Der Tscheche war tot. Der Brite jedoch hatte die peinliche Aufgabe, den Hoteldirektor anzuläuten und ihm den unerquicklichen Vorgang zu erklären.

Amiens lebte unter dem Terror dieser amerikanischen Verbrecher. Sie hatten sich während der Überfahrt aus den Staaten gefunden und sich bald darüber verständigt, wie sie im unzivilisierten Europa ihre frühere Tätigkeit fortsetzen könnten. Sie nahmen die Verbindung mit den einheimischen Gangstern auf, mit ein paar Mitgliedern der sogenannten deutschen »sechsten« Kolonne und mit drei bis vier reichen Bürgern, die besser essen wollten als der Rest. Sie handelten in Heeresausrüstung, Kleidung, Vieh, Autos und sogar Waffen. Die Polizei war wehrlos, die Behörden waren bestochen, die amerikanischen Stellen lächelten nur und dachten: »Geschieht diesen Welschen schon recht!« Ein britisches Regiment wurde zur Ablösung kommandiert, und die Verbrecher wurden umstellt. Drei Tage lang wehrten sie sich mit Maschinengewehren und Handgranaten in einer alten Garage.

Dem ehrwürdigen Professor aus Amsterdam war es gelungen, in den von den Alliierten besetzten Teil von Holland zu entkommen. Er war unterernährt, als er eintraf, und er hatte vergessen, seine Legitimationspapiere mitzubringen. Er wurde also in das Dorfgefängnis gesteckt, wieder entlassen, doch von den Behörden vollständig vergessen, da um diese Zeit die Rundstedt-Offensive eingesetzt hatte. Während ihrer ersten Tage lebte der alte Herr mit dem weißen Bart von den Überresten der Feldküche: fetten Fleischstücken, Kartoffeln und dem Wasser der Gemüse. Das änderte sich alles, als auch die Truppen aus der Etappe in den Kampf geworfen wurden. Der Professor versuchte zu betteln, doch da war niemand, den er anbetteln konnte. Wenn er irgendwo zu lästig wurde, jagte man ihn davon. Hungrige Burschen und Mädel schlugen den hungrigen alten Mann. Er rannte in die Wälder im Westen, denn es hungerte ihn plötzlich ungeheuerlich nach der Rinde und den Blättern der Bäume. Man fand ihn später am Straßenrand unter einem Abfallhaufen, braune Herbstblätter im Mund, zwischen den Lippen die Spitzen seines weißen Bartes.

Es gab einmal einen amerikanischen Solaten; es gab zwei und drei und zehn und hundert amerikanische Soldaten, die voll Rachelust in Deutschland einmarschierten. Das waren jüdische Soldaten. Sie erschossen keine Kriegsgefangenen, wie es ihre Kameraden manchmal in Haß taten; sie plünderten auch nicht wie die anderen, die das in Bosheit taten. Aber sie hielten ihre Augen offen. Und wenn sie auf die zerstörten Häuser und bombardierten Fabriken stießen, die einmal ihren Eltern und Verwandten gehört hatten, dann seufzten sie und ballten die Faust in der Tasche. Einer von ihnen traf einen alten Vorarbeiter aus seiner eignen Fabrik, doch er gab sich nicht zu erkennen, und der Vorarbeiter erkannte ihn nicht. Ein anderer kam in einen kleinen Marktflecken. Seine Eltern waren die einzigen Juden in der Ansiedlung gewesen, und er wußte nicht, ob sie noch am Leben waren. Er hatte ihnen niemals geschrieben, denn dieser Mann verachtete das Rote Kreuz mit seiner geheuchelten Unparteilichkeit und seinem anmaßenden Beamtentum. Er wanderte durch den Ort; und es war Nacht über der Ruine Deutschland. Doch sein Ort hatte nur wenig gelitten. Als er an das Ende der Häuser kam, sah er die erste Zerstörung. Der Friedhof war im Luftbombardement und bei Erdkämpfen völlig zerstört worden. Der Mann machte plötzlich halt an dem Grab seiner Eltern, das nichts war als ein Grashügel, unter dem zwei Särge aus schäbigem Holz rascher vermoderten als die jüdischen Leichen.

Die beiden Offiziere aus Wales gingen baden in der Nähe von Neapel. Während sie im Wasser waren, wurden ihnen die Kleider gestohlen, und sie gingen nackt unter Lachen und Scherzen zum nächsten Wachtposten, um sich dort neue Uniformen zu verschaffen. In diesem Zustand traf sie der Dorfpfarrer im strahlenden Herbstsonnenschein, und er begann sie zu schelten wegen ihrer Nacktheit, und sie verstanden ihn nicht. In Wales würden sie so was niemals getan haben, denn sie waren fromme Leute, Non-Konformisten, und riesig anständig. Er war aber nur ein katholischer Geistlicher und ein lächerlicher Katzelmacher. Sie verspotteten ihn und sie nahmen ihn bei der Hand und zerrten ihn von der Straße fort und beraubten ihn seiner Kleider und ließen ihn allein und nackt heimgehen. Sie teilten untereinander seine Hosen und seine Soutane, und sie mußten so sehr lachen, daß sie den Anruf des Wachtpostens überhörten; und so wurden beide angeschossen. Und der eine starb, während der andere am Leben blieb und im nächsten Monat feierlich zum Katho1izismus übertrat in San Giovanni di Laterano in Rom.

Der vierzigjährige Arzt aus Süd-Karolina verliebte sich in die junge Marchesa, in deren Schloß sie einquartiert waren. In diesem Teil Siziliens war es im November noch so warm, daß er am Nachmittag oft müde wurde und zwei oder drei Stunden lang auf dem herrlichen Barockbett einschlief. Er träumte von seinem Heimatland, und daß die Marchesa seine Frau sei und auch Amerikanerin, und das war Süd-Karolina, wo sie die ganze Zeit zusammen im Bett lagen und Wein schlürften und von Fruchtsäften nippten. Die Marchesa hatte süße Brüste und einen süßen Mund. Als dann das Stubenkätzchen das Zimmer betrat, erhob sich der Arzt und nahm das Mädchen in die Arme und schändete ein halb williges Opfer. Er war jedoch ein amerikanischer Patriot, der die Erpressungen nicht überleben konnte, und so erhängte er sich eines Abends im Dezember vor dem Schloß in einem heiligen Hain, der einst der Venus geweiht gewesen war.

Auf dem höchsten Gipfel der hohen Bergkette in Griechenland stand ein halbausgebranntes Kloster. Die ELAS-

Leute brachten ihre englischen Kriegsgefangenen hierher. Ein englischer Offizier war ein Gelehrter in Griechisch, und unter den ELAS-Leuten gab es auch einen Gelehrten. Sie kamen ins Gespräch über gelehrte Angelegenheiten, und eines Abends begannen sie die Kloster-Bibliothek zu durchstöbern. Sie fanden ein altes Manuskript. Sie studierten zusammen in dem Manuskript, all die Tage, an denen unten im Tal die Waffenstillstandsverhandlungen vor sich gingen. Dann wurde durchgesagt, alles sei erledigt; die Kriegsgefangenen seien nach Athen abzuführen. Die beiden hatten jedoch das Studium des Manuskriptes noch nicht beendet, und der englische Gelehrte blieb im Kloster zurück. Über seine Abwesenheit entstand große Aufregung, man schritt zu neuer Geiselnehmung, und die Plastiras-Leute bedrohten den jungen ELAS-Offizier mit Vergeltungsmaßnahmen und Kriegsgericht. Der englische Gelehrte tat, was er konnte, um ihn zu entlasten.

Es war einmal ein russisches Mädchen, das lebte auf einem Bauernhof in Österreich und befreundete sich mit ihren Herren und Meistern. Es lernte ihre Sprache und tanzte mit ihnen zur Erntezeit. Aber das Mädchen steckte Nadeln in die Decken und mischte Glassplitter ins Schweinefutter. Es war einmal ein Bursche aus Marseille, der lebte in einem Dorf in Westfalen. Er war hübsch und eingebildet und ein schlimmer, schlimmer Kerl. Die Männer waren fort im Krieg, und der Bursche aus Marseille schlief mit allen beschlafbaren Weibern im Dorf, und er hetzte sie gegeneinander auf, und er beherrschte das Dorf. Es war einmal ein Jude in einem Luftschutzkeller in Krefeld, der verkaufte Lebensmittel ohne Karten. Als während des letzten großen Luftangriffs ein Volltreffer erfolgte, direkt vor dem Eingang in den Luftschutzraum, da sagte ihnen einmal der Jude seine Meinung. Sie waren von der Außenwelt abgeschnitten und hingen von seinem guten Willen ab, wenn sie nicht verhungern wollten, doch einer der SS-Männer riskierte einen Schuß und schoß dem Juden in den Kopf. Es war einmal ein Pole in Kärnten, der sich mit seiner Wachmannschaft anfreundete und mit ihnen Karten spielte; und Norweger in Italien, die als Schwerarbeiter in den Weingärten schufteten. Der Londoner Cockney in dem Austauschlager bei Odessa lernte alles über das komplizierte Kanalsystem dieser großen Hafenstadt, und etwas über Kommunismus dazu. Die fünf Brüder aus Manchester hatten im Dschungel von Birma auf Patrouille einen richtigen Tiger erlegt. Die kundigen Teufel des Ostens hatten eine Mädchenschule in Japan zu einem besseren Bordell für die europäischen Internierten gemacht. Da gab es Rußland mit seinen Geheimnissen und seinem großen Herzen, das in Tausenden von Betrieben und Millionen Bauernhöfen schlug; all das Elend und Unheil auf den weiten, schneebedeckten Ebenen, und die Kinder an den Hochöfen und die jungen Mädchen in den Wäldern, die mit dreizehn Jahren ein Leben mit den Partisanen begonnen hatten, und jedes von ihnen hatte schon ein Dutzend Deutscher um die Ecke gebracht und hatte das Essen bereitet für Hunderte von Helden und hatte geschlafen mit mehr als einer Handvoll. Millionen Granaten und Tausende von Krüppeln und Leichen in Europa; und die Geister der Sünder und Seligen und ein paar einfache Leute, die ungestört in dem Umsturz weiterlebten, alte Jungfern an der Riviera und greise Obristen in den Vororten und französische Bauern in der Auvergne. Es war das Erdbeben von oben, diese Sekunden und Stunden schwerster Angst für manchen Mann, manches Weib und Kind, wenn die Berge in die Täler stürzten, und die Flüsse aus den Ufern traten, und die Seen das Land überschwemmten und das Meer die Deiche brach. Und dann wurde eines Nachts die Zeit entzweigeschlagen.

Auf dem Forum Romanum traten Divus Augustus und Divus Tiberius von ihren Piedestalen, und sie riefen zu den vorbeimarschierenden Kolonnen amerikanischer Infanterie »Heia«, und da in dieser Nacht des Einzugs der Alliierten in Rom ja alles verrückt war, wies man den Imperatoren einen gebührenden Platz in der Marschkolonne an, und so zogen sie dahin, gegen den Vatikan, mit den Enden ihrer Togas im Mondschein flatternd. Über ganz Europa begann die Vermischung der Zeiten. Mit den stürmenden Scharen berittener Kosaken, die über die ungarische Tiefebene dahinjagten, vermischten sich kleinere Reiter auf kleineren Pferden, Pfeil und Bogen um die nackten Schultern. Als die englischen Soldaten auf der Paßhöhe in das strahlende Sonnenlicht des Südens traten, fanden sie an ihrer Seite drei neue Gestalten: In grenzenloser Schöne standen drei Götter Homers vor ihnen, sie zu geleiten. Und jetzt, da die sieben Armeen der Alliierten über den Rhein strömten, erhob sich in jeder der großen deutschen Städte ein großer Deutscher aus unvergessenen Zeiten und bot ihnen Grüße, seine Hand erhoben wie ein Hammer, sein Antlitz in den Wolken und seine Beine zu einem Torweg gebogen, als Pforte für den Einzug der Fremden. In Frankfurt erhob sich Goethe aus der Wiege; und Beethoven in Bonn und Veit Stoß in der Sebalduskirche in Nürnberg. Sie winken und sie lachen wie die Riesen, und ihre Freude ist unsere Freude ...

»Halt ein! Um Gottes willen, halt ein!« schrie der Mann. »Sind Sie denn wahnsinnig? Haben Sie das Gleichgewicht verloren? Wissen Sie nicht, wohin Sie gehören in Raum und Zeit? Das ist ja unglaublich. Sie brechen alle Regeln. Sie rauben mir meine eigenen Ideen. Zurück und still gehalten ...«

Ich blieb sofort stehen und rührte mich keinen Schritt weiter. Ich war von Schweiß am ganzen Körper bedeckt. Meine Augen schwammen.

»Aber ich habe doch kein einziges Wort gesagt!« bemerkte ich ganz sanft. »Sie müssen geträumt haben. Wie kommt es, daß Sie alle meine Gedanken und Wünsche so gut kennen? Haben Sie Aufnahmen gemacht?«

Ich sah den Mann lächeln, und ich konnte mir nicht helfen; in diesem Augenblick mochte ich ihn wieder sehr gut leiden. Er hatte mich wieder vollständig beruhigt. Ich konnte wieder atmen. Mein Gleichgewicht kehrte zurück. Natürlich konnte ich noch den Sturm der Ideen hören, der aus mir hervorgebrochen war. Noch immer war ich geschüttelt von diesem Anfall von oben und unten, und ich sah die Wolken wie ein Heer vorbeijagen an meinen Träumen und meiner Wirklichkeit. Also gut – diese Gespenster, vor denen ich solche Angst gehabt hatte –, sie kamen von innen. Also gut – ich hatte es nicht nur mit dem Ungewissen zu tun, und vielleicht mit Mama Tod und den beiden Brüdern, und bestimmt mit Jane – da gab es auch noch die Geister der ganzen Welt, die in meinem Innern auf Lauer lagen. Gut zu wissen. Doch ich fand zu mir zurück. Ganz bestimmt, ich fand zurück. Das hatte ich dem Mann zu verdanken. Er war wirklich der Mann mit der Kamera. Er war berechtigt zu seinem Hochmut im Verkehr mit dem Natürlichen und Übernatürlichen. Er kannte ja, was nicht einmal ich kannte: mich selbst.

Ich stolperte weiter. Wohin waren sie denn verschwunden? Alle den berühmten Männern nach? Die Objekte den Subjekten auf der Spur? Es war nicht einfach, aus der Verwirrung herauszufinden.

Noch immer fühlte sich die Zeit zwischen den Fingern glitschig an. Ich blickte mich um, und ich sah die Nordseite von Oxford Street weiß im Nebel, während sich an der Südseite der Nebel in etwas Festeres verwandelt hatte: es war wie Blüten um die Hausfenster und grüne Blätter an den Mauern.

»Ist es schon sehr spät?« fragte ich den Mann. »Ist es möglich, daß vielleicht schon die Sonne aufgeht? Ist es März oder April mitten in dieser Dezember-Nacht?«

»Glückliches Neues Jahr«, rief der Mann und lachte. »Fröhliche Ostern! Wie es Euch gefällt. Sie werden schon Ihren Weg zurückfinden. Wenn es Ihnen übrigens Spaß macht, Ihre Persönlichkeit zu vermischen, könnte ich Ihnen noch was ganz anderes erzählen als diese Sachen, von denen Sie eben geträumt haben. Wenn Sie gestatten, möchte ich nur sagen, daß das alles ein wenig abgedroschen und banal gewesen ist.«

Ich nahm seinen Arm. Ich war müde, schrecklich müde. O Pflichten einer Nacht, o Freuden einer Nacht, o Dauer! O Jahrhunderte in Raum und Zeit!

Ich sagte: »Wollen Sie mich wieder schrecken mit Ihren Allgemeinheiten und Gemeinplätzen? Mit Ihren Geheimnissen und Rätseln und mit Verteilung von Visitkarten unter den Göttern der Vergangenheit?!«

»Ich werde zu Ihnen viel aufrichtiger sein, als Sie zu mir sind. Ich prahle bloß, das ist alles –«

Der Frühling war verschwunden. Es war wieder ein klarer Fall von Nebel und Dezember; von persönlichen oder unpersönlichen Geistern aus anderen Epochen keine Rede mehr. Ich fühlte mich ermutigt und erfrischt. Ich dachte an das Ziel meines Weges, ich schritt munter dahin, ich gedachte meiner Aufgabe. Ich kehrte sozusagen in meinen Normalzustand zurück und vermochte dem Mann geduldig und neidlos zuzuhören.

Ex Machina

Der Mann hatte seine Stimme geändert. Er schraubte sie herunter und gab ihr unerwartet melodiöse Tönungen. Manchmal verfiel er in heimliches Geflüster.

»Ich hätte sie vielleicht nicht gerade ›abgedroschen‹ und ›banal‹ nennen sollen«, sagte er. »Zeitgemäß sind sie eben und gegenwärtig, das ist's. Man muß mit den Objekten handgemein werden, muß sie aus der Weite heranholen und sich an sie verlieren und sie dann selbst verlieren und wieder finden, dann kann man sicher sein, daß es der Mühe lohnt. Es kommt alles aus uns selbst oder es ist überhaupt nichts wert. Man kann sich nicht erst lange um Realismus kümmern und um Natur und Nützlichkeit und den ganzen Kram. Was du dir schaffst, das schafft es schon. Ich will Ihnen ein Beispiel geben. Es ist die berühmteste Sache auf Erden. Sie werden es sofort wieder erkennen.«

Er gab mir ein Beispiel. Ich weiß es noch sehr gut, ich darf darüber aber nicht sprechen. Es ist mir nicht erlaubt. Damit meine ich nicht etwa, daß mich irgend jemand auf Erden hindern könnte auszusprechen oder hinzuschreiben, was ich weiß, o nein. Es wäre keine Ehrenbeleidigung gegen irgend jemand, zeichnete man auch Wort für Wort höchst gewissenhaft auf, was der Mann mir damals in der Nacht gesagt hat; sein Mitglied der Außenwelt würde und könnte Einspruch erheben. Es ist mir eben nur nicht erlaubt.

Das Beispiel des Mannes war unvergeßlich, aber es war nicht ganz wirklich. Er gab mir die Beschreibung von einer Beschreibung, einer Beschreibung von etwas, was man ihm beschrieben hatte. Der Vorgang war verwickelt und eine gültige Entschuldigung für den Mann, eine wahre Rechtfertigung seines Benehmens in dieser Nacht. Es hatte aber keine richtige Substanz. Es war, als wandle man zwischen Spiegeln. Ich verstand ihn damals ausgezeichnet und ich verstehe ihn auch heute noch. Es handelte sich um einen Ritter in Wehr.

Der Ritter in Wehr kam an ein Wehr. Das ist kein Witz und auch kein Druckfehler. Er kam in einem Doppeldecker der alten Type und kniete mit seiner Wehr am Wehr vor seiner Dame, die den Doppeldecker für ein Sandwich hielt und ihn verzehrte; ein andrer Ritter hatte sie nämlich gerade vom Drachen befreit. Sie war also schrecklich hungrig, da sie die ganze Zeit auf den Marmorklippen nichts zu essen gehabt hatte. Es handelte sich dabei natürlich um Jahrhunderte, sagte der Mann.

Das Ganze ging noch lange weiter, es war ein gewaltiges Abenteuer. Ein zweites Wesen mischte sich in die Angelegenheiten des verliebten Paares, ich kam aber niemals darauf, wer das war. Der Nebel von der Straße machte die ganze Erzählung hochgradig nebulos. Die Stimmen waren gedämpft, und die Schatten waren mächtiger als das Bild. Wenn der Mann mit der Stimme sprang, sprang das ganze Szenarium mit ihm. Wir gingen jetzt die New Oxford Street hinab und die Aussicht war schäbig; die Häuser waren niedrig, die Geschäfte verwahrlost. Der Mann mochte sich hin und her drehen und wenden, soviel er wollte: Wir verblieben auf unserer Bahn. Wir hätten ja unser Ziel verfehlt, wären wir anders vorgegangen. Er konnte sich aber in der Vertikalen aufwärts und abwärts bewegen, wie es ihm paßte; und er tat, was ihm paßte. Das Ganze war das reizendste Geheimnis, an dem ich jemals Teil hatte, und wieder änderte ich meine Ansicht über den Mann. Ich fühlte mich am ganzen Körper warm, als wäre es Frühling und Jane säße an ihrer Schreibmaschine, und ich fing ihren Blick mit meinem Blick auf, und sie lachte, und ich nahm sie um die Mitte und trug sie zu dem Diwan hin und öffnete ihr Kleid am Hals und begann sie auszuziehen. Genau so war mir jetzt, als mich der Mann liebkoste mit seiner Erzählung von den Spiegeln.

Während er sprach, konnte ich nicht umhin und mußte auch sprechen. Auch ich wollte zeigen, was ich konnte. Sicherlich, ich hatte schon genug Niederlagen erlitten, mit all dem Warten und dem Mord an den Journalisten und dann Jane, die so sonderbar war, mit ihrem Telephonanruf, und der Teufel soll doch den Rittmeister Cruickshank holen! Und all die zerschossenen Häuser um Holland Park und die Gespenster aus der Serpentine, und die Dichter, und die Kurzgeschichten aus dem Weltkrieg Nummer II. Haufenweise Niederlagen! Ich hatte ein Recht, zu beweisen, wer ich eigentlich war. Ich sprach also, während er sprach, und sein Ritter wurde von mir »Alkibiades« genannt, und die Wehr wurde in den Ilissos transferiert, und ich stellte die Zeit des Peloponnesischen Kriegs wieder her.

Sein Held hatte meinen Helden geheiratet. Es war zwar gegen das gültige Gesetz und gegen alle anerkannten Regeln des Liebesspiels von heute, aber ich wollte es so haben. Ich verband meine verheißungsvollen Adjektive mit seinen harten Substantiven, und ich erzielte einen Fronteinbruch mit einem Frevler, als er gerade im Begriff war, seine Personen in die glückhafte Bucht der Erfüllung zu steuern.

Ich stellte die Frage: »Kennen Sie Alkibiades?« Er nickte zur Antwort. Er war nicht einmal ärgerlich, daß ich durch meine Aufsässigkeit den Triumph seines Liebespaares im Himmel des Barocks verhindert hatte. Ich sagte, ich liebe bloß die Küsten des Mittelmeers, und die Zeit sei vor Christi Geburt, ob ihm das paßte oder nicht, denn meiner Ansicht nach bedeute das Auftreten Christi das Ende des Sinnengenusses auf Erden. Er nickte und antwortete nicht.

»Also schön«, sagte ich, und all die Wärme, die er mir mit seiner Erzählung der Zwischenspiegelwelt gespendet hatte, und die ich fühlte in der Erinnerung an Jane – Jane, halb entkleidet und ihr Gesicht nur leicht verzogen in einem Schmerz, der kein Schmerz mehr war – all das quoll wie Tau durch meinen Leib, bis in den Kopf.

»Also schön«, wiederholte ich. »Sie kennen ihn. Sie kennen dann wohl auch das Buch über ihn, das gar kein Buch mehr ist, sondern Fleisch und Blut?«

Wieder nickte er.

»Wenn Sie es kennen, dann müssen Sie es aber auch bewundern. Da liegt mehr Substanz darin – mehr Fleischlichkeit im Ruhm der Griechen als in Ihrer Größe. Mehr Liebe ist verbreitet an den Hängen der Akropolis, da der Satyr erwacht im Morgengrauen des Buches, als in Ihren Fahrten in Doppeldeckern und in Ihren nicht wiederholbaren Geschichten der Vermischung.«

»Ich bewundere und gebe es zu«, sagte er.

»Dann werden Sie sich auch vielleicht des Abends erinnern, bevor die Flotte nach Sizilien in See sticht, und des Zwiegesprächs zwischen Alkibiades und Hermes, der gleichzeitig der Gott und die Statue des Gottes ist. Und Sie erinnern sich wohl auch an den gewaltigen Sturz der Hermessäulen und wie der Bürger von Athen, der den Siegerpreis errungen hatte, umgebracht wurde, während er sein Siegesmahl verzehrte?«

»Natürlich, natürlich«, sagte der Mann. »Kein Grund, ärgerlich zu werden.« Und dies war der Augenblick, wo ich ihn zu lieben begann. Ja, ich liebte ihn, liebte ihn richtig, den ich falsch eingeschätzt und beschimpft und beneidet und verachtet und gehaßt hatte, all die langen Stunden. »Ich erinnere mich ganz genau. Ich hab das Buch dreimal gelesen. Ich erinnere mich auch an Alkibiades, da er vor Aigospotamoi zu den Schiffen der Athener kommt, und ich erinnere mich an ihn in dem brennenden Haus mit der Hure Timandra, und wie er in ihren Armen stirbt –«

»Wie können Sie sich unterstehen?!« schrie ich ihn an, doch dabei lachte ich laut, gleichsam scherzhaft protestierend. »Wie können Sie es wagen, mein Mädchen eine Hure zu nennen? Vielleicht weil sie mit Rittmeister Cruickshank ins Bett geht? Sie hat ihn begraben, wie?«

»Ja, ja«, sagte der Mann. »Regen Sie sich doch nicht unnötig auf. Aber er war gar nicht tot. Er war so tapfer, daß er nicht sterben durfte, da die Welt Tapferkeit braucht, eh und je. Also wurde er entrückt und er traf den Gott im Walde, und der Gott –«

Ich blieb stehen und hielt auch ihn an. Ich schüttelte den Kopf. Ich sagte traurig: »Wir werden keinen Gott treffen in *diesem* Wald –« Und ich zeigte den Kingsway hinab, über den der Nebel strich. »Nicht hier. Das wäre verdammt unwahrscheinlich.« Wir waren an die Ecke gekommen.

Wir lauschten beide ins Dunkel. Die Gegend hatte nichts Unheimliches oder Gespensterhaftes an sich. Die Nacht schien in den Normalzustand zurückzukehren. Die Gespensterkutschen hatten sich in Tanks zurückverwandelt und die Tanks in Lieferwagen.

Der Mann sagte: »Und wissen Sie auch, wer die Geschichte vom Ritter am Wehr schrieb, die ich Ihnen eben erzählt habe?«

Ich schüttelte den Kopf. Der Mann war vom Gehsteig in die Mitte der Straße getreten, wo er sich ungebührlich aufreckte, die Hand in der Weste wie Napoleon. »Der Name ist Carlas. Carlas –« Ich erwiderte nichts. Er fuhr fort: »Ich habe mich doch vorgestellt, als wir uns zuerst trafen, nicht wahr?« Und da fiel mir ein: *Er* war ja Carlas. Er war der Mann, verantwortlich für das große romantische Spiegelspiel der Ritter von der Wehr und Wehr. Unter diesen Umständen konnte ich mich nicht gut zurückhalten und stellte selbst eine kleine Frage. Ich fragte ihn an jener Ecke, mitten in der Nacht: »Vielleicht kennen Sie auch den Namen des anderen Autors?« Ich lächelte ein wenig verächtlich und streifte seine Schulter mit meinen Fingern. »Wer schrieb: ›Alkibiades‹?« »John Truck, natürlich«, sagte der Mann wie im Schlaf. Ich sagte: »Schön. Also – ich bin John Truck.«

»Das hätte ich wissen müssen«, sagte der Mann voll Demut. »Ich hätte es erraten müssen.« Und nach einer Pause: »Sie glauben also an die Schönheit im Leben?«

»Die Enttäuschung kommt spät, aber sie kommt«, sagte ich. »Doch ich will nicht verzweifeln.« Ich seufzte leicht.

Wir gingen ein paar Schritte weiter und wir sahen uns nicht mehr um. Dann blieb er stehen. »Tut mir leid«, sagte er.

»Es ist nicht immer glatte Bahn in so einem Nebel. Wir müssen uns jetzt trennen, nehme ich an. Ich geh da hinein.« Er deutete in eine schmale Sackgasse. Er dachte: »Allerhand für die beiden Whiskys, die ich trank, bevor ich ging. Ich kann den Burschen gut leiden.« Und er sagte: »Derselbe Platz, die gleiche Zeit – morgen?«

Wir schüttelten einander die Hände. Ich sagte: »Leider nicht. Kann leider nicht dienen. Schade. Aber ich liebe Sie –«

Ich ging den Kingsway hinunter und bog dann nach links ein. Es war eine von den schmalen Straßen, die zum Fluß hin führen. Man roch die Nässe der Themse. Die Temperatur war verändert, doch das Sonderbare war: Ich wußte nicht – war es kälter oder wärmer als vorher? Ich wußte, sie hatte sich verändert, das war alles. Auch der Nebel war von anderer Qualität. Neue Dunstmassen quollen vom Wasser heran und versteiften die erschütterte Nebelsubstanz zwischen den Häusern. Ich sah ein Licht durch die Spalten eines Auslagefensters. Ich sah mehr braune und schwarze Flecken auf der Fahrbahn, es mußte also doch wärmer geworden sein.

Keine Soldaten, keine Huren waren mehr unterwegs. Es herrschte Stille. Das waren die Stunden, da die Zeit so sehr an Macht verloren hat, daß jede Stunde kleiner ist als ihr Vater oder ihre Mutter, und die ganze Familie bei den Gästen nur als »Die kleinen Stunden« bekannt ist.

Sie waren alle gefällig. Sie waren höflich zu mir, sogar freundschaftlich. Ich grüßte sie, während ich weiterging.

Weiß Gott, den ganzen Weg vom Holland Park nach Cavendish House zu Fuß zu gehen – gar nicht schlecht. Bald würde ich da sein. Vorbei die Zeit für Monologe und Dialoge mit größeren Geistern und Gedanken und Erinnerungen.

»Die Schönheit im Leben!« Wie wahr. Meine Schönheit schlief zwischen zwei Decken, ihr ziseliertes Köpfchen auf einem niedern, harten Kissen, die linke Hand mit den sieben Narben unter ihrer linken Wange.

Und ich betrat das Gebäude.

INNEN- UND AUSSENPOLITIK

Die Wurzel und das Übel

Das Haus war ein großes Haus, eine Art Turm von Haus, gebaut hinauf in die Lüfte und hinab in die Schlüfte, nahe dem Fluß und nicht fern vom Nabel Londons. Es hatte einen Mittelbau und zwei Flügel und einen Turm und war alles in allem eine verwirrende Mischung der Stilarten und Perioden. Hier konnte es noch munter und freundlich und gemütlich sein; und dort um die Ecke sprangen schon Öde und Leere und nüchterne Schäbigkeit Besucher und Besuchte schreckhaft an. In dem Haus gab es Hunderte von Zimmern und Dutzende von Treppenhäusern, Gängen und Vorräumen, Lifts und Paternoster-Aufzügen, Garderoben, Toiletten, Eß- und Schlafräumlichkeiten. Es war ein prächtiges Gebäude mit Statuen und Blumen an der Außenseite, mit Türmchen und Türmen und Fahnenstangen und Antennen auf dem Dach, mit Staub in den Ecken und Schmutz unter den Schränken und Gold an den Wänden. Es war ein ›Großes Haus‹: Cavendish House.

Als ich kam, war die hohe Eingangshalle voll Nebel. Ein älterer Bote schlief an dem Schaltbrett der Telefonzentrale. Das Haus war jetzt zur Kriegsdienstleistung beschlagnahmt; ich hatte mich also einer gründlichen Untersuchung zu unterziehen, selbst zu dieser Zeit.

Ich wies eine Reihe von Papieren und Karten vor, und dann wurde mir etwas abgenommen, und mein Inneres mit einem schmutzigen gelben Stoff gefüllt, wodurch ich eine Menge vergaß und mich an eine ganz andere Menge erinnerte. Das war der übliche Vorgang, dem ich schon fast keine Beachtung schenkte.

Das Haus war eine Wortfabrik. Da aber heutzutage alles dem Verbindungswesen zwischen Dingen und Menschen und Ländern und Städten und Gemeinschaften dient, war das Haus auch ein Knotenpunkt. Die Worte kamen aus einer Maschine heraus, strömten durch Körper und Geist und fielen aus dem Mund in eine andere Maschine. Dann blieben sie entweder in Druck gefroren, um sich von oben verbreiten zu lassen; oder sie wurden in Rede aufgelöst und durch den Äther geblasen. Hunderte von Schnüren, Kabeln und Drähten kamen ins Haus; und aber Hunderte verließen es. Einige flogen durchs Fenster oder übers Dach, andere stahlen sich unterirdisch fort. All dies geschah, wie ich bereits gesagt habe, zu Kriegszwecken, und menschliche Eigenschaften und Bestrebungen konnten über ein gewisses Maß hinaus selbstverständlich nicht gefördert werden.

Jedermann im Haus war sich der großen Aufgabe bewußt, doch niemand wußte eigentlich, was es war. Viele nannten es die Sendung, und es muß zugegeben werden, daß alle und jeder ständig auf der Suche waren. Sachen waren verlegt oder verloren worden, und man war stets bestrebt, sie neu zu entdecken.

Zur Nachtzeit war der ganze Vorgang noch geheimer. Viele verbrachten die Nacht im Hause; manche schliefen, manche wieder wanderten im Halbschlaf umher. Ein ungeheurer Pantoffel schlurfte die Gänge entlang.

Ich wollte zuerst hinaufgehen, um nachzusehen, ob es was Neues gäbe. Ich schaute auf die große Uhr in der Eingangshalle und änderte meinen Entschluß. Ich beschloß, zuerst hinunterzugehen in die Schlafräume.

Als ich dann den offenen Säulengang zwischen Mittelbau und Westflügel passierte, langsam dahinwandelnd zwischen den Kolonnaden, hörte ich unweit einen Möwenschrei. Kein Wunder, da die Themse doch nur ein paar Meter von uns entfernt dahinfloß. Ich ging zwei Stockwerke abwärts. Auf jedem Treppenabsatz sah ich eine andere Wanduhr. Ich bemerkte, daß sie alle voneinander abwichen.

Ich betrat die eigentlichen Schlafräumlichkeiten. Im Eingang traf ich Herrn Pwholt, der heute nacht mein Chef war. Sein rotes und freundliches Gesicht war jetzt noch röter als gewöhnlich. Er hatte wohl gut geschlafen.

»Hallo«, sagte ich, »fangen Sie schon zu arbeiten an? Aus mit dem Schlaf?«

Pwholt ist ein sehr manierlicher Mann. Er verbeugte sich mit einem Lächeln. Er ist eigentlich ein Staatsbeamter und hat gewöhnlich nicht den leisesten Dunst, um was es sich handelt, in diesem oder im jenseitigen Leben. Er trägt karierte Röcke aus Tweed und dunkelgraue Hosen und ist wirklich sehr angenehm. Er hat einen Vater, den er fürchtet und anbetet, und teilt seine Wohnung mit einer ebenso fürchterlichen Tante.

Er schien besorgt zu sein. Er sagte: »Hallo, Truck! Haben Sie heute nacht Dienst? Ich erwarte Sie oben. Ich möchte lieber früh beginnen.«

Ich lächelte zurück und sagte: »Sie gehen lieber auf Nummer Sicher? Was wollen Sie denn die ganze Zeit bis fünf Uhr anfangen?«

Er schien nur noch besorgter zu sein; deshalb lächelte er noch einmal und länger und inniger. Es sah sogar aus, als denke er über etwas nach.

»Wissen Sie, Truck«, sagte er und blieb zwischen den Glastüren stehen, »ich kann nie gut schlafen unter diesen schnarchenden Menschen. Es macht mich ganz kribbelig. Ich muß übrigens was herausbekommen ...«

»Was ist denn los, Pwholt?« fragte ich.

»Ach, ich weiß nicht. Ich muß es herausbekommen. Ich bin einer Sache auf der Spur. Herausbekommen, wissen Sie.« Und damit verschwand er.

Ich ging den Gang entlang, doch ich war überhaupt nicht schläfrig. Ich dachte, ich könne diese Nacht ganz gut ohne Schlaf auskommen, und ich wollte mein vorgemerktes Bett also abbestellen.

Am Ende des Ganges schlief wieder ein Bote des Hauses. Er saß auf einem runden Stuhl und hatte die Beine von sich gestreckt. Die Hosen hatte er oben aufgemacht, sein Halskragen war weit offen, und er war völlig aufgelöst. Er erzeugte keine Geräusche mit Nase und Mund, das konnte man aber unmöglich Schnarchen nennen. Er war pausbackig und hatte weißes Haar. Er stand an der Pforte sexueller Wunscherfüllung: Er träumte von der jungen Sekretärin, die er am Abend zuvor auf dem Weg hierher im Gang getroffen hatte, und das Mädchen hatte ein so tiefausgeschnittenes Kleid getragen, daß er ihre rosa Unterwäsche und die Brüste in dem Büstenhalter sehen konnte. Er machte den Eindruck eines tiefbefriedigten Wesens und grunzte selig. lch störte ihn nicht.

Ich blickte durch die Türspalte in den Schlafraum für Männer. Drinnen war es fast ganz finster. Zwei kleine blaue Lampen warfen ihr gespenstisches Licht über die Menschenleiber, die wie Gefrierfleisch in langen Reihen übereinander aufgeschichtet waren. Ich hätte ganz einfach diese menschliche Katakombe betreten und eine dieser Mumien herausnehmen und auf die Beine stellen können, so daß sie wandelte wie du und ich. Wenn sie alle eine Aufgabe zu erfüllen hatten, warum schliefen sie dann?

Aus dem Schlafraum der Frauen kam ein Mädchen eilig herausgeschlüpft. Sie war eine meiner Sekretärinnen, Jane Rotha. Sie war in gewisser Beziehung eine Karikatur von meiner Jane, und ich mochte sie ganz gut leiden, weil sie denselben Vornamen trug. Ihr Gesicht war fast ganz versteckt unter einem großen Haarschopf, und auf dem Ganzen trug sie noch eine blaue Mütze. Im Grunde genommen hatte sie überhaupt kein Gesicht. In ihren politischen Ansichten war sie sehr links oder glaubte es wenigstens zu sein.

»Hallo, Miß Rotha«, rief ich, »warum sind Sie denn schon auf?«

Sie kehrte sich um, aber sie hatte noch immer kein Gesicht. Sie sagte: »Oh, diese Nacht arbeite ich nicht für Sie. Es ist nicht meine Schicht. Miß Craven arbeitet die heutige Schicht. Ich suche nur was. lch habe die Nacht hier verbringen müssen.«

Ich trat näher. Alle suchten sie etwas, wie aufregend! Ich nahm ihre Hand, denn ich hatte Mitleid mit ihr.

Sie sagte: »O nein, o nein! Mit mir können Sie das nicht tun. Ich habe meine Handschuhe verloren. Und gestern abend habe ich in der Damentoilette meine Armbanduhr mit Diamanten verloren. Danach suche ich. Lassen Sie mich gehen.«

»Jetzt werden Sie sie nicht finden«, sagte ich. »Übrigens will ich von Ihnen gar nichts.«

Sie sagte: »Sie könnten sie mir suchen helfen. Kommen Sie mit mir.«

Ich zuckte die Achseln. »Ich bin nicht interessiert«, sagte ich. »Ich habe auch etwas zu arbeiten.« Sie rannte davon.

Die hinkt ja, dachte ich. Bestimmt war sie sehr aufgeregt. Armes Mädel, dachte ich; bildete sie sich wirklich ein, daß man etwas, was in diesem Haus verlorenging, jemals wiederfand? Ich hatte nicht die Absicht, mit ihr nach etwas so Einfachem und Wertlosem zu suchen wie nach einer Armbanduhr mit Diamanten. Gab es nicht schon genug Uhren in Cavendish House? Aber auch ich hatte jetzt das Gefühl, daß eine Aufgabe vor mir lag, von der ich nur sehr wenig wußte.

In dem Vorraum daneben saßen die beiden Frauen vom weiblichen Aufsichtspersonal mit ihrem Tee. Beide waren ältliche Weiber mit grauen und gelben Gesichtern, in weißen, zerknitterten Büromänteln; die eine trug eine Brille, die andere hatte einen verbitterten Mund. Sie schliefen weder, noch wachten sie: Sie schlürften Tee. Sie befanden sich in einem Zustand nicht völlig unangenehmer Zersetzung, recht munter, doch leicht niedergeschlagen. Sie brüteten über dem Verzeichnis mit den Nummern der Schlafstellen, und mit den Nummern der Bettücher für die Schlafstellen. Sie beschäftigten sich nicht etwa ernsthaft mit der Liste, dazu waren sie zu wenig bei der Sache. Doch sie nahmen es irgendwie in sich auf. Und ganz recht so und auch dringend nötig; denn sie waren dazu da, die verschiedenen Leute zu verschiedenen Zeiten für die verschiedenen Aufgaben zu wecken, von denen die Weckerinnen noch weniger wußten als die, die von ihnen geweckt wurden. Neben ihnen stand ein Schrank mit Bettüchern und Decken.

Ich sagte: »Guten Abend – oder besser guten Morgen!« und lächelte.

Die Freundlichere lächelte breit zurück und gab noch einen eignen Scherz drauf. Die Mürrische sah mich aus leeren Augen an.

Ich sagte, ich wolle meine Schlafplatzbestellung streichen, da ich das Bett jetzt nicht mehr brauche.

Die Mürrische bemerkte trocken: »Sie hätten Ihren Schlafplatz ohnehin nicht mehr haben können. Es ist zu spät. Wir halten keine Bestellungen mehr offen nach zwei Uhr früh.«

»Oh«, sagte ich, »das habe ich nicht gewußt. Ist das eine Regel?«

Die Freundliche sagte, es sei zwar keine Regel, doch etwas, was allgemein geübt würde, da es nur anständig sei, andere Leute auf Betten schlafen zu lassen, die man selbst nicht brauchte.

»Schön«, sagte ich, »dann würde ich es aber eine Regel nennen.« Doch ich fühlte mich nicht sehr kampflustig, und die Mürrische sagte auch nichts mehr.

Beide schlürften. Der Tee war sehr stark und sehr heiß, und sie genossen ihn schweigend. Es war sehr still; nichts war hier drinnen zu spüren von dem Hin und Her und dem Suchen nach der unbekannten Sendung draußen auf dem Korridor. Ich hörte auch nicht mehr den Möwenschrei. Ich wollte die gute Stimmung wiederherstellen und fragte die beiden also, ob sie eine ruhige Nacht gehabt hätten.

Die eine sagte: »Ein großer Krach, gar nicht weit von hier. Man weiß natürlich nie ...«

Die eine von ihnen lebte in Clerkenwell und die andere in Bethnal Green; es war also nur selbstverständlich, daß sich ihr Interesse am Krieg auf Flugbomben und Raketen beschränkte. Die Mürrische war während der großen Angriffe 1940 ausgebombt worden, und die Freundliche hatte einen Sohn in der Armee.

Die eine dachte: »Ich möchte wissen, warum sich der da bei uns herumtreibt. Der muß auf was warten. Das Ganze ist etwas verdächtig. Zuerst nicht rechtzeitig zu kommen und dann hier herumzustehen und zu schwatzen und zu schwatzen. Vielleicht hat er eine Decke gestohlen. Wenns nur erst acht Uhr wäre!«

Dann sagte sie: »Wann wird's denn aus sein, Dr. Truck?«

Ich zuckte mit den Achseln und sagte: »Wissen Sie, die haben wieder eine Offensive angefangen; das heißt, daß er länger dauern wird.«

»Wer?« fragten sie.

Ich hätte gern gewußt, was denn die den ganzen lieben Tag taten, wenn sie noch nicht von Rundstedt gehört hatten. Ich erklärte es ihnen also. Sie gaben keine Antwort, sondern sahen nur düster drein, und schlürften. Die Mürrische seufzte laut. Ich fragte die Freundliche nach ihrem Sohn. Ich wußte, er war nach zweijährigem Dschungelkrieg ziemlich hergenommen aus Birma heimgekehrt, und man hatte ihm drei Monate Urlaub gegeben. Weiß Gott, die drei Monate waren wohl jetzt schon längst vorbei.

Die Frau seufzte nicht, sie sagte nur: »Er hat wieder einrücken müssen. Er war in Deutschland, in der Nähe von Aachen. Er wird geführt als ›Vermißt, vermutlich gefallen‹.« Sie sah freundlicher aus als je zuvor.

Ich sagte: »Oh – das tut mir aber leid –« und ging zur Tür. Was sollte man da schon sagen? Sie schien völlig gefaßt zu sein.

Ich wandte mich aber nochmals um und sagte: »Ich hoffe nur, die Nacht bleibt so wie bisher. ›Ereignislos‹, wie man sagt.«

Beide blickten zum erstenmal auf und sagten: »Wir erleben nie was. Wir kümmern uns nicht darum.«

»Und fühlen Sie sich schuldig?« fragte ich lachend. »Ich wette, Sie tun's nicht.«

»Wir tun unsere Arbeit, mein Lieber«, sagte die Freundliche.

»Alle anderen in diesem Haus fühlen sich schuldig«, sagte ich und schüttelte den Kopf. Ich dachte an die Sorgen Pwholts und an Jane II, die immer was verlor. Vielleicht hatte auch ich schon was verloren, seit ich ins Haus gekommen war?! Ich durchwühlte meine Taschen und durchsuchte mich selbst, wenn ich schon niemand anderen durchsuchen konnte. Aber alles war da: Börse, Federmesser, Schlüssel –

Bevor ich aus dem Zimmer ging, konnte ich noch beobachten, wie die beiden Frauen langsam zusammensackten, wie sich zuerst ihre Köpfe auflösten, wie dann ihre Leiber dahinschmolzen in eine graue Masse, und sich ihre Füße verflüssigten in fettige Ströme von Tee.

Die Last auf den Schultern

In dem Zimmer hatte es eine Wanduhr gegeben, doch ich hatte vergessen, draufzusehen. Als ich jetzt wieder durch die Kolonnaden kam und durch den Schrei der Möwen an die Zeit gemahnt wurde, schaute ich auf meine Taschenuhr. Leider passierte etwas, was mir so häufig passiert: Ich vergaß sofort, wie spät es eigentlich war. Ich ging zu den Aufzügen, und dort war einmal der Bote nicht in Schlaf versunken, sondern in ein Kreuzworträtsel vertieft. Er saß auf einem winzigen Stühlchen, hatte die Zeitung auf dem Schoß ausgebreitet und hielt den Bleistift zwischen den Zähnen. Ich fragte ihn, wie spät es sei, und er sah nach seiner Armbanduhr und sagte es mir.

Im fünften Stock war die Beleuchtung aus irgendwelchen Gründen halb verdunkelt; das Geklapper von Schreibmaschinen, hin und her eilende Schritte und laute Stimmen waren durch die Türen aber deutlich zu hören. Ich kam in meine Abteilung; und hier lag all das Beiwerk für den Prozeß der Wortbehandlung auf Schränken und Tischen. Zeitungen lagen in Haufen herum, Zeitungen in allen möglichen Sprachen, zu Bündeln zusammengeheftet, ihre schmutzigen Gesichter noch mehr verschmiert durch blaue und rote Bleistiftzeichen. Wannen mit losen Blättern krönten die Höhen der Schreibtische, Dutzende gespitzter und ungespitzter Bleistifte in allen Farben des Regenbogens waren hingestreut zwischen Nord und Süd. Schwarze, unschuldige Telephone schienen für die Nachtzeit zum Schweigen verdammt. Ein Lautsprecher, diese unwillkommene Verbindung zwischen den einzelnen Stockwerken, riß sein ungewaschenes Maul auf. Die Schreibmaschinen trugen teilweise Trauer, schwarze Mäntel, die ihnen gar nicht zur Tastatur standen; teils schienen auch sie auf etwas zu warten, sehr oft mit ausgestoßenen Walzen, als weinten sie. In den Aschenbechern lagen Asche und Zigarettenenden. Die Luft war schwer von Nebel und Rauch.

Ich ging durch zwei, drei Zimmer. Zu meiner Linken war eine kleine Tür, die ich aber nicht aufmachte, da ich wußte, das Zimmer dahinter werde nur selten benutzt. Dann kam ich in unser Zimmer. Hier fand ich eine Überraschung. Es herrschte die gewöhnliche Unordnung, nur ein wenig düsterer gefärbt durch die zahlreichen schwarzen und dunkelblauen Durchschlagpapiere, die sich ausbreiteten wie Lachen tintigen Blutes, und durch die Verdunkelungsvorhänge, die voll Melancholie vor einem halboffenen Fenster hin und her schlugen. Die Überraschung aber war Fräulein Claire Curven, die in der Mitte des Zimmers schlief.

Sie benutzte hierzu eine der Tragbahren für eventuelle Unfälle, diese unbequemen Dinger mit grünem Stoff zwischen zwei langen Stangen. Sie war bis zum Hals zugedeckt mit einem Haufen von Decken, und sie war völlig bekleidet mit einem Paar Hosen und einem Pullover, was ich sofort bemerkte, als sie sich erhob. Ihre blonden Haare waren von einem Turban zusammengehalten. Sie stand eigentlich sehr rasch auf, wenn auch nicht gerade freiwillig, als ich begann, sie anzuschreien.

Aus irgendeinem unerfindlichen Grund bekam ich nämlich einen plötzlichen Wutanfall. Ich wurde rot im Gesicht, und meine Hände zitterten. Ich war sehr zornig. Claire Curven hatte bereits den Großteil ihrer Decken von sich abgeschält und stand da wie »Die Geburt der Venus aus dem Schrecken des Bürolebens«. Sie hatte leicht geschlitzte Augen, ein Katzenprofil und Sommersprossen. Ich wußte, daß sie nicht so jung war, wie sie aussah. Sie war in ihrer knabenhaften Art sehr hübsch; ihre ganze Existenz war jedoch durchtränkt von einer hochgradigen Trägheit und Unbeweglichkeit. Sie gähnte und streckte sich und öffnete ihre Augen elendiglich; es waren grüne, kleine Augen. Dann sagte sie mit leiser, ängstlicher Stimme: »Ich bitte um Vergebung – oh – es tut mir so unendlich leid – ich dachte, Sie würden erst später kommen.«

Ich sagte: »Das Büro ist kein Schlafzimmer«, und schäumte weiter.

Sie fragte mich, wie spät es denn sei, und ich zeigte auf die Uhr an der Wand.

Claire Curven galt allgemein für »politisch interessiert«; man sprach von ihr als von einer Sekretärin »von aktiver Gesinnung und mit großem Verstand«, was sie übrigens zu einer sehr schlechten Sekretärin machte. Ihre Ansichten waren ausgesprochen radikal, aber nicht in so oberflächlicher Weise wie die der politischen Gans, Jane II. Und das war offenbar der Grund, warum ich so wütend war.

Sie sagte kein Wort, sondern seufzte und wimmerte. Wieder und immer wieder hörte ich sie sagen: »Ich bin so müde. Ich habe ein Gewicht auf meinem Nacken. Ich habe Blei in den Füßen. Ich kann mich nicht regen. Ich bin so müde.«

Ich sagte: »Glauben Sie mir, Miß Curven, ich bin erstaunt. Ich bin richtig vor den Kopf geschlagen. Sie sagen, Sie können nicht schlafen, wo die anderen Leute schlafen, wahrscheinlich weil Sie sich für einen besonderen und eigenartigen Menschen halten. Sie schlafen im Büro. Sie schlafen in dieser Unordnung und Sie vermehren die Unordnung. So – die Schlafräume von Cavendish House sind nicht gut genug für Sie – ich muß schon sagen – das ist nicht die richtige Art sich zu benehmen für jemanden, der sich für einen Sozialisten hält oder weiß Gott noch was –«

Claire Curven war jetzt dabei, die Decken zusammenzufalten. Sie wandte mir den Rücken zu und ich konnte ihr Gesicht nicht sehen. Aber sie murmelte vor sich hin: »Sie haben recht. Sie haben ganz bestimmt recht. Ich muß mich beeilen. Ich muß gehen.« Und sie beeilte sich.

Ich trat zu ihr und sprach ihr jetzt ruhig zu. Ich sagte: »Hören Sie doch zu, Claire, wir sind alle Menschen. Doch Leute, die behaupten, politisch zu sein, müssen mehr acht geben als die anderen. Wir leben in Zeiten der Prüfungen und Leiden und Unannehmlichkeiten, wo wir unseren Wert unter Beweis stellen müssen. Sie müssen sich immer als Mitglied der Elite ansehen. Ein politisches Wesen zu sein – das heißt vor allem zweierlei: wissen und gehorchen. Sie besuchen diese Kurse über Marxismus, höre ich, und Sie gehören zu einer ganzen Reihe von Komitees. Ausgezeichnet. Sie behaupten sogar, Sie tun, was man Sie tun heißt: Sie hören zu und Sie gehorchen. Sie lernen. Ausgezeichnet. Sie haben vielleicht schon bemerkt, daß Politik heutzutage etwas ganz anderes bedeutet, als was es vor zwanzig oder sogar vor fünf Jahren bedeutet hat. Man kann nicht zwischen zwei oder drei gemütlich vorgetragenen Weltanschauungen wählen. Keine Rede davon, daß man sie sozusagen zuerst in der Hand abwägen und dann mit dem Gegner darüber debattieren kann. Wir leben in harten Zeiten, Miß Curven. Und da ergibt sich gleich auch mein zweiter Punkt: zu lernen, zu wissen und zu gehorchen – das genügt nicht. Man muß auch immer – immer, wohlgemerkt! – seine Pflicht tun; selbst wenn diese Pflicht zufällig im Gegensatz zu stehen scheint zu der allgemeinen Tendenz Ihrer Aufgabe. Sie müssen lernen, auch Ihrem Feind zu gehorchen. Harte Zeiten. Keine Ausnahmen, meine Liebe. Sie müssen in den unangenehmsten und nebensächlichsten Aufgaben ausgebildet sein. Sonst werden Sie niemals lernen, die wirklich wichtigen Aufgaben zu erfüllen. Und zu diesen scheinbar nebensächlichen Aufgaben gehören unter anderem auch Ordnungsliebe und Pünktlichkeit und Verläßlichkeit. Sie müssen verläßlich sein, selbst in Cavendish House. Sie müssen ordentlich sein, selbst in diesem Zimmer. Sie können einfach nicht dort schlafen, wo man nicht schlafen darf.«

Ich fühlte mich jetzt besser. Sie war fertig mit dem Zusammenlegen der Decken, und ich half ihr beim Wegräumen der Tragbahre. Sie sagte: »Es freut mich ungemein, daß ich Ihnen der Anlaß sein durfte zu einer so feinen Rede. Es tut mir wirklich leid. Sie haben ganz recht. Ich bitte nochmals um Entschuldigung. Ich unterschreibe jedes Wort, das Sie gesagt haben.« Sie lächelte und nahm ihren Turban ab, um sich die Haare zu richten. Sie sah auf die Uhr und machte ängstliche Augen.

Sie dachte: »Er hat recht und er hat auch nicht recht. Er hat ja keine Ahnung, um was es sich handelt, aber ich muß ihm recht geben. Damit hat er recht. Er ist eingebildet und ein verdammter Intellektueller. Ihm teilen seine Weiber den Tag ordentlich ein, so bequem hat ers wie alle die anderen. Der kann leicht tiefe Gedanken haben, der kann leicht schöne Reden halten und Artikel schreiben und das ganze Zeug. Wir sind die Opfer. Wir müssen ein Doppelleben führen. Ich habe eine Großmutter, die die Raketen nicht aushält, und eine Mutter, die so schlecht englisch spricht, daß ich die Einkäufe für die ganze Woche machen muß, immer wenn ich hier frei bin. Und die Großmutter mußte ich von London fortbringen, und dann mußte ich sie wieder zurückbringen, weil sie das Leben auf dem Land auch nicht ertragen hat. Sie ist, was man eine ›Arierin‹ nennt, und ich bin halb und halb; und wie glauben die denn, soll ich alle Erwartungen erfüllen? Ich gebe zu, ich hab die Männer gern, und ich muß mir den ganzen Unsinn über mein Vaterland anhören, und ich selbst muß ihnen nachreden, wenn ich mich an die sogenannte Linie halten will. Ich habe in dem Land dort drüben eine Menge Freunde gehabt, und ich träume noch heute von dem kleinen alten Platz mit den Linden, und ich kann sie noch riechen, meine alten Lindenblüten. Und hier, in diesem Land, spüre ich immer die Last eines schlechten Gewissens, sitze immer zwischen zwei Stühlen, habe immer das Gefühl, als versäume ich was oder habe irgendein Verbrechen begangen, von dem ich selbst nichts gemerkt habe. Ich komme immer zu spät; aber warum wirft er mir Unordnung und Unverläßlichkeit vor, wo ich mich doch so zusammennehme? Jeder Mensch möchte ein wenig Spaß im Leben haben; und warum soll ich denn nicht dort schlafen, wo es mir paßt? Muß ich denn ein Märtyrer sein? Meine Beine sind schwer, und mein Kopf ist schwer, und ich kann alle diese Lasten und Verantwortlichkeiten einfach nicht ertragen. Wenn *er* es doch versuchen würde, mit zwei alten Frauen zu leben, die hilflose Bündel sind und selbst halb und halb?! Und immer zu spät zu kommen. Was für schreckliche Schuld! Und immer etwas tun zu müssen!«

Und wieder und wieder seufzte sie. Dann sagte sie: »Wollen Sie mir helfen, es ins andere Zimmer zu tragen?! Ich muß dann weg –«

»Welches Zimmer?« fragte ich. »Doch nicht das dort?!« Ich zeigte auf das dunkle Zimmer, doch Claire schüttelte den Kopf. »Aber nein –«, sagte sie und lachte in sich hinein. Ich hatte den Verdacht, sie kenne mein Geheimnis.

Wir gingen in ein ganz anderes Zimmer, und dort stellten wir die Tragfläche und die beiden Stangen in eine Ecke.

»Jetzt muß ich aber wirklich gehen –«, wiederholte sie und hatte einen gehetzten Ausdruck.

Ich war jetzt völlig befriedet und wollte die Angelegenheit so weit als möglich beigelegt haben. Sie war wirklich nur mein Sündenbock gewesen. »Machen Sie sich keine Sorgen. Es ist noch lange nichts zu tun. Ich habe Pwholt unten getroffen. Er hat wieder einmal etwas gesucht. Sie wissen doch, er weiß selbst nie, was –« Ich lächelte.

Sie sagte: »Wissen *Sie* denn, was Sie suchen?«

»Sie haben recht«, sagte ich. »Ich weiß es ja auch nicht.«

»Ich weiß es aber. Ich muß jetzt die treffen. Ich bin schon zu spät. Sie haben mich mit einem großen Schuldgefühl erfüllt.«

»Wen treffen?« fragte ich. Sie schlüpfte aus dem Zimmer und ich folgte ihr.

Staat und Unstaat

Trotz allem, was ich in der Nacht durchgemacht hatte, war ich noch darauf aus, ihr zu folgen, war ich noch nach irgend etwas aus. Ich war noch gierig nach Leben. Das hatte vielleicht etwas mit meiner inneren Sekretion zu tun, oder vielleicht weil ich unter dem Wassermann geboren bin. Oder vielleicht weil ich verliebt bin in eine Person, Name: Unbekannt.

Dieses Gebäude, seiner Kriegsdienstverwendung nur unvollkommen angepaßt, hatte viele Ecken, Winkel und Löcher, die unbenutzt waren. Man wandte sich von dem halberleuchteten Gang scharf nach rechts und betrat plötzlich einen kleinen Raum, anscheinend ohne alle Möbel. Es war eine Art von Lagerraum und mit Papieren fast bis zur Decke angefüllt.

Ich hörte Stimmen – sehr ruhige, leise Stimmen. Ich fand einige meiner Kollegen aneinandergepfercht auf verschiedenen Papierhaufen sitzen oder hocken. Der Raum war von unten durch eine elektrische Birne beleuchtet, die große Schatten an die Wände malte. »Hallo!« sagte Miß Curven, und ihr Gruß wurde beantwortet. Von mir nahmen sie überhaupt nicht Kenntnis. Ich sagte auch: »Hallo!« und setzte mich auf einen Papierhaufen. Ich kannte sie alle gut genug, um nicht erst ihre Aufforderung abzuwarten. Miß Curven blieb an die Wand gelehnt stehen. Noch jemand stand nachlässig an die Wand gelehnt da: Mr. Collier, mit gekreuzten Beinen, seine feurigen Augen bald auf dem einen, bald auf dem anderen Sprecher.

Denn jeder sprach. Fünf waren es: die fünf jüngsten Mitglieder unserer Abteilung, und dann Mr. Collier, der älter und eine Art von Autorität war. Es war sehr heiß hier drinnen, und auch die Worte erhitzten sich durch die Hitze der Luft. Die Atmosphäre war getränkt mit Staub und Druckerschwärze von Geschichten, Reden, Dokumenten der Vergangenheit.

Es waren Auszüge aus Auszügen über Angelegenheiten, die von den sogenannten Monitoren der Presse und des Rundfunks in ganz Europa abgehört und abstenographiert worden waren. Es waren Artikel über Artikel zu Gegenständen aktuellen Interesses, die sich gerade bis morgen halten würden. Es waren Reden über Reden und Zusammenfassungen von Zusammenfassungen. Das Papier verschimmelte. Es schwelte wie giftiges Feuer. Mäuse, Ratten, Hunde, Katzen hatten es an den Ecken angenagt. Die Tinte war von Wasser verdorben. Man hatte einzelne Seiten herausgerissen, man war darauf herumgetrampelt. Leute, die gerade keine Zündhölzer bei sich hatten, benutzten eine halbe Seite als Fidibus, um sich damit am Gasfeuer eine Zigarette anzuzünden; andere wieder benutzten das dünnere Papier für andere Zwecke. Es waren die fauligen Reste einer ungesunden Frucht.

Der gerade das Wort hatte, hieß Pim. Im Privatleben war er ein junger Filmschauspieler, der sehr romantisch aussah. Er hatte eine Byron-Stirn, dunkle Hautfarbe, und wundervoll melancholische Locken schwarzen Haares krönten sein edles Haupt.

Pim sagte: »Also schön, ich führte den Vorsitz, wie ich eben sagte, und ich konnte als Vorsitzender doch nicht selbst den Antrag einbringen. Ich mußte mich also auf Freddy verlassen; als ich ihm aber das Wort geben wollte, sah ich, daß da noch ein anderer Antrag der Gegenseite auf der Tagesordnung stand, und ich mußte diesem Menschen zuerst das Wort geben. Ich konnte mich doch nicht dem Vorwurf aussetzen, unfair zu sein. Als dann der Kerl Vertagung beantragte, ließ ich darüber durch Händeheben abstimmen, die Gegenseite war überstimmt, und ich gab Freddy das Wort. Nun, Freddy hielt eine ganz anständige Rede, und dann wurde nochmals abgestimmt, diesmal schriftlich, und wir waren also dort, wo ich sie haben wollte. Ist das richtig gewesen?« Er sah auf Mr. Collier, doch der legte nur sein rechtes Bein über sein linkes, weil er müde war, mit dem linken Bein über dem rechten dazustehen. Er sagte kein Wort.

Dann sprach der lange Junge aus Rumänien; er war hager und hatte ungesund-rosige Backen. Er sprach mit angenehmer, ziemlich trauriger Stimme, er flüsterte beinah. Er sagte: »Für euch ist es leicht. Ihr gehört zu den Alliierten. Schaut mich einmal an. Ich habe Unannehmlichkeiten zu Hause, und ich habe Unannehmlichkeiten in meiner Organisation. Wir haben versucht, mit der FGLC Fühlung zu nehmen; und an uns ist man wieder von seiten der FGM herangetreten – aber können wir wirklich so handeln, wie die es wollen? Es ist alles scheußlich verzwickt. Ich kann dieser Tätigkeit auch nicht genug Zeit opfern, ich muß meine Familie finanziell unterstützen; um ganz aufrichtig zu sein, ich verdiene einfach nicht genug Geld, um so politisch zu sein, wie ich es gerne sein möchte. Fahrgeld und Beiträge und – außerdem, wohin gehören wir eigentlich? Wohin?«

Auch er blickte auf Mr. Collier. Mr. Collier schob sein linkes Bein zurück über sein rechtes Bein. Er zündete sich außerdem eine neue Zigarette an.

Der junge Bursche neben dem Rumänen lächelte. Auch diesen Jungen hatte ich sehr gern; ich habe die jungen Leute von 1945 gern, die Mischung gefällt mir, sie sind so hilflos und so unverschämt und so verzweifelt und so komisch. Da lebt irgendwo in der Nähe von Holland Park ein junges Mädchen, und sie schläft auf einem sehr niedrigen Kissen, auf ihrer linken Hand, und diese Hand trägt Zeichen, als sei sie gekreuzigt worden. Keine Rede davon – sie ist voll Witz und Scherzen, und sie steigt munter einher, wenn auch sorgsam, wie eine junge Katze auf Abenteuer. Und wenn wir schon vom Kreuzigen sprechen – ich weiß, was sie darüber für Ansichten hat. Ich liebe die jungen Leute. Ich möchte sie gerne belehren und unterrichten und mich um sie sorgen – selbst ohne meine Beine ununterbrochen hin und her zu schieben, wie es Mr. Collier tut.

Dieser Jüngling kam aus dem »Land der Verdammten«, kümmerte sich aber nicht im geringsten darum. Er benimmt sich wie irgendein anderer junger Mensch, der mit viel Geld und in einer englischen Public School erzogen wurde. Er hatte eine große Nase und einen schönen Körper und glänzendes Haar. Er sagte: »Wenn ich nur wüßte, was ich den Leuten sagen soll, die ständig auf dem Problem von der ›Schuld des ganzen Volkes‹ herumreiten?! Im vorigen Jahr hat man mir eingeschärft, Verurteilung eines ganzen Volkes gäbe es nicht, und ich mußte zu dem Thema sogar irgendeine blödsinnige Erklärung eines blödsinnigen englischen Politikers auswendig lernen. Und heute behauptet jeder, man müsse sich der anderen Schule anschließen. Wir brauchen nur zu wiederholen, was der Erste Staatsanwalt sagt, und alles ist in Butter. Ich kenne mich oft nicht aus, wenn mir die mit ihren Gegenargumenten zu scharf zusetzen. Sie werfen mir Heuchelei vor und Liebedienerei –«

»Lächerlich!« sagte der letzte von ihnen und sprang auf. Er war etwas älter als die anderen, war aber von allen der temperamentvollste. Er war abgerissen gekleidet, sein Rock war an den Ellbogen durchgewetzt, und sein Pullover war voll Flecken und Schmier. Er war ein Graf vom Kontinent, er konnte es sich also leisten, schmutzig zu sein.

»Lächerlich!« wiederholte er. »Sozusagen. Gewissermaßen. Es ändert sich doch alles, nicht wahr? Die Dinge ändern sich, wenn man der Sache auf den Grund geht. Nichts ist statisch, sozusagen –«

Dabei war er ein kluger und anständiger Junge, dem nur die Politik nicht gut anschlug; und gerade als Politiker genoß er großen Ruhm bei Grafen und Nicht-Grafen.

Nun blickten alle auf Mr. Collier. Keiner sagte ein Wort. Ich konnte ihren Atem hören, wie sie ihn einsogen und ausbliesen; ja das Schwirren der Staubteilchen war gleichsam hörbar in der dicken Luft; und von ferne das Geklapper der Schreibmaschinen aus weniger geheimen Räumlichkeiten.

Diese Autorität, dieser Lehrer der Jugend, dieser Geistes- und Leibeswart war unseligerweise kein guter Redner. Er bekam es mit der Angst, sobald mehr als drei Personen im Zimmer waren. Und er haßte seine Angst und versuchte, sie zu überwinden. Dieser Kampf wurde ihm zur Qual: seine edlen, hochmütigen Gesichtszüge waren verzerrt in der lächerlichen, fast unerlaubten Pein der Schüchternheit. Bevor er seinen ersten Satz losschoß, verzog er die Lippen mühevoll und bewegte den Kopf ein wenig nach rechts, als gelte es, die flüchtigen Worte zu fangen, um noch hier und dort etwas daran zu putzen, vielleicht ein Eigenschaftswort wie der in die Tasche zu stecken, ein Substantiv am Kragen zu erwischen und zu beuteln. Mr. Collier sagte: »Irrsinniger Blödsinn. Blödsinniger Irrsinn. Es gibt eben keine Organisation, die euch alle zusammen aufnehmen kann. Ich meine: Es gibt keine Einheitsbewegung für die Emigranten. Jeder ist separat zu erfassen, nicht in individualistischer Schlamperei, sondern so, wie gesagt, ihr wißt doch, wie lange predige ich denn?«

Sie hingen an seinen Lippen. Auch ich konnte meinen Blick nicht abwenden. Ich fühlte mich bedrängt. Ich mochte ihn eigentlich nicht, und manchmal haßte ich ihn sogar. Ich beneidete ihn um seinen Platz im Herzen der Jugend. Aber ich konnte nicht umhin, ihn jetzt zu bemitleiden. Irgendwie fiel mir meine Haltung dem Mann gegenüber ein; und wie oft ich auf dem kleinen Spaziergang meine Meinung über ihn geändert hatte. Weiß Gott, nichts war statisch, sozusagen, in diesem und im künftigen Leben.

Eine kurze Pause war eingetreten. Niemand stellte weitere Fragen, und jeder wartete, daß Mr. Collier noch mehr sagen würde. Dann erhob sich Pim. Er lauschte aufmerksam. Schritte kamen über den Gang. Sie kamen näher und näher, und schließlich steckte Pwholt sein rotes Gesicht in unser staubiges Gefängnis. »Oh – hallo«, sagte er. Er schien nicht im geringsten erstaunt zu sein. »Da sind Sie ja. Na, ich suche noch immer danach. Ich muß es herausfinden. Sie könnten mir nicht vielleicht sagen – oder ja – schon gut – auf Wiedersehen.« Und er verschwand wieder.

Ich hörte neben mir einen unterdrückten Schrei. Das Licht wurde abgedreht. Sie hatten sich alle erhoben und verließen den Winkel, einer nach dem andern.

Ich nahm den Arm Claire Curvens und zog sie in den Gang hinaus. Als wir um die Ecke bogen, lief uns eine Maus über den Weg und verschwand geschwinde. »Oh!« schrie Miß Curven und legte die Hände vors Gesicht. Ich konnte von weitem Pwholt auf dem Treppenabsatz vor den Lifts stehen sehen. »Pwholt!« rief ich. »Suchten Sie mich?« Er machte aber mit der Hand nur eine vage Bewegung und verschwand, so wie die Maus vor einigen Sekunden verschwunden war.

Ich blieb stehen und sagte zu Miß Curven: »Sie müssen was essen.« Sie schüttelte untröstlich den Kopf. »Das ist nicht die richtige Art, zu einem armen Mädel zu sprechen«, schluchzte sie in ihr Taschentuch. »Ich bin keine Dirne.« Da ihr Taschentuch durchnäßt war, gab ich ihr meines, und sie brachte die Tränen zum Einhalten.

Während sie sich in der Damentoilette ein wenig herrichtete und schminkte, dachte ich ans Essen; wie mich meine Mutter stets überfüttert hatte, und wie auch Katie immer Angst hatte, ich könne Hunger leiden. Aber immer wenn ich ausging und mich meine Umgebung und meine Begleiterinnen mehr interessierten als die Speisen, wurde ich kurz nach einer Mahlzeit sehr bald wieder hungrig. Es war einfach nicht richtig, daß Essen und Schlaf die Haupterfordernisse des menschlichen Lebens sind. Ich fühlte mich augenblicklich nicht gerade hungrig, ich hatte eben Appetit, ich wußte nicht einmal, wonach. Ich dachte an ein Stück Speck und dann dachte ich an Kakao; als dann aber Miß Curven wieder auftauchte und ich mit ihr in die Werksküche hinunterging, sah ich mich plötzlich ganz anderen Problemen gegenüber. Es war mir nicht vergönnt, in dieser Nacht zu bekommen, was ich haben wollte.

Eine Orgie von Farbe und Lärm zerrissen Auge und Ohr. Die Mauern unter der niederen Decke waren mit

Dutzenden strahlender Plakate bedeckt, die in Schrift und Zeichnung die Reiselust priesen, als gäbe es einfach keine Kriegsverordnungen, Sperrgebiete und Reiseverbote. Die Südbahn bot goldenen Strand mit Meeressand; andere Bahngesellschaften gefielen sich in freundlichen Kirchtürmen, Wegen zwischen den Weiden und ein paar gemütlichen Wirtshäusern. Die Wände entlang liefen die Eisenrohre der inneren Ventilation, durch die in der Mitte des Raumes gewaltige elektrische Fächer betrieben wurden. Von denen ging ein fast unerträglicher Lärm aus, der jedes Wort in der Menge fröhlicher Kunden surrend erstickte.

Sie waren alle munter und geschäftig, muntergeschäftig und geschäftigmunter. Das Unglück war, daß sie mich an der Nahrungsaufnahme hinderten. Sie benahmen sich nicht etwa ausgesprochen feindselig. Sie waren mir bloß im Weg. Sie blockierten die Zugänge zum Büfett, wo man sich zum Essen anzustellen hatte. Ich ging die Menge von verschiedenen Seiten und unter verschiedenen Schlachtrufen an: Ich entschuldigte mich, und es tat mir leid, ja, ich forderte ganz grob, durchgelassen zu werden; es war alles umsonst. Zuerst schienen sie sich ein wenig zu regen und bogen vor mir aus, machten gewissermaßen eine Gasse. Sie stellte sich als Sackgasse heraus. Sie schloß sich wieder, wie sie sich geöffnet hatte. Schließlich war ich von meinem Ziel genau so weit wie am Anfang.

Unmittelbar vor mir standen zwei bedrückend fette Jünglinge. Ich konnte nicht hören, was sie sagten, so laut war es in der Runde. Ich wußte nicht, ob sie auch auf Essen warteten, da sie anscheinend die ganze Zeit kaum einen Meter Weges zurückgelegt hatten.

Ich sagte nochmals: »Entschuldigen Sie –«, und versuchte, an ihnen vorbei zu kommen. Sie sahen mich verächtlich an, weil ich es so eilig hatte, und machten mir

Platz. Als ich endlich vor der Küchenbarriere stand, befand ich mich plötzlich einem festen Wall von Überweibern in Schürzen gegenüber, einem Hochgebirge von Helferinnen, die mich hilflos ließen. »Miß Curven!« rief ich in den Lärm hinein. Keine Antwort. Offenbar hatte ich sie in dem Gedränge verloren.

»Ich möchte etwas zum Essen haben –«, sagte ich. Die Riesinnen schüttelten ihre Häupter. Ich dachte, sie hätten nicht gehört, was ich wollte; ich legte also die Hände um den Mund und brüllte: »Etwas zum Essen, bitte, irgendwas. Was Sie haben –« Wieder schüttelten sie ihre Häupter. Einer der blassen Elephanten trompetete zurück: »Nichts mehr da. Leider.« Und sie standen weiter auf Posten, eine Mauer aus ungefälligem Fleisch ohne Kartoffel und Gemüse.

Ich mußte also mit den Achseln zucken, genau wie es die anderen taten. Ich entzog mich dem Gedränge und schaute mich nach einem Sitzplatz um. Ich erblickte zwei ernsthafte Schachspieler, drei Tische von mir. Ich seufzte erleichtert auf und setzte mich zu ihnen, da ich sie als gutmütige und ruhige Menschen kannte. Ich fühlte mich unglaublich müde, durch die Nacht zermürbt. Ich hatte keine Ideen mehr im Kopf außer einem gewissen Unbehagen, dem Gefühl, ich versäume etwas Wichtiges. Der Lärm bedrückte mich, und die vielen fremden Gesichter machten mich schwindlig. Ich wurde durch die einfache Leere der Schachpartie zauberisch gefesselt und ich starrte und starrte auf das Brett. Sogar mein Hunger war verschwunden. Das Dröhnen der Fächermaschine und das Summen der Menschen wirkten als starkes Schlafmittel.

Und dann sah ich Dr. Carolus. Er bahnte sich einen Weg durch die Menge, direkt auf mich zu. Das war ein lästiger, allgemein unbeliebter Kerl, der aus unbekannten und deshalb verdächtigen Regionen kam, irgendwo vom

Kontinent; er war außerdem Mitglied von ungefähr zehn geheimen Gesellschaften, deren Tätigkeit er durch Beitragsleistungen unterstützte und dadurch, daß er sich in der prächtigsten Tracht, mit Mütze, Mantel und Schwert, für sie photographieren ließ. Dr. Carolus blieb an meinem Tisch stehen und bot mir eine Prise von seinem unvermeidlichen Schnupftabak. Er hatte den Tabak in einer hübschen Silberdose, die er mir unter die Nase hielt. Dazu machte er eine tiefe Verbeugung und eine einladende Geste. Er hatte das in Nächten wie dieser schon Dutzende Male gemacht, und ich hatte stets abgelehnt, so wie jeder Mensch ablehnte. Er war aber beharrlich und ließ nicht locker. Diesmal nahm ich sein Angebot an. Ich war hungrig und hatte nichts zu essen. Ich war durstig und hatte nichts zu trinken. Ich war gierig nach Arbeit, nach meiner Aufgabe und nach Erfüllung, doch meine Liebste war kalt wie Eis und Schnee, und in den Straßen lag Nebel, und keine Antwort kam am Telephon außer der Stimme des Nebenbuhlers aus dem Hotelzimmer, wo er lebte in Frieden und Herrlichkeit – nicht wie ich in Lärm und unterirdischen Farbenorgien. Ich nahm also eine Prise.

Dr. Carolus zeigte mir zuerst, wie ich es machen mußte. Ich stand auf und begab mich in eine stille Ecke. Ich konnte noch immer nicht verstehen, was er mir sagte, doch ich folgte der Bewegung seiner Finger und nahm den Schnupftabak zwischen meine Finger und zog ihn dann in die Nase auf. Ich nieste zweimal und dreimal, ich nieste siebenmal und sogar neunmal, und ich genoß das Niesen. Ich nieste sehr laut, und als ich endlich aufhörte, bemerkte ich, daß mich alle ansahen; sie hatten ihre Augen aufgerissen und sahen gar nicht freundlich drein, eher verwirrt und erschreckt, ja beleidigt.

Ich versuchte nochmals, zum Büfett durchzubrechen. Ich hatte einen Anspruch. Ich hatte einen Anspruch auf

Essen, wenn ich einen Anspruch hatte zu niesen. Ich wollte meine Angelegenheit vorbringen. Was Mr. Collier konnte, konnte ich auch. Ich war nicht zu verwechseln mit Leuten, die es beim ersten ungewöhnlichen Ereignis ihrer langweiligen Existenz sofort mit der Angst bekamen. Ich war noch jung. Ich war anders als die andern.

Ich streifte an einem Mann im Pyjama vorbei. Er mußte aus dem Schlafraum hereingestreunt sein. Er hatte Stroh im Haar. Vier Personen saßen an einem Kartenspiel. Eine ältliche Dame seufzte im Schlaf. Alle hockten sie eng aneinander, muntergeschäftig; doch ich sah die Abgründe zwischen den Paaren sehr genau und die Spaltungen zwischen den Gruppen. Tief, sehr tief ging das hinab, sehr tief.

Und kein Essen. Nichts zu essen. Endlich entdeckte ich eine Uhr an der Wand. Diese Uhr zeigte halb eins. Da es eine elektrische Uhr war, konnte ihr Stehenbleiben nur bedeuten, daß die Zeit selbst stillstand oder daß der elektrische Strom ausgesetzt hatte – eine kosmische oder eine technische Katastrophe. Undenkbar.

Während ich noch über dieses Problem nachdachte, hörte ich meinen Namen rufen. Ich hörte meinen Namen ganz deutlich, er kam über das Haustelephon und durchdrang siegreich den Lärm. »Mr. Truck, Mr. Truck. Sie werden am Haustelephon verlangt.«

Ich ging ans Telephon und sagte: »Hallo! –«, mit einem gewissen Gefühl der Erleichterung und Befriedigung, ja sogar in der närrischen Hoffnung, es könnte Jane sein, die mich mitten in der Nacht anläutete.

Es war ihre schlechte Kopie, Fräulein Rotha. Sie sagte: »Sind Sie gerade sehr beschäftigt, Mr. Truck? Könnten Sie ... könnten Sie ...«

Sie blieb stecken. Ich sagte: »Nicht gerade sehr beschäftigt. Ziemlich beschäftigt. Ich warte. Was ist es denn? Was wollen Sie denn?«

»Könnten Sie hinunterkommen? In den Luftschutzraum? Dort, wo die Luftschutzwarte schlafen. Könnten Sie ...?«

Sie hatte nicht eine besonders anziehende Stimme, eher eine hohe Stimme. Doch es war eine Mädchenstimme, und eine Mädchenstimme – das war schon etwas in diesem Lärm und Trubel.

»Worum handelt es sich denn?« fragte ich.

»Das sag ich Ihnen später. Kommen Sie schon, bitte! –«

Ich lachte leise: »Ich dachte doch, Sie arbeiteten heute nacht nicht für mich!«

Sie sagte: »Es handelt sich auch nicht um Arbeit. Auch nicht um Vergnügen. Leider.«

Les Misérables

Ich stieg zwei Stockwerke tiefer hinab. Auf dem Gang vor den Lifts standen Mülleimer mit Küchenabfall. Dicht daneben lagen ein paar Räumlichkeiten, wo Leute auf primitiven Bettstellen schliefen. Alles war recht traurig und düster. Die Decken auf den Betten waren schmutzig, der hölzerne Unterteil der Bettstatt war hie und da zerbrochen. Die Schläfer hatten ihre staubige Kleidung über die Stühle gebreitet, und das Ticken ihrer Uhren vermischte sich mit Schnarchen und Husten.

»Psst!« Jane II rief mich an. Ich wandte mich der Damenabteilung zu. Dort warteten drei junge Frauen auf mich, im Schein der blau überstrichenen elektrischen Birnen. Bewegungslos standen sie da – eine Gruppe verlassener Göttinnen aus der Unterwelt.

Da stand Miß Rotha, meine zweite Jane, in Rot von Kopf zu Fuß; und auch die anderen erkannte ich sofort. Eine davon war Miß Horler, ein Mädchen von sprichwörtlichem Pech, ein ausgesprochener Unglücksvogel. Sie war dicklich und ganz hübsch; jetzt trug sie marineblaue Trainingshosen und einen Stahlhelm, auf den man in großen Buchstaben ein großes CD gemalt hatte. Die andere Frau hieß Miß Trickster. Jane Rotha war recht aufgeregt. Sie sagte mir mit leise zitternder Stimme: »Vielleicht können Sie uns helfen. Oder wenigstens irgendwie raten. Da –« Und sie hielt mir ein kleines Stück Papier unter die Nase.

Ich sah es gar nicht an. Ich lehnte die ganze Umgebung ab; und sie lehnte ich auch ab. Ich sagte also etwas hochmütig: »Worum handelt sich's denn? Haben Sie Ihre Handschuhe gefunden? Oder hat Ihnen jemand Ihre Armbanduhr mit Diamanten zurückgebracht?«

Die beiden anderen Mädchen lächelten schwach. Jane II stampfte auf und rief ärgerlich: »Dummheiten! Was kümmert mich das? Es gibt andere Sachen. Wichtigere Angelegenheiten als Privatsachen. Wir sind alle unterbezahlt. Warum schauen Sie sich denn meinen Lohnzettel nicht an?«

»Müssen wir das jetzt besprechen?« fragte ich, etwas ungeduldig.

Die fette Miß Horler begann plötzlich zu heulen. Sie weinte, sie weinte laut und ohne irgendwelche Selbstbeherrschung. Aus ihren großen runden Augen fielen die Tränen in ununterbrochenem Strom.

»Mein Gott – mein Gott – was kann ich denn für Sie tun?« sagte ich, da ich durch diesen Ausbruch ganz gerührt wurde. Aber Miß Rotha mischte sich ein. Sie warf sich in die Bresche meines Mitleids und sagte vorwurfsvoll: »Sie – Sie – Sie ewiger Intellektueller! Da reden Sie daher über Politik und den politischen Kampf und weiß Gott was und vergessen dabei ganz, daß die meisten Menschen einfach zu müde und zu ängstlich sind, um irgend etwas anderes zu tun als zu vegetieren.«

Miß Horler bewegte ihren gesenkten Kopf hin und her. »Ich will gar nichts. Ich will nichts als Frieden und Ruhe. Ich hasse diese Leute –«

»Was für Leute?« fragte ich.

»Oh –« Sie schrie auf und ballte eine kleine Faust gegen den unbekannten Feind. »Oh, ich bin so unglücklich. Sie verliert ihre Armbanduhr mit Brillanten, aber ich habe nie eine gehabt. Ich bekomme zwei Briefe, einen gestern, einen heute. Ich bin so unglücklich. Gestern erfahre ich, meine Mutter ist in Argentinien gestorben, in Armut hingestorben, schon vor Monaten. Ich schicke ihr Lebensmittel, ich schicke ihr Geld, ein Pfund von meinem elendiglichen Gehalt alle vierzehn Tage, und wer kriegt das Geld? Sie nicht! Und ich habe solche Angst! Ich kann kein Auge zudrücken in der Nacht, schon seit drei Monaten nicht. Ich hab solche Angst vor diesen Raketen. Ich schlafe im Luftschutzraum der U-Bahn, in Aldwych. Ich schlaf dort schon seit Juni und niemand hat mich lieb, weil ich doch von dort drüben komme, und weil ich eine Ausländerin bin unter all den Londonern. Warum sollte ich aber weniger Angst haben, weil ich ein Ausländer bin?«

Sie schluchzte herzzerreißend. Ich hatte Mitleid mit ihr. Ich streichelte ihre gelben Haare. Sie schluchzte nur noch mehr. Ich sagte: »Seit Juni? Aber das ist doch viel länger als drei Monate!« Ich konnte augenblicklich an nichts Besseres denken.

Aber Miß Horler ließ sich nicht stören. »Ich kriege heute noch einen Brief. Den bringt mir ein Soldat, der Soldat kommt aus Holland, und ich hatte ihm die Adresse meiner Schwester gegeben, und er sagt, man hätte ihm in dem Ort gesagt, meine Schwester ist von diesen Schweinen fortgeschleppt worden. Jetzt ist sie vielleicht in einem Lager, oder vielleicht ist sie jetzt schon in Theresienstadt gestorben, oder vielleicht ist sie in Polen gewesen, ermordet, umgebracht in einer Gaskammer.«

»Es tut mir so leid«, sagte ich.

»Es tut Ihnen leid! Es tut Ihnen leid!« schrie Miß Rotha. »Warum tun Sie nichts dagegen? Sie sitzen einfach da und schauen vor sich hin –«

Schrecken erfüllte mich; sie hatte nämlich recht. Ich konnte bei all diesen Erzählungen von Terror und Elend kein entschiedenes Gefühl aufbringen, nichts von dieser Wut und diesem gesunden Zorn, denen ich mich erst vor ganz kurzem hingegeben hatte, als ich zu Miß Curven über den Anteil der Politik am Leben gesprochen hatte. Ich habe ja schon zuvor erwähnt: man hatte mir beim Eintritt in dieses Gebäude eine ganze Menge abgenommen, man hatte mich angezapft, und jetzt war mir nichts geblieben als Unbehaglichkeit und Unruhe. Ich erblaßte und zitterte; ich fühlte mich beleidigt und gekränkt, und das war auch alles.

»Was kann ich denn dagegen tun?« fragte ich zurück.

»Und da – schauen Sie mich doch an –«, schrie Miß Horler.

»Schauen Sie mich gut an – was die mir antun! Da ich ohnehin nicht schlafen kann, wegen meiner Angst und meiner Sorgen, haben sie mich auf Feuerwache in diesem Haus kommandiert! Bekomme ich aber irgendwelche Befehle?! Nein! Ich bin mir einfach selbst überlassen, und ich muß in dieser närrischen Ausrüstung durch die Stockwerke streifen, aber nicht höher als den zweiten Stock, und wenn ich einen von den Luftschutzwarten treffe, dann prügelt man mich, und man gibt mir diesen Helm zum Tragen, und ich bekomme Kopfweh, wenn ich ihn trage, und je länger ich ihn trage, desto schrecklicher sind die Ideen, die mir im Kopf herumgehen. Und aus jeder Ecke sieht mich meine Schwester an, und ihr Rückgrat ist gebrochen, und die Rippen stehen ihr heraus, und sie hat Blut um den Mund. Meine Mutter aber liegt still da wie ein Stein, und die Würmer kriechen ihr über den ganzen Leib –«

»Setzen Sie sich doch!« sagte ich. Ich zwang sie, auf einem zerbrochenen Stuhl in einer Ecke Platz zu nehmen. Dann drehte ich mich um und sagte zu Miß Rotha: »Bringen Sie ihr ein Glas Wasser!« Ich hörte keine Antwort außer ein sonderbares Lachen hinter meinem Rücken und so was wie Flügelschwirren. Ich streichelte Miß Horlers Hand. Und während ich ihr noch die Hand streichelte, sagte ich zu dem anderen Mädchen, zu dieser Miß Trickster, die sich in aller Ruhe abseits gehalten hatte, als sei sie Zeugin einer unanständigen Szene – ich sagte also: »Ich hoffe nur, daß wenigstens mit Ihnen alles in Ordnung ist!« Was für ein nettes Mädel sie nur war, in ihrem schwarzen Kleid mit ihrem dicken Gesicht – sie würde mir doch nicht auch noch einen Schrecken einjagen – oder vielleicht doch? Sie hatte eine ruhigere Art des Weinens, doch um nichts weniger eindringlich. Sie weinte nämlich auch.

»*Ich* habe keine Angst vor den Raketen und den Bomben. Ich nicht. O nein. Ich weine auch nicht über mein kleines Gehalt, o nein. Ich weine, oh, ich weine ja gar nicht. Ich habe nur Angst. Ich habe Angst vor der Roten Armee. Oh, die werden meiner Mutter das Haus wegnehmen. Sie werden nach Wien kommen, und meine Mutter hat ein kleines Haus in Wien, einstöckig, und eine Küche und einen Garten und einen Vorgarten. Und die Russen werden es ihr wegnehmen. Oh, ich weine ja gar nicht.«

Sie hörte plötzlich auf, wie sie begonnen hatte.

Ich war sehr enttäuscht über sie. Eigentlich war ich über sie alle sehr enttäuscht. Ich haßte Szenen, in denen ich selbst nicht eine hervorragende Rolle spielen konnte. Vielleicht war das die Lösung des Rätsels. Mein Zorn wurde eisig, sternenkalt. Ich wollte mein besseres Selbst erst gar nicht suchen. Kein Mitleid, keine menschlichen Gefühle, bitte! Die eine, der zu dienen sie geschaffen waren, ruhte schlafumfangen. Und sie war ja auch nicht menschlich. Was nützte mir denn alles, wenn sie nicht menschlich war?

Ich sagte ärgerlich: »Dumm! Dumm! Die Russen werden dem Haus Ihrer Mutter nichts zu Leid tun. Und Sie –« – damit wandte ich mich wieder Miß Horler zu – »Und Sie! Warum nehmen Sie denn den Helm nicht ab, wenn er Ihnen Kopfweh macht?«

Doch Miß Horler weinte ruhig weiter, ohne sich zu rühren. Ich streckte also die Hand aus und berührte den Helm. Ich hätte das nie tun sollen. Die Enthüllung kam nur allzu früh.

Denn als jetzt Miß Horler ihren Stahlhelm auf dem Schoß hielt, wie ich es ihr geheißen hatte, saß plötzlich eine Katze drin und schnurrte und miaute. Das Unangenehme war: Es war eine rote Katze. Nicht einfach eine ingwerfarbene, nein, richtig rot. Ich wußte sofort, wer es war. Es war Jane II in ihrem roten Kleid; und Jane II entpuppte sich als niemand anderes denn als mein altes Ungewissen. Ungewissen richtete sich auf und sprang aus dem Helm auf meine Schulter. Und dort blieb es sitzen und schnurrte und stieß mit seiner Schnauze gegen meinen Hals.

Ich drehte den beiden Mädchen den Rücken und jagte davon. Ich schüttelte mich, als wäre ich selbst ein Tier, und dann sagte ich zu Ungewissen: »Was für ein billiger Trick! Du altes Ungewissen! Hast du dir wirklich eingebildet, du kannst mich einfangen mit deinen Lohnzetteln und deinen Mahnungen an das menschliche Elend? Als wüßte ich es nicht selbst! Natürlich weiß ich es. Hunger und Tod! Ich weiß, ich weiß.« Ich ging zum Lift und drückte auf den Knopf. Der Bote mit dem Kreuzworträtsel erschien im Handumdrehen, umgeben von einem strahlenden Heiligenschein der Elektrizität.

»Zehnter Stock!« rief ich. »Bibliothek!«

»Pussy, Pussy!« sagte er und hob seine traurigen Augen vom Kreuzworträtsel zu meiner Katze auf.

Ich sagte zu Jane Ungewissen ganz ruhig: »Paß auf, ich werde dir schon zeigen, daß es noch was andres auf Erden gibt, du oberflächliche Gans. Du wirst selbst feststellen müssen, daß der zehnte Stock ein wenig höher liegt als Souterrain und ebene Erde.«

Das Komitee

Um diese Stunde war die Bibliothek natürlich geschlossen, und ich hatte vergessen, unten die Schlüssel zu verlangen. Dann fiel mir jedoch ein, daß es einen geheimen Zugang gab, durch ein großes, gut verstecktes Loch in der Wand. Das Loch war entstanden, als im vorigen Sommer eine Fliegende Bombe auf dem Haus gegenüber den Volltreffer erzielt hatte, der manche Wand umgelegt, manche Tür aus den Angeln gehoben, manchem Mann, manchem Mädchen Gesundheit und Leben gekostet hatte. Hier oben in der Bibliothek hatte die junge Dame, die sich mit den Büchern befaßt, eine Hand voll Glassplitter ins Gesicht bekommen, und ihre Augen waren zerfetzt worden von den schneidenden Spitzen und ihre Haare fortgeblasen vom widrigen Wind.

Jetzt war die Bibliothek offenbar leer. Ich zwängte mich über Mörtel und Ziegel hinein, und ich stand in einem Raum, der voll war von Nebel. Er mußte durch die zahlreichen Sprünge und Spalten der Außenmauer eingedrungen sein. Die Lichter brannten, und die Luft war von bläulichem Gelb, die ganze Atmosphäre nicht gerade gesund und recht gespenstisch. Ich sah, daß in einem zweiten Raum ein paar Leute versammelt waren, sie saßen in

Klubsesseln an langen Tischen; einige von ihnen lasen oder schrieben etwas, alle mehr oder weniger stumm, mit Ausnahme eines jungen Mannes, der von einem Blatt Papier etwas vorlas, wobei ihm andere über die Schulter sahen. Er las mit monotoner Stimme vor. Ich konnte die Worte hören, verstand aber ihren Sinn nicht. Es war eine Art von Liturgie, die kein Ende nehmen wollte.

Dieser zweite Raum war von dem ersten durch eine feste Wand aus Nebel oder einem andern undurchdringlichen, obgleich durchscheinenden Material getrennt. Es war weder Glas noch Gaze oder sonst etwas Ähnliches – es war vielleicht irgendeine spezielle Art von Innen-Nebel, den sie sich in der Bibliothek für besondere Zwecke hielten.

Ich sagte zu der Katze auf meiner Schulter: »Und jetzt – aufgepaßt!« Ich trat an einen der Bücherschränke heran und nahm ein Buch heraus. Ich war sehr stolz. An den Rücken der Bücher waren kleine Photographien angebracht. Das erste war ein philosophisches Buch.

Wie gesagt, in dem ersten Raum war niemand außer mir und Jane II. Der Nebel trieb dahin, hier mit dunklen, dort mit lichten Flecken, als hätte man die Luft zusammengepreßt und zu menschlicher Gestalt zusammengeballt.

Ich hielt das Buch in der Hand und öffnete es. Und da hatte sich auch schon einer der dunklen Flecken mit einem Stück Mensch ausgefüllt: einem großen alten Mann mit einem großen alten Gesicht und einer langen Unterlippe. Ich hatte ja so etwas Ähnliches erwartet, aber ich war trotzdem erschrocken. Ich griff nach einem zweiten Buch, einem Buch über Erziehungswesen; und ein zweites Loch in der Luft wurde ausgefüllt: Ein Bursche in amerikanischer Uniform und mit einer Brille stand aufrecht in der Mitte des Zimmers. Ich nahm ein Buch über Religion zur Hand: Ein fetter, rosenwangiger Mann trat in Erscheinung. Und als ich schließlich ein Werk über Astrologie herunterholte, legte mir ein junger trauriger Jüngling die Hand auf die Schulter. Die ganze Zeit hindurch hatten aber die Leute im zweiten Zimmer ruhig ihre Beschäftigung fortgesetzt, als ob nichts passiert wäre.

Der junge Mann mit dem traurigen Gesicht sagte: »Durch die ganze Weltgeschichte zieht sich eine starke Bewegung, die die absolute Herrschaft des Geistes leugnet. Ich kann der Bewegung keinen Namen geben, aber ich möchte ihre Bedeutung für das Gefühlsleben betonen. Sie werden mir vielleicht reaktionäre Tendenzen vorwerfen. Ich bin bereit, diesem Vorwurf zu begegnen.«

Der dickliche Mann mit den Rosenwangen antwortete:

»Ich glaube, daß es zwischen Buddhismus und Christentum keine wie immer geartete Verbindung gibt. Während nämlich die ersten Anhänger Christi davon überzeugt waren, daß das Ende der Welt bevorstand, ist in der fernöstlichen Religion auch nicht die leiseste Spur einer solchen Eschatologie zu entdecken.«

Die beiden Stimmen traten gegeneinander zum Kampf an. Der Jüngling wurde immer trauriger und trauriger, während Rosenwange immer herrlicher triumphierte. Der Schulmeister in Uniform trat vor. Er war augenscheinlich völlig gefaßt; nur die Brille, die er herausfordernd abgenommen hatte, zitterte leicht in seiner Hand. Er sagte: »In jenem Land gibt es verschiedene Jugendbewegungen.«

Doch nun begann sich dieser Berg eines alten Mannes zu regen. Er unterbrach den Schulmeister mit einem großen Husten, als ob sich der Vesuv räuspere. Lava strömte ihm aus dem Mund, und seine Nase tanzte auf und ab wie im Erdbeben. »Oh«, röhrte er, »als ich von Mussolinis Überfall auf Abessinien erfuhr, brach ich sofort die Korrespondenz mit ihm ab. Ich trete für die Freiheit der Wissenschaft ein. Ich habe meine Philosophie der Freiheit des Denkens gewidmet. Der Wissenschaftler ist nur sich selbst verantwortlich: der Reinheit seines Wissens und der Größe seiner Menschlichkeit. Ich habe die Schöpferkraft der Furcht entdeckt.«

»Siehst du«, sagte ich zu meiner Katze noch stolzer als zuvor. »Siehst du – selbst aus Furcht kann etwas Gutes kommen. Das sind die alten Kämpfer um die alte Freiheit –« Doch da entdeckte ich, daß das Ungewissen bereits von meiner Schulter verschwunden und nirgends in dem ersten Raum aufzutreiben war.

»Verzeihen Sie!« sagte ich und drängte mich an den Rednern vorbei durch die Nebelwand. Aber das Ungewissen war auch nicht im zweiten Zimmer. Die Leute hier bemerkten mich jedoch sofort, sie bemerkten mich wirklich, sie hießen mich sogar willkommen. »Hallo, Truck!« sagte einer von den schnellen Jungen und nickte mit dem Kopf. Die anderen blickten kurz auf und jeder sagte: »Hallo – hallo – hallo, Truck!«

»Hallo!« sagte ich und setzte mich. Ich wollte mitarbeiten. Die großen Mächte im Nebenzimmer waren für mich erledigt; sie hatten mir mein Kätzchen verscheucht. Hier nahm sich alles so leicht und einfach aus. Ihre Nummer eins, der Präfekt, saß in dem schönsten Sessel und arbeitete sich mit einem blauen Bleistift durch einen Haufen wichtig aussehender Dokumente. Es war das ein ausnehmend langer, knochiger Bursche, mit einem Fuchsgesicht, das manchmal ein kindisch rührendes Lächeln überflog. Er sprach keine Silbe, obschon auch er mich willkommen geheißen hatte. Sie alle gehörten zur sogenannten »Bevorzugten Schicht«, nicht einer unter ihnen war ohne irgendeine besondere Auszeichnung. Der kleine schnelle Junge, der mich zuerst begrüßt hatte, nickte mir nochmals ermutigend zu; als ich aber eine seiner Zeitungen haben wollte, schüttelte er den Kopf in ernster und feierlicher Weise, als hätte ich ihn um ein Eintrittsbillett zum Orakel von Delphi gebeten.

Ich kam bald darauf, daß dies keine eigentliche Arbeit war. Sie waren alle geschäftig, aber sie arbeiteten nicht. Ich hörte sie summen und ich sah sie auf die Löschblätter malen, und ich entdeckte, daß zwei von ihnen sogar heimlich auf den Knien eine Schachpartie spielten. Der Präfekt gähnte manchmal, und dann griff er nach einem anderen Papierbogen und bat meinen schnellen Freund, ihm doch den Bleistift zu spitzen. Sie tauschten ihre Papiere untereinander sehr häufig aus, wobei sie einander auf die verschiedenen Bleistiftzeichen am Rand aufmerksam machten. Rand-Notizen – das wars!

Der einzige, der wirklich zu arbeiten schien, war der Klassenälteste. Er kam zu keinem Ende mit dem langen Blatt Papier. Das Blatt wuchs ihm unter den Händen, es hatte keinen Anfang und kein Ende, es lief ein dutzend Mal um den Tisch und um das ganze Zimmer. Unser Klassenältester war noch jung, doch sein Haar war weiß, und der Ausdruck seiner Augen war voll Ehrgeiz und Eifer, doch auch voll Angst und Schrecken.

Die Liturgie ging immer weiter. Das war eine traurige Sache. Man konnte es nicht als völligen Unsinn bezeichnen; man konnte ihm sogar gewisse gute Absichten nicht absprechen. Es war halbreligiöses Zeug, voll langweiliger Tatsachen und blutiger Schlachten, voll der üblen Dinge dieser Menschheit. Es wollte und wollte nicht aufhören. Alle Tanks, die ich in dieser Nacht auf den Straßen getroffen hatte, alle Soldaten, die in dieser Nacht mit den Huren in den Häusern an der Straße geschlafen hatten, Offiziere wie Rittmeister Cruickshank, und auch einfache Gemeine mit ihren Bräuten in Newcastle, Menschen und Maschinen – hier waren sie alle zu Papier verwandelt, zu scheußlichem Papier mit Zeichen darauf, die stanken.

Und der Klassenälteste las weiter. Seine breite Nase stand voll Schweiß, und seine tiefe Stimme wurde heiser und geknebelt.

Schließlich gelang es mir, einen Blick über seine Schulter zu werfen. Und da sah ich sonderbare Buchstaben, Ziffern und Zeichnungen, Nullen und Kreuze. War das ein Spiel? Ich hatte den leisen Verdacht, daß sie alle schwindelten. Jemand von ihnen schwindelte jedenfalls. Wen aber wollten sie beschwindeln? Da ich erst vor kurzem ins Zimmer gekommen war, konnte *ich* es nicht sein. Ich war außerdem viel zu unbedeutend. Vielleicht schwindelten sie um des Schwindelns willen? Sie beschwindelten sich wahrscheinlich gegenseitig.

Ich fühlte Leere und Abscheu in mir. Ich fühlte mich elend.

Ich stand auf, und wieder sagten sie: »Hallo, Truck!« und ich bemerkte, daß mein schneller Freund sogar lächelte. Er lächelte geradezu liebenswürdig, nicht im geringsten herablassend. Selbst der Präfekt, der wegen seines Stolzes verschrien war, sah mich an und sagte: »Leben Sie wohl, Truck!« Das erste Zimmer war jetzt wieder leer. Die großen Mächte waren verschwunden. Vielleicht waren sie zurückgekehrt, woher ich sie genommen hatte. Die Bücher standen auf dem richtigen Platz. Nur die Buchzeichen waren fort, die kleinen Photographien waren nirgends zu sehen.

Ich suchte noch immer nach dem Ungewissen. Ich rief sogar nach ihm. »Miß Rotha! Miß Rotha!« rief ich. Keine Antwort. Die Burschen im zweiten Zimmer raschelten mit den Papieren, die Liturgie ging weiter. Ich kehrte mich um, ihnen ein letztes Lebewohl zu wünschen, als ich plötzlich in ihrer Mitte Pwholt sah, völlig außer Atem und ganz erhitzt. Ich hörte, wie er sagte: »Es ist an der Zeit, anzufangen, glauben Sie nicht auch?« doch keiner gab

Antwort. Er kam zu mir herüber und wiederholte: »Wir sollten anfangen, Truck, was glauben Sie?«

Ich hatte Mitleid mit ihm, er war so aufgeregt. »Was ist denn los mit Ihnen?« sagte ich und nahm ihn am Arm. »Natürlich fangen wir an. Wann Sie wollen. Ich bin bereit. Ich wäre ganz froh, was zu tun zu haben. Sie wissen ja –«, sagte ich und wagte einen Seufzer, vielleicht den ersten seit Stunden. »Sie müssen wissen, die Nacht wird mir langsam ein bißchen viel.«

Er rührte sich nicht. Ich sagte: »Ich will mal gehen und Miß Curven suchen. Ich habe sie nämlich verloren.«

Er sagte: »Da sehen Sie! Das ists ja. Sie haben sie verloren. Und auch ich habe noch nicht gefunden, was ich gesucht habe. Ich bin einer Sache auf der Spur, wissen Sie –«

»Ich weiß, ich weiß«, sagte ich. »Das bin ich ja auch. Ich möchte erst einmal Miß Curven finden. Doch eigentlich –«, und hier ließ ich die Stimme sinken, »... eigentlich möchte ich Jane finden. Jane Smith. Aber sie schläft.«

»Woher wissen Sie denn das?« fragte Pwholt und grinste.

Ich wurde blaß. »Sind Sie ein Rittmeister?« fragte ich, denn mir war plötzlich die schreckliche Idee gekommen, daß die Sache, der Pwholt auf der Spur war, Jane sein mußte.

Er schüttelte den Kopf mehrere Male. »Großer Gott – um des Himmels willen – nein – aber wirklich nein! Ich habe kein Interesse an Ihrem Mädel.« Und wieder lachte er. »Wieviel Uhr ists denn eigentlich?« fragte er dann, und wieder sah ich in seinen Augen diesen gehetzten Ausdruck.

Vier Uhren hingen an den vier Wänden der Bibliothek, und jede Uhr zeigte eine verschiedene Stunde. »Suchen Sie sich's aus!« sagte ich, und nun war's an mir, zu lachen.

»Herrjemine!« rief er und rannte davon. Jetzt war die Türe offen, Pwholt mußte unten um die Schlüssel gebeten haben. Nun ja, er gehörte immerhin dazu; selbst wenn er nicht einer aus der »Bevorzugten Schicht« war.

Ich folgte ihm, und als ich in den Gang kam, begann ich auch zu rennen.

Auf der Suche

Das ganze Haus schien auf den Beinen zu sein. Zuerst wars ein langsames Tempo, adagio, ja sogar lento; später wurde es schneller: ein allegro con brio. Leute kamen aus Türen herausgestürzt und rannten in Türen hinein, Boten flitzten vorbei, große Servierbretter in der Hand. Da niemand die Türen schloß, blies ein starker Zugwind die Kleider der jungen Mädchen ballonartig auf. Jemand rief: »Verdunkelung!« und dann stürzten ein paar an die Vorhänge, die sich geteilt hatten und noch mehr Nebel durchließen.

Zuerst wußte ich nicht recht, was ich in der eilenden Menge anfangen sollte. Mädchen gab es da, fesch herausgeputzt, in tadelloser Bürotracht; die schleppten Tee und Kaffee. Ein blondes Ding schob einen Rollwagen mit Lebensmitteln. Der Lärm von den Schreibmaschinen war ohrenbetäubend. Zwei, drei kleine Jungen jagten in Kapriolen vorüber. Eine Glocke läutete zweimal: Eine tiefe Stimme spuckte über den Lautsprecher Ortsnamen auf einem versunkenen Kontinent. »Miß Curven! Miß Curven!« rief ich; und ein Vorübergehender wurde ganz ärgerlich darüber, weil mein Geschrei offenbar mit der allgemeinen Aufregung nichts zu tun hatte. So etwas war hier nicht gern gesehen.

Ich hörte in der Entfernung einen Hund bellen und dann leise Musik. Ich wollte der Musik nachgehen, als zu meiner Linken Miß Rotha wieder auftauchte, in einem viel netteren Kleid als zuvor. »Oh halloh!« sagte ich; aber sie schien sich der Tatsache nicht bewußt zu sein, daß sie gerade ihre Zeit als mein Ungewissen abgedient hatte. Sie sagte: »Da! Suchen Sie sie!« und gab mir ein Stück Papier. »Suchen? Was?« fragte ich und blickte sie aus allernächster Nähe recht freundlich an. »An Ihnen ist Malz und Hopfen verloren!« sagte sie und legte errötend die Hände vor den Busen, als sei sie eine nackende Nymphe. »Können Sie denn nicht *einmal* ernst sein? Ich geh mit Ihnen nicht ins Bett, weder hier noch dort. Merken Sie sich das. Seien Sie einmal ernst und suchen Sie die Schlagworte. Sie wissen doch – die anfangen mit: ›Europa – vereinige dich!‹ Und so weiter. Und beeilen Sie sich. Man braucht sie dringend.« »›Europa – vereinige dich!‹ – Sie meinen doch nicht vielleicht das berühmte ... ?« »Psst!« sagte sie nochmals und errötete zum zweitenmal, sehr ungewissenhaft. »Psst! Sie dürfen nicht! Beeilen Sie sich –« Und sie verschwand um die Ecke.

Sonderbarerweise wußte ich sofort, was sie meinte. Natürlich kannte ich diese Schlagworte, und es war von größter Bedeutung, sie zu finden und sie den richtigen Leuten auszuhändigen. Ich rannte durch die Gänge mit dem Rest, mit den Stenotypistinnen und Briefboten, der »Bevorzugten Schicht« und den Intellektuellen, den Redakteuren und Unterredakteuren. Ich war sehr froh, daß ich wußte, was ich eigentlich suchte. Konnte hier jemand anderer dasselbe von sich behaupten? Vielleicht Pwholt? Ich zweifelte daran.

Meine Schritte waren rasch, meine Gedanken klar, mein Herz schlug in lebhaftem, lebendigem Rhythmus. Doch ich hatte es sehr schwer. Meine Jagd stand unter einem Unglücksstern. Mein Streben wurde vereitelt. Mein Werk war ganz und gar vergeblich.

Ich wußte, die Schlagworte waren in einem Buch zu finden, in einem gewöhnlichen Buch, vielleicht war es das Telephonbuch. Oder vielleicht lagen die Schlagworte unter unseren Akten. Es war alles sehr einfach. Ich mußte bloß richtig nachsehen und sie dann vorweisen, so wie der schäbige Zauberkünstler Kaninchen aus dem Hut zieht. Ich betrat das Zimmer im fünften Stock, das neben unserm Zimmer liegt; ich wußte, dort wurden alle Telephonbücher aufgehoben. Ich fand auch den offenen Schrank mit den Büchern, und ich schaute hinein. Ich war ganz aufgeregt, ich mußte also die Seite wieder und immer wieder nachschlagen. Ich fand sie nicht. Ich hatte den falschen Band erwischt; bestimmt waren sie in Band II. Ich öffnete Band II, doch da entdeckte ich zu meiner großen Enttäuschung, daß man die Seite, die ich suchte, herausgerissen hatte. Man stelle sich vor – gerade diese Seite! Ich ließ mich aber nicht entmutigen, noch nicht. Ich nahm die Korrespondenz auf dem Tisch daneben zur Hand. Das waren nicht die eigentlichen Akten, sondern Briefe, die bis zum Rand mit Ziffern bedeckt waren. Ich ging in unser Zimmer. Ich erinnerte mich, die Akten mit den Schlagworten erst am Abend vorher in unserem Zimmer gesehen zu haben. Ich fand die Akten auch; aber dann fehlte darin gerade die Rubrik »Schlagworte«. Die ganze Rubrik war einfach verschwunden. Ach, dachte ich mir, sie wird im Schreibtisch sein. Und ich begann, alle Schreibtischladen zu öffnen. Die Laden waren voll von Material, das ich gar nicht zu beschreiben wage; lächerliche Sachen, ähnlich dem Material für die »Bevorzugte Schicht« in der Bibliothek. Die Schlagworte fand ich nicht. Mein Suchen war sinnlos, vergeblich, ganz und gar vergeblich.

Ich fegte alle Papiere zusammen, deren ich habhaft wurde. Es war kalt, hinter den Abdunkelungsvorhängen stand das Fenster halb offen. Ich fand etwas, das aussah wie das richtige Blatt, und ich hielt es mir vor die müden Augen, um es genau zu lesen. Meine Sehkraft begann nachzulassen, und ich konnte nicht recht klug daraus werden. Ich hielt das Blatt in einer gewissen Entfernung, aber ich konnte noch immer nichts lesen. Dann führte ich es auf einen Zentimeter vor die Augen heran – wieder nichts. Mutete man mir wirklich zu, Brillen zu tragen wie ein Schulmeister? War ich kurzsichtig – war ich weitsichtig?

Plötzlich bekam ich meine Sehkraft zurück. Langsam las ich die zaubrischen, zauberhaften Worte: »Europa – Vereinige dich – Europa muß einig werden –« Aber in diesem Augenblick fuhr ein stärkerer Windstoß durch die Vorhänge und entriß das Papier meiner Hand, entführte es über meine Schulter. Ich drehte mich um und folgte ihm mit meinen gesundeten Augen. Ich sprang ihm nach. Doch es war verschwunden. Es war anscheinend in eine Spalte in der Mauer geblasen worden. Es war vielleicht unter den anderen Akten versteckt, vielleicht auch zwischen diesen zahllosen Schachteln mit Altmaterial.

Ich stellte das ganze Zimmer auf den Kopf. Ich verschob die Tische und entfernte den kleinen Schrank. Ich konnte das Blatt nicht finden. Ich verließ unser Zimmer, verzweifelt, aber noch nicht müde. Und ich stand plötzlich vor der verschlossenen Tür, vor der ich solche Angst gehabt hatte. Ich öffnete die Tür.

Es war ein ganz gewöhnliches Bürozimmer, mit gewöhnlicher Büroeinrichtung. Vor einer Wand stand eine große Tafel und darauf konnte ich Worte lesen – Schlagworte. Ich sah sie genau, sogar aus dieser Entfernung: von der Tür, durch die ich eingetreten war. Ich kam etwas näher. Als ich dann ganz nahe war, entdeckte ich, daß ich mich geirrt hatte. Es mußte wohl eine Vision gewesen sein, ein Trugbild, ein Wunsch oder ein Traum; denn die Tafel war vollkommen leer, kein Satz, kein Wort, keine Silbe standen darauf.

Da verließ ich das fünfte Stockwerk und durchstreifte die anderen Stockwerke, die anderen Zimmer. Ich traf viele, viele Menschen; einige von ihnen kannte ich, andere hatte ich niemals vorher gesehen. Ich redete ihnen allen ins Gewissen. Nicht ins »Ungewissen« – einfach ins Gewissen. Ich sagte ihnen, sie müßten doch von den Schlagworten gehört haben; aber alle behaupteten, sie hätten noch nie etwas davon gehört. Sie gaben mir höfliche oder grobe Antworten; ein paar begannen mit mir einen netten Klatsch, trotz ihrer großen Eile; andre wieder bellten mich an und rasten weiter wie schlechterzogene Windhunde. Ich sprach mit Männern und Frauen, mit Boten und Mitgliedern der »Bevorzugten Schicht«; ich sprach mit reizenden Mädchen und alten Jungfern. Einige zuckten mit den Achseln, andere versuchten, mich zu beruhigen, denn ich war schon recht erregt und sehr heiß. Ich traf sogar Miß Curven wieder; und als ich ihr von meiner vergeblichen Suche berichtete, lächelte sie nur und sagte: »Ich weiß wirklich nichts, glauben Sie mir. Sind Sie aber nicht froh, daß Sie jetzt wenigstens mich gefunden haben?« Ich sagte: »Sehr froh!« und rannte weiter. Sie rief mir nach: »Ich warte auf Sie in unserm Zimmer. Wir müssen langsam anfangen. Arbeiten!« Doch ich gab keine Antwort. Jemand legte mir nahe, ich solle doch den Präfekt fragen, obwohl wir alle wußten, daß er sich durch solche Fragen nicht gerne stören ließ. Der Naheleger sagte, der Präfekt sei jetzt nicht mehr in der Bibliothek, sondern in seinem Zimmer. Ich begab mich also ins Präfektenbüro, und ich pochte mit schlagendem Herzen an die Tür und wurde ersucht, einzutreten, und da saß auch der Präfekt gemütlich an seinem Pult, und er schenkte mir freundlich Gehör, und er forderte mich sogar freundlich auf, Platz zu nehmen. Ich nahm aber nicht Platz. Der Präfekt sagte: »Warten Sie doch einen Augenblick –« Und er begann nachzudenken. Er dachte lange und tief nach, und dann sagte er wieder: »Ich habs!« und er begann mir zu schildern, auf welche Weise ich zu den Schlagworten kommen könnte.

Dann läutete das Telephon auf seinem Schreibtisch. Es läutete recht lang. Er sagte: »Entschuldigen Sie –« und hob die Hörmuschel ab. Er sprach ins Telephon, und die Person am anderen Ende sprach zurück, und es schien mir Stunden zu dauern. Ich hörte gar nicht zu, was er sagte. Plötzlich bemerkte ich, daß der Präfekt aufgesprungen war, und dann sagte er: »Verzeihen Sie, nur eine Minute!« und lief aus dem Zimmer.

Er kam nicht mehr zurück. Ich setzte mich in meiner Verzweiflung und Müdigkeit. Ich wartete auf ihn, vielleicht eine Viertelstunde, vielleicht eine Stunde. Ich wußte dann nur, ich konnte nicht mehr länger warten, ich konnte es nicht mehr länger aushalten.

Ich verließ das Präfektenbüro in großer Eile. Eine fürchterliche Angst hatte mich plötzlich ergriffen. Während ich so meine Zeit in vergeblichem Suchen verschwendete, hatten die anderen schon weitergemacht. Sie waren mir voraus. Die große Jagd hatte begonnen, das Rennen hatte angefangen. Die hatten mit Arbeit und Leben begonnen und mich hatte man zurückgelassen. Es war unmöglich. So etwas tat man nicht.

Ich blieb in einem anderen Gang, in einem anderen Stockwerk stehen. Es war weit fort von der profanen Menge, es war ein leeres, friedliches Stockwerk, ich fand wieder Mut. Ich dachte mir: »Denk doch einmal daran. Vielleicht kann ich mich an sie erinnern. Bestimmt kann ich mich an sie erinnern. Ich hab sie doch so oft gehört.« Und ich zermarterte mir den Schädel. Es konnte doch nicht so schwer sein. Wenn ich mich an sie erinnern wollte, dann mußte ich mich eben erinnern. Wer war ich denn? War ich nicht ein menschliches Wesen mit einem menschlichen Hirn und einer unsterblichen Seele und einer guten Erinnerung?

Ich mußte sie finden, ich mußte an sie denken, und dann brauchte ich sie einfach niederzuschreiben, genau so, als habe ich sie aus dem Telephonbuch abgeschrieben.

Ich konnte mich nicht an sie erinnern. Mir fiel eine ganze Menge guter Schlagworte ein, ausgezeichneter Schlagworte. Es waren nur nicht die richtigen. Sie paßten nicht. Ich erinnerte mich an Dinge, die ich in meiner Kindheit gehört hatte, die mir dann meine Mutter gesagt hatte, als ich größer war und auch an Dinge, die mich meine Lehrer gelehrt hatten, vor gar nicht so langer Zeit. Ich dachte zum Beispiel: »Erhebe dich, Genossin meiner Schmach!« und »Avanti, Savoia!« und »Morgenstunde hat Gold im Munde« und »Bis hierher und nicht weiter –« Aber immer hörte ich auch eine zweite Stimme, die meine Schlagworte auslöschte mit ihrem ewigen ›Warum?‹. Und schließlich fielen mir gar keine Schlagworte mehr ein. Ich konnte nicht daran denken. Ich dachte an Jane und ich dachte sogar an Katie, ich dachte an einen Sonnenaufgang bei Neapel, und ich dachte an eine Eiscreme, eine ungeheure Bergspitze aus Eis, die ich einmal als Kind in Budapest gegessen hatte. Und wieder dachte ich an Jane, in ihrem rosa Nachthemd, und wie sie aus einem Glas geschlürft hatte, das ich ihr gab, und sie schlürfte und sagte mit gekrausten Lippen: »Was für ein starkes Getränk!« und ich streichelte sie, während sie zur Decke starrte, kühl bis ans Herz hinan.

Kühl bis ans Herz hinan – da hatte ich wieder ein Schlagwort, sogar ein sehr passendes, obzwar es nicht ganz richtig war; nicht ganz.

So wandelte ich den Gang hinunter, in diesem stillen Geschoß, und auch meine Verzweiflung wandelte sich. Sie wurde langsam zu einem ganz angenehmen Gefühl, einer nicht harten, sondern glatten Empfindung, nicht heiß, sondern kühl und blau und schmiegsam. Ich litt nicht mehr. Und jetzt vernahm ich auch wieder die schöne Musik, die ich im Anfang meiner Suche vernommen hatte. Sie kam vom andern Ende des Ganges und mit hineinvermengt war eine anziehende, etwas stockende Stimme. Vielleicht wieder Mr. Collier?

Die Stimme kam aus dem letzten Zimmer zu meiner Linken. Ich folgte dem Klang und betrat das Zimmer. Die Tür hatte offen gestanden.

Rede und Linie

Die Musik wurde schwächer und schwächer, nachdem ich das Zimmer betreten hatte. Die Worte der stockenden Rede wurden immer besser verständlich. Es war eine Rede, die ich schon oft gehört hatte; sie klang jedoch voll neuer, verborgener Bedeutung.

Der Raum war offenbar leer. Es war ein langer schmaler Raum mit drei bis vier Nischen rechts und links. Ich fand da hohe schwarze Tische aus glänzendem Material, auf denen Grammophonplatten liefen. Ich sah aber niemand, der die Platten bediente.

Ich sah mich in dem Zimmer näher um und entdeckte in einer der Nischen eine Art Guckkasten: in einem eisernen Gestell zwei große Löcher für die Augen. Es war ein Apparat, wie man ihn auf einem Jahrmarkt hat oder auf dem Pier eines billigen Badeortes, in den man hineinschauen kann, um Obszönitäten zu genießen. Ich schaute auch hinein. Und die ganze Zeit ging die Rede weiter.

»Als die Genossen dann vor seiner Abreise zu Lenin kamen, fragten sie ihn, ob er nicht Angst habe, die Deutschen könnten ihn für ihre Zwecke benutzen. Und Lenin gab zur Antwort: ›Wer – wen?‹«

Ich sah eine Volksmenge in einem großen Saal. Die Sitze waren amphitheatralisch angelegt. Ich sah auch eine

Rednertribüne, mit fünf bis sechs Rednern drauf; der jetzt sprach, war der Professor. Ich erkannte mehrere Freunde im Auditorium, und so sah ich mich genauer um.

»Vor allem muß man sich vor Augen halten: Die Umstände schaffen die Politik, und die Politik beeinflußt ihrerseits wieder die Umstände. Veränderte Umstände erfordern dann eine veränderte Politik. Das ist Wissenschaft – Politik ist eine Wissenschaft. Diese Entdeckung verdanken wir den wissenschaftlichen Sozialisten des vergangenen Jahrhunderts, Marx und Engels. Die dialektische Auffassung der Weltgeschichte in Verbindung mit der Lehre von der Wirtschaft als wesentlicher Triebkraft der menschlichen Handlungen – das garantiert uns die richtige Weltanschauung in diesem ersten weltweiten Krieg gegen den Faschismus.«

Doch an dieser Stelle war ich ja längst aufgesaugt. Ich war drinnen, hineingesaugt: im Bild. Ich war allerdings gespalten. Einmal stand ich als Zuseher draußen vor dem Guckloch, sozusagen noch zwischen den Stühlen; andererseits war ich auch schon im Saal unter dem Publikum und beteiligte mich an der Debatte. Das Ich im Saal hatte Cavendish House vergessen, hatte seine Suche nach den Schlagworten vergessen, hatte das Zimmer mit den Nischen und Schallplatten vergessen, das Ungewissen und den Mann und sogar Jane. Dort stand ich und hier saß er. Der Professor fuhr fort:

»Wenn wir die Lage in Finnland analysieren, kommen wir zur Schlußfolgerung, daß dort ein Volksaufstand von der faschistischen Regierung unterdrückt wurde, der Regierung des Marschall Mannerheim, des Schlächters von 1919. Die Sowjetregierung wurde von der rechtmäßigen Regierung Finnlands, der Regierung Kuusinen, gebeten –«

Da erhob sich der Mann, den ich für mich selbst hielt; er sprang vielmehr auf und schrie etwas, das klang wie

»Sacrificium intellectus«; und ob der Professor wirklich glaube, was er sage.

»Dies ist ein imperialistischer Krieg. Deutschland und die Weltmächte kämpfen um die Vorherrschaft auf den Weltmärkten. Der sozialistische Staat hat an diesem Kampf keinen Anteil und hat daher seine Neutralität ausgesprochen«, sagte der Redner.

Seine Stimme klang nicht mehr stockend. Dieser Professor war ein untersetzter Mann, mit einer Glatze und einem roten Gesicht, recht sorgfältig gekleidet. Wenn er beim Sprechen eine Pause machte, zeigte er herausfordernd seine Zähne. Er fuhr fort: »Wir dürfen niemals vergessen, daß unser Elend, daß unser Emigrantenleben in einem fremden Land an und für sich niemals als Entschuldigung oder Alibi dienen können. Wir sind nichts, wenn wir unsere wahren Ziele vergessen und wohin wir eigentlich gehören. Wir predigen nicht Sozialismus. Wir treten für die Große Koalition ein, aber nicht für die Größte Koalition. Wir müssen uns selbst stets als Teil der Opposition in jenem Lande betrachten. Wir sind vielleicht Emigranten, Exilierte, Verbannte – jene aber sind Helden.«

Jemand im Publikum wollte gerne wissen, ob es für die Widerstandsbewegung unter der Arbeiterschaft jenes Landes Beweise gäbe. Warum wurde in diesem Land kein Material über jenes Land vorgelegt?

Der Professor sagte, niemals könne eine ganze Nation schuldig sein eines Vergehens, das man »Kollektivvergehen« nennen könne. Es gäbe keine Kollektivschuld. So etwas sei Unsinn. »Man muß immer daran denken, daß enge Zusammenarbeit, wie sie im Frieden zwischen wohlorganisierten Zellen möglich ist, im Krieg nicht in Frage kommt. Durch den Krieg wird die Opposition in kleine Stücke geschlagen, fragmentisiert. Wenn auch Churchill stets unser Feind gewesen ist, so fühlen wir uns jetzt doch gewissermaßen erleichtert, daß wir ihn guten Gewissens preisen dürfen wegen eines herrlichen Eintretens für die Sowjetunion. Dieser Krieg ist ein Freiheitskrieg, ein patriotischer Krieg ...«

Nun wollte aber mein Ich im Saal wissen, was zu einer so plötzlichen Veränderung der Anlaß gewesen sei. Ich wurde jedoch durch langgezogene Rufe: »Platz! Platz für die Umstände!« unterbrochen; und eine spöttische Stimme mischte sich höhnisch ein: »Für die anderen Umstände!«

Vom oberen Rand des Amphitheaters bahnten sich zwei Männer ihren Weg langsam zur Rednertribüne. Sie trugen eine längliche Holzkiste, die sie vor die Sprecher hinstellten. Der Professor hielt auch nicht einen Augenblick lang inne, sondern setzte den glatten Fluß seiner Rede fort. Nur die Zähne bleckte er häufiger und machte hier und da eine Kunstpause. Die beiden Männer sahen mir verdächtig wie die Zwei Brüder aus, sie trugen dieselbe verwegene, sonderbare Tracht. Sie packten die Kiste aus und brachten binnen kurzem eine lange Stahlrute zum Vorschein: eine Stange, ungefähr drei Meter lang, schwarz gestrichen und alle zehn Zentimeter mit roten Zeichen versehen. Diese Stange legten sie vor die Redner auf den Tisch, und die Redner sahen darauf hinunter, halb belustigt, halb erschreckt. Ganz sicher rührten sie die Stange nicht an, sondern hielten sich in heilsamer Entfernung. Die Zwei Brüder bezogen Stellung an den beiden Ausgängen des Saales.

Der Professor fuhr fort: »Zuerst die Kriegsverbrecher und dann das ganze Volk. Wir dürfen keine Angst haben, daß man uns etwa vorwirft, wir teilten in einer gewissen Beziehung den Standpunkt gewisser Leute, auch wenn diese gewissen Leute sonst nicht gerade unsere politischen Freunde sind. Wir treten für die allergrößte Koalition ein. Die Nationen der Erde müssen einig sein. Einig im Geist von Yalta. Einig in ihrem Urteil gegen den Faschismus. Einig in ihrem Urteil gegen ein ganzes Volk – jenes Volk. Wenn man uns vorwerfen wollte, wir hielten uns an eine besondere vorgeschriebene Linie ...«

Und hier heftete der Professor einen Augenblick lang die Augen auf die Stahlrute, und die anderen Redner räusperten sich. Der Professor sagte: »... wenn man uns so etwas vorwirft, dann erwidere ich darauf bloß: Es ist eine Lüge. Einfach eine Lüge. Wir halten uns alle an dieselbe Linie, weil wir alle auf dieselbe Weise erzogen sind, im Geiste der Wissenschaft, und die Wissenschaft kennt nur eine einzige Wahrheit – jene Wahrheit, die gerade in diesem Augenblick durch den dialektischen Prozeß als wahr erwiesen ist. Es hat also dabei kein Wunder die Hand im Spiel, es handelt sich auch nicht um jesuitische Prinzipien, wenn wir alle unter bestimmten Umständen in ein und derselben Angelegenheit dieselbe Meinung haben. Wir haben keine Linie, die wir einschlagen müssen, keine besondere Linie –«

Da sprang ich aber auf – und damit meine ich das Ich im Saal –, ich sprang also auf und zeigte mit dem Finger auf das lange schwarze Ding auf dem Tisch. Sogar mein Ich draußen am Guckkasten verspürte eine leichte Übelkeit, obwohl dieses Ich alle Anstrengungen machte, zu verstehen, dem Argument zu folgen und übereinzustimmen.

Der Professor sagte: »Für jenes Volk wird eine Inkubationsfrist eingeführt werden. Wir müssen hart sein, hart auch gegen unsre eigenen Ideale ...«

In diesem Augenblick stürzten die Zwei Brüder plötzlich auf die Rednertribüne los. Alles ging in größter Eile vor sich: die Beiden sahen einander besorgt an; und dann ergriffen sie die Stahlrute und verpackten sie schleunigst wieder in die Kiste. Und sie verschwanden im Laufschritt. Der Professor hielt nicht inne in seiner Rede.

Er sprach jetzt über Geschichte. Er vermischte Weltgeschichte und persönliche Geschichte in einer anziehenden Weise. Er sprach über Thomas Münzer, und wie er, der Professor, im ersten Weltkrieg einen Unteroffizier getroffen hatte, der ihm zum erstenmal klarmachte, was Sozialismus wirklich bedeutete. Er sprach über den Bauernkrieg und er erwähnte sogar seine eigne Gefängniszeit in jenem Land, so nebenbei, als hätte es keinerlei Bedeutung.

Der Professor sagte: »Das einzige Mittel gegen Faschismus ist Kommunismus. Und jetzt würde ich jedem, der es noch nicht getan hat, raten, der Freien Bewegung beizutreten. Vielleicht darf ich Ihre Aufmerksamkeit darauf lenken, daß unsere Sekretärin am Saaleingang mit den nötigen Formularen Sie erwartet ...«

Offenbar hätte er den Saaleingang nicht erwähnen sollen. Unter jedem Regime wird es abergläubische Leute geben. Denn da waren sie wieder, die Zwei Brüder, und sie schleppten eine ähnliche Holzkiste wie zuvor, und sie packten auf der Tribüne eine ähnliche Stahlrute aus; die Rute war nur ein wenig länger und die Zwei Brüder hielten jetzt keineswegs den Mund. Sie redeten, nein, sie schwätzten und plapperten die ganze Zeit, als wollten sie sich für irgend etwas entschuldigen. Meiner Ansicht nach taten sie es auf recht unwürdige Weise.

Und so sagte der Professor – er selbst schenkte den Zwei kaum Gehör und warf auf den neuen Stab kaum mehr als einen flüchtigen Blick –: »Wir predigen den Sozialismus. Wie Sie wissen, befindet sich die Partei in der Sowjetunion im Aufstieg. Sozialismus ist das Ziel. Die veränderten Umstände pochen ans Tor.«

Die Zwei Brüder nickten zweimal mit dem Kopf und deuteten verlegen auf die neue Linie. Man behauptet, sie hätten dabei gemurmelt: »Verzeihung – tausendmal Verzeihung, bitte! Wir hatten die falsche Linie gebracht!

Oh, bitte vielmals um Entschuldigung!« Das kann ich jedoch nicht bestätigen, denn weder dieses noch jenes Ich waren im eigentlichen Sinn mehr anwesend. Ich konnte gerade nur noch das Ende der Rede des Professors hören.

Der Professor sagte: »Vergessen wir Stalins Worte nicht: Ein Hitler kommt und ein Hitler geht wieder, aber jenes Volk und jener Staat werden bleiben! Wir sind die Verantwortlichen für die guten Elemente in jenem Volk; und die schlechten Elemente sind Faschisten. Der Kampf gegen den Faschismus ist im Gange. Faschismus ist international. Man darf die Große Koalition nicht mit einem Schleier verwechseln, den man über alle Fehler der Vergangenheit zieht und der sich bald in das Leichentuch der Freiheit verwandeln würde. Gegen ein ganzes Volk kann man nicht Anklage erheben. Dieser Krieg ist teils ein Befreiungskrieg, teils ein imperialistischer Kampf um Rohstoffe ...«

Fleisch und Blut

Der Raum war derselbe, und da war auch ich wieder, allerdings nur in einer Erscheinungsform, und auch der Professor und einige andere, die ich kannte, teils von diesem, teils von jenem Meeting, waren da. Wir saßen alle in einer der Nischen um einen etwas schäbigen Tisch, und der erste Einfall, der mir kam, war: »Sonderbar – daß die im Cavendish House so wenig Ordnung halten!« Doch da gab es noch einige sonderbare Sachen, die mich die Gegenwart vergessen ließen. Es war vielleicht noch immer dasselbe Gebäude mit dem Wirbel und der Eile draußen auf den Gängen – vielleicht aber auch nicht. Ich hatte vielmehr das Gefühl, als sei ich in einen hohen Turm entrückt, ich hatte sogar die Vorstellung, als sei draußen ein Wechsel in den Jahreszeiten eingetreten. Doch es gibt keine Beweise für Wetter und Wind und Jahreszeiten, wenn man sich des Nachts in einem abgeschlossenen Gebäude befindet und alle Verdunkelungsvorkehrungen getroffen sind.

Unsre kleine Sitzung war sicherlich als lebhaft zu bezeichnen. Ich konnte lange Zeit die Gesichter der Sprecher gar nicht sehen, da sie so plötzlich aufblitzten und so rasch wieder verschwanden.

Einer sagte, die Produktion sei zu üppig und zu kostspielig gewesen, es gäbe andere Möglichkeiten, um den Leuten zu zeigen, was man leisten könne. Drei junge Männer riefen, sie wünschten die Abrechnungen zu sehen, alle Abrechnungen, und keine Ausreden, bitte. Ein blonder Jüngling erhob sich und sagte: »Wir haben noch nicht alle Rechnungen. Die Elektriker sind schuld.« Alle brüllten vor Entrüstung. Ich betätigte zweimal die Glocke und stellte die Ordnung wieder her. Der Professor sagte mit ruhiger, verächtlicher Stimme, das Niveau sei leider nicht so hoch gewesen, wie man erwartet hatte.

Ich sagte: »Ich weigere mich, mit Miß Slater weiterzuarbeiten. Sie ist unbrauchbar und folgt niemals meinen Ratschlägen. Ich beantrage, sie aus dem Vorstand auszuschließen.«

Eine Pause trat ein, die Leute steckten die Köpfe zusammen. Sie waren ganz erschrocken über meinen kühnen Vorschlag. Sie gaben mir anscheinend recht, aber sie hatten nicht den Mut, sich offen zu mir zu bekennen. Dann wollten alle auf einmal sprechen, und alle sprachen auch auf einmal. Ein junger Mann mit einem gescheiten Gesicht und einer Hakennase sagte: »Ich bin Musiker und ich habe die höchste Hochachtung für Miß Slater, als von einem Musiker zum anderen.« Ein anderer sagte: »Ich konnte den Saal nicht bekommen.« Ich sagte darauf: »Das hat mit dem ganzen Problem nichts zu tun.« Und er sagte: »Hätte ich den Saal bekommen, hätten sich alle diese Fragen gar nicht ergeben.« Ein Dritter meinte: »Nein! Das ist aber unerhört! Truck tut nur seine Pflicht.«

Es wurde in dem Zimmer immer wärmer, und ich hatte immer mehr das Gefühl, wir seien in einem zehnten oder zwölften Stockwerk, den Sternen fast zum Greifen nahe, in einem Luftballon. Frühling wurde zu Sommer, und wir hatten die heißesten Nächte des Jahres. Wir führten eine eingehende Debatte. Wir debattierten gründlich, und Schweiß bedeckte unsre Stirnen, und Müdigkeit erfüllte unsere Herzen.

Ich sagte: »Also gut – da stimmen wir eben ab –«, und alle waren derselben Ansicht, mit Ausnahme des Professors, der sich zur Geschäftsordnung zum Worte meldete. Wir mußten also über diesen Punkt der Geschäftsordnung zuerst abstimmen. Dann sagte der Mann, der schon früher für mich eingetreten war: »Das ist ja Blödsinn. Wozu debattieren wir denn, wozu streiten wir denn herum bis tief in die Nacht hinein, da wir doch gewissermaßen im luftleeren Raum arbeiten? Soweit ich es verstehe, hat der Professor, den wir alle so bewundern, gerade erklärt, wir seien nur ein Teil der Opposition in jenem Lande. Warum streiten wir also, da doch die Menschen dort drüben ihr Leben einsetzen und dem Tod ins Antlitz sehen – um unsertwillen?«

Ein tiefes Schweigen trat ein. Jeder von uns hatte anscheinend vergessen, abzustimmen oder einen Antrag einzubringen, oder sogar zu sprechen, als das tödliche Wort »Tod« ihm in die Ohren tönte. Ich hob den Kopf und sah einem nach dem andern ins Gesicht; und während meine Augen sie durchdrangen, zerfielen sie, schrumpften und verwelkten sie völlig.

Ich sagte: »Ja, er hat recht. Wie können wir uns mit ihrem Tod abfinden? Wer übernimmt dafür die Verantwortung?« Doch niemand war übrig, der mir hätte antworten können: Ich war allein in der Nische des Saals.

Im ganzen Saal war niemand außer mir. Ich sah mich um und ich lauschte und ich konnte keinen Ton, kein Wort mehr hören. Es war genau wieder wie damals, als ich den Saal betreten hatte, auf der Suche nach den Schlagworten. Und jetzt begann sogar dieselbe Musik wieder zu spielen und mein Herz zu bewegen. Violinen. Vielleicht Beethoven. Die Musik schwoll an: Trompeten und Oboen und Hörner bliesen mir wilde Begeisterung um die glühende Brust.

Sie rissen mich fort. Ich wurde immer kleiner, ich verschwand unter der Erde, ich tauchte wieder auf, ich verflüchtigte mich zu Luft. Ich trieb aufwärts in wilder Bewegung, fächerartig über die Nacht verbreitet wie Raum und Zeit. Ich hatte die Nebelreiche verlassen, Stadtnebel und Landnebel und Meeresnebel; ich konnte nicht einmal das Meer sehen mit seinen Wogen und grünen Gefilden.

Ich hatte die Luft, ich fegte durch die Luft, ich fiel durch die Luft herab. Ich sah die Menschen in den Kellern hocken, ich sah das Paar junger Menschen in der Berghütte, wie sie ihren Apparat einstellten, wie sie die richtige Station suchten, wie vorsichtig sie waren, wie begierig, etwas über die Außenwelt zu erfahren. Ich sah den alten Mann in seiner Kammer über dem Rangierbahnhof; und er war ganz allein, so allein, daß ich ihm helfen wollte und ihn mit meinem Wissen trösten wollte, das ja doch nur das Wissen um die Vergeblichkeit gewesen wäre. Er war ein frischer alter Mann, ein altes Parteimitglied, treu wie ein Hund und tapfer wie ein Halbgott. Er hatte den Empfänger mit eigenen Fingern zusammengebastelt, und jetzt versuchte er, London zu bekommen, die Wellenlängen der BBC. Er hatte ein winziges Stück Papier auf den Knien. Die Störsendungen waren sehr stark; trotzdem lächelte er, da er stolz war auf seinen zusammengestoppelten Apparat, stolz, weil er auf die Idee gekommen war, das Zeug hier oben anzubringen, so nahe am Lärm der Eisenbahn – niemand würde hier oben nach ihm suchen, niemandem würde eine solche Möglichkeit auch nur im Schlaf einfallen.

Ich sah, wie eine ganze Familie hinter versperrten Türen mithörte; der jüngere Bruder hielt das Ohr dicht an die Muschel, und dann wiederholte er von Zeit zu Zeit einige Namen, die Namen von Kriegsgefangenen, vorgelesen von einer weit, weit entfernten Stimme, die manchmal hochmütig und gemessen und herablassend klang. Ich sah sie alle, in Amsterdam und Rotterdam und Kiel und Prag und Wien und Mürzzuschlag und Linz. Ich fühlte einen stechenden Schmerz in der Brust, und ich hatte den Wunsch, heimzukehren, da ich meine Kräfte schwinden spürte unter der schweren Last von so viel Verantwortung. Wenn *das* die Essenz der Politik war, wenn *das* am Ende herauskam – dann war es ja verlorener als verlorene Liebesmüh und schwerer als die Schäden auf dem Jahrmarkt der Literatur und als die Hinrichtungen und die Schändungen, ärger sogar als Janes Grausamkeit und Eiseskälte. Ich entfloh der himmlischen Szene. Ich wäre sonst Zeuge der abscheulichen Geschehnisse geworden, da die Kämpfer der Geheimbewegung von ihren Kameraden verraten, von ihren Helfern verlassen und an ihre Henkersknechte ausgeliefert wurden, die sich erkannten unter dem Zeichen des Fluches: GESTAPO.

So wanderte ich wieder allein durch die Gänge und ich bemerkte, daß der Lärm und die Qual verschwunden waren. Nur die Musik spielte weiter, leiser und leiser ins Nichts hinübertönend, so, wie die Erscheinungen zuvor verwischt worden waren. Es war noch immer schön, doch es klang wie Sterben. Es war gestimmt auf die Melodie des Todes. Ich dachte, ich sei verloren, und ich fürchtete den

Tod, wie ich ihn noch nie gefürchtet hatte in dieser Nacht. Ich dachte an ihn nicht mehr als Mama Tod – auch nicht als Papa Tod –, ich *dachte* eigentlich überhaupt nicht an ihn. Ich hatte ihn im Blut. Ich war dem Ersticken nahe.

Aber ich wollte doch davonkommen. Jeder Mensch möchte überleben, besonders die erste Person Einzahl. Es gibt so was wie Selbsterhaltung. Und da fiel mir auch meine Aufgabe wieder ein, und daß dieses Gebäude ja Cavendish House war, voll von Aufgaben, die keineswegs alle so schwierig waren wie die, deren Erfüllung und Versagen ich gerade erlebt hatte. Es gab etwas zu arbeiten. Wo steckten sie nur alle, Pwholt und Miß Curven und auch mein Ungewissen, Miß Jane II Rotha? Wo versteckten sie sich? Wo blieben die einfachen Schlagworte, die zu suchen ich ausgezogen war und an deren Stelle ich das Königreich der Eitelkeit, Unfruchtbarkeit und Leere gefunden hatte?

In den Zimmern war niemand. Ich durchwanderte alle Zimmer, ich strich durch alle Gänge, alle Stockwerke, erster, zweiter, dritter Stock – bis hinauf in den zehnten und zwölften. Ich fand sie alle leer. Die Schreibmaschinen waren nicht zugedeckt und die Bücher lagen aufgeschlagen auf den Pulten. Papier war gebreitet wie Schnee, und die Hörer der Tischtelephone baumelten hin und her, als sei der Sprecher mitten im Gespräch umgebracht und seine Leiche fortgeschafft worden von Leichenräubern. Alle Lichter brannten. Der Nebel war fortgezogen, und die Lichter leuchteten über nacktes Nichts. Ich wanderte über manchen Bergesgipfel, und manchmal blieb ich stehen und schaute in ein Buch hinein oder las ein paar Zeilen, die eine Schreibmaschine hinterlassen hatte. Da und dort blieb ich stehen und deckte eine Schreibmaschine wieder zu, Mitleid im Herzen. Manchmal rief ich; doch wenn ich dann keine Antwort erhielt, gar keine Antwort, von irgendwo, gab ich es einfach auf.

Ich wanderte durch verschiedene Leben, durch viele Jahre meiner Lebenszeit. Ich war in die Bank des Gottes Mercurius eingetreten, ich bekam eine Anstellung im Rechtsbüro Apollos. Ich wurde wieder jung, und meine Haare wuchsen, und meine Zähne kehrten in ihre Höhlen zurück. Ich war aufgebrochen von London, und ich war in meine Heimat zurückgekehrt, an meinen Geburtsort. Ich war glücklich. Ich war niemals mit Jane zusammengetroffen, niemals mit dem Tod; ich hatte niemals diese Nacht durchlebt.

Da stand ich also vor dem Lift, und da war er auch wieder: der Mann, der Menschenmann, der Mann im Lift. Er kam, als ich auf die Glocke drückte, und er lächelte mich an, als ich ein paar Worte verlor über den Personalmangel in Cavendish House. »Oh, die unterhalten sich!« sagte er, und ich verstand ihn ganz gut. Die unterhielten sich. Alles zum Spaß. Alles zur Unterhaltung. Ein dreimaliges Hoch für Jane. Hoch lebe ihre Weltanschauung, dreimal hoch, ihre Lebensauffassung, ihr Leben! Nieder mit dem Tod!

»Wohin darf ich Sie bringen, mein Herr?« fragte der Mann im Lift. Er lächelte noch immer.

Ich sagte: »Hinunter. Zurück.«

GERICHTSSAAL – WIRTSCHAFTSTEIL

Der Markt

Während ich im Lift abwärts fuhr, tief, tief abwärts in schnellem Schwung, fühlte ich mich vom Gewicht dieser Nacht überwältigt. Schwindel und Übelkeit kehrten mir den Magen um. Es war, als erholte ich mich von einer angenehmen Krankheit auf unangenehme Weise, und diese unangenehme Empfindung verwandelte sich dann selbst langsam in etwas leicht Dahinflutendes, das an und für sich ganz angenehm war. Meine Hände und Füße waren wie abgestorben, mein Blut kreiste in langsamerer Bewegung und meine Entschlußkraft hatte einfache Aufgaben zum Ziel, simple Angelegenheiten und lächerliche Taten. Jedenfalls fühlte ich, daß ich ein wenig Ruhe beanspruchen dürfe.

Nachdem ich den Lift an seiner untersten Haltestelle verlassen hatte, setzte ich mich nieder; einige Minuten brachte ich einzig und allein damit zu, etwas von meinen Kräften wiederzubekommen. Ich saß vor einer weißgetünchten Mauer an einem kleinen Tisch auf einem kleinen, unbequemen Stuhl. Auf dem Tisch lag eine gewöhnliche Schreibfeder, stand ein Tintenfaß, lag Löschpapier; in einer Vase standen ein paar duftlose arme Blumen.

Leute gingen an mir vorbei, und ich sah noch mehr Leute in einem benachbarten Zimmer. Bald entdeckte ich, daß auch mit den Leuten eine Veränderung vorgegangen war – eine Veränderung, die sogar noch bedeutender und entscheidender war als mein Gefühl der Wurstigkeit und Ermattung. Nichts war da mehr zu sehen von der allgemeinen Unruhe und Hast in den oberen Stockwerken. Jeder hatte seine ganz bestimmte Aufgabe. Angst und Geheimnis waren verschwunden. Jeder hatte hier seinen kleinen Wirkungskreis, seinen einseitigen Standpunkt: am Leben zu bleiben. Und danach strebten sie, nicht düster, noch trotzig – eher auf leichtfertige Weise, fast frei, fast freundlich. Es war der Markt der Allgemeinheiten, und mir fiel da wieder der Mann ein, ohne daß ich ihn irgendwo bemerken konnte, obwohl er hier sehr gut hineingepaßt hätte.

Eigentlich »bemerkte« ich hier nur sehr wenig, im wörtlichen Sinn dieses Ausdrucks »bemerken«. Ich *sah* nämlich nicht. Mein Schwindelgefühl verwandelte sich zu etwas, das tiefer saß, das mich an der Wurzel anfraß. Es bemächtigte sich meiner das unheimliche Gefühl, ich sei wieder einmal mehr als eine Person, ich sähe mit mehr Augen als bloß mit zwei; als hätte ich Empfindungen am ganzen Körper, der wieder zehn und auch hundert Körper war, mit vielen Ohren horchend, weit und fern hinlauschend über Raum und Zeit. In meinem Bewußtsein war eine zweite Bühne aufgerichtet, auf der die fremden Spieler nach bestimmten Regeln zu handeln hatten, erlassen vom Hauptquartier am Grunde meines Herzens.

Die Menge sprach mit Stimmen, die Drucksachen waren; wenn es hochkam, so war es die Stimme des Bauchredners vor einem Publikum, das aus einer Person bestand. Die Leute hatten auch Gesichter, aber es waren Papiergesichter; vielleicht waren es die ursprünglichen Figuren der Flimmerleinwand, da ihnen niemand angeborene Leiblichkeit und Lieblichkeit absprechen konnte. Diese endlose Masse sprach von allen Seiten und wechselte während eines einzigen Satzes ein dutzendmal ihre Stellung.

Ich fragte eine Person, wo ich mich befand, und die Person sagte: »Sie sind auf den Grund gekommen.« Da ich offenbar müde sei, gestatte man mir, mich auf dieser Bank auszuruhen und mir die Sterne anzusehen. Die Leute hier seien Menschen. Und alle Menschen seien menschlich. Die Person lachte, ungeheuer gutmütig lachte sie.

Ich sah es mir an, wie mir geheißen war. Die Bühne öffnete ihren Schlund. Niemals betrat eine einzelne Person die Szene – niemals zwei Personen. Selbst zu dritt kamen sie nur selten. Sie kamen in Gruppen von vier oder sechs: eine größere Gruppe und eine kleinere Abteilung und eine mächtige Menge und ein gewaltiges Heer. Sie hockten auf den Plätzen und in den Seitenstraßen um den Hauptbahnhof. Die Vorübergehenden waren in höchster Eile, um ihren Zug zu erwischen. Es mußte Frieden sein, denn viele blieben bei den Obsthändlern stehen und sprachen mit den ältlichen Blumenmädchen, die auch Kuchen und alkoholfreie Getränke feilhielten. Man mußte hier allerdings das Doppelte von dem bezahlen, was man ein paar Straßen weiter bezahlte. Verkäufer und Verkäuferinnen grinsten und boten in dröhnendem Wortschwall ihre Waren an und zählten ihre Einnahme, wenn der größte Ansturm vorüber war.

Sie saßen auf groben Stühlen an groben Tischen am Strand. Sie taten nichts Besonderes: Sie saßen und tranken, und einige hatten die Familie mitgebracht, und sie rauchten und spielten Karten und waren am Leben, in einer süß-tierischen Art. Sie alle nahmen Teil an einer atemberaubenden und wundervollen Schau, doch sie nahmen sie nicht auf. Sie wurden nicht gewahr des Vesuvius oder des silberfarbigen Neapel oder des ölbaumbeschatteten Sorrent. Sie hatten ihre Stühle am Ufer des Meers und freuten sich des Abends, und sie lebten.

Sie mußten früh heraus, denn sie hatten keine Arbeit. Keine Arbeit, keine Muße; keine Mühe, keinen Trost; keine Qual, kein Leben. Sie mußten vor dem Arbeitsamt Schlange stehen, ob es schneite oder regnete, ob es kalt war oder warm oder mittel. Sie sprachen über die Arbeit, und sie sprachen übers Geschäft, und sie strömten ins Arbeitsamt, und sie erzählten ihre Lebensgeschichte dummdreisten Beamten, die dabei Brot mit Fett verzehrten, während sie ein Geburtsdatum und eine Hausnummer auf ein vorgedrucktes Formular schrieben. Sie alle vergaßen ihre Würde und ihren Stolz, sie flehten und feilschten und wiesen alte Narben und klagten und grinsten und steckten ein, was man ihnen gab: kleine Streifen Papiers mit einer Reihe von Zahlen darauf. Wieder mußten sie Schlange stehen, und ein paar bekamen eine Adresse, die sie am nächsten Morgen aufsuchen sollten. Arbeit, Arbeit, Arbeit.

Handel, Handel, Handel. Sie kauften klein und billig, und sie verkauften klein und teuer. Sie kauften groß und billig und sie verkauften groß und teuer. Sie kauften Feder und Papier, Blumen und Früchte, Teppiche, Vieh, Häuser und Aktien. Sie gründeten eine neue Verbindung, und sie erfanden eine neue Ehre: die Ehre des Geschäftsmanns und des Geschäftsmanns Kodex. Sie waren gewaltige Krieger und vollbrachten alles im Geiste und in der Vernunft und nach dem Buchstaben, doch nichts in Wirklichkeit. Sie waren eine glückliche Schar, eine muntere Schar, doch niemals ließen sie Außenseiter zu, und mich schlossen sie aus für alle Ewigkeit. Sie hatten ihre eigenen Vergnügungen; die waren ein wenig gemein, ein wenig schlampig, schäbig und abgetragen, doch sie freuten sich daran, trotz alledem. Oh – da gab es des abgearbeiteten Geschäftsmannes Herzallerliebste, mit ihren fröhlichen Tänzen, Scherzen und Späßen, die auf dem Diwan süße Liköre schlürfte und die Sorgen fortzustreichen versuchte von des Geschäftsmannes Stirn ... »Halt! Halt!« rief ich. »Ich habe Jane nicht gerufen. Drei Stunden lang habe ich ihren Namen nicht einmal erwähnt. Ich kanns nicht ertragen. Ich wills nicht haben, daß Jane so ist, daß sie solche Sachen macht, nein, nein ...«

Meine Gefühle waren mit mir durchgegangen. Mein Widerspruch gegen die Lage der Dinge hatte die Dämme durchbrochen. Ich war offenbar nicht damit zufrieden, einfach am Leben zu sein. Der Erbbestand war auch die Erbsünde; und reizte weder Körper noch Geist. Ich wollte es nicht, dieses Geldverdienen und Glücklichsein.

Ich wurde sehr bald zur Ordnung gerufen. »Sonderlinge werden von uns nicht gefördert«, sagte jemand; und schon bezog ich mein erstes Gehalt in dem großen Bürohaus, von dessen Zwecken ich keine Ahnung hatte. Bald stand ich in Reih und Glied, und der Unteroffizier händigte mir vier Banknoten aus, einfach, weil ich zur Stelle war. Ich war ein Offizier, und ich wurde für den Frieden im Krieg und für den Krieg im Frieden besoldet.

Ich erkannte die Falle und sagte, ich wolle eine Abfindungssumme haben, damit ich dann ein für allemal heimgehen könne. Sie taten, was ich verlangte.

Die Menge wuchs ständig an. Einige von ihnen flüsterten Geheimnisse in die Ohren anderer, und dann gingen sie in die Telephonzellen und sagten ein paar Worte in die Muschel, und sie spielten mit Ziffern und wurden rasch reich. Sie alle hatten auf ihren Nacken ihre kleinen Ungewissen hocken, doch sie fütterten sie mit gezuckerter Milch und ließen sie herumspringen, so daß sie nicht unter unwillkommenen Besuchen zu leiden hatten, wie ich in dieser Nacht so oft. Sie gingen wirklich den Dingen auf den Grund, um die einzige Pflicht zu erfüllen, die sie kannten. Sie unternahmen Lustreisen über die Schlachtfelder und durch die Konzentrationslager. Ein

Mann gab das Geld, und sie fanden einen zweiten Mann mit mehr Geld, und sie mieteten drei Autobusse und stellten Fahrer und Kondukteure und Fremdenführer an, und für die Mittwoche verpflichteten sie sich sogar einen Professor. Sie verkauften Probestücke und Muster und Andenken, Holzstücke von der Hütte des toten Führers; und sie hatten einen Gottesdienst und sie hatten Ansichtskarten, von Künstlern entworfen, mit den tausend Leichen in Buchenwald und mit den Photos der Erzmörder und -schurken. Sie legten sich richtig hinein in das Unschuldsstreben nach dem Glück für den Durchschnittsmenschen. Sie wollten Butterbrot oder Fettbrot oder Brot und Makkaroni; und sie verkauften ihre kleine Schwester an den vornehmen Fremden, und sie brachten den Briefträger um, für zehn Mark fünfzig. Sie erschlugen ihn mit einem stumpfen Instrument und erwürgten ihn und warfen seinen Leichnam in den Dorfteich, denn sie wußten es ja nicht besser, und die Schulzeit war immer noch zu kurz. Sie logen und betrogen und sie verkauften verfaultes Fleisch und schimmliges Obst und stinkenden Fisch und Tod und Untergang, wenn jemand so was kaufen wollte. Sie waren die Herren und sie waren die Knechte, die Konsumenten und die Produzenten, Kaufmann und Kundschaft. Sie dienten dem Markt und sie produzierten Produktion. Sie gruben und bauten und schoben und wanderten über die Sieben Meere. Ihnen gehörten die Chemikalien und die Metalle und das Holz und die Blumen und das Vieh. Das Land gehörte ihnen. Sie konnten werden, was sie werden wollten, und was sie die Umstände und ihre Eltern werden ließen. Sie wurden geboren und erzogen, und sie wurden Staatsbeamte oder Gemeindebeamte, Geschäftsleute mit Abitur und Herren der Börse, ohne zu wissen, worum es ging. Hat jemand Shakespeare gesagt? Wen kümmert es? Sie waren Gelehrte und Straßenkehrer,

Obsthändler und Gärtner und Höker und Heizer auf den Ozeanriesen. Sie dienten in der Flotte und im Heer und in der Luftwaffe; sie dienten dem Staat, der Kirche, Gott und dem Teufel. Wen kümmert es? Sie waren Professoren und Landwirte und Grundbesitzer. Sie waren Diener und Barbiere, Schuhputzer und Putzmacherinnen, und wenn sie alt wurden, wurden sie Abortmänner, und ihre Frauen wurden Abortfrauen, oder medaillengeschmückte Portiers vor den Palästen des Geschäfts und der Weisheit. Es gab viele Wege und tausend Berufe und ein einziges Ziel. Sie liebten den Frieden, denn ihr ganzes Leben war Mord. Sie liebten den Krieg, denn ihr ganzes Leben war Unschuld und Dummheit. Sie erwachten und wanderten, und sie wählten und wurden getrieben; und sie heirateten und betranken sich und zeugten Kinder und tanzten und tollten und stritten und starben.

Und da war ich – wer war ich, daß ich hätte richten und verdammen können? Ich hatte ein Rendezvous im Nebel, und man hatte mich warten lassen, und ich verbrachte einen hübschen Abend in einem Restaurant und in einer Privatwohnung, und ich wanderte durch die Straßen und ich traf Shelley und Shakespeare und Carlas, den Mann. Ich war Schlagworten nachgerannt, und da saß ich jetzt, sprachlos und bedeutungslos und zornerfüllt das erstemal – o Ewigkeit!

Ich saß mit meinem Vater in der Bahnhofswirtschaft. Der Zug konnte jeden Augenblick einfahren, und dann mußte ich fort, fort auf lange Zeit. Darüber war ich gar nicht traurig, denn ich dachte ja nur an das eine: ich mußte aus meinem Vater den Zehnkronenschein herausbekommen, den er in ein besonderes Fach seiner Brieftasche gesteckt hatte. Es mußte doch ganz einfach sein. Ich hatte noch Zeit genug. Ich wußte nicht, wozu ich die zehn Kronen eigentlich brauchte, doch die Aufgabe war, das Geld kriegen und an den Rest nicht mehr denken. Später daran denken; zuerst vorwärts und deine Pflicht als Mensch getan. Mein Vater mußte wohl wissen, worauf ich aus war, denn als ich meine Bitte zuerst vorbrachte, parierte er mit vielen Fragen – warum und wozu und wieviel und warum gerade so viel? Es war ein schwerer Kampf, und es war mein erster Kampf, und der Zug würde nur ein paar Augenblicke halten. Ich bat meinen Vater und ich beschwor meinen Vater, und ich hatte Tränen in den Augen. Und dann sagte er, Geld sei nicht alles, und ich solle doch nicht so habgierig sein. Der Zug pfiff vor der Einfahrt, und ich war am ganzen Körper schweißbedeckt, und ich sah meinem Vater in die Augen. Das war doch kein fremder Mensch, das war mein Vater, obwohl ich mit ihm nicht in derselben Stadt wohnte. Er war selbst bewegt durch meine Qualen und Schmerzen und schließlich sagte er, ich könne die zehn Kronen haben. Ich war jung, und zehn Kronen bedeuteten eine ganze Menge für mich. Ich konnte dafür kaufen ... ich konnte dafür Blumen kaufen für Jane. Ich war damals vielleicht fünfzehn oder sechzehn, ich konnte Blumen für Jane damit kaufen. Ich konnte dafür Blumen kaufen – aber nicht für Jane. Nicht für Jane. Ich konnte –. Aber darüber brauchte ich mir nicht den Kopf zu zerbrechen – was liegt schon an einem Namen? Und was sind Blumen? Was sind Juwelen, ein Haus, ein Wagen, ein Radioapparat? Zehn Kronen, mein Lieber.

Jemand sagte, dicht an meinem Ohr: »Stehen Sie auf. Sie verträumen wieder die Zeit. Ich habe Ihre Vereinfachungen ja ganz gern, aber hier werden Sie damit keinen Erfolg haben. Wie ich zuvor gesagt habe: Allgemeinheiten. Einfache Allgemeinheiten. Einfache Wahrheiten. Versuchen Sie es doch. Versuchen Sie es doch einmal probeweise.«

Ich blickte auf und erkannte ihn: Carlas. Den Mann. Er sah mir ins Gesicht und lächelte. »Auf und an die Arbeit –«

Ich erhob mich. Ich war wieder fast vollkommen normal; nicht ganz, aber doch heimgekehrt in Zeit und Raum. »Also gut«, sagte ich. »Ich sehe, daß Sie es sind. Meinetwegen los.«

Betrieb

Wenig Bezahlung, viel Arbeit, und der Lärm war fürchterlich. In der Fabrik wurden Eis, Eiscreme, Eiswaffeln erzeugt; aber auch Bohnenkonserven und Wurstkonserven und weiß Gott was in Konserven. Die Aktionäre waren englisch, und die Verwaltungsräte waren englisch, und die Vorarbeiter waren englisch. Die Arbeiter kamen aus aller Welt. Wir hatten einen kleinen tschechischen Burschen, der im Betrieb herumrannte und Pamphlete der »Ernsten Bibelforscher« verkaufte. Das war gegen die Regeln, und er wurde entlassen. Aber wir hatten auch Leute von den Bermudas, die waren farbig; und Juden aus Europa, die waren bleich. Ich arbeitete in der großen Halle. Der Betrieb spielte sich auf drei oder vier Ebenen ab. Auf der Mittelebene kam die Eiscreme in nahezu flüssiger Form aus den Maschinen. Sie wurde auf großen Pfannen aufgefangen. Die Pfannen wurden auf kleine Wagen geladen. Die Wagen liefen auf Schienen. Die Creme war nur halb gefroren. Die Gleise führten die Wägelchen zu dem tiefsten Niveau hinab, in den Gefrierkeller. Dort wurde das Eis festgefroren, um auf einer Ebene wieder aufzutauchen, die höher lag als wir, wo dann die einzelnen Formen von jungen Mädchen in Pappendeckel- oder Papierschachteln verpackt wurden, mit je einem kleinen Löffel daran wie ein Spielzeug.

Von den Würstehallen und den Bohnenkellern will ich gar nicht sprechen. Dies war die tiefste Erniedrigung – immer ausgenommen die Männeraborte, wo eigentlich niemand rauchen durfte, doch jeder rauchte, und wo der untere Rand der Holzverschalung um die Sitze weggesägt war, damit der Vorarbeiter an deinen Füßen die Dauer deiner Abwesenheit oder Verstöße gegen das Rauchverbot ablesen konnte. Die Würstehallen waren voll ungeheurer Kessel, in denen unter schrecklichen Gestänken und fürchterlicher Hitze Dutzende von Konserven gleichzeitig abgekocht werden konnten.

Ich will davon nicht sprechen, denn dort erlitt ich eine Niederlage. Ich will von dieser Niederlage nicht sprechen, da sie mit einem physischen Gebrechen zusammenhing, das ich nicht verraten möchte.

Ich arbeitete dann in der großen Halle der Eise. Die Halle war der Stolz des Betriebs, und an unserer Spitze stand ein vortrefflicher Vormann, eine Art von General mit hoher, spitzer Mütze, tadellos gekleidet und sehr leutselig. Wir alle trugen besonderes Schuhwerk wegen des Wassers und besondere Schürzen aus Guttapercha und besondere Handschuhe. Junge Riesen von übermenschlicher Kraft arbeiteten im Gefrierkeller. Sie trugen am ganzen Körper Pelz, pelzgefütterte Kappen und Pelzhandschuhe und hohe Stiefel, mit Pelz innen und außen.

Erst mußte ich als Wagenschieber arbeiten, später avancierte ich zum Pfannenträger. Die Maschinen taten die feine Arbeit und die Menschen die grobe. Zwischen glitzerndem Metall und Präzisionsinstrumenten waren die schmutzigen Arbeiter eingeschoben mit ihren ungeschickten Händen und schweren Füßen. Die Maschinen waren laut, und die Menschen waren leise, da sie keinen Atem übrig hatten, zu sprechen, zu scherzen und zu weinen, wenn sie die Arbeit taten.

Das Schieben der Wagen galt allgemein als Spaß. Wenn man sie in leerem Zustand und im Eiltempo erwischte, dann konnte man manchmal gute Strecken zustande bringen. Wenn aber so zwölf beisammenstanden, beladen mit Pfannen, dann war es ein hartes Stück Arbeit. Wir waren in Zwischenräumen von zehn bis fünfzehn Metern über die Halle aufgeteilt, und ich kam sehr häufig mit meinen Nachbarn in Konflikt, wenn ich auf ihr Gebiet übergriff. Am Eingang zum Gefrierkeller war ein kraftvoller Mann an der Arbeit, einstens ein Rechtsanwalt in einer großen Stadt jenseits des großen Wassers, und jetzt erniedrigt, doch auch seltsam erhöht zu den schwindeligen Höhen körperlicher Leistung. Er hatte seine Dienste dem Öffnen und Schließen der schweren Tür geweiht, durch die die Wägelchen hinunter mußten in die Unterwelt. Ständige Verbindung zwischen den beiden Räumen war streng zu vermeiden, wegen des großen Temperaturunterschieds. Schnelles Hantieren mit dem Holztor war wesentlich: Stärke ohne Ungeschick sowie Geistesgegenwart ohne Hast waren Voraussetzungen. Wenn sich die Tür öffnete, wallten aus dem Hintergrund der Sperre in blauem Strom feengleich Dünste hervor, und die hohe Figur des Rechtsanwalts stand königlich vor dem Weg in die Eishölle. Als ich dann zum Schlepper avancierte, hatte ich mehr Arbeit und weniger Zeit zum Beobachten. Die Pfannen kamen am laufenden Band von den Mischmaschinen her, und sie kamen und kamen, erbarmungslos, geschwind, in ungebrochener Kette. Ich aber sollte die ungebrochene Kette brechen, eine Pfanne herausgreifen und entführen wie eine Braut und sie zwischen die Klammern auf den Wagen einspannen. Die Wagen warteten so wenig auf mich wie das laufende Band: und an mir war es zu eilen – mit zwei langen Schritten oder drei bis vier kurzen.

Und das war noch immer nicht die quälendste Arbeit in der Halle. Nicht alle Mischmaschinen arbeiteten gleich schnell. Die beiden Personen, die an der schnellen arbeiteten, die der schnellen die Pfannen entreißen, sich umwenden und sie auf die Wagen setzen mußten – die waren auf der Folter schwerster körperlicher Mühsal. Sie drehten sich um und um und um, pausenlos, in der Beuge, endlos, über den Pfannen, von den Pfannen zum Wagen, und wieder und wieder. Sie waren wie Fahnen aus Fleisch und Bein im Wind der Maschine – sinnlose Wendepunkte und ergebene Frömmler, die Knie und Haupt neigten vor der stählernen Göttin. Sie bekamen in der Woche um zweieinhalb Schilling mehr als der Rest.

Ich konnte mich nicht so oft umschauen, wie ich wollte. Ich bemühte mich mehr als die anderen, denn ich erstrebte Beförderung. Ich sah in dem Ganzen nur eine provisorische Regelung. Ich mischte mich unter meine Kameraden, doch ich verstand nicht alles, was sie sagten. Wie der Rest genoß auch ich meine Zigaretten auf dem Männerklosett jenseits der abgesägten Bretter und zog mir in der finsteren Garderobe meine fleckige Uniform an. Ich hatte Anteil an ihrer Erniedrigung und ihrem Widerstand, doch nicht an ihren Späßen. Ich lernte eine Anzahl unbekannter Ausdrücke kennen, die zu tun hatten mit den Funktionen der menschlichen Eingeweide. Ich hörte, wie sie sich in dunklen Ecken über die jungen Mädchen unterhielten, und ich wandte meinen Kopf weg.

Jedesmal in der Arbeitspause gelang mir ein schweifender Blick über die große Halle. Manchmal hatten die Maschinen mit uns Mitleid und stoppten in wohlwollender Panne. Dann sah ich, wie auf der höheren Ebene die jungen Mädchen in einer Art überlegener Hingerissenheit mit der Verpackung beschäftigt waren, und ich sah, wie sich die elektrischen Lichter auf der Oberfläche des weißen und rosaroten Eises spiegelten, und ich sah die Masse des Vorarbeiters im Gang auf und ab spazieren, und ich sah die gebeugten Rücken der menschlichen Maschinen; und ich sah, wie ein Sonnenstrahl das Glasdach durchstieß, sich herabschwang zu den Gemarterten aus höheren Sphären, in winzigen Kreisen auf einem Gesicht tanzte und langsam vorwärts glitt auf dem Fußboden wie Zeit und Tod.

Wir hatten unsere Freiheiten und Privilegien. Zur Erdbeerzeit durften wir so viel Eis und so viele Erdbeeren essen, wie wir wollten. Wir berührten die langen, wurstartigen Eisformen mit unseren Fingern und strichen die Oberfläche weg; und wir wühlten in den Körben mit den Erdbeeren. Wir durften uns alle fünf Stunden zehn Minuten lang von der Arbeit entfernen; und wir nützten diese Zeit gut aus.

Sehr oft lehnte ich es ab, mich unserer Vorrechte zu bedienen. Ich aß nicht viele Erdbeeren, und nach ein paar Tagen hörte ich auf, die Eisoberfläche abzustreifen. Wenn man zu leiden hatte, dann hatte man den Kelch des Leidens bis zur Neige zu leeren.

Eines Tages fragte mich der wohlwollende Vorarbeiter, ob ich Gefallen an der Arbeit finde, und ich sagte, ja, ich hätte Gefallen daran; und das war die Wahrheit. Er sagte dann, er hoffe nur, ich würde auch in Zukunft alle Arbeiten so gut verrichten wie diese da in der großen Halle. Ich hatte Angst, ich würde entlassen werden, da er das Wort »Zukunft« in den Mund genommen hatte. Zukunft bedeutete hier aber Elend – das hatte ich bereits herausbekommen. Er sagte jedoch lächelnd, ich solle nur weitermachen; und dann fragte er mich, warum ich so wenig von dem freien Eis genieße und warum ich mich nicht auch der anderen Vorrechte bediene. Er lachte und blickte mir nach, als ich mich an meinen Arbeitsplatz zurückbegab, und als ich dann folgsam versuchte, wieder die Eisfläche abzustreifen, lachte er sogar laut heraus, was ihm gar nicht ähnlich sah.

Das Eis schmeckte meinem Mund wie Eisen. Ich versuchte einen anderen Wagen, und dort schmeckte das Eis wie Maschinenöl. Ich blickte auf, und die anderen sahen mich mit lustigen Augen an, höchst verständnisvoll und höchst mitleidlos. Die platzten schier vor Lachen. Ich sah, wie die jungen Mädchen oben in ihrem weißen Paradies aufstanden und mir zuwinkten. Der kräftige Rechtsanwalt verließ seinen Posten; so wurden die Wägelchen in langer Reihe vor dem Eingang zur Unterwelt aufgehalten. Und dann sagte mir der Rechtsanwalt mit äußerst ernster Stimme: »Sie sind hier falsch am Platz – darf ich Sie hinführen, wohin Sie gehören?« Ich sagte: »Ja!«, denn ich wußte ja nicht, was das alles zu bedeuten hatte. Er führte mich zu einer versteckten Türe in unserem Rücken, die ich bisher nicht bemerkt hatte. Plötzlich befand ich mich in einer ganz anderen Abteilung der Fabrik, wo man Werkzeugmaschinen produzierte.

Ich habe nie herausgebracht, was die Werkzeugmaschinen mit dem Eis zu tun hatten; oder auch mit den Würsten, nebenbei bemerkt. Was aber haben wieder Würste mit Eis zu tun? Es gab ganz bestimmt irgendeinen geheimnisvollen Zusammenhang, denn die Leute waren fast genau dieselben: die Aktionäre waren Engländer und die Arbeiter kamen wieder aus der ganzen Welt. Hier wurden jedoch nicht Lebensmittel serviert, sondern Kupfer und Stahl; und hier konnte ich auch nicht die Oberfläche abstreichen und zum Frühstück Schrottmetall kosten.

Wenn ich mich schon in der Eisfabrik nicht ausgekannt hatte, um wieviel weniger erst hier! Ich konnte einfach nicht begreifen, was der Rechtsanwalt gemeint hatte, als er sagte, ich sei falsch am Platze. Ich war dort drüben ja ganz zufrieden gewesen und bestimmt war ich *hier* falsch am Platze, wenn überhaupt irgendwo. Die Bezahlung war besser – das war aber auch alles; die Leute hier waren nur noch mehr darauf aus, »anständig bezahlt« zu werden, wie sie sich wieder auszudrücken pflegten, und machten sich nicht das geringste aus einer idealen Linie in Leben oder Produktion. Ich bekam weder einen Plan noch irgendeine strenge Zeiteinteilung zu Gesicht in all den Monaten, die ich unter diesen Schlage- und Schneidemaschinen verbrachte.

Was wir anstrebten, war eine Art von vorläufigem Modell für andere vorläufige Modelle, die dann bei Flugzeugen und anderen Explosionsmotoren verwendet werden würden. Wir hatten es sozusagen mit den Großeltern zu tun. Am allerersten Tag lenkte man meine Aufmerksamkeit darauf, daß jeder Fehler, den ich machte, Folgen bis in die fünfte oder siebente Generation haben könnte. Ich saß an der Quelle des Bösen. Das Gute konnte es ja nicht sein, da ich hörte, daß jemand von einem Krieg sprach, der an allen Ecken und Enden im Gang war.

Die allgemeine Tendenz ging dahin: fort von Klebrigkeit, von tierischen Fetten und zuckersüßen Heldentaten. Der Hauptzweck der Maschinenhalle war die Schöpfung anderer Maschinen, die Herrschaft der Maschinen für die Maschinen und durch die Maschinen – Eisen und Stahl, Öl und Wasser und Elektrizität um ihrer selbst willen.

Wechselseitige Heiraten, Wechselmischung, Wechselbälge waren bei uns offenbar große Mode. Ich traf die Dreher, die Schleifer, die Metallschneider, die Hobler und die große Familie Capstan. Sie verkehrten miteinander auf dem Fuß voller Gleichberechtigung, und es war mir nie klar, ob der eine oder der andere mehr Macht und Einfluß besaß. Sie hatten Geheimzusammenkünfte und Familientage – Gedenktage wie Hochzeitstag oder Geburtstag; sie stritten auch untereinander, einige von ihnen schienen unversöhnlich zu sein. Es gab Steppenwölfe unter ihnen, die durch die Räume streiften, gefräßig, lüstern und neugierig. Sie gehörten einer anderen Kaste an und hätten wahrscheinlich unter keinen Umständen eins von den Mädchen aus der Familie Dreher geehelicht, auch wenn das Mädchen selbst es gewollt hätte. Die Steppenwölfe hatten ein kurzes Leben und einen simplen Verstand und konnten sich mächtig erhitzen, wenn es zu einem Zusammenstoß kam zwischen ihnen und einem vom Aufsichtspersonal, was ziemlich häufig passierte – immer dann nämlich, wenn irgend etwas schiefgegangen war mit den anderen Maschinen. Sie waren die eigentliche Triebkraft, die Herren Steppenwölfe – wie sie auch immer hießen: Bohrer und Spindel und Schraube und Hammer. Ganz abseits wieder stand die Aristokratie, zum größten Teil aus der Familie Mikro, schon leicht entartet, mit zarteren Gliedern und von magerer Erscheinung.

Wie das Material, war auch der Lärm verschieden. Ich gewöhnte mich bald und fand sogar Gefallen daran. Gesang und Geschwätz waren übertönt vom Rattern und Rollen, Klappern und Klirren, Stoßen und Schlagen und Sausen des sprichwörtlichen Rades; vom Hammer, der fiel, und den Schäften, die stießen und stampften. Dort klang die Pfeife, und hier dröhnte der Donner. Unter den eisernen Bänken sprangen Zwerge wie Pilze auf, schwenkten Stahlruten und rasten die Gänge entlang. In einem einzigen Arbeitstag waren sie erwachsen und schritten noch in derselben Nacht mit drohender Stirn durch die Halle. Über allem flog ein Oberon in weißem Mantel durch die Lüfte, seine Brillen blitzten, seine starken Hände lenkten die Dreher und Schleifer.

Ich habe vorhin erwähnt, daß man hier auf anständige Bezahlung bedacht war; doch auch Ehrgeiz thronte auf den Stirnen, und Streben war auf die Gesichter geschrieben. Die besten von ihnen trugen eine Maske. Sie wagten nicht, auch nur auszutreten, aus Angst, in ihrer Abwesenheit könnten die Maschinen sie endgültig stürzen; so galt ihre Zeit dem Kampf um die Macht.

Ich versuchte es mit Bescheidenheit im Heim der Aristokratie. Ich machte zahlreiche Versuche, mit den

Feininstrumenten vorsichtig und kundig umzugehen. Ich hatte Maßstäbe und Fühler zu meiner Verfügung, die Mikrometerschraube und die Uhr, das Tiefenmaß und den Zirkel. Ich tat mein Bestes, doch ich war klein und schmächtig unter den eisernen Walzen. Ich drehte meinen Kameraden den Rücken und arbeitete rüstig, meine ungeschickten Finger an den raschen Schäften und Schrauben, die mein Teil geworden waren. Ich schenkte den rebellischen Worten eines fetten Amerikaners kein Gehör; ich lauschte nicht den Gesängen der jungen Mädchen; ich erhob nicht die Augen zu der wohlgeschlungenen Krawatte des jungen Gecken, der hereingeschwemmt war, nur um wieder fortgetrieben zu werden – trotzdem: Meine Schrauben waren entweder zu groß oder zu klein. Mein Mikrometer vermochte die Zylinderfläche nicht zu umfassen. Die stählerne Stange zerschmetterte mir die große Zehe. Ich versuchte zu feilen und ich feilte zu tief. Ich zerbrach die Uhr. Ich weinte in meiner Einsamkeit. Ich schrieb mir kurze Anweisungen in ein Notizbuch, doch Kobolde von den Maschinen überraschten mich und zeigten meine Aufzeichnungen dem Vorarbeiter, und der Vorarbeiter lachte und höhnte, als hätte ich etwas Sündiges oder Lächerliches begangen. Ich brach meinen Bleistift in drei Teile und flehte den Feenkönig an, mich doch vom Busen der Aristokratie hinwegzunehmen und ans Herz der Maschinen zu legen, wo das Leben rauh war und die Hände zerquält waren und das Hirn für nichts galt.

So wurde ich ein Schleifer. Ich heiratete eine zylindrische Schleifmaschine, und ich begann den Stein zu wässern, und ich drehte das Rad, und ich hielt inne zur rechten Zeit, und ich produzierte den fertigen Artikel: Hunderte und aber Hunderte von gleißenden kleinen Dingern, silberhell, triefend von gesundem Öl, gesalbte Kinder meiner Lust und Lenden. Da lagen sie in ihren Körben wie Sonnenschein, froh, rund und naß, mit Sorgfalt erzeugt, mit Liebe geboren von mir. Ich war sehr stolz und ich blickte auf sie voll Verliebtheit, von Leidenschaft beflügelt, genau so, wie ich ehemals – sagen wir – auf Jane geblickt hatte oder wie dieses träge Mädchen sonst hieß, das seit Jahren oder Jahrzehnten in dem Zauberberg schlief, auf einem kleinen Kissen, auf ihrer linken Seite. Ich hatte sie fast vergessen in meinem Traum von Arbeit.

Ich wurde unsanft geweckt. Meine Aufsichtsperson trat zu mir und sagte mir etwas, was ich zuerst nicht verstand, doch dann flüsterte mir ein Schleiferkollege ins Ohr: »Alle haben ein falsches Zentrum. Die Uhr hat's gesagt. Sie sind um sechs Tausendstel abseits der Achse.« »Verfluchte Uhren und Taschenuhren«, schrie ich. »Werde ich sie denn niemals los?« Der Feenkönig blickte zu meinen Kindern in den Korb und lächelte. Er sagte: »Nein – niemals. Wir arbeiten hier, damit wir leben können. Du darfst dich nicht in Träumen und Wunschgedanken ergehen, lieber Freund. Stell dich um deine Lohntüte an – oder brauchst du vielleicht auch kein Geld?« Seine Stimme wurde trübe und drohend.

So stellte ich mich mit den anderen in langer Schlange an, und ich belauschte ihre Bemerkungen, und mein Träumen und Wünschen fielen von mir ab. Alles schien auf die einfache Frage hinauszulaufen: Wieviel? Sie sagten, sie würden sich die neuen Tarife für Stücklohn nicht gefallen lassen, und was war denn Stückarbeit anderes als eine Rückkehr zu den üblen Bestimmungen einer unseligen Vergangenheit? Ich fragte, worum es denn eigentlich gehe, und warum keine Stückarbeit? Wir standen jetzt alle vor dem kleinen Fenster in einem Glasverschlag und wir streckten unsere Hände aus und unsere Hände hin, um die braune Tüte mit dem Geld darin aus der parfümierten Hand zu empfangen, die zu einer prächtigen Bürokraft mit

Dauerwelle gehörte. Auf den Umschlag war der Betrag mit Tinte geschrieben, und wenn wir ihn öffneten, fanden wir darin Banknoten und Silber, den Geist der Zeit. Jeder von uns hatte eine Nummer, und diese Nummer entsprach einer Nummer in den Lohnlisten, und nach den Lohnlisten und nach seiner Arbeit wurde er bezahlt. War ich glücklich? Natürlich war ich glücklich. Ich hatte Kinder im Korb, glitzernde Flämmchen, liebliche Geschöpfe, in Form geschliffen durch mein Geschick. War ich stolz? Natürlich war ich stolz. Und der Feenkönig, der sein Zauberkleid abgestreift hatte, sagte zu mir mit seiner leisen, beruhigenden Stimme: »Du wirst von nächster Woche an Stückarbeit tun. Ich habe mir ein neues System ausgesonnen, das uns allen gerecht wird.«

Der Betrieb wurde geschlossen, und wir gingen den Gang entlang zwischen den schlafenden Familien, zwischen den gezeugten Kindern und den ermatteten Eltern. Wir sahen die großen Stahlhämmer in einer Art Nachmittagsschlummer dahinschlafen, und wir lächelten den kleinen Hobeln zu, die sich wie Hunde zu wohlverdienter Ruhe eingerollt hatten. Und während wir so noch meine Zukunft planten, näherte sich meinem Oberon ein junger Mann, der mir bereits früher bei der Arbeit geholfen hatte, ein munterer, netter junger Mann, und er wisperte mit ihm. Höchstwahrscheinlich betraf es mich, denn Oberon sah mich auf sonderbare Weise an, und er löste seinen Arm aus dem meinen und sagte etwas, das klang wie: »Leb' wohl!«, und dann trennte er sich völlig von mir und verschwand. Der junge Mann legte mir die Hand auf die Schulter und schob mich oder stieß mich, doch ganz freundlich und sanft. Ich wollte aber nicht gehen und sah Oberon nach, und ich spürte, wie mir Tränen in die Augen traten. »Was ist denn mit ihm los?« fragte ich den jungen Mann. Der schüttelte den Kopf und sagte: »Nichts. Nichts ist mit ihm los. Mit Ihnen ist etwas los. Sie sind hier falsch am Platze. Darf ich Sie hinführen, wohin Sie gehören?« Und er führte mich aus der Fabrik.

Finanzinstitut

Es hieß, ich solle warten. Der Vorraum mit dem kleinen Tisch und den leeren Wänden erinnerte mich an den Ort, von dem ich aufgebrochen war. Ein alternder junger Mann saß da und starrte vor sich hin. In den Gängen herrschte große Bewegung.

Eine schrille Glocke erklang erbarmungslos.

Zwei Jünglinge nahten und fragten mich: »Sie sind wohl der Mann mit der Zehnkronennote?« und: »Sie wollen also rasch reich werden?!« Beide waren wunderbar gekleidet, mit leuchtenden Krawatten und Bügelfalten an den Hosen; der eine klein und zierlich, der andere groß und träg. Ich nickte bejahend. Es hätte mir ja auch nichts genützt, zu leugnen. Wozu denn Selbsttäuschung? Wenn ich schon eine solche Laufbahn eingeschlagen hatte, dann mußte ich auch die Folgen auf mich nehmen. »Ja«, sagte ich. »Ich bin der Mann. Kann man hier bekommen, um was ich meinen Vater gebeten habe?« Beide lächelten herablassend. Der Kleinere sagte: »Das und noch viel mehr.«

In demselben Augenblick trat ein feiner Herr in mittleren Jahren, mit einer farbigen Weste und goldener Uhrkette, aus einem der Zimmer. Er machte eine Handbewegung, und die beiden Jünglinge verschwanden mit allen Anzeichen erschreckter Scheu. Der feine Herr war dick, und er nahm mich beim Arm und sagte: »Das ist alles nicht so einfach, wie Sie es sich vorstellen. Es ist eine komplizierte Wissenschaft, und Sie müssen bei uns von der Pike auf dienen.«

Ich stand plötzlich in einem großen Zimmer, in dem Dutzende von Menschen eifrig schrieben. Es waren schäbige Burschen und ein paar ältere Damen. An der Wand saß ein verzweifelter Kerl, der mir zuwinkte und mir einen Platz anwies. Der verzweifelte Mann erinnerte mich an meinen Vater. Er war anscheinend Zimmerchef. Er sprach zu einer Sekretärin, der er einen Brief diktierte; dabei unterbrach er sich häufig und strich sich mit einer traurigen Gebärde über den kahlen Kopf. Er rief: »O Gott, o Gott! Was alles auf mir liegt! Mein armer Rücken! Meine armen Schultern! Was auf mir alles liegt!«

In diesem Zimmer lernte ich die Ziffern. Alles war Ziffer. Jeder schrieb, las, sprach, betete, lebte Ziffern. Der Chef war Zifferer Ziffer Eins; er erfand sie sehr häufig. Ihm gegenüber saß ein o-beiniger Riese, der die wichtigeren Ziffern in das allerwichtigste Buch eintrug. Er war ein munterer Bursche, der vor sich hinpfiff und sang. Die übrigen schrieben die Ziffern mit der Hand auf Umschläge und mit der Maschine auf Formulare.

Um mich scherte man sich nicht im geringsten. Ich wartete ein paar Stunden und versuchte, herauszubekommen, um was es eigentlich ging. Ich hörte den O-Beinigen flüstern und den Chef klagen: »Was alles auf mir liegt!« – das war alles. Schließlich dachte ich mir, das würde ich auch noch treffen und begann Formulare über Formulare mit Ziffern zu bedecken, wie ich ihrer gerade habhaft werden konnte.

Zur Essenszeit wurden wir über die Treppen ein Stockwerk höher getrieben und bekamen ein übelriechendes Mittagessen vorgesetzt. Ich machte die Bekanntschaft eines nett aussehenden Mädchens mit blauen Augen und reizenden blonden Haaren. Ich erzählte ihr meine Geschichte. Sie war ganz gescheit, aber ich konnte ihr doch nicht *alles* erzählen. Sie schien jedoch zu verstehen und sagte, ich solle nicht meine Zeit verschwenden; warum nicht mit ihr arbeiten? Sie arbeite für die zwei feschen jungen Leute, die es sich in den Kopf gesetzt hatten, schnell reich zu werden; offen gestanden: Sie arbeitete für die Börse. Die Bezahlung war besser, doch die Arbeitsstunden waren recht lang. Ob mir das was ausmache? Ich würde in ihrer Nähe arbeiten. Und dabei lächelte sie.

Ich folgte ihr. Sie arbeitete in einem viel kleineren Zimmer, in dem aber viel mehr Leute waren. Es herrschte da auch viel größerer Lärm, aber es war ein angenehmer Lärm und ein nettes Zimmer, dicht bei den großen Ereignissen der Welt, dicht am rauhen Leben. Die zwei feschen Freunde stürzten herein und hinaus, schreiend und gestikulierend; manchmal verschwanden sie stundenlang. Sie kamen zurück, die Hände voll mit eng bedrucktem Papier, rot im Gesicht, halbtrunken und siegreich. Wir selbst arbeiteten wie Sklaven, manchmal bis Mitternacht.

Ich saß neben dem blonden Mädchen. Wir hatten auch noch andere Mädchen; und mehrere junge Männer von tuberkulösem Aussehen und ängstlichem Gehaben. Wieder bedeckten wir Formulare mit Ziffern, und nicht nur mit Ziffern. Man muß wissen: Wir waren nicht allein.

Das Zimmer war erfüllt mit Träumen und Geistern und Erscheinungen und Visionen bis zur Decke. Alle trugen den stolzen Namen Handel und Industrie und, weiß Gott, waren die am Leben! Sie waren laut und unverschämt. Sie wucherten wie der Urwald und sie umfingen unsere Sinne. Plantagen breiteten ihr Laubwerk. Maschinen verfinsterten den Ausblick. Eisenbahnen kreuzten die Erde. Schiffe befuhren die See. Kriegsanleihe wurde auf silbernem Tablett serviert. Freies Unternehmertum blühte in tausend Gestalten und erdrosselte seine Knechte.

Ich weiß nicht, wie lange ich auf den Galeeren dienen mußte. Vielleicht waren es Tage, vielleicht Wochen; vielleicht auch Jahre. Die Zeit verging schnell – aber »schnell« und »langsam« sind relative Begriffe. Ich war so müde, daß ich meinen Appetit, meinen Schlaf und beinahe mein Leben verlor. Und dann platzte die ganze Sache plötzlich. Ich wurde fortgebracht, ohne meine Freunde jemals wieder zu sehen. Wenn man mich fragt – so hat sich das blonde Mädchen vielleicht schon selbst in eins der Gespenster verwandelt; vielleicht ist sie der Genius der Elektrizität oder die Brunnennymphe einer Baugesellschaft über den Bergen.

Ich wurde in etwas Menschlicheres eingeführt. Ich hatte hinter dem Ladentisch zu dienen, als sei dies irgendein gewöhnliches Geschäft, der Krämer meiner Kindheit oder der Papierhändler meiner frühen Jugend. Die Ware, der ich jetzt dienen mußte, war sozusagen irreal. Die Ware war Geld. Ich bekam Geld eingehändigt; dafür sollte ich aber nicht Mehl abgeben oder Sardinen oder vielleicht sieben rote Rosen. Ich mußte der Kundschaft dafür wieder anderes Geld aushändigen. Das Geld war hübsch gefärbt, sogar heiter gefärbt; es wurde mehrere Male gezählt, und der ganze Betrag dann in ein großes Buch geschrieben. Dieses Geschäft gehörte der großen Bank. Meine feschen Freunde sah ich hier niemals; und auch der fette Mann mit der farbigen Weste zeigte sich nicht. Ich hatte andere Freunde, und die erzählten mir, die Devise Rasch-Reich sei längst aus der Mode gekommen. Ich sollte lieber Menschlichkeit studieren und wie sie funktionierte.

Es war ein hübsch gebautes, reizendes Geschäft, an der Ecke der Hauptstraße, und ich bediente dort äußerst interessante Leute. Ich war aber an den interessanten Leuten nicht sehr interessiert, weil ich mir einbildete, meine Kollegen seien neidisch und hätten mir einen falschen Rat gegeben. Ich trug mich nämlich noch immer mit meiner alten Idee von der Zehn-Kronen-Note, und wie ich es machen könne, meine Träume zu erfüllen durch diese Note. Ich hatte jedoch viel zu viel Angst, irgend etwas anzupacken.

Andererseits konnte ich beobachten, wie sich aus den Geschäften mit den heiter farbigen Papieren Leidenschaften entwickelten, von denen ich bisher nicht einmal geträumt hatte. Immer mehr Leute kamen in unser Geschäft und immer größere Noten wurden ihnen von mir und meinen Kollegen ausgehändigt. Und eines Abends hörten wir einen schrecklichen Aufruhr auf der Straße. Unser Chef war ein feiner Mann, ein Mann, der sogar im Frühjahr einen Pelz trug – jetzt kam er aus dem ersten Stock herunter, bebend wie Espenlaub. Er sagte zu unserem Portier, der Mob sei los: alle Banken und Geldinstitute der Stadt würden vom Mob belagert. Die seien auf Mord aus: die wollten die Aktien und die Anleihen ermorden, und sogar Staatspapiere seien ihrer Haut nicht sicher. Er begebe sich ins Privatleben zurück – und was uns betraf, so sei er der Ansicht: jeder für sich und – damit tauschte er seinen Pelzmantel gegen den einfachen Mantel des Portiers aus und drückte sich zur Hintertür hinaus.

Unser Hauptkassierer begann zu jammern, und eins der Mädchen fiel in Ohnmacht. Ich war selbst von Schreck erfüllt, doch ich dachte nicht daran, mich zu drücken und wegzurennen. Der Portier sperrte die Eisentüren ab und ließ die stählernen Rolläden herab; und die paar von uns, die geblieben waren, fühlten sich ein wenig besser. Wir hörten von draußen eine gewaltige Volksmenge; sie schrien und schmissen mit Steinen gegen unsere stählernen Rolläden. Wir erkannten bald, daß wir ausgezeichnet geschützt waren, und begannen wieder frei zu atmen und uns richtig zu bewähren. Ich schnitt komische Figuren aus den Banknoten und teilte Nüsse, Datteln und Feigen mit meinen weiblichen Kollegen. Wir unterhielten uns köstlich, wir lachten und scherzten, während sich draußen die wütende Krapüle an den gepanzerten Mauern brach, mit Flüchen und Geschimpfe, aber sonst mit nichts. Es sah ganz so aus, als seien es Nichtse, die gegen den nichtigen Zauber kämpften, gegen die Ziffern und Zahlen des Finanzinstituts.

Nach diesem Zwischenfall wurde ich im Tagesbefehl lobend erwähnt. Ich erhielt ein Schreiben, in dem es hieß, ich dürfe mir so viel von dem Zeug nehmen, wie ich nur wolle. Und dann sollte ich mich zu neuer Diensteinteilung melden. Ich selbst glaubte, meinem Ziel nahe zu sein, als ich mir die Taschen mit den heiter bemalten Papieren vollstopfte und meinen Kollegen adieu sagte. Ihre spöttischen Münder und sauren Gesichter sah ich ja nicht, da ich ihnen den Rücken gekehrt hatte.

Ich sollte jetzt mit der Kundschaft engere Fühlung nehmen. Der dicke Mann empfing mich in seinem luxuriösen Büro. Er meinte, ich besäße augenscheinlich große Kenntnisse vom Innenleben menschlicher Wesen, und das war schlimm genug, jedenfalls genügend, um mich zeitlebens zu disqualifizieren; was jedoch viel schlimmer war: ich verstünde diese Kenntnisse gut zu verwerten. Ich müsse mich auf allerhand gefaßt machen. Einmal wolle man mir es ja noch nachsehen; man habe mich für eine besondere Mission ausersehen, um mich dabei auf die Probe zu stellen. Ob ich bereit sei, mich mit finanziellen Wracks abzugeben, mit all den sonderbaren Gestalten, die alles verloren hatten, oder fast alles, was noch ärger war? Ich sagte, ja, ich sei dazu bereit, ich hätte auch alles verloren oder fast alles, was noch ärger sei, denn mein Mädchen liebe mich nicht und schlafe schon seit zehn Jahren oder – sagen wir – seit hundertfünfzig Seiten; und ich sei ärger als allein, ich ginge mit einem Traum. Da schickte mich der fette Mann in ein kleines, doch ordentliches

Büro, wo mich Besucher heimsuchten von morgens bis tief in die Nacht.

Sie litten an den üblichen Beschwerden: Mangel an Mitteln, akute Armut, Verluste an der Börse und aus der Börse, und sehr häufig Verlust durch Löcher in der Tasche. Meine besonderen Freunde waren alle, die an Staatspapieren litten. Staatspapiere hatten nämlich durch die Ereignisse der letzten sieben Jahre etwas von ihrer gesunden Gesichtsfarbe eingebüßt. Ich beriet sie, wie sie mit den Einkommensteuerinspektoren umzugehen hätten und an welche Stelle sie ihre Gesuche leiten sollten, in denen sie die Aufwertung der Wertlosigkeiten erbaten. Ich selbst blieb völlig kühl, kühl bis ans Herz hinan, denn ich behielt die ernsten und wohlwollenden Worte des fetten Mannes im Gedächtnis. Ich bildete mir ein, ich könne für die Interessen des Finanzinstitutes eintreten und das mit einem gewissen menschlichen Gehaben, wenn schon nicht mit Gefühlen verbinden. Ich träumte sogar davon, einer von meinen Kunden könnte eines Tages seine oder auch ihre Anonymität fallen lassen; könnte sozusagen aus der Narrentracht der Armut herausspringen und mir meinen Lohn überreichen. Dieser Betrug war mein Verderben.

An einem schönen Abend hatte ich es mit einem sanften, ja gemütlichen jungen Mann zu tun. Es war Sommer, und die prächtigen steinernen Bauten draußen erfüllten mein Herz mit der Erinnerung an den sonnigen Glanz in der menschlichen Welt, mit den Träumen von der Leidenschaft der Liebenden in den Gärten des Juli und mit der Sehnsucht nach der süßen Trauer der Vergangenheit mit Jane und den anderen. Dieser junge Mann sprach zu mir in der Sprache der unterdrückten Völker, doch ich konnte ihn sehr wohl verstehen. Ich antwortete ihm in derselben Sprache. Er war Eigentümer von hunderttausend Gulden alter Kriegsanleihe, und er wollte ein wenig Entschädigung. Ich wußte, ich konnte für ihn nicht das geringste tun; ich war mir bewußt, daß alles verspielt war, schon zu der Zeit, da der Handel zustande kam, zur Zeit der Religionskriege. Doch ich versuchte, ihn zu trösten, und ich sagte nette Worte zu ihm und streichelte seine Hand und schrieb ihm ein paar Zeilen auf, nur ein paar kurze Worte, an und für sich völlig wertlos, doch unter Umständen vielleicht gut zu verwerten, wenn man sie den richtigen Leuten zeigte. Er verließ mich, strahlend vor Dankbarkeit und mit einem Lächeln über das ganze Gesicht. Kaum war er gegangen, als auch schon der fette Mann in mein Büro stürzte, in wütender Laune, seine Augen vor Zorn blitzend. Er nahm mich beim Arm und zerrte mich hinaus.

»Genug! Das wäre genug! Truck! Ich dachte mir's doch. Sie sind – Sie sind – Sie sind ja verrückt!« Ich wagte nicht zu antworten. Wir gingen rasch über den Gang und kamen zum Lift. Der fette Mann fand wieder ein wenig von seiner Selbstbeherrschung und sagte sehr langsam zu mir: »Sie sind falsch am Platze. Fort mit Ihnen. Hinunter. Und fort –«

Warenverkehr

Meine neue Stelle war ärger als alle bisherigen. Da gab es keine Banknoten, nicht einmal Münzen, nicht Silber und nicht Kupfer, und es war keine Rede davon, die eine große Note auch nur zu erwähnen, die mir mein Vater nicht hatte geben wollen – Jahrhunderte war das jetzt her. Dies hier war ein schäbiger, schmutziger Ort, fleckig und trüb, die Leute waren rohe, mörderische Rüpel, und wir waren ausgeschlossen vom Licht der Sonne von morgens bis abends. Wieder waren wir unter der Erde untergebracht; ich hatte das als Tatsache eben hinzunehmen. Ich hatte meinen Kurs völlig verloren, ich wußte nicht, wo ich war.

Befand ich mich noch in demselben Gebäude wie zuvor? War das noch Cavendish House, und wieviel Flügel hatte denn dieses verfluchte Vogelhaus? War ich nicht in den Lifts auf- und abgefahren, oder vielmehr ab und auf, und warum ließ man mich denn aufsteigen, wenn man mich doch nur wieder fallen ließ? Und wann war ich denn? War das noch dieselbe Zeit, in der ich zu leben gewohnt war, dieselbe Nacht, da ich in einem schrecklichen Nebel Jane Smith ins Theater geführt hatte und sie mich fast eine Stunde lang im Café Canada hatte warten lassen und wir den Anfang des Stückes versäumten? War das noch der Truck, der auf Seite fünf geboren wurde? Oder wie oder was? Ich wußte nur, daß dies die reine Hölle war.

Man gab mir wieder eine Art Uniform, doch eine viel scheußlichere Ausstattung als in der Fabrik. Eigentlich war das auch eine Fabrik. Doch was für eine Fabrik! Was die erzeugten, war unaussprechlich, und wie sie es taten, war das Ende der Menschenwürde und der Ruin für alle. Ich selbst ging nicht unversehrt daraus hervor.

Ich war in die Hände der Sklaven gefallen. Sie gehörten vielen Völkern an und sie sprachen viele Zungen. Sie gehörten diesem Volk und sogar jenem Volk an; da gab es Griechen und Iren, Chinesen und Franzosen, Belgier und Holländer. Sie kochten ein Mahl und sie brauten eine Brühe. Ihre Haut war weiß und ihr Gang war müde. Die Küchenchefs trugen große, hohe Mützen, wie es die Art der Küchenchefs nun eben ist. Sie waren viel größer als ich; und ich bin keineswegs ein Mann von kleinem Wuchs und schwächlichem Körperbau. Sie aber waren voll Muskelkraft. Sie waren rascher als ich; und das Peinliche war, daß ich schlecht war wie nur der schlechteste unter ihnen. Wenn sie versagten, dann versagten sie wegen ihrer Faulheit oder aus Trotz; ich aber versagte aus Ungenügen und Untüchtigkeit. Ich kam zu spät, wenn ich rechtzeitig kommen sollte, und ich ließ Sachen im Stich, weil ich sie nicht schleppen konnte. Meine Aufgabe war schwer und ich mühte mich sehr. Doch ich versagte.

Man zahlte uns weniger als irgendwem auf Erden. Man entstellte unser Antlitz, beschmutzte unsere Kleidung und verunreinigte unser Herz. Man machte uns brutal und man wollte, daß wir auch brutal aussahen. Deshalb gab man uns riesige Knieschützer, schwere Stiefel und eine Kette um die Hüften. Wir sollten diese Kette dazu benutzen, um damit die großen Eisenbehälter von einer Stelle an die andere zu ziehen, vom sechsten Stockwerk bis ins Kellergeschoß.

Ich arbeitete in der Kellerküche. Jawohl, wir waren die Schlepper für die Köche, die Träger für die Kellner. Wir hatten einen schmutzigen Fetzen für unseren Kopf, damit wir auch die großen Tabletts balancieren konnten. Ich schleppte Fleisch und Gemüse, ich zog Eisenbehälter mit Wasser und Kartoffeln, ich trug Fisch und Gebäck.

Das Fett war ranzig. Der Fisch war eingehüllt in Fischgestank. Alles war schlüpfrig, kalt und naß. Meine Hände waren klamm, meine Augen verschwollen. Bei Dienstantritt mußte ich jedesmal in einem kleinen Heft mein Tagespensum ablesen; und ich strich darin die einzelnen Arbeiten ab, sobald sie getan waren; doch neue Aufgaben ergaben sich aus den Tricks der Köche. Mit der Zeit begann ich gewisse Dinge gern zu haben und andere zu hassen. Ich verliebte mich in den reinen Kohl und ich verabscheute triefende Salate. Ich hatte Gemüse aller Art zu suchen und zu sammeln. Sie wurden mir zurechtgemacht von Scharen wilder Weiber, die zerfetzte Schürzen trugen und mächtige Messer schwangen.

Meine ärgsten Feinde waren die Kartoffeln. Die mußten aus großen Teichen gefischt werden, und man mußte achtgeben, die richtige Art für den richtigen Zweck zu erwischen. Man mußte achtgeben, das richtige Maß von Wasser beizumengen; und ich versagte immer. Die eisernen Behälter waren schwer, und der Weg vom Geburtsort der Kartoffel bis zu den Lifts war lang und mühsam. Der Boden war uneben. Er spottete meiner mit Rissen und Rändern, mit Tiefen und Höhen, die ich erst durch schmerzliche Erfahrung zu überwinden lernte. Schließlich wurden wir den Liftwärtern überantwortet, und die haßten uns. Sie behaupteten, wir lebten in Hülle und Fülle, weil wir nahe den Herden lebten. Als ob wir uns daraus etwas machten!

Ich zog und zerrte und schrie und stritt; ich hob und schleppte und zerbrach manches Tablett und manchen Teller. Und das ging so dahin stundenlang am Tag. Die Chefs lachten und scherzten und spornten uns an. Ihre heißen Gesichter hingen wie Teufelsfratzen über den Flammen der Gasfeuer. Sie kneteten den Teig und sie kochten das Mahl, und wir dienten ihnen. Später am Tag hatten wir ein paar Augenblicke Zeit, um hinunterzuschlingen, was die uns übrigließen, und wir verzehrten unser Essen auf improvisierten Bänken zwischen den Herdfeuern, und wir beneideten die Köche um ihre hübschen Tische und die Kellner um ihre reinen, schwarzen Röcke, und wir vergaßen die Welt. Wir dehnten unsere Mahlzeiten in die Länge, obschon wir beim Anblick unseres Essens Ekel verspürten, vermischt mit Gier und Hunger. Wir wußten ja, daß gleich nach Tisch das Putzen und Fegen begann.

Die Feuerstellen mußten gereinigt und die Herde gewaschen werden. Der Fußboden mußte gewaschen werden: da war das Fett unser Feind. Die großen Kessel mußten ausgespült und ausgewaschen werden; ich mußte dabei verschiedene Materialien benutzen, größtenteils Wasser, heißes Wasser, schmutziges Wasser, das um so fettiger und dreckiger wurde, je länger es dauerte. Ich kam in Konflikt mit den Bürsten, und ich focht manchen Strauß mit den Besen. Ich dampfte selbst. Ich wässerte das Wasser mit den Wassern meiner Stirne. Mir war sehr heiß.

Es war heiß am Morgen, und später begann die Hitze von dem Schweiß und dem Essen und dem Feuer wütend zu glühen und wurde drückend und schwül und brütete über der Mittagszeit und erreichte den Gipfel, wenn das Reinemachen begann. Der Gestank und die Hitze waren eine schwere Schmach und schlugen mich glatt auf den Bauch und glatt auf das Hirn. Ich setzte mich für einen Augenblick nieder und träumte von weißen Blättern Papier und reinlichen Banknoten und geputzten Münzen und von der geputzten, reinlichen Haut des Fräuleins Jane. Bald aber wurden meine Träume unterbrochen, denn da mußten noch die großen Eimer mit den Sardinen gereinigt werden. Man hatte es vergessen, und da ich jung war und hilflos unter der Schar meiner Feinde, war ich der Mann dafür.

Ich glaubte, im Fieber zu arbeiten. Ich mußte Fieber haben. Sonst wäre es unerklärlich gewesen, wieso ein paar alte, ölige Fische, nichtiges Kleinzeug, Söhne und Töchter von Konserven, mir Streiche spielen konnten wie Gnomen und Hexen. Sie liefen meiner Bürste davon und gingen unbeschädigt durch die Wasserfluten. Sie höhnten mit der Frechheit von Kobolden jeder besonderen Behandlung und klebten sich an die Form der Behälter mit leimiger Lust: oben schwamm das Öl, im Triumph. Hatten die niemals die sieben blauen Meere durchschwommen – waren sie niemals freie Kreaturen gewesen, bevor der Mensch im Schweiße seines Angesichtes sie in den blechernen Kerker gelegt hatte? Konnten sie niemals ihre Rachelust vergessen; und warum wollten sie sich gerade an mir rächen? Warum hatten sie nicht Mitleid mit mir? Warum quälten sie meinen Rücken und brachen meine Geduld und verlängerten mein Tagewerk? Denn für mich gab es kein Ende, bevor nicht der Sardineneimer gründlich gereinigt war und vom Vorarbeiter gründlich inspiziert; und ich schließlich entlassen wurde mit einer müden und hochmütigen Gebärde seines weißbemützten Hauptes.

Keiner hatte Mitleid mit keinem. Die jungen Burschen scheuten sich nicht, sie stahlen und aßen und tranken, ohne zu zahlen. Sie hatten niedrige Löhne, doch sie hielten sich schadlos, indem sie sich Taschen und Mägen vollstopften und -pfropften. Die älteren Männer waren viel zu müde und viel zu stolz, um sich aus der Ruhe bringen zu lassen. Ein Abgrund trennte den zweiten vom ersten Vorarbeiter, und jenen Küchenchef von diesem.

Was machte es für einen Unterschied, welche Sprache du sprachst? Man hörte dich doch nicht in dem Lärm, wo die Befehle gebrüllt wurden und das Fett prasselte und die Gasflammen zischten. Die Lifts wurden von Iren bedient, und einer verfolgte mich, wann immer er mich sah. Er schrie mir Beschimpfungen nach, und er warf mit Sachen nach mir, und er ließ mich auf den Lift warten, und er stopfte mich in den schlechtesten Winkel des Aufzugs, und er trat mir auf die Zehen. Er war so groß, daß er mir von oben auf meinen Kahlkopf spucken konnte.

Ich haßte ihn. Und ich haßte auch den Griechen mit der schwarzen Nase und den schwarzen Flecken im sonnverbrannten Gesicht. Das war ein alter Mann, dürr und lang, doch hurtig wie eine Spinne, und er konnte sieben Kessel putzen, während ich noch mit dem ersten zu schaffen hatte. Ich haßte ihn, und er verachtete mich. Er machte höhnische Gesten, wenn er mich an der Arbeit sah, und er stieß Verwünschungen aus, laut und leise, in der Sprache Platos und Sophokles'. Wir hatten füreinander nichts übrig als Haß. Wahrscheinlich waren es Gestank und Hitze, die im menschlichen Leib Grausamkeit und Unbarmherzigkeit erzeugten.

Aber schließlich war ich noch ein menschliches Wesen, mit einem Körper und einer Seele; ich erinnerte mich, daß ich sogar Mann und Liebhaber gewesen war, Theaterbesucher, Trunkenbold und Gefährte von Poeten. Warum war mir nicht gestattet, das Auge zu der hübschen Vorsteherin zu erheben, die manchmal gegen Ende der Arbeitszeit bei uns erschien, und manchmal sogar mitten im ärgsten Wirbel: wie eine seidengeborene Sonne entstieg sie dem Hintergrund ihres Büros, stolzierte pompös auf den diensthabenden Koch zu, um nach ein paar herablassenden Worten wieder prachtvoll in den feurigen Wolken unterzugehen, im Westen über dem Speisesaal. Sie war ein strammes Weib, und die Schminke ihrer Lippen strahlte wie Granatäpfel, und die Reinlichkeit ihrer schneeweißen Bluse verriet Reinheit der Sitten und Sanftmut des Herzens.

Ich folgte ihr mit den Augen. Ich folgte ihr mit den Ohren. Ich stellte fest, zu welcher Stunde sie gewöhnlich erschien; sie war jedoch nicht pünktlich, sie hielt sich nicht an die genaue Zeit, wie es die Sonne tat. Sie war – oh, anderer Frauen zu gedenken, die sich auch nicht an die genaue Zeit hielten, die berufsmäßig unpünktlich waren – gedachte ich ihrer Namen? Ich entdeckte, daß ich die kurzen Augenblicke dieses Vergnügens ausdehnen konnte. Ich wartete auf sie, ich hielt mich an die Ecke, hinter der sie gewöhnlich auftauchte, und dann heftete ich meine Augen an ihre zierlichen Füße, wie die auf hohen Absätzen über den Fußboden daherkamen, und dann sah ich, wie eine manikürte Hand die Tür zu dem großen Unbekannten aufmachte, die Türe zum Speisesaal, diese Türe zur Freiheit, und dann bemerkte ich, daß die Türe nicht ganz bis auf den Boden reichte. Eine neue Gelegenheit für mein neugieriges Ich, Seidenstrümpfe mit Frauenfüßen zu sehen und Schuhen darunter, klinkend und klimpernd dahingetragen auf einem wohl gebohnerten Parkettboden. Mir fiel ein altes Lied ein: »... hoch die Hacken, kühn dein Schreiten, überschreitest du im Schritte Raum und Zeit im stolzen Maße deines süß-gestreckten Beins! Klinkend, klimpernd, klickend, klingend ...«

Aber dann war es nur noch eine Minute und fort war sie, fort die Seidenstrümpfe: verschwunden, und mit ihr das Mädchen und der Gedanke an das Mädchen; und was ist die Zeit, fragte ich.

Zwischenspiel bevor man umblättert

Jane lag auf diesem harten, dünnen Kissen, wie ich zuvor gesagt habe; ich hatte aber nur teilweise recht: Sie lag nicht auf ihrer rechten, und sie lag auch nicht auf ihrer linken Seite. Sie lag auf dem Rücken. Und sie hatte schlechte Träume.

Gewöhnlich erfreute sich Jane eines gesunden, ungestörten Schlafes. Seit Monaten hatte sie schon keine Träume gehabt. Das letztemal war sie duch fürchterliche Schreie aus dem gegenüberliegenden Haus geweckt worden. Es war Hochsommer gewesen, und die Schreie kamen durch das offene Fenster, und sie mußte aufstehen und blickte in die verträumte Straße hinaus, wo die Platanen ihre großen Blätter in der leichten Brise der Verdunkelung hin und her bewegten. Es war eine Frauenstimme, die schrie, und Jane konnte sogar die Worte verstehen: »Nein! Nicht! Laß mich los! Hilfe! Los – lassen –!!« Jane war damals fürchterlich erschrocken, doch sie war auch gleichzeitig sehr faul und sehr verschlafen; sie war am vorhergehenden Abend sehr lange aufgewesen, mit Rittmeister Cruickshank oder Fred oder Rupert oder weiß der Himmel mit wem. Sie hatte also zwar den geheimen Verdacht, daß dort drüben ein Mord begangen wurde, und sie fühlte sogar etwas Gewissensbisse, weil sie nichts unternahm – doch sie ging zurück ins Bett, wo sie sich den Rest der Nacht unter bösen Träumen herumwarf, unter schrecklich bösen Träumen. Am nächsten Morgen konnte aber nichts festgestellt werden von der Szene im gegenüberliegenden Haus. Vielleicht hatte Jane alles nur geträumt.

Diesmal war es ganz anders. Ihr Traum war anfangs ganz angenehm gewesen. Sie träumte, daß sie wieder bei ihrer Familie war, und sie saßen alle beim Mittagessen bei sich zu Hause, in der schönen Villa dort drüben, in jener Stadt in jenem Land. Ihr Vater war dort und sie sah ihm nicht an, daß er ein Mann war, tot und begraben. Ihre Mutter war auch dort und auch ihr Bruder und ihre Schwester; ihre Schwester sah aber genau so aus, wie sie jetzt aussah, mit den dünnen Lippen, die sie erst nach dem ersten Kind bekommen hatte, weiß Gott wieso. Man aß Süßigkeiten, eine Menge Süßigkeiten, und man trank guten Rotwein: Ihre Mutter trug einen auffallenden Hut, doch er fiel Jane nicht weiter auf; im Grunde genommen sah Jane in ihrem Traum in ihrer Mutter eine von diesen altmodischen, doch äußerst tüchtigen Bedienerinnen, die gewöhnlich und bei allen Gelegenheiten auffallende Hüte tragen. Der Traum betraf jedoch in erster Linie ihren Vater.

Ihr Vater verbreitete sich gerade über irgendein ungeheuer langweiliges Problem, trotzdem hörte Jane aufmerksam zu. Während ihr Vater sprach, bemerkte sie gewisse Veränderungen in dem Zimmer. Es war nichts Plötzliches. Es war nur, daß sie plötzlich Beobachtungen machte. Sie bemerkte, daß sich gewisse Dinge verändert hatten. Das Zimmer war voll von Spiegeln, und alle Spiegel waren blind. Die Möbel waren mit Staub bedeckt, und die schäbigen abgenutzten Tische, Stühle und Schränke gaben dem

Ganzen ein verkommenes, abstoßendes Aussehen. Sie sah einen Stuhl, der hatte nur drei Füße, und sie sah, daß auf dem Tisch Gläser und Tassen auf der Seite lagen und die Flüssigkeit daraus das Tischtuch durchnäßte und auf den Boden tropfte. Ihr Vater wuchs und wuchs, während er sprach und sprach. Er hatte einen guten Teil seines Wohlwollens und Humors eingebüßt, auch etwas von seinem Fett und seiner gesunden Farbe. Offenbar war er aufgestanden; er konnte nicht so groß sein, während er saß. Mit ihm war auch der ganze Tisch gewachsen, der schließlich in eine höchst unbequeme und schiefe Stellung gekippt zu sein schien. Jane fürchtete, der Tisch mit ihrem Vater, so stark und groß, könne auf sie fallen. Und das geschah dann auch. Der ganze Tisch fiel auf sie, und plötzlich hatte sie ihren Vater auf ihrer Brust sitzen, die Hände um ihren Hals. Seine Augen waren noch freundlich, und er sprach noch immer. Die Grübchen in seinem Gesicht hatten nichts von ihrem Wohlwollen und ihrer Freundlichkeit verloren. Aber seine Hände begannen herumzufuhrwerken; sie begannen sich zu schließen, fester und immer fester. Ihr ging der Atem aus, und das Gewicht auf ihrem Körper wurde unerträglich. Ihr Vater saß ihr jetzt genau auf der Brust, seine Beine waren gespreizt, das waren jetzt lange Spinnenbeine, mit denen er das Leben aus ihr herauswürgte. Sie erwachte mit einem Schrei; und sie konnte noch das Heulen der Sirenen hören.

Sie setzte sich im Bett auf und dachte: »Sirenen – na, die haben wir ja eine ganze Weile nicht gehört. Jetzt haben wir doch Raketen; und da gibt's keine Sirenen, bevor die Raketen fallen. Vielleicht eine verirrte Flugbombe oder sogar eines von den altmodischen lebenden Flugzeugen.«

Sie konnte das Gefühl nicht loswerden, daß man sie erdroßle. Sie drehte das Licht an und sah auf die Uhr. Es war halb fünf. Sie konnte nicht wieder einschlafen. Sie dachte an ihren toten Vater und sie dachte auch an Truck. Sie dachte nicht: »Ich«, wenn sie an mich dachte, nicht einmal »Du«, und sie rief mich auch nicht bei meinem Vornamen.

Sie fühlte sich am ganzen Körper kribbelig. Eine peinliche Empfindung machte ihr eine elende Haut und ihr ganzes Leben ein großes Erbrechen. Sie stand auf und beschloß ein Bad zu nehmen.

Sie wollte nicht den Schlafrock, den sie am Abend zuvor getragen hatte. Sie nahm also den schwarzen mit dem Silberbesatz. Sobald sie ihn anhatte, fühlte sie sich bereits besser. Jemand hatte diesem neuen Schlafrock den Namen »Der Sternenhimmel« gegeben – war es Fred gewesen? Oder Truck? Sie wußte es nicht mehr. Sie hatte ein so schlechtes Gedächtnis. Es war so ungeheuer schwer, den einen vom anderen auseinanderzuhalten. Es machte ja auch gar keinen Unterschied. Das Ausschlaggebende war: sie hatte diesen Schlafrock mit ihrem eigenen Geld bezahlt. Die Frau vom Fred war mit ihr gekommen, um ihr bei der Auswahl des Stoffes behilflich zu sein. Das war ein anständiger Mensch, aber sie behandelte Fred so dumm. Alle Frauen, die sie kannte, behandelten ihre Männer dumm und verkehrt. Ob sie den Fred wirklich heiraten sollte? Was würde seine Frau dann tun? Tatsächlich würde Jane ja ein gutes Werk verrichten, wenn sie die Frau von einer solchen Last befreien würde. Die konnte jedenfalls nicht mit Fred fertig werden. Jane könnte es bestimmt. Sie lächelte.

Sie lächelte, denn sie dachte daran, wie dumm Fred war, wenn er mit ihr im Bett lag. Alle Männer waren dumm in dieser dummen Situation. Wieder lächelte sie. Halb fünf. Was für eine Stunde, um ein Bad zu nehmen! Aber sie mußte es. Dieses Gefühl des Ersticktwerdens hatte sie noch nicht verlassen. Und sie fühlte sich auch einsam. Sie drehte sich um und nahm den Wollhund von dem anderen Diwan. Sie drückte den kleinen schwarzen Freund an ihre Brust.

Jane ging ins Badezimmer hinüber. Sie achtete darauf, auf dem knarrenden Fußboden keinen Lärm zu machen. Wenn auch die anderen im Haus sich nicht zu benehmen wußten – sie wußte es.

Sie ließ das Wasser in die Wanne laufen. Es dauerte geraume Zeit, bis es warm war, und Jane saß inzwischen zitternd vor Kälte auf einem kleinen Stuhl. Sie hatte ihr Bad gern heiß. Sie sah in den Spiegel. Der Raum füllte sich mit dem Dampf des laufenden heißen Wassers. Sie zog ihren Schlafrock aus. Sie liebte ihre Nachthemden, das da war ein rosa Nachthemd. Sie liebte auch ihren Körper; sie liebte ihren Körper in dem rosa Nachthemd.

Sie stieg ins Bad. Das Wasser war jetzt sehr heiß, und sie konnte nichts wahrnehmen in dem Zimmer wegen des Dampfes. Sie sah bloß die glitzernden Glasaugen ihres Schoßhundes, wie er dort auf dem kleinen Stuhl saß und sie ansah, als sei er ein lebendes Wesen. Und wieder lächelte sie. Trotz des Dampfes konnte sie ihren Körper ganz gut sehen. Sie hatte Sommersprossen, doch das störte niemanden. Die Sommersprossen waren nicht von der bösartigen Sorte; es waren kleine Sommersprossen, nicht die großen, runden, roten der Rothaarigen. Sonst war ihre Haut weich und sehr weiß.

Die Sonne machte sie niemals dunkel oder auch nur braun. Sie war eine ausgesprochene Schöpfung der modernen Zivilisation. Sie war ein Wesen der Nacht, wie eine Katze oder Fledermaus oder Eule oder Hyäne. Aber sie kannte ihre Grenzen und verhielt sich entsprechend. Truck hatte einmal gesagt, die Farbe ihres Gesichts stehe in großem Gegensatz zu der Farbe ihres Körpers; und daß er diesen Gegensatz sehr liebe: Es sei wie Erde und Licht;

und ihre Augen seien Fackeln von Veilchen und ihr Leib sei eine Flamme. Truck sagte eine Menge. Sie fühlte sich jetzt aber rein.

Sie nahm das gute Stück Seife und bediente sich seiner ausgiebig. Schaum bedeckte sie vom Hals bis zu den Füßen. Jetzt war sie frei, weder erstickt noch beschmutzt. Sie tauchte wieder ins Wasser und ließ sich eine lange Weile weichen.

Dies war höchste Süßigkeit, Trägheit und Entspannung. Sie schloß die Augen. Sie streichelte sich und stand dann auf in der Wanne, um sich im Spiegel zu betrachten. Im Spiegel sah man ja ganz anders aus als in Wirklichkeit. Ihr Hals war vielleicht ein wenig zu dünn, sie hatte jetzt schon seit Monaten abgenommen. Der Arzt hatte gesagt, es seien die Nerven. War sie vielleicht nervös? Truck verbreitete sich immer über ihre große Selbstbeherrschung. Und diese Selbstbeherrschung war es auch, die sie an Körpergewicht abnehmen ließ. Das hatte wenigstens der Arzt gesagt. Nerven? Was wußten schon die Ärzte! Jedenfalls hatte der Arzt gesagt, ihre Lunge sei jetzt völlig in Ordnung; es gäbe da ein paar »feuchte Stellen«, doch die seien ausgeheilt. Manchmal fühlte sie sich sehr müde; sie war ja allein, nicht wahr? Sie hatte es sich selbst geschaffen, dieses Leben. Sie war stolz darauf. Sie hatte das Elternhaus verlassen und sie würde auch nicht in das Haus von jemand anderem ziehen, solange sie es vermeiden konnte. Ob es nun das Haus Freds oder Ruperts oder auch Trucks war. Oder des Rittmeisters. Der Rittmeister war allerdings etwas ganz anderes. Er hatte sie übrigens nie darum gebeten.

Und welcher Gatte würde es ihr gestatten, mitten in der Nacht ein Bad zu nehmen? Und fast eine Stunde im Bad zu sitzen? Wie nannten es nur diese modernen Psychologen? Narzißmus? Das klang ja wie »Nazis«, sie hatte das nicht gern. Sie war eine kalte Natur: gut und schön – dann war sie eben kalt: und sie war ganz froh darüber.

Oder versäumte sie dabei vielleicht etwas? Sie hatte vor vielen Jahren angefangen, aber bestimmt gab es etwas, das sie noch nicht erlebt hatte. Und wieder maß sie ihren Körper von Kopf zu Fuß.

Und dann bemerkte sie die Augen. Es waren nicht mehr die Augen ihres Hundes. Der Hund hatte sich verwandelt. Es war seine Schwester – die Puppe, die sie schon vor langem verschenkt hatte; und damit hatte sie sogar ein gutes Werk getan, denn sie hatte die Puppe ihrer kleinen Nichte geschenkt. Dort drüben saß sie wieder, diese langbeinige, schmächtige, seidige Puppe, knochenlos, fleischlos, sinnlich. Und ihre glasigen Augen blickten sie mit einem sonderbaren, traurigen Ausdruck an, der Jane zum erstenmal in ihrem Leben Scham einflößte. Sie wandte sich also ab.

Aber auch so konnte sie jemanden sprechen hören. Es mußte die Puppe sein, sonst war ja niemand im Zimmer. Dann fiel Jane ein, wie ihr Truck immer von diesem sonderbaren Wesen zu erzählen pflegte, das er sein »Ungewissen« nannte. Hatte denn auch sie ein »Ungewissen«; und war es dieselbe Person oder eine andere?

Ungewissen sagte: »Natürlich dieselbe. Ich bin dieselbe überall und mit allen Menschen. Ich kann nur andere Kleider anziehen, genau wie du. Ich komme von ihm, er möchte sich dir gerne in Erinnerung bringen. Außerdem braucht er mich jetzt nicht; er leidet genug, auch ohne mich.«

Jane wurde sehr zornig. »Heraus aus meinem Badezimmer und heraus aus meiner Wohnung! Ich hasse Leiden, und dich mag ich nicht. Fort mit dir!«

Jane sprang auf und nahm das große Badetuch, um sich damit zu bedecken.

Das Ungewisse lachte. Es war ein stilles, unangenehmes Lachen. Es sagte: »Schon gut. Solange du nicht leiden willst, bekommst du die anderen Sachen auch nicht. Wer nicht leidet, macht die anderen leiden. Ich kann da nichts tun. Ich kann dich nicht leiden machen. Das kannst nur du selbst.«

»Natürlich könnte ich es«, sagte Jane, genau so ruhig wie ihr unerwünschter Besuch. »Aber ich will es nicht. Ich hab schon genug gelitten; erst heute nacht im Traum. Und auch vorher. Erinnerst du dich nicht? Ich habe geweint. Truck hat es ganz gern, muß ich sagen. Er ist genau so grausam wie ...«

»Du solltest die Genüsse des Leibes nicht vernachlässigen«, sagte Ungewissen sehr langsam. Und dabei machte es eine höchst unanständige Geste und verschwand.

Jane blieb noch lange Zeit vor dem Spiegel stehen; so verharrte sie, aufrecht, das Handtuch um die Schultern und die Hand mit den Narben auf dem Bauch, den Kopf leicht zur Seite geneigt, als lausche sie. Dann gähnte Jane und begann sich abzureiben. Sie dachte, Schlaf sei ein sehr guter Genuß des Leibes. Und übrigens auch des Geistes. Sie ging also zurück ins Bett.

Zwischenhandel

Man wollte offenbar etwas für mich tun. Während ich in einem passiven Zustand der Betäubung noch durch die Gänge irrte, stieß ich zufällig auf eine meiner alten Freundinnen, eine prächtige Dame von gewissem Einfluß an hoher Stelle. Sie war eine dieser behüteten und gepflegten Persönlichkeiten, die im ganzen Raum Behagen und Ordnung verbreiten. Sie war groß und war stark, doch dezent geschminkt; ihre Haltung war untadelig. Sie fragte mich, wie es mir gehe, und als ich etwas jämmerlich die Achseln zuckte, sagte sie: »Sie haben sich eine kleine

Atempause verdient. Hören Sie mal – was halten Sie von Recht und Ordnung? Haben Sie noch immer gegen die Gesetze etwas einzuwenden? Ich meine damit – haben Sie denn gar kein Interesse an den Problemen der Gerichtsbarkeit, der Gerichtshöfe, Prozesse und so weiter?« Ich war viel zu müde und enttäuscht, um ihr zu widersprechen und nickte nur mit dem Kopf, was sie als Zeichen der Zustimmung auffaßte.

»Also gut«, sagte sie. »Sie müssen es einmal mit den einfacheren Problemen versuchen. Sie sollten sich mit Privatunternehmertum und mit dem Einzelmenschen befassen. Persönlichkeiten! Ich will Ihnen eine Empfehlung geben ...«

Und sie nahm eine Visitenkarte aus ihrer Handtasche und schrieb ein paar Zeilen auf die Rückseite. Sie lächelte, als ich ihr die Hand küßte, und entfernte sich höchst königlich und befriedigt über das gute Werk, das sie soeben vollbracht hatte.

Ich folgte ihrem Rat. Das war ein langer, verwickelter Weg durch das Gebäude, mit den Lifts hinauf und herunter und durch Korridore und über Treppen und durch finstere Durchlässe. Schließlich kam ich in einen entlegenen Teil des Hauses. Ich fand das Büro und betrat die Höhle meines neuen Chefs. Es war ein Anwaltsbüro, und ich bekam sofort Arbeit. Die schienen geradezu auf mich gewartet zu haben.

Das ganze Arrangement war viel intimer und freundlicher als die Umgebung, an die ich sonst gewöhnt war. Es war eine geradezu menschliche Atmosphäre. Die Möbel waren altmodisch und wertvoll. In einem Zimmer hielt man sich sogar eine künstlerische Petroleumlampe, die ihren milden Schein über die Mitte des Raumes ausgoß und die Ecken des Zimmers in geheimnisvollem Dunkel ließ. Es braucht nicht erst gesagt zu werden, daß hier alle

Pläne, sich rasch zu bereichern und Geld durch Betrug zu erwerben, ganz anders angefaßt werden mußten: Nichts Gerades und Simples schien hier möglich zu sein, und ich gab alle geheimen Wünsche auf, mich in absehbarer Zeit dem Sklaventum zu entziehen und in den Besitz der Zehnkronennote zu gelangen und all dessen, was sie für mich bedeutete. Das Leben wandelte in Pantoffeln, und der Einzelmensch war wieder eingesetzt in der Mitte der Bühne, auf einem Piedestal.

Das Büro bestand aus drei Räumen, von denen einer nur sehr selten benutzt wurde: das war das Besucherzimmer. Wir hatten eine Art mit Besuchern – wir waren mit ihnen besonders liebenswürdig, boten ihnen Zigarren und Liköre an, behandelten sie alles in allem als Gleichberechtigte, als hätten sie wirklich etwas mitzureden! Die kleineren Räumlichkeiten standen dem Chef und mir und den Sekretärinnen zur Verfügung; wir hatten drei Sekretärinnen, bleichwangige, ältere Mädchen, die über ihren Schreibmaschinen dahinseufzten, manchmal vergessen und vernachlässigt, doch niemals mißhandelt.

Im anderen Hinterzimmern teilten sich andere Anwälte in unsere Auslagen, Verantwortlichkeiten und Annehmlichkeiten. Mein Chef hatte drei Brüder, und alle vier Brüder arbeiteten in demselben Haus, oft gegeneinander, doch ganz im geheimen. Alles vollzog sich mit größter Höflichkeit und Glätte.

Mein Chef war ein sehr schwatzhafter Mann und nahm in der Zeit, die ich mit ihm verbrachte, Stellung zu allen möglichen Problemen. Er sah aus wie ein Fuchs. Er war gescheit und hatte gute Manieren. Er erzählte mir von seinen zahllosen Freunden, die alle zur guten Gesellschaft gehörten. Er nannte sie beim Vornamen und Spitznamen; er pflegte zu sagen: »Das war der Duke von Bumford – für mich heißt er kurz: Boofy –«, oder: »Ich habe Freddy davon erzählt – ich meine dem Grafen Esterhazy.« Mein Chef sprach von dem Privatleben seiner Klienten und kannte Klatsch und alle besseren Leute. Ich kam aber bald dahinter, daß auch in diesem Büro ein Doppelleben geführt wurde, wie überall auf der Welt.

Es war hier besser verborgen; und es dauerte ziemlich lange, bis ich mich durch den Irrgarten falscher Vorspiegelungen hindurchgewunden hatte. Wir besaßen Dutzende und Dutzende von Akten, auf denen der Staub lag, und wir besaßen Schriftstücke und Gedächtnisprotokolle in Maschinenschrift und Abschrift von Urteilen und anderen Gerichtserkenntnissen und gewöhnliche Schriftsätze und Eingaben in Tinte; die Sekretärinnen lebten mit ihnen allen und pflegten sie. Die Papiere wurden täglich aus dem Schrank genommen, kurz besichtigt und abgeputzt. Ich sollte sie entgegenkommend, doch ohne übertriebene Hochachtung behandeln. Das war Kleinzeug; und die Akten nahmen dann in der Dunkelheit Rache, wenn sie Deckel und Mund öffneten und sich über den leeren Raum hinweg ihre Geheimnisse zuflüsterten.

Die Geschäfte wurden in der Hauptsache mündlich abgemacht. Wie gesagt – mein Chef war sehr schwatzhaft, und er konnte nützliche Dummheiten und schädliche Dummheiten daherreden, wie es ihm jeweils paßte. Ich möchte es nicht als Schwindel oder Betrug bezeichnen, da unsere Klienten ja wußten, um was es sich handelte, und auf diese Weise sozusagen mit Teil hatten an ihrem eigenen Triumph oder Untergang.

Ich persönlich hatte keine großen Chancen. Ich wurde im Hintergrund gehalten und bekam mindere Aufgaben zugeteilt, als eine Art von Mittelsperson, die die respektablere Seite des Geschäfts zu vertreten hat. Tatsächlich war ich eigentlich mehr oder minder ein Bote in gehobener Stellung. Ich wurde mit allen möglichen Sachen in der ganzen Welt herumgeschickt. Ich mußte zu den Bezirksgerichten gehen, wo ich ein paar Schriftstücke einreichte und mir die kurzen Reden anderer Herren anzuhören hatte, die in ähnlicher Stellung waren wie ich. Stundenlang wanderte ich durch unser Gebäude und schließlich mußte ich nichts weiter sagen als: »Ich protestiere!«, während mich meine Kollegen mit erbärmlichem Lächeln willkommen hießen; dann wurde ein Stempel auf ein paar Papiere gedrückt, die sich doch niemand anderer ansah als ein halbverhungerter Richter.

Ich hatte mit Mietstreitigkeiten zu tun, mit Ehrenbeleidigungen von geringer Bedeutung, mit Problemen des Copyright und lächerlichen Eigentumsklagen. Die Akten vermehrten sich, meine Zeit wurde verschwendet. Ich aß mein Frühstück mit schäbigen Gesellen, und sah die großen Nummern nur aus der Entfernung. Einst sagte der Vertreter der Gegenseite mitten in einer Mietsverhandlung: »Ich bin immer erstaunt, warum so wenig Morde geschehen in Verbindung mit den Wohnproblemen der Gegenwart. Mein Haus ist mein Schlachthaus, könnte man heute sagen.« Diese Bemerkung erschütterte mich bis ins Mark. An diesem Morgen konnte ich mein Frühstück nicht hinunterwürgen. Wenn ich überhaupt noch an einen Morgen glaubte. Denn die Zeit war fragwürdig und das Leben ausgedehnt bis zur äußersten Grenze.

Ich wurde auch zu ganz anderen Geschäften benutzt. Privatunternehmertum ist vielfältig und hat viele Gegenstände und Anlässe, von Aktien bis zu Füllfedern, von Nadeln und Knöpfen bis zu Autos, Jachten und Waldungen. Eines Tages wurde mir von meinem Chef eine große Schreibmaschine anvertraut, die ich irgendwo im Südflügel verkaufen sollte. Da mir kalt war wie einem ausgebrannten Vulkan, nahm ich einen langen, großartigen Regenmantel für meinen langen Weg durch die schlecht beleuchteten

Korridore. Als ich endlich ankam, ließ man mich in einem staubigen Vorraum warten; später führte man mich zu drei hübschen Jünglingen, die mit mir schweizerisch sprachen. Ich mußte ihnen die Schreibmaschine vorführen und wie schnell sie funktionierte, und wie gut man auf ihr schreiben konnte. Jetzt aber verweigerte sie überhaupt die Arbeit. Ich sagte den Burschen: »Also gut, Sie werden mir eben aufs Wort glauben müssen. Hier ist das Farbband und hier sind die Typen, und sie hat sehr gut funktioniert, als ich wegging. Sie müssen mir schon glauben, daß diese Maschine gut und schnell arbeitet. Wenn sie richtig funktioniert, erscheinen die Buchstaben hier auf dem Papier.«

Die drei Jünglinge lächelten nicht einmal. Sie sahen einander an, als wäre ich verrückt, und dann sagten sie: »Gut. Wir glauben Ihnen. Kommen Sie am Freitag wieder. Oder sagen wir lieber: am nächsten Dienstag. Adieu!« Natürlich habe ich die Maschine niemals verkauft.

Als sie dann draußen waren und ich allein war mit meiner Maschine, sprach ich ihr freundlich zu und fragte sie allen Ernstes, warum sie mich im Stich gelassen hatte. Sie gab keine Antwort, verschob aber ein paar Typen. Die Walze ging hin und her, und ich entdeckte endlich eine kleine Schraube, die sich zwischen Walze und Platte versteckt gehalten hatte. Natürlich konnte eine Maschine so nie funktionieren.

Ein anderes Mal wurde ich zum Obergericht geschickt. Es war ein wichtiger Rechtsfall, doch meine Aufgabe war rein formeller Natur. Ich sollte den Schriftführer des Richters sprechen, der unseren Fall behandelte, und hatte mich zu vergewissern, daß uns die übliche Vertagung gewährt würde. Der Rechtsfall ging um einen sehr hohen Betrag, ungefähr vier Millionen; weiß der Himmel, ob es Pfunde oder Dollars oder nur Schillinge waren. Jedenfalls eine höhere Summe, vor einem höheren Gericht.

Der Name des Richters war Justizrat Mras. Es war ein tschechischer Name, ein unangenehmer Name für eine unangenehme Angelegenheit und für einen unangenehmen Mann. Tatsächlich wollte ich ja den Justizrat gar nicht persönlich sprechen, doch sein Schriftführer war zu einer Hochzeit gegangen und so mußte sich der Richter persönlich mit all den unwichtigen Sachen beschäftigen, die sich im Büro draußen ansammelten. Ich war sehr schlecht gelaunt und ich haßte seinen gerichtlichen Bart und seinen Schmutz der Gerechtigkeit. Ich nahm unser Gesuch sofort als bewilligt an und sagte einfach: »Schön – dann bekommen wir also Vertagung auf einen weiteren Monat wie üblich?! Bis fünften Mai, nehme ich an –« Justizrat Mras murmelte etwas in den Bart, was ich nicht hörte oder nicht hören wollte. Später erinnerte ich mich, er könnte vielleicht gesagt haben, ich solle meiner nur nicht allzu sicher sein, und daß mein Chef recht sonderbare Angestellte habe.

Zur Zeit des Termins stellte sich dann heraus, daß gegen uns ein Versäumnisurteil ergangen war. So hieß es wenigstens auf dem vorgedruckten Formular. Mein Chef bekam beinahe einen Schlaganfall, da er für sich selbst Hoffnungen hatte auf einen guten Teil der strittigen Millionen. Er begann zu schimpfen und zu fluchen und zu wüten, und er sagte, wir müßten sofort zum Gericht: Wir müßten ein Taxi nehmen und ich müsse vor Justizrat Mras auf die Knie fallen und seine schmutzigen Schuhe küssen. Ich sagte: »Warum sagen Sie ihm nicht, daß ich verrückt bin? Verrückte haben gewöhnlich nichts zu schaffen mit Gesetz und Ordnung. Und Privatunternehmertum ist eine zu wertvolle Sache, als daß man sie ihnen anvertrauen könnte.«

Mein Chef schien mit dieser Lösung einverstanden zu sein. Bevor wir aber noch ein Taxi holen konnten, wurde ich am Telephon verlangt, und ich ging an den Apparat und ich hörte eine Mädchenstimme am anderen Ende des

Drahtes. Ich wechselte die Farbe, denn ich glaubte einen Augenblick lang, daß Jane mich anrufe. Es war aber nicht Jane, sondern das Nächstbeste: Jane II, Jane Rotha.

Sie sagte: »Seien Sie nicht dumm. Sie sind falsch am Platz. Warum bleiben Sie nicht bei Ihrer Arbeit? Wir warten schon auf Sie. Pwholt hat schon alles bereit. Wir müssen sofort anfangen. Sie werden in einer Stunde an die Luft gesetzt. Schnell! Schnell! Und vergessen Sie nie: Ich bin Ihr Ungewissen!« Sie lachte und läutete ab.

Ich war sehr froh über die gute Nachricht. Ich blickte auf und sagte meinem Chef: »Sie werden schon allein gehen müssen. Ich werde anderswo gebraucht. Das Publikum er wartet von mir, daß ich meine Pflicht tue. Die öffentlichen Dienste erheben Anspruch auf mich.«

Mein Chef bewies großes Verständnis und sagte diesmal kein Wort. Ich aber sagte: »Die Zukunft gehört dem Rundfunk und dem Flugdienst und dem Fernsehen und dem plastischen Film. Ich rufe die Luft beim Vornamen. Ich nenne sie Ariel. Borgen Sie mir, bitte, eine Million, da ich die jungen Damen ausführen muß, bevor wir mit der Arbeit beginnen.«

Der Chef zog seine Brieftasche hervor und gab mir den Betrag. Er sagte dazu: »Es tut mir leid, ich kann Ihnen den Betrag aber wirklich nur borgen. Ich bin nicht Ihr Vater. Übrigens – Sie hätten sich langsam zu einem ausgezeichneten Geschäftsmann entwickelt. Wenn Sie es aber anders haben wollen – auf Wiedersehen!«

Die Arbeit

Ich war also wieder in meinem Stockwerk zurück! Was für eine Erleichterung! Es war wie eine Heimkehr, wie das Erwachen aus einem langen Traum, ohne irgendeine Gewißheit, was Wirklichkeit und was Traum war. Und das machte es um so interessanter und rätselhafter. Aber schließlich waren das die alten Räume, sogar das versperrte Zimmer, vor dem ich solche Angst gehabt hatte; und da war auch Miß Jane II Rotha, und auch Miß Curven. Und alle Uhren an der Wand gemahnten mich daran, daß ich von meiner Zeit schon viel zuviel vertrödelt hatte. Ich konnte in der Entfernung die Stimme Pwholts hören, der um Hilfe rief. Wie glücklich war ich doch, in die Wortfabrik zurückgekehrt zu sein! Jetzt mußte ich meine Arbeit verrichten – oder besser gesagt: »Die Arbeit«, wie sie hier von jedermann genannt wurde, mit bestimmtem Artikel und in Sperrdruck.

Ich wußte, was man seinen Sekretärinnen schuldete, bevor man an die Arbeit ging. Ich ging also mit Miß Rotha in die Kantine, wo man genug zu trinken bekam, und ich bat auch Miß Curven mitzukommen, und wir tranken Whisky und Bier, mitten in der Nacht. Später schlossen sich uns Miß Trickster und Miß Horler an, die ich »Les Misérables« genannt habe, und auch die fühlten sich nach dem Trinken ein wenig besser.

Nachdem wir fertig waren mit dem Trinken, begaben wir uns im Lift wieder zurück, und in unserm Stockwerk nahm mich Miß Rotha beiseite und sagte: »Sie wissen, ich verlasse Sie jetzt. Ich bin dienstfrei, und Miß Curven wird für Sie arbeiten. Zuerst will ich Ihnen aber Ihre Arbeit zeigen.«

Der Korridor war nicht sehr gut beleuchtet und ich konnte also nicht sehr gut sehen. Jane II zeigte mir in einer Ecke ein kleines Pamphlet. Sie öffnete es mit größtem Genuß, als handle es sich um eine pornographische Broschüre, und sie gab mir zu jeder der kleinen Photographien einen kurzen Kommentar. Sie sagte: »Hier sieht man das Schlachtfeld in den Ardennen. Und das ist Rundstedt persönlich.« Und sie leckte sich die Lippen. »Das ist Kosiće in der Slovakei«, sagte sie. »Und hier kann man die tapfere Rote Armee im Kampf sehen. Das ist ein Flugplatz der Royal Air Force in der Nähe von Athen. Die ELAS-Leute haben ihn umzingelt, und die stolzen Engländer müssen vor den Rebellen kapitulieren.« Sie hielt inne und blickte mir in die Augen. Ich sagte bloß: »Ich dachte doch, wir hätten dieses Kapitel abgeschlossen. Keine Politik mehr.« Jane II lächelte sonderbar. Nun fuhr sie mit der roten Zunge wieder über die Lippen, als sie die nächste Seite aufschlug. Sie bekreuzigte sich dreimal und hielt den Atem an. »Den kennen Sie, nehme ich an«, sagte sie scherzhaft. Es war eine äußerst schlechte Photographie von Stalin. »Natürlich«, sagte ich und versuchte, sie meinerseits aufzuziehen. »Selbstverständlich – der Sohn von Marx und Spenser – o Verzeihung – ich meine Marx und Lenin. Oder ist es gar Lenin selbst?« Sie aber lächelte nicht und sagte mit äußerst ernster Stimme: »Er wird heute fünfundsechzig!« Und sie schloß das kleine Buch.

»Ich muß arbeiten gehen«, sagte ich. Sie sah mich schlau an und meinte: »Ich könnte Ihnen noch etwas zeigen –« Und sie zog ihren Rock hinauf und zeigte mir ihre Knie und den unteren Teil ihrer Schenkel. Ich sagte: »Wissen Sie auch, wie man Sie nennt? ›Fifi‹! Eigentlich sogar ›Quietsch-Fifi‹. Möchten Sie, daß das nochmals passiert?«

Sie schien mich nicht zu verstehen, sondern sagte bloß: »Ich geh jetzt schlafen. Adieu. Möglicherweise sehe ich Sie heute nacht nicht mehr ...« und lief davon. »Die bin ich los«, sagte ich zu mir. Ich war mit der Arbeit meines Ungewissens nicht zufrieden.

Ich betrat unser Zimmer. Eigentlich war hier überhaupt nichts bereit, was auf eine Aufnahme von Arbeit hindeutete. Die Arbeit war noch im Vorbereitungsstadium. Miß Curven spazierte rauchend und pfeifend durch den Raum. Ich befahl ihr, Papier und Schreibmaschine fertigzumachen, und sie pusselte herum, so gut sie konnte. Ich sah mehrere Male auf die Uhr, aber selbst die Uhr schien noch nicht bereit zu sein: Sie ging nur mit dem größten Widerstreben.

Wir warteten also. Miß Curven saß mir gegenüber und kritzelte auf einem Stück Papier. Ich rauchte eine Zigarette nach der anderen. Also gut, dachte ich, da sitze ich wieder und warte. Nicht mehr und nicht weniger. Raum und Zeit bedeuten nichts. Warten ist alles. Werde ich wenigstens jetzt dafür bezahlt werden, daß ich warte? In Geld bezahlt? Oder vielleicht wieder in Sachwerten wie zuvor, von Jane –?

Dann stürzte Pwholt in das Zimmer und fragte mich etwas. Er hatte offenbar Schwierigkeiten mit den geographischen Grundlagen der Arbeit.

Wir gingen zur Zentralstelle hinunter, wo wir ungefähr ein Dutzend Personen vorfanden. Sie rauchten oder tranken, einige diktierten ihren Sekretärinnen, andere warteten. Die Mehrzahl war um eine riesige Landkarte geschart, die an der Wand hing. Ganz Europa war darauf zu sehen, und die Fronten waren durch kleine Fähnchen markiert. Ein Disput hatte sich entwickelt über die Frage, ob Friedrich der Große oder Napoleon die Schlacht von Balaclava verloren hätte. Ich sagte etwas, wie, daß beide unrecht hätten, aber man hörte nicht auf mich. Einer bemerkte, auf Ausländer sei kein Verlaß. Dann zog Pwholt sein Stück Papier hervor und stellte seine Frage. Ob Chichester an der Great Western oder an der Northern Railway liege, wollte er wissen. »Da haben wir's«, sagte ein älterer Herr, der nach Whisky roch. »Da haben wir's! Ausländer. Sie kennen eben nicht Geographie.« Und er sah auf mich voll Haß und Mißtrauen. »Es liegt selbstverständlich an der Southern«, beeilte ich mich zu bemerken. Aber darüber gingen sie hinweg, als hätte ich eine Taktlosigkeit begangen.

Aber nicht nur die große Landkarte fesselte die Aufmerksamkeit der Zentralstelle. Ihre Augen klebten an einem langen Streifen Papier, der aus einer Maschine kam, in schlechtem Druck und sprunghaften Bewegungen. Sie hatten dem Zeug einen komischen Namen gegeben und waren sehr stolz darauf. Leute pflückten ein paar Sätze von dem Papierstreifen und trugen sie im Triumph zu ihren Schreibmaschinen, wo sie sie ihren Sekretärinnen vorwarfen; und die Mädchen grunzten vor Zufriedenheit. Ehrgeizigere Burschen schnitten ganze Fetzen aus dem Streifen; andere rissen ihm Glieder aus und rollten sie durch das Zimmer, um die fleischigen Stücke in irgendeiner Ecke in schnödem Schweigen zu verzehren.

»Dann können wir ja gehen«, sagte Pwholt. »Wir werden gleich anfangen. Ich kann sehen, daß sich Hawkins an das Schulterstück gemacht hat; und er ist ein schneller Esser.«

Wir begaben uns in unser Stockwerk zurück und ich wartete wieder. Wenigstens die Uhren hatten jetzt zu gehen begonnen. Miß Curven zeigte Anzeichen des Erwachens. Bleistifte wurden gespitzt und Farbbänder wurden aufgespult, zuerst von links nach rechts und dann von rechts nach links.

Eine kleine Maus brachte uns die ersten Stücke Zucker für die Maschine. Ich kostete sie und fand sie zufriedenstellend. Ich begann daran herumzukneten und sie zusammenzurollen, und dann gab ich sie Miß Curven, um sie durch die Maschine gehen zu lassen. Mehr und mehr traf bei uns ein. Ich hatte das undurchführbare in ein durchführbares Unternehmen zu verwandeln. Ich hatte Luftiges in Festes zu verwandeln. Manchmal mußte ich Gewalt anwenden. Ich bearbeitete das Zeug mit Messern, mit Hammer und Zange, hier und da mit Hammer und Sichel. Ich warf es ins Schwitzbad und hielt es dann minutenlang unter den Kaltwasserhahn, bis es zu Eis gefroren war. Anfangs muteten mich die Worte ganz leblos an, doch dann dachte ich an die Photos, die mir Ungewissen vorher gezeigt hatte, und mein frischer Mut kehrte zurück, und ich beschloß, rücksichtslos zu sein zu allem und jedem: zur Sprache und zu Menschen und zu Geographie und Geschichte und Politik.

Die Maus war sehr eifrig und wir wurden dauernd mit laufendem Material gefüttert. Das Tempo nahm zu. Ganze Sätze nahmen Gestalt an; und vier bis fünf Absätze machten die Geschichte. Die Worte wurden durch meine Bemühungen gesäubert, und es ergaben sich gewisse Stellen, die sogar einer Debatte wert erschienen. Die Schreibmaschine arbeitete drauflos mit Miß Curven als einem ihrer Hauptbestandteile. Ein Haus wurde aus Lebensmitteln errichtet; und tausend Leichen, Hunderte von Kilometern entfernt, flossen im Satzbild zusammen. Es waren Kraft und Leiden in eine der berühmten Pillen konzentriert: künstliches Leben. Geschichten bauten Geschichte und aus der Geschichte erwuchs die Arbeit. Manchmal hörte ich Miß Curven über ihrer Maschine seufzen, und so gab es für mich sogar menschliche Töne. Eigentlich wollte ich sie nicht. Ich wollte »Die Arbeit«. Ich vergaß alles, während ich daran war.

War draußen ein Gewitter? Fielen Raketen? War meine Mutter gestorben? Stand die Stadt in Flammen? Ich scherte mich nicht darum. Ich wollte »Die Arbeit«. Ich hatte meinen Vater darum gebeten, und er hatte mir Geld und Arbeit verweigert. Ich war niemals in den Besitz dieser Zehnkronennote gekommen, tant pis. Oder auch tant mieux. Ich wollte sie nicht mehr haben. Ich hatte sie in mein Unbewußtes verdrängt, wo sie gut und gerne ruhen und verglosen konnte. Ich machte mir nichts draus. Ich wollte »Die Arbeit«. Ich sprach zu der Maus und bat sie um mehr und mehr. Das Tempo wurde atemberaubend. Ich warf mit den Worten herum, als wären sie nichts, einfach nichts – Dreck. Ich jonglierte mit den Sätzen und schluckte die Geschichte wie Wasser. Ich goß sie mir in den Schlund. Was kümmerte mich denn? War Jane noch am Leben? Jane ... noch ... am ... Leben ...? Ich hielt eine Sekunde lang inne.

»Wir sind fertig«, sagte Miß Curven und lächelte matt. Ich sagte: »Fertig? Das hab ich gern! *Sie* sind vielleicht fertig. *Ich* bin's bestimmt nicht.«

Der erste Teil der Arbeit war jedenfalls getan. Die Pulte waren mit Schnee bedeckt. Reines Papier war ausgebreitet. Bahrtuch und Segelleinwand. Ich ließ es nicht ruhig liegen. Ich sprang von oben darauf und begann es umzurühren. Ich griff mit Bleistifen in allen Farben an. Ich bohrte den Speer in lebendes Fleisch. Rote und blaue Wunden wurden geschlagen, und schwarzes Blut floß in Strömen. Eine zweite Maus brachte das letzte Material. Miß Curven sagte demütig: »Ich muß Gesetz und Ordnung wieder aufrichten!«, und ich ließ sie ziehen. Ich steckte das Schwert in die Scheide und gönnte mir eine Sekunde der Ruhe. Die Zeiger an der Uhr hatten nahezu den entscheidenden Punkt erreicht.

Draußen hatte sich lautes Geschrei erhoben. Eine Volksmenge schien auf dem Marsch gegen mein Zimmer zu sein. Man rief: »An die Luft! An die Luft mit ihm!« Der Lärm war unerträglich. Dann öffnete sich die Türe und ich wurde überfallen. Ich erkannte alle Freunde dieser Nacht wieder. Sie umzingelten mich und machten sich an »Die Arbeit«, mit gierigen Klauen und viehischen Zähnen. Ich bemerkte den Mann in der vordersten Reihe, ich erkannte meine Chefs aus Bank, Büro und Betrieb, und ich sah auch den Professor. Ich sah die Köche und die beiden Brüder und die Bevorzugten mit ihrem Präfekten. Ich sah sie alle. Ich bildete mir sogar ein, ich könnte Shelley irgendwo im Hintergrund erkennen. Sie waren alle gekommen, um sich an »Der Arbeit« zu nähren. Nur Jane war nicht gekommen. Ich hätte das wissen sollen. Schlief sie noch immer? Lag sie noch immer friedlich auf ihrem kleinen Kissen und träumte von Vater und Mutter? Was für bewunderungswürdige Sorglosigkeit, was für verabscheuungswürdiger Gleichmut!

Die anderen begannen, »Die Arbeit« in Stücke zu reißen. Sie verstreuten sie in alle vier Windrichtungen. Sie war hingebreitet gewesen in Gesetz und Ordnung und jetzt stifteten sie Unordnung. Sie nahmen Geschichten heraus und löcherten den Satzbau. Sie griffen hier ein Wort heraus und dort ein Wort heraus und kosteten es auf der Zunge und wogen es in der Hand und spuckten es wieder aus oder warfen es in den Papierkorb. Einer sah sich den Marschall Rundstedt an, biß ihm den Kopf ab und steckte ihn dann wieder verkehrt zurück. Mr. Collier machte sich an Stalin. Er ließ ihn im Mund zergehen; dann schüttelte er traurig den Kopf und nahm ihn wieder heraus, als ungeeignet für menschlichen Genuß. Der Professor versuchte ein wenig von der Royal Air Force in Griechenland, war jedoch ganz unzufrieden mit meiner Art der Behandlung.

Sie sprachen und schrien und dann verharrten sie plötzlich wieder in Schweigen, als überlegten sie ernstlich eines meiner Worte. Einige begannen untereinander Streit und gerieten sich fast in die Haare. Der Professor und Shelley vertrugen sich nicht miteinander. Shelley hatte ein schönes, wohlschmeckendes Adjektiv herausgenommen und hielt es gegen das Licht. Der Professor, ungeschickt, wie er war, versuchte Shelley von dem Wort wegzudrängen, und das ließ sich Shelley wieder nicht gefallen. Es war ein trauriger Anblick.

Ich war hilflos. Ich versuchte Widerstand zu leisten, aber ich war zu schwach. Ich war geschwächt durch eine Nacht der Kämpfe und Freuden, ich konnte nichts unternehmen gegen die Behörden. Ich brüllte laut, wenn sie einem meiner Lieblinge zu nahe traten, aber ich konnte nichts dagegen tun. Ich sagte, ich würde bei den höheren Aufsichtspersonen höchst feierlich Protest einlegen: niemand hörte auf mich. Wenn nur Ungewissen erschienen wäre! Ich hätte mich auf sie als Zeugin berufen können. Denn Miß Curven saß einfach ruhig dabei und lachte und lachte, bis ihr die Tränen über die Wangen strömten.

Schließlich hatte der Mann eine große Axt ergriffen und war eben dabei, die ganze Arbeit mit einem wohlgezielten Hieb zunichte zu machen, als draußen eine laute Glocke zu läuten begann. Ich blickte auf und bemerkte, daß es auf der Wanduhr fünf Minuten vor der angegebenen Stunde war. Alle blickten auf und zitterten. Sie schienen ihres Wesens und ihrer Berufung zu gedenken. Ihre Lippen erbleichten wie die Lippen von Leichen, und unter ihren Kleidern begannen ihnen Fleisch und Knochen hinwegzuschmelzen. Selbst wenn es nicht ein Uhr nachts war oder sonst eine vorschriftsmäßige Stunde, da Geister zu verschwinden haben – es war irgendeine Stunde, irgend etwas in Raum und Zeit, was sie nicht leiden konnten. Vielleicht waren es Gesetz und Ordnung, wie Miß Curven schon vorher vermerkt hatte. Jedenfalls verschwanden sie so schnell, wie sie gekommen waren. Einige von ihnen schrien noch: »An die Luft! An die Luft mit ihm!« – doch es war ein hilfloser Schrei, und ich brauchte von ihnen keinen Rat, wie ich meine Pflicht zu erfüllen hatte. Ich brauchte sie überhaupt nicht. Sie ließen einen sonderbaren Duft zurück, und einen leichten Dunst in der Mitte des Zimmers, als hätten dort Gespenster gesungen und getanzt; das war auch alles. »Die Arbeit« war nahezu vollendet.

Pwholt kam mich holen. Ich schulterte »Die Arbeit« und sagte zu Miß Curven: »Sie können jetzt gehen!« Sie machte einen netten Knicks. Pwholt sagte: »Es ist fast Morgen«, und wir gingen über den Gang. Ich trug die Papiere in beiden Händen, als trage ich eine Opfergabe.

Wir kamen ins Kellergeschoß und wanderten durch die unterirdischen Korridore. Wir kamen an eine Sperre und hatten unsere Papiere vorzuweisen. Der Portier war ein gewissenhafter Mensch und sah alle meine Briefe durch. »Es sind Liebesbriefe«, sagte ich, er lächelte und ließ mich durch.

Plötzlich fiel mir ein, wie ich diese Korridore Jahre über Jahre durchwandert hatte. Wie oft war ich an diesen roten und grünen und blauen Lichtern schon vorbeigekommen! Wie oft hatte ich diesen Ort schon zuvor gesehen! Ich war erschüttert und ich bekam es mit der Angst, der Brocken im Hals könnte mich vielleicht am Sprechen hindern. Ich versuchte also, an etwas Ernsteres zu denken, und ich dachte an Jane. Und weil es so ernst war, daß es schon beinahe komisch wurde, kam mich ein Lächeln an. Ich lächelte, als ich den Raum betrat.

Pwholt setzte sich an meine Linke und begann in ein großes Buch zu schreiben. »Ihr Namen?« fragte er, und sah durch mich hindurch. Ich sagte ihm meinen Namen und er schrieb meinen Namen in das Buch.

Wir hatten nur noch zwei Minuten. Daran konnte man einfach nicht vorbeisehen: An der Wand hing eine riesige Uhr. Ein großer Zeiger machte die Runde und blökte die Sekunden heraus. Wir waren in Zeit vollkommen eingewickelt: Die Zeit hielt unseren Hals mit klammen Händen umspannt, die Zeit floß die Wände herab, die Zeit stand wie ein Tümpel in der Mitte des Raums. Der Tisch vor uns war mit sonderbarem Material bedeckt, das aussah wie ein schmerzhaftes Kleid, aus Sekunden gewirkt. Von der Decke baumelten zwei Bienenstöcke; vor dem freundlicheren der beiden hatte ich Platz genommen.

Zu meiner Rechten war eine Glaswand. Hinter der Glaswand lag Dunkelheit. Dann wurde ein blaues Geisterlicht angeknipst. Nun konnte ich die Bescherung auf der anderen Seite des Glases sehen: Alles war voll von Fischen und Vögeln. Es war kein richtiges Aquarium, sonst wären ja keine Vögel darin gewesen; und wer hat schon Fische an Land gesehen? Ein junges schönes Mädchen bewegte sich würdig und unbehindert unter den Tieren. Sie war dunkelblond, ihre Haare hatten die Farbe des Honigs aus meinen Bienenstöcken. Sie blickte mich aus ihren großen blauen Augen an und versuchte mich auf freundliche Weise zu ermutigen. Sie bearbeitete ein Schaltbrett, und dieses Instrument war der Held des Stückes. Der Zeiger der Uhr beschrieb seinen vorgesehenen Kreis. Noch zwei Minuten.

Das Mädchen nickte mit dem Kopf. Ich sprach ein paar Worte vor mich hin. Sie lächelte wieder. Einer der größeren Fische hatte sich in ihrem Haar verfangen, doch niemand kümmerte sich darum, solange das Schaltbrett richtig funktionierte.

Das Mädchen schickte jemand in unseren Raum. Das war ein zweites Mädchen, grau, mit grauen Händen, und mit ihren grauen Fingern spielte sie über meine Bienenstöcke und sprach dabei – ohne sich an irgendwen zu wenden. Pwholt sah sie von der Seite mißtrauisch an, aber ich kannte diese bescheidenen Mäuse der Luft. Sie sagte etwas, das klang wie: »Gelb! Hört mal: Gelb! Das Zimmer ruft! Hallo!?!« Und dann drückte sie auf einen Knopf und nichts geschah. Sie schien ganz befriedigt von dieser Entwicklung und zog sich von den Bienenstöcken zurück. Sie beugte sich nieder und sagte: »Pfropfen in der Wand!«, worauf sie sich durch die Luft entfernte. Nur noch eine Minute.

Ich breitete »Die Arbeit« auf dem Leidensgewand vor mir aus. Im nächsten Raum blitzte ein Licht auf. Es gab ein Flimmern an unserer Wand, und der Zeiger rückte näher und näher. Ich war ruhig und gefaßt. Ich war vielleicht ein wenig bleich, ich hatte doch auf diesen Augenblick so lange gewartet! Ich vergaß alles. Ich vergaß sogar Pwholts Gegenwart, dessen blutunterlaufene Augen auf mir ruhten, voll Angst und Sorge.

Der Zeiger der Uhr hatte den Gipfel erklommen. Der Berg der Zeit war erstiegen. Kein Kanonenschuß ertönte, noch fuhr ein Blitz durch den Raum, obwohl ich das eigentlich erwartet hatte. Nur ein starkes rotes Licht flammte an der Wand auf. Und auf dem Tisch, bei meiner Hand, erstrahlte ein grünes Licht wie ein Feenauge, das auf den Wiesen der Kindheit blüht.

Musik begann. Sie kam aus dem nächsten Raum. Ich sah, wie sich zwei kleine Vögel auf die Schultern des jungen Mädchens setzten, und die pfiffen eine heroische Melodie, voll Süßigkeit, Anmut, Demut und Hoffnung. Sogar die Fische lächelten zu der Melodie.

Die Musik verstummte. Das grüne Licht leuchtete weiter. Und ich sprach.

Ich sprach schöne Worte. Ich sprach mit großem Genuß. Ich war selig, sprechen zu können. Ich hatte einen langen Zeitraum vor mir und den konnte ich mit meinen Worten ausfüllen. Dazu hatte ich »Die Arbeit«. Ich las ein paar Worte meiner Arbeit. Ich liebte »Die Arbeit«. Ich sprach.

Ich fühlte mich nackt und frei in der freien Luft. Die Mauern waren gefallen. Das Haus hatte sich geöffnet. Es gab einen direkten Zugang zu jedermanns Luft und Herz. Ich sprach. Ich redete. Weiß Gott, ich liebe es zu reden; und wie ich sprach! Ich wurde davongetragen von den Worten und Sätzen und war doch ihr Herr und Meister. Ich badete in den Wolken der Töne und der Freiheit. Ich schwamm glückselig durch die Lüfte, zwischen Fischen und Vögeln. Ich verzog und ich stürmte vor. Ich wurde gefühlvoll und ich wurde streng. Ich vergaß all die Regeln über Gleichmut und Gleichgültigkeit, und ich gab mich meiner eigenen Persönlichkeit hin, als sei es das erstemal. Ich hatte mich wiedergefunden nach dieser Nacht der schweren Verluste und ich fand mich wieder vor meinem Bienenstock, in dem Raum der Uhren und Lichter.

Ich war endlich wieder einmal glücklich. Ich erzählte ihnen vom Tag zuvor, von Menschen und Maschinen, von Rundstedt und von der Royal Air Force bei Athen, und alles schien in Ordnung zu sein. Ganz gleich, was ich sagte – ich sagte es. Ich hatte Ungewissen vergessen und die Beiden Brüder und Mama Tod und die Leute, die so gern »Die Arbeit« zerstört hätten. Ich sprang von einem Höhepunkt zum andern. Zur Rechten hatte ich die Vokale und zur Linken hatte ich die Konsonanten, und ich sah die Riffe und Felsen aus großer Entfernung und ich verfehlte sie nur selten. Ich erreichte sie. Ich hatte sie. Wie glücklich ich nur war, in Worten schwelgend und schwimmend.

Ich sprach. Ich sprach. Ich war dir sehr nahe, und dir und dir und dir. Du hättest mich hören können, hättest du gewollt. Eigentlich sprach ich zu allen. Die moderne Wissenschaft hat die Verbindung ermöglicht zwischen der Menge und dem Menschen, zwischen dem freundlichen Schläfer und dem wachen Narren. Ich lag an ihrem Busen, als sei ich einer von ihnen. Das waren Bauern in Holland und Soldaten in Frankreich und Hausfrauen und Kinder und Weiber und Männer und Halbwüchsige und Greise und Greisinnen in diesem und in jenem Land, Feind und Freund, Kranke und Gesunde, gutmütige Prahler und verdächtige Intriganten – sie alle konnten mich hören: Sie hörten den Ton.

Ich sprach. Ich blickte nicht auf die Uhr; und dann hob ich meinen Blick. Lieber Gott, meine Zeit war beinahe erschöpft. Ich sah auf Pwholt. Er schlief. Ich sah nach dem Mädchen im nächsten Raum, mit den beiden Vögeln auf ihren Schultern, wie sie da an dem Schaltbrett saß. Sie schlief. Nur das Schaltbrett warf mir einen strengen Blick zu und sagte: »Deine Zeit ist bald abgelaufen, mein Junge!«

Ich wollte zu einem guten Abschluß kommen. Ich verhaspelte mich also bei ein paar Worten, weil ich zu hastig war. Ich war verzweifelt. Ich streichelte den rauhen Stoff vor mir mit zwei zitternden Händen. Ich war mit meinem Mund dicht vor dem Bienenstock. Als ich dann meine Hände von dem Leidenstuch wegzog, bemerkte ich, daß kleine kurzstielige rote Rosen erblüht waren, wo früher meine Finger gelegen waren. Und der Bienenstock begann hin und her zu schwingen.

Die Rosen schossen empor wie in einem Glashaus. Sie wuchsen mir ins Gesicht. Das Mädchen nebenan erwachte. Meine Stimme ermüdete. Ich erinnerte mich an etwas. Ich sah auf die große Uhr. Die Arbeit vor mir löste sich langsam auf, sie verschwand. Und das Ziffernblatt der Uhr war jetzt Janes Gesicht. Sie sah auf mich herab. Mit meiner letzten Kraft sagte ich: »Hallo – Welt! Hier spricht London. London spricht zu der Welt. Ich spreche zu euch allen. Ich liebe dich, Jane. Ich liebe euch. Ich liebe.«

Damit war meine Zeit abgelaufen. Alle Lichter waren erloschen. Pwholt und das Mädchen hatten mich im Stich gelassen. Die Uhr war wieder die Uhr. Ich war allein.

Bezahlter Urlaub

Ich hatte es geschafft! Endlich hatte ich den Wall des Leidens und Wartens durchbrochen. Ich hatte Arbeit getan, richtige Arbeit: »Die Arbeit«. Das war kein einfaches Alltagsgeschäft, kein Schieben von Wägelchen mit Eisbechern darauf, kein Schleifen von glitzernden Dingern in rundliche Formen; kein Handel mit farbigem Papier, kein Stöhnen unter entfärbten Lasten. Das war etwas Besonderes. Und ich wartete auf meinen Lohn.

Ich machte mir nichts mehr aus der Zehnkronennote. Ich machte mir sogar nichts daraus, daß ich die Arbeit sozusagen ohne Zeugen getan hatte: einsam unter den Schläfern einer schläfrigen, nebeligen Welt. Ich war auch nicht betroffen, weil mich alle in der Stunde des Sieges verlassen hatten. Nur meinen Lohn wollte ich.

Es gab aber weder Lohn noch Lob noch Belohnung. Meine hoffnungsreiche Brust wurde von Enttäuschung zerrissen. Meine kindischen Träume gingen in Schall und Rauch auf. Mein Idealismus war bankrott. Die Wirklichkeit sah anders aus. Da gab es keinen Lohn. Die Dinge, die mir selbst so schwer fielen, waren offenbar äußerst einfach für die anderen. Ich war wütend. Ich war voll blinden Hasses. Ich dachte, auf Umwegen zu meinem Lohn zu kommen, durch die Hintertür. Vielleicht gab es etwas, was mir leicht fiel und was die anderen nicht konnten. Geldverdienst durch Träume.

Ich war wie in einem Vakuum. Doch als ich jetzt die Hände hilfesuchend ausstreckte, füllte sich der leere Raum plötzlich mit Gestalten und Figuren. Man rief nach mir aus dem Vakuum. Eine Art Ausschlag schien in der Welt ausgebrochen zu sein: Personen in sonderbaren Stellungen bildeten Gruppen, farblos alle; nur an den Rändern bläulich angelaufen und faltig, doch immer näher einem schieren Nichts, je genauer man ihr Zentrum ins Auge faßte. Sie breiteten sich wie Seuchen aus. Sie wogten und wuchsen. Sie litten weder Kälte noch Hitze.

Es waren viele. Sie liefen und standen, sie lungerten und wallten. Sie sammelten sich, als warteten sie, und sie rotteten sich zum Ansturm. Ich hielt sie nicht für Geister noch Gespenster noch Kobolde oder Gnome oder für sonst etwas Übernatürliches. Sie waren mein, sie waren natürlich wie ich und du. Wenn sie nur ein wenig mehr Farbe gehabt hätten! Wenn sie nur den Mund aufgetan hätten! Wenn sie nur meine Einsamkeit in Vielsamkeit hätten verwandeln können! Doch sie taten nichts dergleichen.

Sie riefen mich nur manchmal. Mit den verschiedenen Namen meines Lebens. Sie riefen, in Abständen, langgezogen, von ferne.

Und ich sah die Ringstraße meiner frühen Jugend, mit den Auspuffgasen altmodischer Autos. Die Straßen waren bedeckt mit Dämpfen. Mein Flug ging zu einem andern Stern. Bürgerkrieg war an die Stelle der Völkerkriege getreten. Die Arbeitslosen wurden bezahlt, daß sie gegen andere Arbeitslose kämpften. Die blauen Dämpfe kamen von Gewehren und Geschützen. Die Zuschauer saßen in gepolsterten Sesseln auf den Balkonen ihrer Paläste.

Ich sah den jungen Mann, der im Speisezimmer wartete. Wie dunkel es nur war! Er war schon einmal verheiratet gewesen, doch jetzt war er dabei, mit der Tochter des Hauses durchzugehen, und Italien war das Ziel ihrer unerlaubten Reise. Wie viele Enttäuschungen nur dem jungen Paar bevorstanden! Ich bemitleidete sie und konnte ihnen doch nicht helfen. Ich hatte sie ja nicht gerufen. Sie waren von selbst gekommen. Und da war ja auch das junge Mädchen; sie hatte Halsschmerzen, ein schlechter Anfang für ein Unternehmen ins große Unbekannte.

Der griechische Held wünschte ein Zeichen vom Himmel. Die Stadt lag im Schlaf. Die große Expeditionsflotte war abfahrtbereit im Hafen. Der Held war voll Zweifel. Er traf das Bild des Gottes am Kreuzweg, und der Gott sprach um Mitternacht zu seinem geliebten Sohn: »Alkibiades«, sagte der Gott. »Ich beneidete dich nicht. Du bist ein Sünder. Du wirst nicht nach Sizilien segeln, ohne zuvor

Schaden zu erleiden. Ich werde gegen dich kämpfen, ich, Hermes, Gott der Diebe und Kreuzwege. Ich werde mich in tausend Standbildern von den Piedestalen werfen, und das Volk von Athen wird gegen dich aufstehen.« Aber Alkibiades lachte.

Anne-Josèphe Théroigne de Méricourt führte die Weiber nach Versailles. Sie saß auf einer Kanone und trug einen blauen Mantel um die Schultern. Sie wurde auf der Terrasse der Feuillants ausgepeitscht und von Marat gerettet. Man sagte, sie sei wahnsinnig geworden, weil sie mit Aristokraten verkehrt hatte, und die Aristokraten hätten sie mit Syphilis angesteckt. Jetzt kroch sie am Boden und aß den Abfall, sie, die einst die Maitresse des Herzogs von Orléans und die Amazone der Revolution gewesen war.

Die drei hatten eine Reise durch die Toskana unternommen. Einer von ihnen war ein Spion der Nazis, und später fand man die Leiche der Frau im Straßengraben, nackt und verstümmelt. Eine Bombe war in dem Blumenstrauß versteckt, den der große Chef erhalten sollte. Der Chef war gekommen, die neue Autobahn zu eröffnen. Dann brannte das ganze Haus nieder. Oben auf den Treppen zeigte sich die verlorene Frau, die von ihren Reisen heimkehrte, umgeben von Koffern und Schachteln. Das Boot mit dem Flüchtling lief an der Küste von Ischia an, wo sich das Mädchen in dieses Opfer des ersten Weltkrieges verliebte. Die große Hochzeitsgesellschaft zerstreute sich unter Donner und Blitz. Die beiden Frauen hatten sich in das Dorf verirrt, das dicht unter dem Eisgipfel des Vulkans lag. Ich machte mich auf eine Reise durch meinen Körper und fand die Untiefen des Ozeans. Das Bild meiner Mutter trat aus dem Rahmen an der Wand und winkte mir. Ich traf alle meine Schulfreunde und traf mich selbst.

Doch jetzt war die Verwirrung vollständig. Inneres war nach außen gekehrt. Jeder hatte seinen Platz mit jedem vertauscht. Allgemeiner Aufruhr hatte die Welt entwurzelt.

Ich stand im Korridor, und die Formen und Gestalten wur den bleicher und bleicher. »Wo seid Ihr?« – rief ich, denn ich wollte doch nicht von allen im Stich gelassen werden. Vielleicht war eine kurze Pause gestattet zwischen Traum und Wirklichkeit. Ich hatte die Hände voll mit Blättern eines Buches, das noch nicht geschrieben war. Meine Freunde und Bekannten, meine Verwandten und meine Eltern, meine Frauen und meine Mädchen strichen in endlosem Zug an mir vorbei, und ich bot ihnen von den Blättern an.

Ich beschwor sie. Ich fiel auf die Knie und streckte meine Hände aus in einer Haltung demütiger Bettelei. Sie sahen mich nicht einmal. Sie wandten ihre Augen von mir ab. Ich wartete auf jemand – auf wen wartete ich nur? Ich wartete auf die eine, auf den einen, der vielleicht an meinen Träumen interessiert war. Ich hatte in dieser Nacht genug gelernt, um zu wissen, daß das große Gesetz von Nachfrage und Angebot triumphierte auf der Welt. Ich wollte Frieden machen und mich anpassen. Ich wollte ihnen etwas anbieten – und was konnte ich mehr geben als mich selbst? Ich ließ sie nicht ungestört vorbei. Ich machte mich unbeliebt. Ich brüllte sie an. Ich versuchte mich durchzusetzen. Sie hatten wenig Vergnügen daran. Sie kümmerten sich nicht darum. Ich wartete auf die eine, den einen. Es konnte aber doch keine andere sein als die, auf die ich schon zuvor gewartet hatte, in der Vorhalle zum Café Canada. Es war Jane. Oh, sie würde schon noch kommen, sie kam am Ende immer. Man mußte nur Geduld haben. Sie ließ einen eigentlich nie wirklich sitzen. Sie war verläßlich – irgendwie verläßlich. Sie kam schließlich und endlich doch.

Sie kam aber nicht. Alle schwärmten vorbei. Sie schlurften vorbei mit ihren verfluchten Füßen, sie schwatzten und klatschten mit ihren verdammten Mündern, sie lächelten mich verächtlich an mit ihren vermaledeiten Lippen. Jane war nirgends zu sehen. Sie würde mir ein paar freundliche Worte gesagt haben, sie war höflich, sie hatte die Eleganz der großen Welt, sie würde Interesse geheuchelt haben, wenn nicht mehr; wäre sie gekommen ...

Aber sie kam nicht. Statt dessen hörte ich eine andere Stimme, die meinen Namen rief: »Truck! Truck!« rief es. Es mußte Pwholts Stimme sein. Was konnte er noch von mir wollen, wir waren fertig. Ich war fertig mit dieser Nacht. Ich hatte meine Pflicht getan – was wollte er noch?

Die Menge lichtete sich. Nur ein kurzer Augenblick lag dazwischen wie ein schwarzer Schatten zwischen Sonnenschein: und dann brach von der Seite eine lebendige Menge über mich herein: die Aufwartefrauen – die Weiber. Die lustigen Weiber des Mister Cavendish. Die Reinemachfrauen waren da. Sie kamen in kleinen Gruppen, diese gewaltigen Krieger, diese geschürzten Witwen, mit Besen und Bürste, die faule Antwort auf meine Frage über Leben und ...

Es mußte schon fast sieben Uhr sein; die Putzfrauen waren da. Die Mehrzahl hatte wegen der Kriegszeiten die gute alte Sitte abgelegt – die Hüte waren abgelegt, verschwunden. Ihre Haare waren grau und ihre Hände verkrustet. Sie hatten ernste Gesichter und standen mit beiden Füßen auf der Erde. Sie lachten und scherzten, und sie kümmerten sich nicht um mich. Sie mußten in fünf Minuten mit ihrer Arbeit beginnen, und es war ein gutes Stück Arbeit, ihre Arbeit, kurz, doch verantwortlich. Sie gingen durch mich hindurch wie ein Sturmbock, und als ich sie etwas fragte, verstanden sie mich nicht. Aber auch ich verstand sie nicht. Ich hörte, wie ihre Stimmen gurrten vor Lachen, und ich sah, wie die rauhen Lieder ihre Lippen feuchteten.

Ich fragte: »Haben *Sie* mich gerufen?« Und jetzt bekam ich auch Antwort: Irgendwer antwortete mir, während die übrigen die Säle und Gänge und Korridore der Welt überschwemmten. Die größte, stärkste, dickste von ihnen trat aus der Reihe und hielt mich an. Ich erkannte sie: Mama Tod. Sie hatte sich seit dem Marble Arch nicht wesentlich verändert. Doch war sie strenger mit mir, als sie damals mit den Poeten gewesen war. Vielleicht war ich eben kein Poet. Ihre Stimme klang tiefer, und ihre Hände waren wie Tatzen und ihre Haut wie Pergament. Sie sagte mit groben Tönen: »Wollen Sie sich, bitte, fortmachen? Wofür halten Sie uns eigentlich? Fort da! Es ist jetzt heller Tag, und Sie sollten sich nicht mehr hier herumtreiben. Ab durch die Mitte – nach Hause! Wir haben für Ihresgleichen und für Ihre Wünsche und Witze nichts übrig. Auf was spitzen Sie denn – wollen Sie vielleicht etwas für nichts? Bezahlten Urlaub? Das gibt's bei uns nicht. Wir sind Konservative. Alle sind konservativ. Ich rate Ihnen, sich fortzubegeben, so schnell, wie Sie gekommen sind. Sie – Sie – Sie Schwindler, Sie!«

Das war eine hübsche Rede, und während sie noch sprach, wurde sie immer dicker und schrecklicher, und von ihrem Rock fielen Felsen und über ihre Stirne jagten die Wolken. Als ich in ihre gebirgigen Höhen aufblickte, beschloß ich, lieber klein beizugeben und ihr zu gehorchen. Ich murmelte ein paar Worte der Erklärung. Ich wollte doch nicht davonrennen oder davonschleichen. Ich sagte, ich hätte meine Pflicht getan und mein Bestes gegeben.

»Nicht genug, mein Herr«, sagte der Chor der Aufwartefrauen. Mama Tod drohte mit ihrem Finger, der scharf war wie ein Obelisk und dick wie eine Statue. War ich wirklich am Ende? Würde ich Jane nie wiedersehen? Ich hatte Angst und zitterte. Doch ich wollte beherrscht und gefaßt sein, und ich war beherrscht.

Ich ging wieder die Treppen hinauf, und ich nahm Hut und Mantel und Aktentasche. Ich hatte keinen Regenschirm, nie, o nie! Ich trug meinen guten Anzug. Ich war ja im Theater gewesen. Und jetzt heim! Heim – in die Höhle der Tränen und Herrlichkeit, des Friedens, der Ruhe, des Todes. Die leeren Karten, die unerwünschten Blätter waren mir in der Hand geblieben. Ich hatte gespielt und ich hatte das Spiel verloren. Die Aufwärterinnen hatten Besitz ergriffen.

Ich brauchte jetzt keinen Lift. Ich traf niemanden mehr – weder Pwholt noch Miß Rotha noch Miß Curven oder irgendeinen anderen meiner Kollegen. Sie hatten im vorhinein geahnt, was da kommen würde und hatten sich vor den Staubmacherinnen aus dem Staub gemacht. Ich ging langsam die fünf Stockwerke hinunter; ich ging durch die große Vorhalle auf die Drehtüre zu. Ich sah auf das leuchtende Zifferblatt der großen Wanduhr und auf das verlassene Schaltbrett, an dem jetzt niemand saß und niemand die vielen Drähte miteinander verband, würde jemand wünschen, mit jemandem verbunden zu werden; nur hilflose Stöpsel hingen heraus und bedeckten das Schlachtfeld wie tote Schlangen. Es war acht Uhr fünfzehn und ich hoffte, daß sich der Nebel verzogen hätte, da es Morgen war.

DOCH ES WAR NICHT TAG

SONNTAGSBEILAGE: FÜR DIE HAUSFRAU, REISEN ETC.

Die einfachen Freuden

Und so bekam ich es mit der Angst. Richtig mit der Angst. Ich stand auf der Straße. Alles tanzte, alles drehte sich.

Aus welchem Haus war ich gekommen? Wohin ging ich? Und was wollte ich denn? Wollte ich wirklich nach Haus gehen, um einen Waffenstillstand zu unterzeichnen? Sollte ich vollständig und bedingungslos kapitulieren? Oder war ich ein Punkt des letzten Widerstandes? Legte ich die Waffen nieder? Vor wem? Wer war berechtigt, meine bedingungslose Kapitulation entgegenzunehmen?

Hatte vielleicht die Straße Seiten gewechselt? Das war schon vorher passiert. Vielleicht war ich aus dem Gebäude dort drüben gekommen und ging jetzt in ein anderes, das ich gar nicht kannte? Ich sah einen mächtigen, herrlichen Palast auf der anderen Straßenseite. Ich konnte aber nicht dort herausgekommen sein! Nein, dorthin führte mich erst mein Weg. Ich hatte mich nur verirrt, so was kam vor im Nebel. Denn der Nebel war bestimmt noch da, ganz bestimmt noch.

Ich torkelte ein paar Schritte vor. Meine Angst war größer geworden. Ich dachte an Jane. Sie mußte jetzt schon aufgestanden sein. Ich beschloß, sie anzurufen. Ich wollte gar nichts Besonderes von ihr – nur ihre Stimme hören. Würde sie böse sein, von mir geweckt zu werden? Aber nein. Sie würde schon auf sein, sie mußte ja in einer Stunde ins Büro. Wo aber war eine Telephonzelle? Ich erinnerte mich dunkel an ein Telephon im Erdgeschoß des wunderbaren Palastes, und ich machte mich auf, es zu suchen. Die Eingangshalle war leer, von einem Telephon keine Spur. Ich lief davon. Warum war die Straße so leer? Hatte ich mich in der Zeit geirrt? Worin hatte ich mich sonst noch geirrt?

Ich ging die ganze Straße ab und suchte eine Telephonzelle. Meine Angst war fürchterlich, wild und erstickend. Ich hatte Angst vor dem Tod wie noch nie. Ich wähnte, ihn in der Luft zu hören. Ich glaubte, ihn an der nächsten Ecke zu treffen. Es war nur natürlich, zu sterben, warum sollte ich verschont bleiben? Ich hatte immer gehofft, verschont zu bleiben. Um einmal ganz aufrichtig zu sein – ich hatte mich stets für zu gut gehalten, für zu lebendig für solch gemeines Geschick. Zuerst hatte ich versucht, an die gewöhnliche, orthodoxe Unsterblichkeit Christi und aller Heiligen zu glauben, aber ich mußte diesen Glauben aufgeben, als ich den Glauben an die anderen Glaubenssätze aufgab. Und jetzt glaubte ich an den Heiligen Marx & Stalin – an das Reich des Sozialismus und des ewigen Kollektivs. In diesem Reich war kein Raum für individuelle Vorzugsbehandlung. Meine geliebte und einzigartige Individualität würde genauso verschwinden müssen wie die jedes anderen. Was für eine Schande und Schmach! Wie konnte nur dieser Körper mit all seinen festen Muskeln und harten Knochen und selbst der Schädel mit seiner starken Schädelbasis – wie konnten alle diese feinen, mechanischen Werkzeuge der Nieren und Blutgefäße einfach verschwinden, plötzlich verschwinden oder langsam vom Krebs gefressen werden oder verwüstet von der Lungenentzündung und heißem Fieber? Wie konnten meine Ideen verschwinden und mich lassen, meine Empfindungen und Bestrebungen, wie konnte diese ganze verwickelte Apparatur, einmal so zu denken und einmal so, einfach ausradiert werden? Ich erinnerte mich an tausend Orte und tausend Daten der Geschichte; ich kannte tausend Namen, und ich kannte Menschen an ihren Gesichtern und ihren Kleidern; ich kannte das Jahr der Schlacht von Waterloo und die Regierungszeiten vieler deutscher Kaiser und alle Schlachten Napoleons. Ich hatte Freunde; würde ich auch meine Freunde verlieren? Würde ich die liebe, süße Katie verlieren? Hatte ich nicht erst gestern nacht einen höchst interessanten Menschen getroffen, den ich den Mann genannt hatte? Wie konnte ich ihn nur verlieren? Und wie konnte ich Jane verlieren? Jane Smith, meine geliebte Geliebte, den schönsten, zierlichsten, liebenswertesten, liebenswürdigsten, witzigsten, anziehendsten, reizendsten Menschen unter den Menschen? Meine Idee und meine Wirklichkeit, meinen Traum und mein Begehren – wie konnte ich sie verlieren?

Aber ich hatte sie ja schon verloren. Sie war gegangen, und ich würde sie nie mehr wiedersehen. Es gab kein Telephon. Ich würde nie mehr wieder ihre Stimme hören, niemals, niemals. Ich würde sterben. Ich hatte mich schon immer vor dem Sterben gefürchtet. Schon als ich zwanzig war und mit meiner Mutter in Gemäldegalerien ging, sah ich mir so von der Seite die Namentafeln unter den Bildern an, wo man genau lesen konnte, wie alt dieser Maler und jener Zeichner geworden waren; und dann verglich ich die Länge ihres Lebens mit dem meinen. Keine Ausrede, daß seitdem Fortschritte erzielt worden seien in Hygiene und Medizin! So lange es kein ewiges Leben gab, war es ein nutzloses Leben. Und nie zu wissen, wann etwas zum letztenmal geschah – wann man die herrliche Stadt Rom zum letztenmal sah – wann man zum letztenmal calamaretti aß – wann die letzte Rakete fiel. Es nie zu wissen!

Ich fand einen kleinen Raum mit einem Telephon. Das Telephon stand auf einem niedrigen Tisch; man konnte sich also niedersetzen und sprechen. Es war weder ein öffentliches noch ein privates Telephon, aber das scherte mich nicht weiter. Ich setzte mich auf einen wackligen Stuhl und drehte an der Scheibe: Ich hatte die Türe des Raumes versperrt. Von der Decke fiel das elektrische Licht in mörderischem Strahl. Ein Fenster gab es hier nicht.

Ich verspürte physische Übelkeit. Es mußte die Unausgeschlafenheit sein. Ich hatte in der vorigen Nacht ja nicht geschlafen. Oder war ich krank? War das der Tod? Man hatte mir von den ersten Symptomen eines Schlaganfalls erzählt; wenn das Gehirn nachgab oder das Herz stillstand. Ich wartete an dem Telephon auf eine Antwort.

Ich wartete. Ich wartete und drehte nochmals an der Scheibe. Ich blickte auf den Messingknopf der Türklinke. Ich hatte die Türe geschlossen und versperrt. Dieser Messingknopf war rund und lächerlich. Man sah ihm unbegrenzte Befriedigung mit Vergangenheit und Gegenwart an. Aber die Zukunft! Und ich drehte und drehte an der Scheibe. Sie antwortete nicht. Sie war bestimmt im Bad. Als ich das vierte Mal an der Scheibe ihre Nummer drehte, hörte ich das »Besetzt«-Zeichen. Von wem war sie besetzt? Das mußte ein Irrtum sein. Ich versuchte es noch einmal. Wieder dasselbe Zeichen. Ich versuchte »0« für Auskunft und bat das Fräulein, mich zu verbinden. Ich erhielt die Antwort, die Nummer sei besetzt. Ich sah auf die Uhr. Ich hatte fast eine ganze Stunde am Telephon verbracht.

Ich konnte nicht aufstehen. Meine Augen waren von dem Messingknopf gebannt. Ich hatte ein leeres Gefühl im Magen. Vielleicht war ich hungrig. Vielleicht war ich durstig. Vielleicht war ich verliebt. Ich versuchte es noch einmal. Und wieder hörte ich das »Besetzt«-Zeichen. Mit wem und warum? Und warum nicht mit mir? Ich fürchtete mich, zu sterben, ohne vorher Jane gesehen zu haben.

Ich stand endlich auf. Es schwamm mir vor den Augen. Ich torkelte an den vier Wänden herum und suchte den Ausgang. Da – da war der Messingknopf. Dreh ihn um! Lauf davon!

Draußen blieb ich stehen. Ich hatte zu viel geraucht. Kalter Schweiß bedeckte meine Stirn. Ich blickte auf, und sah eine andere Uhr. Hatte ich mich wieder geirrt? Auf dieser Uhr war es erst halb fünf. Vielleicht halb fünf am Nachmittag. Ich war hungrig.

Ich ging die Treppe hinab. Ich roch Eßwaren und Trinkwaren. Ich hatte Anspruch auf Essen und Trinken wie alle anderen Menschen auf Erden. Wenn ich schon sterben mußte, wollte ich sterben vor Braten und Wein – ohne Weinen. Ich hatte Anspruch auf die einfachen Freuden des Lebens. Ich roch die Einfachheit von Roastbeef und die Demut gebrannten Kaffees. Ich hatte Anspruch auf all das – – – – – – – – – – – – – – – – – – – Der junge Herr aß zuerst sein Frühstück. Er genoß zum Frühstück den echten österreichischen »Guglhupf«. In keinem anderen Land der Welt gab es so etwas Ähnliches wie Guglhupf – es gab nicht einmal einen Namen dafür. Solche Genüsse gab es nur im Kindheitsland. Herr Truck nahm drei Stücke. Danach hatte er zwei Kipferln, und darauf schmierte er Butter und Honig. Er brach sie in kleine Stücke und schmierte zuerst die Butter darauf und dann den Honig. Und dann trank er zwei Tassen richtigen Kaffees mit »panna montata« – ich wollte sagen: mit Schlagobers – ich meine: mit Schlagsahne. Er schöpfte zuerst einen runden Haufen ab und dann mischte er ihn mit dem Kaffee, und dann rührte er den kleinen Löffel in dem Kaffee und freute sich an dem fetten, dumpfen Geräusch der Sahne, die im Kaffee aufgegangen war.

Herr Truck genoß sein Mittagessen zu Hause mit Vater und Mutter. Es gab Nierenbraten, immer gab es Nierenbraten an seinem Geburtstag, es war also der Geburtstag des jungen Herrn. Die Nieren mußten knusprig sein, und sie waren auch knusprig. Nachher gab es eine Nußtorte, und dann machte er sich auf eine kurze Reise; und in Venedig, in einem kleinen Lokal in der Nähe des Canale Grande, bekam er calamaï und scampi und fritto misto vorgesetzt, und das ganze wurde hinuntergeschwemmt mit einer Flasche Refosco. Er traf ein reizendes Mannequin, und er lud sie auf vierzehn Tage ein, doch sie sagte, sie vertrage keinen Wein. Macht nichts, sagte Herr Truck, ich trinke den Wein und du ißt, was du kriegst. Sie war zufrieden und sie nahmen ihre Mahlzeiten auf einer wunderschönen Terrasse ein – was man hierzulande eine »pergola« nannte. Zuerst gab es gemischten Salat und dann Hummer, soviel man wollte. Der Wirt stellte Essig und Öl auf den Tisch, und Doktor Truck bereitete den Salat nach seinem Geschmack.

Er hatte sein Abendessen an Bord der »Ausonia«, mit dem Mannequin. Die Süßspeise war fein gesponnenes Gold mit Sonnenstrahlen, und sie krachte und knackte ihnen im Mund. Sie tranken Champagner, denn das Mannequin hatte nur gegen gewöhnlichen Wein eine Abneigung. Sie verließen den Dampfer, und man zeigte ihnen ein kleines Lokal, wo sonst nur die Kutscher von Capri ihr Essen einnahmen, doch heute hatte man auf den Hügeln eine Menge von Schnepfen geschossen, und der Koch servierte sie selbst, mit einer Sauce Naturelle, und Petersilie und Schnittlauch dazu. Sie bekamen auch noch Melanzani und Trauben, soviel sie wollten. Und sie fuhren nach Paris, wo sie bei Prunier aßen, auf hohen Stühlen, mit großen Platten Austern vor sich; und dann war Herr Truck wieder allein, und er aß ein gutes Stück Roastbeef, sehr rot, fast blau; und dazu hatte er Pommes frites und ganzen Spinat.

Als sich der Himmel dann verfinsterte und es Abend wurde, sah sich Direktor Truck im Abendblatt nach dem nettesten Lokal für das Abendessen um. Er fand eines, dessen Name ihm gefiel, weil er gleichzeitig vertraut und exotisch klang, und er bestellte per Telephon einen Tisch. Diesmal hatte er keine Schwierigkeiten, eine Verbindung zu bekommen. Er kam mit größter Pünktlichkeit zu dem Stelldichein – denn da sind wir ja wieder: Dieser Herr Truck hat wieder ein Rendezvous mit Miß Jane Smith. Und diesmal kam auch sie rechtzeitig. Sie nahmen Platz, und Direktor Truck beschloß, alles genauso zu machen wie die übrigen Menschen.

Das Essen war keine Enttäuschung. Weil jetzt Frieden war, konnten sie es sich aussuchen, und das taten sie denn auch und kosteten von allem, was es gab auf Erden. Herr Truck dachte an das zerstörte Berlin und bestellte Erbsensuppe mit großen Speckbrocken darin. Auch Miß Smith hatte eine dicke Suppe. Dann wählten sie »kanapki«, zu Ehren Polens. Sie aßen Kaviar auf kleinen Stücken gerösteten braunen Brotes, weil Rußland zum gemeinsamen Sieg so viel beigetragen hatte. Aber dann nahmen sie auch Austern aus Portugal; denn neutral zu sein, das bedeutete, ungerecht zu sein gegen alle und also gerecht gegen jeden einzelnen. Sie freuten sich des Mahles. Sie freuten sich des Lebens ohne Angst und Pein. Sie bestellten Backhendeln aus dem Wiener Wald und grüne Erbsen dazu, und Herr Truck bestellte Reis zu den Hühnern, denn er liebte Reis, wenn jedes Reiskorn eine kleine, abgeschlossene Einheit von Freude war, hart und elastisch und trocken! Die Hühner waren ausgezeichnet. Die Erbsen waren rund und jung. Der Reis war einzelkörnig und hart. Unten tanzte man. Direktor Truck fragte Miß Smith: »Tanzen Sie?« Und sie sagte: »Ja.« Sie gingen hinunter und tanzten. Sie fragte ihn: »Gehen Sie zum Rennen?« Er sagte: »Ja.« Und sie sagte: »Sie können mich einmal mitnehmen.« Und noch einmal fragte sie: »Spielen Sie Hasard?« Er lächelte und sagte: »Das tue ich. Jetzt.« Und sie sagte: »Sie sind unartig.« Sie kehrten an ihren Tisch zurück und dort bekamen sie Ananas in Scheiben mit Schlagsahne; und danach aß jeder von ihnen einen großen Pfirsich; der Kern löste sich leicht und angenehm vom Fleisch. Sie verzehrten auch noch eine Delikatesse zum Schluß: Champignons auf geröstetem Brot. Sie bestellten Kaffee und sie bestellten Kognak dazu, und Miß Jane Smith –

Oh, unten gab es noch Varieté. Drei oder vier junge Mädchen entkleideten sich im Scheinwerferlicht, und es sah wie eine Improvisation aus; die Zuschauer waren anscheinend nicht verwöhnt und geizten nicht mit Beifall, selbst für die billigsten Nummern, diese Mädchen mit falschen Diamanten um ihre kleinen Bäuche. Irgendwer quietschte und ein paar Offiziere waren besoffen wie große Herren, und ein paar große Herren waren besoffen wie Offiziere.

Herr Truck und Miß Jane Smith hatten auch gehörig getrunken. Sie tranken zuerst Champagner, und nachher Beaujolais, und zu den Hühnern gab es Rheinwein. Alle waren leicht beschwipst. Herr Truck legte Jane den Arm um die Taille und flüsterte ihr ins Ohr: »Wir haben noch keinen Fisch gehabt?!« Und sie sagte: »Gehen wir nach Hause und essen wir Fisch zu Hause.« Und er sagte: »Gehen wir ins Bett.« Und sie verließen das Lokal. Der Kellner sagte, alles sei bereits bezahlt, und er nahm nicht einmal ein Trinkgeld. Draußen wartete ein Auto auf sie, und in dem Wagen standen kleine Gläser und eine große Flasche Cointreau: süß und scharf und wunderbar.

Sie kamen heim und Jane sagte: »Warten Sie draußen, bis ich ausgezogen bin.« Und Herr Truck sagte: »Das tu ich nicht. Du bist mein Fisch. Ich will Fisch und was zum Trinken.« Jane sagte: »Ich werde nach Mosa läuten. Du kannst mich ausziehen, wenn du unbedingt willst. Sie ist doch an solche Sachen gewöhnt, nicht wahr?« Und Herr Truck sagte: »Das kann man wohl sagen. Schließlich bist du ja meine Freundin; und ich bin dein Freund.« Und beide lachten.

Mosa kam und sie drehte den Kopf weg, denn Jane war bereits halb ausgezogen. Und Herr Truck sagte: »Du bist hübscher als die armen Mädchen auf dem Dach.« »Was für ein Dach meinst du denn?«, fragte Jane. Und er sagte: »Ich meine das Dach der Welt. Das hübsche Varieté heute abend, nachdem wir unsere Backhendeln gegessen hatten.«

Sie liebten einander von Herzen, und dazwischen hatten sie was zum Essen und Trinken. Sie nahmen ein Bad, einer nach dem anderen, und dann liebten sie einander wieder. Sie aßen kalte Forelle in Scheiben mit Aspik und Kaviar; und dann schliefen sie in dem riesigen Bett, Herr Truck und Miß Jane Smith, beide auf hohen Kissen, unter einer weichen Daunendecke - - - - - - - - - - - - - - - Ich versuchte nochmals anzuklingeln. Ich drehte die Scheibe, aber ihre Nummer war noch immer besetzt. Ich hatte jetzt genug und wollte von dem ganzen verdammten Ort nichts mehr wissen. Ich hatte genug von den einfachen Freuden. Ich hatte genug gegessen und genug getrunken und genug geliebt. Ich marschierte geradewegs auf den Messingknopf zu und drehte ihn um. Ich ging durch den Gang; aber dann fiel mir ein, man solle niemals zu früh aufgeben. Ich kam zu einem großen Treppenabsatz, wo ich zwanzig oder dreißig Telephonzellen sah. Ich könnte wirklich noch einmal mein Glück versuchen. Doch die Telephone waren alle besetzt. In jeder Zelle stand eine Frau oder ein Mann und versuchte Verbindung zu bekommen oder sprach schon zu ihrem Partner.

Ich lief davon. Ich lief durch die große Tür und stand im Freien. Ich hatte eine ganze Menge vergessen – ich hatte sogar den Nebel vergessen. Ich war also nicht erstaunt, daß ich plötzlich in hellem Sonnenschein draußen stand und liebliche Landluft atmete. Meine Brust hob und senkte sich und nahm die guten Dinge des Lebens in sich auf: Reinheit, Wahrhaftigkeit, Ehrlichkeit, Zartheit und Liebe. Wieder schwindelte mir, aber auf andere Weise. Ich wurde gegen die Mauer geschleudert und mußte wohl mit meinem Rücken eine Klingel in Tätigkeit gesetzt haben. Die läutete und läutete –

Und die Welt ist mein …

Dann würde natürlich alles in Ordnung sein. Völlig in Ordnung. Das ganze Leben wäre einfach tadellos. Ach, sie liebte ihn und die Welt war sein. »Lieb mich und die Welt ist mein!« Herr Truck, lieber Herr Truck.

Herr Truck hatte seinen Vater und den Vater seiner Frau beerdigt. Doch er floh. Er bestieg einen Zug und reiste in eine Stadt in den Bergen, wo er ein Hotelzimmer mietete, nur um es bald wieder zu verlassen und auf eine lange Bergtour zu gehen. Stundenlang marschierte er längs eines rauschenden, donnernden, brüllenden Baches, und er sah die Felsblöcke, und er hörte das Wasser stürzen und die Blöcke einander vorwärts stoßen und abwärts rutschen mit einem tiefen, rollenden Geräusch. Er war glücklich, denn die Sonne baute kleine Regenbogen über die fallenden Wasser; und wo keine Regenbogen waren, da lagen weißer Schaum und heller Sprühregen, und wo das Wasser in stillen Winkeln zur Ruhe kam, war seine Farbe meergrün, gleich der Farbe des Eises. Herr Truck erstieg einen Gletscher und verbrachte die Nacht in einer Berghütte, und er träumte von dem lachenden Wasser; und er reiste nach Paris, wo er sich die Wasserkünste von Versailles ansah, so sehr liebte er das Wasser.

Er hatte eine kleine, bescheidene Begleiterin neben sich, und ihre Augen wurden dunkel vor Begeisterung und Trauer, als die großen Brunnen zu spielen begannen, und dann, als sie aufhörten zu spielen – als der mächtige Bogen niederfiel, auf die Knie fiel, und die Wunder vergingen, als wären sie gestorben unter dem Schlag einer Hand. So sehr liebte er das Wasser.

Er wanderte über die Hochebene und fragte die Bauern nach der Quelle des großen Flusses, und die Bauern sagten: »Nur noch ein paar Minuten!«, und so wanderte er weiter. Er blieb stehen, denn er war müde, und er schaute eine lange Zeit in die klaren Wasser des großen Flusses. Sie waren ohne sichtbare Regung; nur Spinnen und Wasserkäfer eilten über die lichte Fläche, und Schmetterlinge kamen zur Ruhe auf den Halmen des hohen Grases am Uferrand. Herr Truck bemerkte auch einige Fischlein, die sich wandten und drehten und tanzten. Es waren farblose Fischlein; kleinwinzig waren sie und unähnlich allem, was es sonst gab auf Erden und im Wasser. Doch Herr Truck war eine glückliche Natur; man hatte ihm die Welt versprochen und er wollte nicht an seltsame oder gar traurige Dinge denken. So überließ er die farblosen Fischlein sich selbst in dem reinen, farblosen Wasser und wanderte weiter, denn langsam war ihm das schöne Wasser langweilig geworden.

Er freute sich der schönen Aussicht in den Bergen. Er erklomm die Felsen und gab sich dem Ruch und Duft des Tales hin, hoch oben zwischen den gewaltigen Gebirgen, so tief und grün mit den Bergwiesen unter den Lärchenbäumen. Dies war die jungfräuliche Stunde, durchtränkt mit dem Duft der Jugend von den Zweigen der jungfräulichen Pflanzenwelt. Der Abgrund war violett in der Tiefe, doch um die Gipfel tändelten die Kinder des Himmels in des Morgens Unschuld.

Herr Truck nahm wieder die Eisenbahn, und er hatte ein Abteil für sich, als er jetzt nach dem Süden reiste. Er traf in einer kleinen Ortschaft ein, und die Dämmerung kam, und in der Dämmerung sahen die hohen Häuser freundlich drein in dieser friedlichen kleinen Stadt. Er stand auf dem leeren Marktplatz, und er roch die blühenden Linden, und er hörte die Brunnen und Quellen. Er trat zu einer der Frauen, die gekommen waren, um Wasser zu holen, und sie wies ihm ein großes Gebäude, wo er die Nacht verbringen könne, sagte sie. Dort hatten sie gerade eine Sau gestochen; denn das Haus gehörte dem Metzger, es gab Freibier in Menge für die halbtrunkenen Mägde und die volltrunkenen Knechte.

Am nächsten Morgen trat Herr Truck in die großen Wälder ein. Dunkel und Helligkeit wandelten ihn an. Das waren die wilden Winde in den Wipfeln und die gewandten Eichhörnchen, die von Ast zu Ast sprangen; das waren die hohen Farne und die sonnenbeschienenen Schneisen mit Erdbeeren und Ameisenhaufen und Baumstümpfen, die ihre Wurzeln in die Luft streckten. Herr Truck wurde in jenen Tagen niemals müde; er wanderte, und er sprach wohl auch zu einem zufälligen Bekannten auf der Landstraße, und er schlief in einer Scheune oder in einem Stall dicht beim Vieh. Er aß am Straßenrand wie ein Vagabund, und er konnte betteln und singen und trinken und saufen wie einer. Vielleicht war er damals jung, unser Freund Truck.

Er kam an das große Meer. Er hatte sich auf dem Markt in Neapel ein Mädchen gekauft. Ihr Vater hatte darauf bestanden, sie zusammen mit dem Boot abzugeben, für das Truck einen hübschen Betrag in bar bezahlt hatte. Sie kochte für ihn und putzte ihm die Schuhe und spielte mit ihm und bürstete seine Kleider und schlief mit ihm, wenn sie froren und kein Geld hatten. In ihrer Barke umsegelten sie die Inseln aus Perlmutter und die goldenen Inseln mit den Marmorkirchen und die Weingärten an den Abhängen des rauchenden Vulkans. Sie fischten und sie halfen bei der Weinernte. Sie war ein starkes Mädchen und wandelte voll Stolz, wenn sie den Korb mit den Trauben im Gleichgewicht auf dem Kopf trug. Er lag rauchend an ihrer Seite, und er sah, wie es glühte und glänzte, gleißte und glimmerte, wie es brannte und schimmerte und schien um sie beide wie im Paradies: die Farben, die den Kranz wanden um seines Lebens Denkmal. Blau waren Himmel und Meer und grün waren die Pinien auf den Blöcken der schwarzen Lava und weiß waren die Häuser an der fernen Küste, und wie brennendes Sandelholz flimmerte die Stadt am Horizont. Er rief nach dem Mädchen, und wieder bestiegen sie ihr Boot und segelten durch die Meerengen und Kanäle und Buchten, hinaus auf die offene See. Sie näherten sich dem zweiten Eiland, und als sie jetzt um das Kap fuhren, sprang es sie an in Wildheit und Fülle: Häuser und Gärten in ungezügelter Leidenschaft; Fahnen an den Fahnenstangen, in den Farben aller Völker der Erde; und Kinder und Frauen, die mit Tüchern ein wildes Willkommen winkten. Delphine hüpften aus dem Wasser und fliegende Fische segelten durch die Luft, und die Weiber riefen von der Küste, und Truck rief zurück.

Sie tanzten im Boot, und er küßte sein Mädchen, und sie tanzte wie eine Hexe, und er stieß das Mädchen über Bord, und sie fiel vom Bord des Bootes und ertrank auf dem Gipfel ihrer Freude und mitten im Glück.

Doch da war auch Herr Truck schon älter und erfahrener geworden, und er kehrte heim in die Gärten seiner Vaterstadt, und er stand dort unter den blühenden Kirschbäumen, und er machte eine Photographie von einem Kind, das einen Strauß von Feldblumen in festen Händchen hielt. Nun erstieg er nur noch Hügel, und er blickte von den Hügeln auf die Stadt unter ihm, die an allen Seiten von Hügeln umgeben war, und der Rauch der Kamine hing wie Pestflecken über den Dächern. Er kaute an seiner Zigarette, und er trank seinen Wein aus groben Gläsern, und er bezahlte für die Musik, denn er wollte gerne einen Schlager aus seiner Jugend hören; doch die Musikanten hatten ihn vergessen. Herr Truck kam endlich zur Rast an einem Damm am Flußufer und er betrachtete genau, was er sah: den grauen Fluß mit den Flößen und Schleppern und Booten und im Hintergrund die Elektrizitätswerke und eine Eisenbahnlinie, die auf einem Viadukt durch die Landschaft lief, und noch weiter im Hintergrund die Gaswerke wie dicke, alte Damen in unscheinbarem Gewand. In diesem Wasser konnte er keine Fische sehen, denn das Wasser war trübe, und also erhob er sich, ein müder und enttäuschter und einsamer Mann. Er sagte sich, die Welt, die man ihm geschenkt hatte, war rußig und schwarz und dick und staubig und öde, und er wollte auf eine noch weitere Reise gehen, eine Fahrt über die sieben Meere.

Herr Truck fand, daß er wieder zur Nachtzeit wanderte, an langen, hohen, endlosen Mauern vorbei, hinter denen sich Wiesen und Auen in die Unendlichkeit streckten, mit Marmorstatuen in den Parks und mit singenden Wassern in Grotten und Hainen. Er traf ungefähr zur Mittagsstunde in seiner alten kleinen Stadt wieder ein, aber er erkannte sie nicht und ging an einem Barbierladen vorbei, wo er im Spiegel einen kurzen Blick auf seine eigene Gestalt warf. Und da bildete er sich ein, er sei jünger und wieder frischer geworden, und er liebte die Welt von neuem, als habe er sich wieder verliebt, vielleicht mit der letzten Leidenschaft eines alternden Mannes für ein junges Mädchen ohne Herz und Hirn. Die Stadt jedoch war ihm ein wohlgesinnter Freund: Er spazierte auf ihren Gehsteigen, und er kreuzte ihre Straßen in vollkommenem Frieden. Er fand Platanen mit dichtem Laubdach, dem Schatten eines freundlichen Gottes für die Matten und Trübseligen. Mochte die glühende Sonne die Bauern auf dem Felde ausdörren; mochte sie die Motoren auf den Landstraßen zum Fieber erhitzen; Herr Truck war durch das Blätterdach der Platanen geschützt; unberührt ging er dahin und kühl im Herzen. Er sah in die Höfe der alten Paläste, und am Ende der Allee trank er aus dem fließenden Brunnen. Das Monument, das dort stand, trug am Sockel eine Inschrift, die besagte: »LE BON ROI RENÉ.« Dies war der Bewahrer der Welt, die er besaß. Und siehe, es schien ihm alles gut.

Herr Truck trank nur noch ein Gläschen im Kaffeehaus unter den Platanen, nur noch einen Pernod und nur noch einen Kognak – in einem winzigen Glas – und genoß nur noch eine Handvoll Trauben, die ihm für den Weg reichen mußten. Denn jetzt konnte er sich ja gehen lassen – gehen, sinken, fallen und ertrinken, wenn er wollte, so wie sein Mädchen ertrunken war, vor hunderttausend Jahren. Er durfte es wagen.

Zurück zum Mutterschoß ging sein Weg. Kleiner und zarter wurden seine Hände, glänzender wurden seine Augen, frisch seine Hautfarbe. Ein gutes altes Kindermädchen hatte ihn in eine Decke eingeschlagen: Die lustige Gesellschaft hatte eine der dunklen Bergklammen betreten, wo die Wasser niederstürzten zwischen feuchten Wänden und die Sprühsal die Gesichter benäßte zwischen Felsen und Bach. Die Alte nahm ihn in die Arme, als sie wieder draußen im Wagen saßen; und die zwei Pferde schlugen einen lebhaften Trab ein, die Straße abwärts zum Meer.

Dies war die frühe Morgenstunde, junger Herr Truck, die unvergeßliche. Andere Inseln mag es geben zu deiner Freude und andere Häuser, darin zu leben, wenn du einmal erwachsen bist – doch jetzt ist die Sonne aufgestiegen über dem Horizont; mit dem ersten Schnellzug bist du gekommen. Man hat dich gut verwahrt; du bist ein verwöhntes Kind, und du krähst vor Vergnügen: Denn die Straße hat eben eine Biegung gemacht, und da liegt es vor dir – ganz Silber und Süden, ganz Hoffnung und Herrlichkeit, und Segel drauf, Vierecke und Dreiecke, lateinische Segel und griechische Segel, in vielen Farben, und ein winziger Dampfer hinterläßt eine Rauchspur, kreuzt die Bucht. Das ist das Meer.

Herr Truck hat seinen Kreis geschlossen. Ist Herr Truck vielleicht wieder müde? Wie könnte er müde sein? Bietet die weite Welt nicht genug Trost und Betäubung? Herr Truck ist gar nicht müde. Er möchte gerne Jane finden – – – – – – – – – – Ich versuchte es noch einmal. Es gelang mir, eine leere Telephonzelle aufzutreiben, in verhältnismäßig gar nicht langer Zeit. Es gelang mir sogar, eine Verbindung zu bekommen, ohne allzu lange warten zu müssen. Ich hörte sogar eine Stimme am anderen Ende des Drahtes. Es war die Stimme der alten Dame. Ich erkannte die Stimme. Es war nicht Janes Stimme. Ich kannte ja Janes Stimme, o ja, ich kannte ihre Stimme sehr gut, ich habe sie einige hundert Male gehört, am Morgen und in der Nacht und in der Menge und allein; ich hatte ihr gelauscht, und ich wollte ihr wieder lauschen. Ich hatte Angst, ich könnte sterben, ohne sie zuvor gehört zu haben. Allerdings – etwas anderes war noch zu bedenken. Es war vorgekommen, daß sie ihre Stimme oder ihre Aussprache geändert hatte, daß sie die Stimme der alten Dame nachahmte. Aus gar keinem besonderen Grund. Einfach zum Spaß. Oh, Spaß war herrlich. Einfach zum Spaß versuchte sie vielleicht heute denselben Trick.

Ich fragte, ob ich Miß Smith sprechen könnte. Ob sie zu Hause sei, fragte ich. Und was für eine Frage, dachte ich – so früh am Morgen!

»Nein«, sagte die alten Dame. »Nein. Es tut mir leid, Miß Smith ist nicht zu sprechen.«

»Ist sie ausgegangen?« fragte ich.

»Nein. Nicht gerade ausgegangen – aber gewissermaßen – vielleicht –« Es schien mir, als hörte ich von drüben Kichern und Gackern.

»Was meinen Sie?« fragte ich, zitternd vor Zorn.

»Es tut mir leid«, sagte die alte Dame. »Sie ist augenblicklich nicht zu sprechen. Versuchen Sie es doch zwanzig Minuten oder eine halbe Stunde später.«

Und sie legte auf.

Ich folgte ihrem Beispiel. Da stand ich nun – wie vor einer Wand? Was bedeutete das? Vielleicht wieder im Bad – wie oft im Verlauf einer einzigen Nacht? Reinheit des Körpers deutet auf Schmutz der Seele. Aber was konnte sie denn sonst machen? Verflucht und verdammt! Hieß das technischer Fortschritt, angeschwemmt zu sein in einer winzigen Telephonzelle, ohne mit einem Wink der Hand über Fernsehen zu verfügen? Ich wußte nichts. Ich wußte nichts. Ich wußte nichts – – – – – – – – – –

Etc.

– – – – – aber Herr Truck wußte. Er zauderte nicht und zögerte nicht und schwankte nicht. Er ging die paar Schritte zur Station der Untergrundbahn und nahm eine Karte und rollte über die Rolltreppe und wartete auf seinen Zug. Er bestieg seinen Zug, und er dachte: »Ich habe sie schon jahrelang nicht gesehen. Es müssen Stunden sein oder sogar Tage oder vielleicht Wochen. Ich möchte sie wiedersehen, und da gehe ich eben in ihre Wohnung, um sie zu sehen.« Und Herr Truck pfiff sich eins und las die Schlagzeilen im Morgenblatt, über die Schulter seines Nachbarn hinweg, wobei er eine Zigarette rauchte. Einfach, sehr einfach, einfach wie nur sonst etwas.

Er fand die Haustüre offen und stieg die Treppen hinauf, vorbei an der Wohnung des Steuereinnehmers. Trucks Brustkorb war aufgeblasen und er sah sich groß und unbezwingbar. Und das war er auch. Denn er fand auch die Türe zu ihrer Wohnung offen, was bisher nur sehr selten passiert war; doch Herr Truck nahm es als gegeben. Er ging hinein und sagte: »Hallo!« zu Jane. Jane lag auf dem Sofa.

»Hallo!« sagte sie und stand nicht einmal auf. Ihre Stimme war verändert; sie war auch sonst verändert. Sie lag auf dem Gastsofa, und sie trug einen sehr dünnen Schlafrock, denn der Gasofen brannte, und es war sehr heiß in der Wohnung. Die Fensterläden waren geschlossen und die kleine Lampe an ihrem Bett war angezündet. Nochmals sagte sie: »Hallo!« und lächelte einladend. Sie trug einen Kranz aus Blumen im Haar, Frühlingsblumen von den Feldern, blaue Kornblumen und roten Mohn und ein paar wilde Rosen. Das kam Herrn Truck alles sehr künstlich vor, und Jane selbst schien ihm dicker und kompakter zu sein, als sie es je gewesen. Ihre Brust sah beinahe groß aus unter dem dünnen Stoff des neuen Schlafrocks.

Ein paar Sekunden lang stand Herr Truck da und sah sie voll Stolz und Befriedigung an. Dann pfiff er wieder und dachte: »Weiß der Himmel, ich habe eine gutaussehende Freundin. Ein richtiges Teufelsmädel. Ich werde sie mir beibiegen.« Und er fragte sie: »Bist du die ganze Nacht aufgewesen und hast auf mich gewartet?«

Sie lächelte noch einmal und sagte: »Natürlich. Ich warte immer auf dich. Setz dich und leg ab. Was meinst du übrigens mit ›ganze Nacht‹? Ich habe wochenlang auf dich gewartet und du zeigst dich nicht. Setz dich und gib mir einen Kuß.«

Herr Truck setzte sich und legte ab und zog sogar seinen Rock aus. Und er gab ihr einen Kuß, und das seltsame Verhalten der Zeit wunderte ihn nicht. Vielleicht hatte er ein paar Wochen durchlebt, ohne es zu bemerken. So was kann vorkommen. Das einzige, was ihn beunruhigte, war die Veränderung, die mit ihr vorgegangen war. Ihre Bewegungen waren anders; ihr Atem war voll des Duftes von den Feldern, ihre Augen waren voll Einfachheit und Ehrlichkeit, ihre Hände waren heiß und süchtig.

Sie summte eine Melodie. Sie sagte: »Sei doch nicht so scheu. Sei doch nicht so schlecht gelaunt. Wir wollen uns unterhalten.« Und sie summte: »J'attendrais toujours ...« Und dann sagte sie: »Gib mir eine Zigarette.« Er nahm sie in die Arme, und sie war rasch und willig in seinem Arm, doch er fühlte nicht viel. Er spürte nicht einmal männliche Begierde. Er war hungrig und durstig und leer. Herr Truck dachte, keine Frau sei wert, daß man sich die ganze Zeit nach ihr sehnte und an sie dachte und von ihr Träume träumte, die einen elend machten. Im Gegenteil – der Mann ist fürs Geschäft und die Arbeit und das Vergnügen gemacht und hat seine Aufmerksamkeit dem Werk und dem Krieg zuzuwenden, und wenn er eine Frau will, dann unterbricht er seine Arbeit und geht schnurstracks zu ihr und nimmt sie sich – so. Herr Truck schnippte mit den Fingern, brachte aber mit dem Fingerschnippen keinen Ton hervor, und die ganze Geste kam zu nichts. Jane lächelte zuerst und dann lachte sie, und sie lachte lauter und lauter und sagte: »Was für ein Mann! Du kannst auf mich wirklich keinen Eindruck machen.« Er ging ins Nebenzimmer, doch sie ging ihm nach, und jetzt bemerkte er, daß in dem Zimmer der alten Dame in einer Ecke noch der Christbaum stand, ein wunderbares Exemplar von einem Baum; er reichte fast bis an die Decke. Es hing zwar nicht viel Christbaumschmuck daran, doch eine Menge Engelshaar und auch was er als Kind »Lametta« genannt hatte sowie ein Dutzend Weihnachtskerzen, einige dicht an den Enden der Zweige und alle sehr frisch und froh. Sie sagte: »Ich habe den Baum für dich vorbereitet. Zünden wir ihn an. Gib mir ein Streichholz.«

Er sagte: »Weihnachten? Ist es schon so spät?« Und wieder kam ihm in den Sinn, daß er Tage und Nächte verschlafen haben mußte, und wieder erfüllte ihn das Wunder der Zeit mit Staunen. Er gab ihr seine Streichholzschachtel, und sie stieg auf einen Stuhl und begann die Kerzen anzustecken. Sie sagte, und dabei lächelte sie ein wenig boshaft: »Ich dachte, du bist in der richtigen Weihnachtsstimmung.« Herr Truck ärgerte sich über diese Bemerkung und sagte kurz: »Einen Augenblick, bitte!«, und ging ins Badezimmer.

Er wusch sich die Hände. Er sagte zu sich selbst: »Ich bin wirklich sonderbar. Da ist sie und da bin ich, entschlossen, ein Ende zu machen mit all der Schwächlichkeit und Sentimentalität und Romantik, und jetzt ist sie es, die den Weihnachtsbaum anzünden will! Ich mach mir nichts daraus, es berührt mich nicht. Ich tue, was ich mir vorgenommen habe. Ich will mich unterhalten. Unterm Weihnachtsbaum läßt's sich auch gut ... Und ich schere mich nicht weiter um Raum und Zeit und Tag und Nacht. Aber zuerst muß ich mich ein wenig abkühlen. Sonst bin ich zu aufgeregt, und dann hat man nichts von dem ganzen Vergnügen. Ich bin ja kein Gymnasiast mehr. Setz dich hin und kühl dich ab.« So setzte er sich auf den geschlossenen Deckel des Klosetts. Er nahm das kleine Bändchen mit Shelleys Gedichten aus der Tasche, wo er es immer bei sich trug, seit es ihm Jane geschenkt hatte, und er begann eines der schwereren und abstrakteren Gedichte seines Lieblingsdichters zu lesen.

Dann hörte er einen Schrei. Er hörte es zweimal und dreimal schreien. Es war Janes Stimme, sie schrie um Hilfe. Sie schrie: »Hilfe! Hilfe! Komm rasch! Komm doch! Johnny! Johnny! Rasch!«

Herr Truck sprang auf und rannte durch die engen Gänge und stürzte ins Zimmer. Shelleys Gedichte waren vergessen – vergessen war auch sein Entschluß, ruhig und kühl zu bleiben. Shelleys Gedichte lagen – gestehen wir es – auf dem Boden im Badezimmer.

Der Weihnachtsbaum stand in Flammen. Die trockenen Zweige hatten Feuer gefangen von den Kerzen, die zu enge nebeneinander standen und zu dicht unter den saftlosen, dürren Asten.

Herr Truck bekämpfte das Feuer in großer Erregung und großer Eile. Er nahm ein nasses Handtuch, und er erstickte das Feuer mit diesem nassen Fetzen und mit seinen nackten Händen. Der Brand war bald gelöscht; nach fünf Minuten roch es nur noch nach Rauch, und ein paar Zweige glosten und Asche von Papier wehte durchs Zimmer. Sonst war alles vorüber.

Jane sah ihn an, und er sah Jane an. Er war sehr stolz. Er dachte: »Voilà! Es ist eindeutig und für alle Zeiten klar, klar wie Kloßbrühe: Sie liebt mich. Sie hat nach mir gerufen, mit einer Stimme voll Angst und Schrecken. Voilà! Ich bin ihr Beschützer. Wo bleibt denn ihre vielgerühmte Unabhängigkeit? Wo blieb ihr Stolz?« Und er blies seinen Brustkorb auf. Sie sah ihn an. Sie sagte: »Danke dir« und atmete noch immer schwer und offenbar schmerzlich. Oder spielte sie es nur? Er sagte: »Ohne mich kannst du es also nicht schaffen, wie?« Und er legte ihr den Arm um die Taille. Sie ging in ihr Zimmer zurück; dann wandte sie ihm plötzlich den Kopf über die Schulter zu, öffnete den Mund, als wollte sie etwas sagen, sagte nichts und zeigte nur ihre kleine, rosarote Zunge. Auch ohne Worte war es klar, was sie wollte; wollte, herbeisehnte, herbeischrie, wie sie zuvor seinen Namen geschrien hatte.

Sie lag ganz schnell auf dem Sofa, und er kniete auf ihr.

Das Telephon läutete. Herr Truck hielt einen Augenblick inne in den zauberisch-mechanischen Bewegungen, die dem Liebesglück vorangehen. Ein Gedanke hatte ihn durchzuckt, eine Erinnerung. Er erinnerte sich dunkel. Aber er wußte nicht, was es war. Etwas *war* es; etwas sehr Ernstes, fast Tragisches. Er dachte an verschiedene tragische Situationen in seinem Leben, doch er konnte jetzt nicht an sie glauben. Jedenfalls hatte er innegehalten. Er war voll Begierde, voll Gier und Sehnen; wie berückend sie war, in der obszönen Stellung ihrer halbgeöffneten Arme, mit dem Haar über den sinnlich flammenden Augen – doch er hielt inne.

Und da hörte auch sie das Telephon. Sie war noch in liegender Haltung, sie wand sich zum Apparat und kuschelte sich hin, als sei es die Brust des Geliebten; und gleich sprach sie auch schon, so süß und zärtlich, daß Herrn Truck das Blut aufwallte und ihm die Farbe in die Wangen trieb. Er stand rasch auf und bezog Stellung neben dem Kamin.

Jane Smith sprach zu dem anderen Mann. Es war ein Mann ohne Namen und ohne Wohnort, weder Rittmeister Cruickshank noch Fred noch Rupert, weder eine flüchtige Bekanntschaft noch ein Überbleibsel aus ihrer frühen Jugend. Es war der große ewige Liebhaber, der stets Bereite, der Mann mit Grau an den Schläfen und Brillantine auf dem Haar, in Uniform und in Zivil stets bereit zu sentimentalen Streichen und leichtfertiger Liebelei; mit einem fast unbegrenzten Einkommen, verheiratet, doch frei, im Geschäftsleben ein hervorragender Name, doch sorglos am Grunde seines Herzens; klug, gescheit, aber kein Intellektueller; ein trefflicher Sportsmann, ein großartiger Schwimmer, ein erstklassiger Fechter; nicht zu jung und nicht zu alt; nicht zu heiß und nicht zu kalt – das war ER.

Sie sprach zu ihm. Sie sagte: »Oh – was für ein Vergnügen, wieder Ihre Stimme zu hören. Natürlich habe ich auf Ihren Anruf gewartet. Natürlich bin ich fertig. Ich bin immer fertig und bereit, wenn Sie anrufen. Nun – es würde vielleicht eine Stunde dauern oder auch nur eine halbe Stunde, wenn ich mich sehr beeile. Aber nein – was denken Sie denn eigentlich von mir? Ich bin immer allein, wenn nicht Sie bei mir sind. Nichts, nichts, was mich abhalten könnte. Was – was sagen Sie da? Eine Hochzeit – was für eine Hochzeit?«

Und da begann Jane Smith zu lachen, und sie lachte und lachte, ohne aufzuhören. Herr Truck tat jetzt den ersten Blick auf ein sonderbares, ödes Land. Er hatte den ersten Gedanken von Blut und Wildheit. Er sah, wie sich Jane aufrichtete und dann im Sitzen zurücklehnte, ihr Hals geradezu geschwollen von den Stößen triumphierenden, spöttischen, grausamen Gelächters. Doch sie sprach weiter, sie sprach.

Sie sagte: »Aber nein! Nein, nein! Das kann doch nicht dein Ernst sein. Das geht doch einfach nicht. Das ist zu komisch. Zu komisch, um es auch nur nachzusprechen. Ich soll heiraten! Und heute, ausgerechnet heute! Schön – ich werde Ihnen etwas sagen: gemacht! Ich tue es. Aber es muß eine Hochzeit sein, wie sie im Büchel steht. Ich werde nicht in einer Stunde kommen, und auch nicht in zwei Stunden: Ich gebe Ihnen drei Stunden, um mich für eine mustergültige Hochzeit vorzubereiten. Oh, es ist zu komisch für Worte. Also schön – da Sie es sich in den Kopf gesetzt zu haben scheinen – so sollen Sie es auch haben. Ich spiel mit. Es wird wunderbar sein. Blumen, bitte, ganze Haine von Blumen, und auch Musik, bitte, natürlich Kirchenmusik; und haben Sie auch Leute eingeladen? Also schön – Sie sagen ja – da habe ich also nichts auszusetzen. Bitte sehr, alles in Ordnung, aber Sie müssen noch viel mehr einladen. Ich möchte, daß *alle* meine Freunde kommen, Freundinnen und auch Freunde – ach, seien Sie doch ruhig – natürlich nicht in der St.-Pauls-Kathedrale – Sie sind ein Schlimmer – es sind gar nicht so schrecklich viele, aber ich möchte, daß sie *alle* kommen. Und ich werde mich herrlich anziehen, natürlich habe ich ein Hochzeitskleid, du Dummkopf; monatelang habe ich darauf warten müssen, daß ich es endlich anziehen kann, und jetzt fragst du mich so eine Frage! Übrigens kennst du sogar das Kleid, du bist gerade gekommen, als ich es anprobierte, und du warst so begeistert darüber, und nachher hast du dich sehr unartig aufgeführt – ach, du süßer Narr –«

Herr Truck fühlte, daß sein Mund trocken war wie die Sahara. Sein Herz schlug mit Donnerschlägen. Seine Finger griffen nach einem Stück Papier und zerfetzten es. Und da wußte er auch schon. Er sah schwarz und rot und violett, und er wußte. Die ungeheure Angst vor Tod und Sterben war ihm von den Schultern gefallen, und er wußte. Er wußte, daß sie das Opfer sein würde. Er wußte, daß nicht er sterben würde: an ihm war es, zu töten, und nicht zu sterben. Sie würde sterben, und er würde sie töten.

Sie sagte in das Telephon: »Und dann werden wir reisen. Oh, du hast sogar schon ein Haus für uns?! Aber ich will kein Haus in diesem Land haben, wenigstens vorläufig nicht. Ich habe einmal einen Freund gehabt, und der hat mir von einem reizenden Ort in Italien erzählt; wir werden also nach Italien reisen und in diesem Ort leben. Positano heißt der Ort oder so ähnlich, und wir werden dort ein Haus dicht am Strand haben. Es ist ein Ort aus Marmor und Gold und Diamanten, aber sehr billig. Dort werden wir fischen gehen – und ich kenne auch eine Frau, sie ist die Freundin von diesem Freund von mir, und die wird sich um die ganze Kocherei kümmern und um die ganze Hausarbeit. Wir werden italienische Grafen treffen, wenn wir draußen auf dem Meer segeln, und ich werde sie zum Lunch mitbringen. Ach, sei doch nicht dumm, ja, natürlich werde ich pünktlich sein – in drei Stunden von jetzt – schon gut – wenn du es willst – natürlich, es ist Frieden, weißt du das denn nicht? Wenn ich heirate, muß ja Frieden sein. Es wäre doch völlig verfehlt, im Krieg zu heiraten. Jeder liebt jeden, Stalin liebt Hitler, und Churchill liebt die Opposition, und alle Städte sind neu gebaut, und alle Toten stehen aus den Gräbern wieder auf. Und alle meine Freunde werden mich lieben, und sie werden auch dich lieben, mein Liebling. Allgemeine Freundschaft auf der ganzen Welt! Man nennt das Nachkriegshilfe und Wiederaufbau, und die Städte, die sie jetzt neu errichten, sind viel gesünder und schöner als zuvor; und alle Kinder wachsen auf in Schönheit und Frische; natürlich – zarte Riesen, das werden unsere Kinder sein. Ach Lieber, ich bin so glücklich, so glücklich, so glücklich – zu glücklich, um es sagen zu können. Du bist der einzige, und so leb wohl, der einzige, und auf Wiedersehen, auf bald, hoffentlich auf recht, recht bald –«

Sie legte das Telephon zurück und sagte kein Wort. Er trat zu ihr und sah ihr scharf in die Augen. Aber ihre Augen entzogen sich ihm. Schweigen trat ein. Er wußte es. Er hob seine Hände und sagte etwas mit rauher Stimme. Es blieb unhörbar.

Sie drehte sich mit einer schnellen, verächtlichen Bewegung um.

Sie sagte: »Lassen Sie mich in Ruhe, Truck. Sie falscher Fünfziger! Sie – Sie Lug und Truck!« Sie lachte. Sie lachte über das Wortspiel.

Er hatte sich schon längst entschlossen. Alles war ihm jetzt klar: Er war ein Wortspiel, ein falscher Fünfziger, ein schlechter Witz. Und Wortspiele waren die niederste Form von Humor. Er hatte sich entschlossen.

Diesmal waren keine Bilder und Visionen zur Stelle. Keine Geister und Gespenster, kein Ungewissen, keine Mutter Tod. Allein – sie und er allein – wieder wie auf Seite eins.

Er sagte ruhig: »Ich werde Sie umbringen.« Und er rückte näher. Sie schaute ihm in die Augen und sagte:

»Wenn Sie es im Scherz meinen, dann ist es ein sehr schlechter Scherz. Meinen Sie es aber im Ernst – warum tun Sie es nicht? Mir macht's nichts aus. Warum können Sie sich nie zu etwas entschließen? Muß ich das immer für Sie tun? Mir liegt nichts daran. Ich finde es ganz spaßig. Bilden Sie sich denn wirklich ein, daß ich diesen gutangezogenen Tölpel heiraten werde, diesen schwachsinnigen Kretin? Eher sterbe ich. Wenn Sie mich aber nicht umbringen, dann muß ich ihn wohl heiraten, nehme ich an. Wirst du mich mit deinen Händen töten, oder wirst du dafür ein Instrument benutzen? Ist es ein Lustmord? Bringst du mich aus Eifersucht um oder wie oder was? Nicht viel Lust und nicht viel Sucht – wie? Vorwärts also! Ich warte. Ich glaube nicht ans Glück, und ich glaube nicht an Positano, und ich glaube nicht an Frieden. Wenn ich daran glaubte, wäre ich eine Närrin, und das ist das einzige, was ich bestimmt nicht bin. Wie aufregend! Überlegen Sie es sich nicht wieder. Entschließen Sie sich. Und machen Sie es kurz, mein Freund. Ich möchte mich mit Ihnen nicht zu lange abgeben – kommen Sie mir nicht zu nahe, seien Sie nur nicht zu intim mit mir; setzen Sie mich ja nicht unter zu großen Druck, Herr Truck! Kein Druck vom Truck – –«

Sie lachte. Sie streckte ihr Kinn vor. Ihre Augen flackerten. Sie hatte Angst.

Truck sprang zu. Er bekam ihren Hals zu fassen. Er bemerkte eine tiefe Falte, die ihren Hals durchzog und sie jetzt viel älter machte, da er ihr so nahe war. Er hätte einen starken Strick nehmen sollen, um sie damit zu töten, er hätte ihn längs der Falte fest zusammenziehen sollen. Aber seine Hände waren auch gut genug.

Es gab ein Geräusch, als breche etwas. Etwas brach. Etwas war dahin. Ein Hals war gebrochen, ein Herz war gebrochen. Truck sah ihr in die Augen. War es das letztemal? Er fing einen fürchterlichen Blick auf, einen Blick voll Verachtung und Elend und Einsamkeit. Etwas zerbrach mit einem knirschenden Geräusch. Er spürte, wie der Hals nachgab zwischen seinen Händen. Der ganze Körper gab nach. Die Uhr blieb stehen, ihr Werk zerstört, ihr Ziffernblatt blaß, ihre Zeiger abgelaufen im Kreis am Ende der Zeit.

Truck glaubte, getan zu haben, was er tun konnte. Er glaubte, fertig zu sein, ganz und gar fertig. Er hatte getötet, um vor dem Sterben bewahrt zu sein. Er sah den Körper des Mädchens an und fühlte eine gewisse Erleichterung. Der Kopf war vorwärts gefallen. Er sah sie in dieser unnatürlichen Stellung, und er wußte plötzlich, daß alles vorüber war. Er sah diesen schlanken Körper, und er sah, wie die schlanken Beine in einem sonderbaren Winkel vortraten, und dann sah er ihre Hand auf ihrem toten Knie, die linke Hand mit den Narben. Und eine schwarze Träne schien abwärts zu gleiten, abwärts, die sommersprossige Wange hinab.

Er brach zusammen. Was hatte es denn für einen Sinn, dachte er, daß ein anderer Mann sie geliebt hatte und mit ihr ins Theater gegangen war und mit ihr gegessen und gesprochen hatte, und manchmal sogar mit ihr ins Bett gegangen war, ein anderer Mann; und jetzt hatte wieder ein anderer Mann sie getötet, getötet auf Nimmerwiedersehen, auf immer, auf Nimmerwiedersehen, in alle Ewigkeit - - - - - - - - - - - - - - - - - - - Ich brach zusammen, dicht bei der Hand mit der Narbe. Ich schüttelte und bewegte den leblosen Körper. Da lag sie, ach, nicht mehr, nicht mehr lag sie da, nicht hier, noch dort; sie war nicht mehr. Fort. Fort.

Ich schüttelte sie. Ich lauschte auf ihren Atem. Ich blickte in ihre verglasten Augen. Ich fühlte ihre Haut, noch warm. Ich hob sie auf und trug sie durchs Zimmer. Ich legte sie wieder hin. Ich versuchte künstliche Atmung. Doch ich wußte nicht, wie man jemand künstlich atmen macht. Ich wußte nur, wie man jemanden natürlich aufhören läßt zu atmen. Vorwärts. Keine Scherze! Keine Späße! Jane! Oder wie man dich sonst rufen soll. Komm und steh auf.

Ich blickte hinab. Ich sah die alten Narben an ihrer Hand, und ich sah die neuen Spuren an ihrem Hals. Es nutzte nichts. Sie war tot.

Ich dachte, ich hätte sie getötet. Es war unmöglich, doch ich hatte sie getötet. Ich hatte meine einzige Freude, mein einziges Glück getötet. Es war unmöglich. Ich hatte eine Blüte meiner Phantasie, einen Gedanken meines Hirns getötet. Unmöglich. Man tötet doch nicht seine Träume. Oder tat man es?

Sie lag leblos auf der Seite. Sie war der Geist und der Leib gewesen, die Stille und der Aufruhr, die Sonne, der Mond und alle Sterne. Der Gott und die Puppe.

Ja, sie war nichts gewesen als eine Puppe. Sie sah nun ganz aus wie ihre Puppe, die schwarze Puppe mit den Spinnenbeinen. Wer hatte denn Jane wieder das schwarze Kleid angezogen? Hatte ich es ihr angezogen, nach allen Träumen vom Ausziehen? Bestimmt war ich es gewesen. Ich hatte sie angezogen und hatte ihr die Perlen um den Hals gelegt. Perlen bedeuten Tränen.

Sie hielt die Augen geschlossen. Ich legte sie auf das Bett. Ich berührte sanft ihre Stirn. Ich hielt inne, eine Zeitlang, eine ziemliche Zeitlang, eine lange Zeit, eine sehr, sehr lange Zeit; und sah sie an.

Dann sah ich, wie die Puppe aus der Ecke kam und zu ihr kam und sich neben sie setzte und ihr etwas ins Ohr flüsterte. »Komm mit«, sagte die Puppe zu ihrer Herrin. Jane rührte sich nicht. Und die Puppe wiederholte: »Komm mit!« Ich war an den Boden gefesselt, verzaubert, treu in Demut.

Die Puppe richtete das Mädchen auf. Das Mädchen öffnete nicht die Augen. Beide, Puppe und Mädchen, verließen das Zimmer, Hand in Hand, als glitten sie über den Spiegel eines ruhigen Wassers.

Entwarnung!

Die Wundränder waren sorgfältig und hygienisch von Fleisch und Kleidern isoliert. Ein reiner, gesunder Bezirk breitete sich plangemäß, wo inmitten der zukünftigen Genesung die blutige Öffnung, das Tor zum Tod, das Schlachtfeld gefallener Zellen und kämpfender Mikroben in verlorener Einsamkeit purpurrot blühte.

Und die Hände der Oberschwester wischten den Schweiß von der Stirne der Leidenden. Die Tränen in den Augen der Patientin trockneten langsam. Die sanfte, doch strenge Berührung liebender Finger strich die Vergangenheit fort, so wie die ewige Asche gefallener Engel vom Westwind der Sympathie in den Abgrund geblasen wird. Wie sie sich wohl fühlte, als das Fieber zuerst zu fallen begann; wie angenehm, rein und befreit! Wie süß sie sich fühlte, als sie das durchnäßte Nachthemd wechseln durfte und man ihr gestattete, sich im Zimmer umzusehen!

Und der Nebel war fort. Die Erde in Hunderten von Quadratkilometern erwachte neu und frisch. Der Nebel – in Gedenken an seinen zwiefachen Ursprung und an sein zwiefaches Ziel – verschwand durch zwei Tore vom Angesicht Gottes. Er fiel und er stieg. Er fiel und wurde gespalten durch menschliches Geschick. Der Nebel verwandelte sich rascher zu Streifen und Fetzen, als man die Hände regen konnte. Sein schweres Gewicht – dies war der irdische, bittere Nebel! – zog ihn tief und tiefer hinab, ganz in die Tiefe. Der Nebel schrumpfte und krumpelte sich, torkelte die Treppe zur Untergrundbahn hinab, ließ sich wie hilflose Watte in die Tunnels blasen, wo er sich mit der Nässe vereinigte, mit den Dämpfen und Dünsten der Maschinen und Menschen. Andere Nebelfetzen wurden von der kindischen Weiblichkeit gefangen, die sie weibergleich benutzte, indem sie sich den Nebel um die Hüte schlang, ihm die Formen von Halstuch und Schal verlieh. Es gab da die Nebelstücke, die sich in menschlichen Behausungen zu verbergen suchten. Ein Stück schlüpfte in einen Topf. Ein anderes rollte durch Gang und Korridor herein, passierte Vorhalle und Vorzimmer, bis es ins Schlafzimmer kam, wo es als Bettvorleger diente bis zum jüngsten Gericht. Hausfrauen waren darauf aus, den Nebel in Bruchstücken zu sammeln, um ihn für Junitage aufzubewahren, wo alle vor Hitze erstickten und das Mannszeug gemein und frech wurde im Sonnenschein. Die Spur des sterbenden Nebels glitt das Fensterbrett entlang, wo er einen wässerigen Schleim zurückließ, mit dem sich die Wissenschaftler beschäftigen, die in der Urlaubszeit nichts Besseres zu tun hatten. Zu einer letzten Krise kam es, als eine Nebelkugel mitten in den Festsaal geschossen wurde, unter die Tafelnden und Zechenden. Die Kugel explodierte, und Myriaden von rußigen, nassen Rundtropfen beschmutzten die Gesichter der Damen und verklebten die Haare der Jugend, dieses gepflegte, parfümierte Haar.

Die wildesten Reste des Nebels verfolgten die Verfolger und Freunde in der großen Menge im Freien. Hier und dort wurde eine Kundschaft gewählt, ein Anhänger gefunden. Wie sie es wollten, sollten sie es haben. Der Nebel legte sich um Stirne und Schläfen, Hände, Füße und Kopf: und er stieg ins Innere hinab, vernebelte ihnen Herz und Hirn. Solche würden dann in weißschimmernder, silbriger Dämmerung einherwandeln bis ans Ende ihrer Tage, glücklich und gleichmütig, verblendet und beschwert.

In den Hainen ließ sich der Nebel kurze Zeit nieder, wurde dünner und leichter in der Sonne, änderte Wesen und Namen, verteilte sich. Das waren Nebelfetzen; das war Dunst; das war der Schleier; das wurde Luft, und in der freien Luft waren es wieder Reinheit, Klarheit und Licht. Es gab noch Stellen am Ufer des Flusses und kleine Löcher am Rande des Waldes, wo sich der Nebel hielt, sich hinzog und widerstrebte. Doch der Wind fegte ihn fort. Es mochte vielleicht einen Quadratkilometer Waldland geben, einen Quadratkilometer Sumpfland, voll von Nebel. Die schwarzen Stellen lagen teilnahmslos, im Warten, in der Erwartung der Stürme vom Himmelszelt.

Denn dies war der zweite Ausweg: aufwärts im Stoß. Unberührt von den Menschen, unverletzt von ihren Waffen, den schnellen Tod sterbend, den Heldentod.

Von einer Minute zur anderen hatte sich das Leben geändert. Tod auf der Bühne dort unten war Leben hier oben. Aus dem zerrissenen Nebel sprangen Sterne und Mond und Sonne im heiteren Äther. Dünner die Luft, größer der Abstand, kleiner die Menschen. Noch flog man vorbei an Bäumen und Burgen, man ritt noch auf dem Rücken des weichen Nebels, noch sprang man hurtig von Wolke zu Wolke: Doch die Schwere war abgefallen, und die Erde verwandelte sich zu einem Stern unter Sternen. Die Knochen erweichten sich, das Fleisch wurde Wasser, die Augen groß wie Mühlräder: Es schlug das Herz von den Alpen zur Sahara.

Andere Menschen sprachen, und wir hatten andere Antworten für sie. Das Gehör war bis zur äußersten Grenze angespannt, das Ohr war geschaffen, der ernsten und heiteren Musik der Sphären zu lauschen. Die Jungfrau und der Bär tanzten zur gleichen Melodie. Die Worte wurden Wirklichkeit, und die Bilder waren Leiber mit Mund und Hand und Fuß. Während das Haupt noch rastete auf Zirrus und Kumulus und Nimbus, blähte sich der Körper auf zu meteorologischer Größe und astronomischen Proportionen. Was war jetzt der Nebel? Was war all der Rest – um ganz ehrlich zu sein? Was war der Mann und die Frau; und das niemals berufene, das ungeborene Kind? Was war die Bühne, die Angst, die Qual, die Erfüllung auf der Bühne?

Es war der Flug von der Kassiopeia zum Orion, da man sich in Zeiträumen bewegte und Sonnenjahre verbrachte zwischen Frühstück und Mittagessen. Die Wellenlängen waren kurz wie Fingernägel, der Sitz der Verwaltung lag um die nächste Ecke.

Eine Stimme sagte: »Warum sollen wir uns überhaupt um die Zeitungen kümmern? Wozu ist es gut? Warum sollen wir die Tagesnachrichten hören? Es ist ja alles gleich, Anfang und Ende, die Pause mit dem Zeitzeichen und die Schlußansage der müden Stimme. Warum sollen wir uns kümmern?« (Und was für eine Stimme war das doch! Eine dröhnende Stimme, eine berechtigte und richtige Stimme, eine gewichtige Stimme, vielleicht die Stimme der Sonne selbst, klar, alt und würdig. Was für eine Stimme!)

Eine zweite Stimme antwortete: »Auf jeden Fall! Ich tue es. Und ich will es tun! Ich lese meine Zeitung von Anfang bis zu Ende. Ich habe dafür mit Fleisch und Blut bezahlt. Ich möchte wissen. Ich möchte etwas hören von der Schlacht und den Dichtern, von den Revolutionen und den Betrügern und den Huren; und wann die Kinos beginnen, und wo ich Eintrittskarten für die große Aufführung bekommen kann. O nein! Ich werde mich niemals von den Tagesnachrichten abbringen lassen. Ich brauche sie. Ich möchte daran teilnehmen!« (Was für eine Stimme! Eine kreischende, harte, elende, arme, laute, wütende Stimme; eine menschliche Stimme, fürchterlich in ihrem traurigen Trotz, ihrer blendenden Qual, ihrem stolpernden Stolz.)

Jemand fragte: »Was für Befriedigung begehrst du noch?« Die Jungfrau und der Bär tanzten zur selben Melodie. Die Perlen waren aufgereiht, die Fingerabdrücke des Mörders am Hals der Ermordeten. Die Plejaden, mit sieben Gesichtern über Raum und Zeit, lächelten, wie sie gelächelt hatten, das ganze Buch hindurch, die ganze Nacht. »Was ist ein Name? Was uns Rose heißt –« Oder auch Jane. Jane Smith.

Keine Antwort. Keine Antwort auf diesen Namen. Keine lautere Trommel kann gerührt, keine mächtigere Drommete kann geblasen werden als des Himmels Orgelton. Es kam keine Antwort. Statt aller Antwort entstieg den Tiefen ein klar lebendiges Antlitz, das über die Sternbilder gesetzt war. Es war ein sanftes, freundliches, breites, liebliches Gesicht.

Aus goldenen Augen blitzte die Güte. Ergrauendes Haar sagte: Frieden. Wangen, in den Farben der Herbstblätter und frisch wie Milch und Wasser, würden die Zärtlichkeit liebenden Streichelns und Küssens auf sich nehmen. Der kühne, zarte Mund sprach Worte des Trostes der Hoffnung und Dankbarkeit. Alte Zeiten kehrten mir zurück. Ich hörte keinen Tod. Ich faßte nicht den Sinn. Was lag mir daran – ich mußte nicht mehr warten.

Ende.

Hans Flesch-Brunningen, * 1895 in Brünn/Tschechien, † 1981 in Bad Ischl/Oberösterreich, studierte Jura in Wien, ab 1925 lebte er in Italien, Frankreich und Berlin. 1934 emigrierte er nach Großbritannien, wo er sich zunächst mit Gelegenheitsjobs über Wasser hielt; von 1939 bis 1958 war er als Sprecher, Übersetzer und Redakteur in der österreichischen Abteilung der BBC tätig. 1963 kehrte er nach Wien zurück und heiratete die Schriftstellerin Hilde Spiel. Neben Romanen schrieb er Novellen und Theaterstücke. *Perlen und schwarze Tränen* erschien erstmals 1948.

Evelyne Polt-Heinzl wurde 2017 mit dem Österreichischen Staatspreis für Literaturkritik ausgezeichnet. Als Literaturhistorikerin hat sie immer wieder auf zu Unrecht vergessene Autorinnen und Autoren aufmerksam gemacht und eine Reihe von Büchern neu herausgegeben, zuletzt etwa von Friederike Manner und Oskar Jan Tauschinski.

Erste Auflage

www.editionatelier.at
Coverillustration: Jorghi Poll
Druck: Grafički zavod Hrvatske, Zagreb
ISBN 978-3-99065-038-7
E-Book-ISBN 978-3-99065-042-4

Mit freundlicher Unterstützung der Kunstförderung des Bundeskanzleramtes Österreich und des Literaturreferats der MA7 Kultur

BUNDESKANZLERAMT ÖSTERREICH
KUNST

WIEN KULTUR